MARIO LIMA

TOD IN PORTO

Ein Fall für Inspektor Fonseca

ROMAN

WILHELM HEYNE VERLAG
MÜNCHEN

Sollte diese Publikation Links auf Webseiten Dritter enthalten, so übernehmen wir für deren Inhalte keine Haftung, da wir uns diese nicht zu eigen machen, sondern lediglich auf deren Stand zum Zeitpunkt der Erstveröffentlichung verweisen.

Glossar der portugiesischen Ausdrücke im Anhang.

Verlagsgruppe Random House FSC° N001967

Originalausgabe 07/2019
Copyright © 2019 by Mario Lima
Copyright © 2019 by Wilhelm Heyne Verlag, München,
in der Verlagsgruppe Random House GmbH,
Neumarkter Straße 28, 81673 München
Printed in Germany
Redaktion: Steffi Korda
Umschlaggestaltung und Karten: Anke Koopmann, Designomicon,
unter Verwendung von Motiven von
© Shutterstock (Neirfy/ShustrikS/Bardocz Peter)
Satz: Vornehm Mediengestaltung GmbH, München
Druck und Bindung: CPI books GmbH, Leck
ISBN: 978-3-453-43959-7

www.heyne.de

Das Video ist nur dreiunddreißig Sekunden lang. Es ist etwas wackelig, eine einfache Aufnahme mit dem Mobiltelefon. Der Blick geht einen Gartenweg entlang, der direkt auf die Holztür eines niedrigen Schuppens zuführt. Irgendetwas hängt an der Tür, das aus dieser Entfernung noch nicht zu erkennen ist.

Die Kamera bewegt sich langsam darauf zu. Auf der einen Seite des Weges bleibt eine große Yucca zurück, auf der anderen der Stamm einer Palme. Schritt für Schritt geht es näher heran, dann sieht man es ganz deutlich: Es sind zwei menschliche Ohren, die an die Tür genagelt sind. Das eine links, das andere rechts, und dazwischen, auf Höhe der Ohrläppchen: eine herausgeschnittene Zunge.

Die Kamera geht ganz nahe heran und bewegt sich nicht mehr. Ein paar Sekunden sind nur noch die Ohren im Bild, die herabhängende Zunge, die drei langen Nägel.

Dann ist das Video vorbei.

1

Der Himmel über Porto war strahlend blau, die Möwen zogen ihre Kreise. Es war heiß jetzt um die Mittagszeit, aber eine sanfte Sommerbrise strich den Rio Douro entlang und brachte den Geruch des Meeres mit.

Die Kellner hatten drei Tische zusammengerückt, für die Vorspeise war schon gedeckt. Entspannt, in kurzärmeligen Hemden, saß die Gruppe unter den großen weißen Sonnenschirmen: sieben Männer von der Mordkommission der Polícia Judiciária.

»Kinder, wie haben wir das gemacht?« Chefinspektor Fonseca, ein massiger, untersetzter Mann um die fünfzig, saß an der Stirnseite der Tafel. Er hob sein Glas. »Pünktlich zum Ferienbeginn beide Fälle abgeschlossen! Ich finde, wir können uns ruhig mal selber loben.«

»Das können wir!«, kam es aus der Runde. »Den Urlaub haben wir uns weiß Gott verdient!«

»Streng genommen«, sagte Inspektor Dinis, »haben wir ja noch bis morgen Bereitschaft.«

»Buuuh!«

»Spielverderber!«

Dinis zuckte mit den Schultern. »Ich sage ja nur, wie es ist.« Er konnte nicht anders, er war einfach so. Mit seiner

Halbglatze sah er auch eher aus wie ein nüchterner Verwaltungsbeamter.

»Na, kommen Sie ...«, sagte Fonseca. »Sehen Sie sich doch mal um. Was soll sein, hm?«

Das Restaurant lag am Südufer, und von der Terrasse hatte man einen weiten Blick über die Dächer der Portweinkellereien bis hinab zum blauen Fluss. Bunt bewimpelte Barkassen fuhren unter dem hohen Bogen der Ponte Dom Luís hindurch. Drüben, am Kai der Ribeira, leuchteten die weißen Markisen der Cafés, und das Häusergewirr der Altstadt staffelte sich die Hügel hinauf wie seit Jahrhunderten. Die Welt war ein sonniger, friedlicher Ort.

»Einfach mal abschalten, Dinis.« Rui Pinto hob jetzt ebenfalls sein Glas. Mitte dreißig, gut aussehend und nicht ganz uneitel, hatte er auch heute wieder etwas Gel in seinem schwarzen Haar. »Die Verbrecher sind doch auch längst in den Ferien!«

»Darauf trinken wir!«

Ein Stuhl war noch frei. Fonseca warf einen Blick auf die Uhr. »Wo bleibt Ana denn?«

»Die hat bestimmt was Besseres vor!«

»Was? Als mit mir essen zu gehen?«, sagte Pinto. »Was kann eine Frau denn Besseres vorhaben?«

»Ah, der fällt schon was ein, keine Sorge!«

Einige lachten.

»Achtung, Leute.« Dinis deutete mit dem Kopf auf die offenen Glastüren des Restaurants. »Da kommt sie.«

Ein Kellner wies ihr lächelnd den Weg, und schon trat sie aus dem Innenraum ins Freie: Ana Cristina, die jüngste Inspektorin der Mordkommission und in

Fonsecas Abteilung auch die einzige. Sie winkte ihnen zu und kam herüber, schlank und zierlich, in Sandalen mit hohen Korksohlen. Ihr langes dunkles Haar trug sie offen und zu den engen Jeans ein grell orangefarbenes Top mit Spaghettiträgern. Die Nägel ihrer Hände und Füße waren in dem gleichen leuchtenden Orange lackiert, sodass perfekt zur Geltung kam, wie sommerlich braun sie war. Auch die Kellner und die Leute an den Nachbartischen sahen sie unwillkürlich an.

»*Olá!* Bin ich etwa zu spät?«

»Ach was, wir haben doch frei!«

»Komm, setz dich zu uns!«

Einer der Kellner war ihr gefolgt, und Fonseca nickte ihm zu. »Wir sind dann vollzählig.«

Die Vorspeise wurde serviert: Amêijoas à Bulhão Pato – Venusmuscheln, gegart mit etwas Knoblauch und frischem Koriandergrün. »Mmm ...« Fonseca schloss die Augen, um den Duft zu genießen. »Einfach göttlich. Und wir haben sogar den idealen Wein dazu!« Zur Feier des Tages hatten sie einen guten Alvarinho aus Melgaço bestellt. Die Flaschen standen in Eismanschetten auf dem Tisch, und der kühle Weißwein ließ die Gläser beschlagen.

Beim Essen plauderten sie darüber, was sie alle so vorhatten. Ana erzählte, dass sie mit ihrem Freund an die Algarve wollte, und der eine oder andere sah sie an, als ob er diesen Freund im Stillen beneidete. »Zwei Wochen. Am siebten sind wir wieder hier, da heiratet seine Schwester.«

»Am siebten?«, sagte Pinto. »Da habe ich Stadionkarten für den Supercup.« Er ballte die Faust. »Wir gegen den Erzfeind!« Der Klassiker stand an: FC Porto gegen Benfica.

»Und Sie, Chef? Was machen Sie?«

»Ich fahr nach Ponte de Lima. Kümmere mich mal um mein Haus und meine Weinreben.«

Fonseca hatte sich nun doch entschlossen, sein Elternhaus im Minho zu behalten und ließ es nach und nach renovieren. Er freute sich auf ein paar unbeschwerte Wochen auf dem Lande, in seinem alten Dorf, wo er noch praktisch jeden kannte und wo er nicht der Chefinspektor war, sondern einfach Zé Manel.

»Na denn! Auf schöne Sommertage!«

Es war Samstag, der vierundzwanzigste Juli. Nur wenige Stunden, bevor es begann.

Der Anruf kam am nächsten Morgen um Viertel nach fünf, und Fonseca wusste sofort, dass sich all ihre Pläne erledigt hatten.

Im Halbschlaf hob er das Telefon ans Ohr. »Ja ...?«, brummte er.

Erst schien überhaupt niemand dran zu sein. Im Hintergrund hörte er andere klingelnde Telefone. Dann, plötzlich, sagte eine laute Stimme: »Chef? Ein Vorfall in Ramalde. In der Zona Industrial sind Schüsse gefallen. Es gibt einen Toten.«

2

»Ich sagte: kein Kommentar! Sie sehen doch, dass ich gerade erst ankomme!«
»Wir wollen ja nur, dass Sie uns ganz kurz ...«
»Wenn Sie mich bitte durchlassen würden!«
»Ist es wahr, dass das Opfer Brasilianer ist?«
Einer der Schutzpolizisten hob das Absperrband für ihn hoch, Fonseca zog den Kopf ein und ging darunter hindurch. »*Meu Deus*, wo kommen die bloß schon alle her um diese Zeit? Und das am Sonntag!«
Es war jetzt sechs Uhr morgens, in einer nüchternen Straße im Gewerbegebiet. Der Himmel über den Lager- und Fabrikhallen wurde gerade erst blassblau und rosa.
Fonseca hatte ein Stück entfernt parken müssen, und beim Aussteigen hatte er noch die Vögel in den Straßenbäumen zwitschern hören. Hier drängten sich die Reporter und Schaulustigen, aufgeregte Stimmen und der schnarrende Polizeifunk schwirrten durcheinander. Drei Streifenwagen standen am Straßenrand.
»*Bom dia.*« Rui Pinto kam auf ihn zu, gut gekleidet wie immer, in einem hellen Sommeranzug. »Ist das nicht eine Gemeinheit? Am letzten Tag der Bereitschaft?«

»Tja, unseren Urlaub können wir wohl vergessen. Das hört sich ja gar nicht gut an.«

»Sieht auch nicht gut aus.« Pinto deutete in die Richtung des Tatorts. Tavares und Andrade standen bei der Leiche.

»*Bom dia.*« Der Tote lag seitlich verrenkt auf dem Gehweg, in einer großen Blutlache. Es war ein jüngerer Mann, in Jeans und T-Shirt, auffällig muskulös, mit kahl geschorenem Kopf.

»Und? Ist er nun Brasilianer?«

Andrade hielt wortlos einen Klarsichtbeutel hoch. Ein Pass war darin, dunkelblau mit goldener Schrift: ›República Federativa do Brasil‹.

Tavares las aus seinem Notizbuch ab: »Nilton de Souza Wanderley, dreiunddreißig Jahre alt, geboren in ... Itapetininga Schrägstrich SP. Also ›SP‹ für São Paulo.«

»Was wissen wir sonst noch über ihn?«

»Das da ist sein Wagen.« Andrade zeigte auf einen Audi TT, der ein paar Meter weiter stand, innerhalb der Absperrung. »Und die hier lagen ebenfalls im Handschuhfach.« Er reichte Fonseca einen anderen Klarsichtbeutel. Visitenkarten waren darin, mit dem Namen des Toten und dem Logo einer Firma darauf: ›Imocon, Mediação Imobiliária, Lda.‹

»Ein Immobilienmakler? Ist der Job jetzt schon so gefährlich?«

»Sieht so aus«, sagte Pinto. »In dem Handschuhfach lag auch eine Schusswaffe.«

»Mm-hm?« Fonseca sah sich den Toten noch einmal näher an. »Ich hätte ihn ja auch eher für eine Art Gorilla gehalten. Privater Sicherheitsdienst oder so was.«

»Stimmt, ich auch. Solche Muskeln kriegt man nicht von selbst. Der hat jahrelang Krafttraining gemacht, vielleicht auch Steroide geschluckt.«

»Was meint ihr, liegt er noch so da, wie er hingefallen ist?«

»Wahrscheinlich schon. Da hat bestimmt keiner versucht, Erste Hilfe zu leisten.«

»Wie viele Einschüsse sind es?«

»Sieben, soweit man zählen kann, ohne ihn umzudrehen. Sieht nach Maschinenpistole aus. Ich würde sagen: klare Tötungsabsicht, ohne Wenn und Aber.«

Fonseca nickte. Eine glatte Hinrichtung, geplant und ausgeführt. Er blickte auf. »Und was hat der hier gemacht, mitten in der Nacht?« Er drehte sich um und betrachtete die Menge hinter der Absperrung. Was machten überhaupt all diese Leute hier? Die Journalisten, gut. Aber ein Dutzend junger Mädchen in Hotpants und bauchfreien Tops?

Pinto folgte seinem Blick und lächelte. »Hinter der Kurve da ist die Diskothek Flash, da kommen die alle her. Unser Mann vermutlich auch.«

»Ach so. Das erklärt ja schon mal einiges. Brauchbare Zeugen dabei?«

»Bis jetzt nicht. Ist ja klar, in so was will keiner hineingezogen werden.«

»Was lässt sich zum Tathergang sagen?«

»Was die Leute hier erzählen, stimmt weitgehend überein. Demnach ist er gegen halb fünf aus dem Flash gekommen, allein, und war wohl auf dem Weg zu seinem Wagen. Dann ist ein dunkler Mercedes aufgetaucht und langsam in dieselbe Richtung gefahren.

Und dann sind auch schon die Schüsse gefallen; einige sagen, sehr schnell hintereinander, andere meinen, wie ein Geknatter, sie haben es erst für Feuerwerkskörper gehalten. Der Mercedes hat beschleunigt und war weg. Das ist alles.«

Fonseca seufzte. »*Uma bela merda* ...«

»Das kann man wohl sagen.« Pinto blickte nachdenklich auf den Toten hinab. »Ich weiß nicht, ich werde das Gefühl nicht los, dass ich den schon mal irgendwo gesehen habe.«

»Gibt viele, die so aussehen.«

»Schon, aber ... Na, vielleicht fällt es mir ja noch ein.«

Es fiel ihm sofort ein, als er hörte, wo Nilton Wanderley gewohnt hatte: an der Douro-Mündung, in Foz Velha. Pinto selbst wohnte nur ein paar Querstraßen weiter. Niltons Adresse endete mit ›5. Stock links‹, seine Wohnung lag also ebenfalls in einem der Apartmenthäuser, die sich hier und da über die Dächer des alten Viertels erhoben.

Pinto liebte Foz Velha: das Meer direkt vor der Tür, die prächtige Palmenallee am Ufer, wo der Rio Douro breit in den Atlantik strömte, die Strandcafés, die in den Sommernächten zu leuchtenden Bars wurden. Die Mädchen in den Geschäften des Viertels trugen das halbe Jahr einen Bikini unter ihren Sachen, und wenn sie Pause hatten, gingen sie einfach über die Straße an den Strand. Pinto fand, hier ließ es sich leben.

Er sorgte dafür, dass er dabei war, als am frühen Nachmittag Niltons Wohnung durchsucht wurde. Bis dahin hatte er noch niemandem erzählt, woran er sich erinnert hatte. Er wollte sich erst einmal ungestört umsehen. Nach etwas ganz Bestimmtem.

Sie waren zu dritt. Auf dem Korridor zogen sie sich Latexhandschuhe an und schlossen dann die Wohnungstür auf. Schon beim ersten Rundgang sahen sie sich immer wieder zweifelnd an. Das Apartment wirkte so steril, als ob es zum Verkauf stünde und der Bewohner seine persönlichen Dinge schon weggeschafft hätte. Keine Familienfotos, kein Hinweis auf eine Freundin, nichts.

»Vielleicht ist er nicht oft zu Hause gewesen. Es gibt Leute, die können jahrelang so wohnen. Kommen nur mal zum Schlafen vorbei und sind dann gleich wieder weg.«

»Eine Schande bei der Aussicht«, sagte Tavares.

Pinto trat an seine Seite. Aus dem fünften Stock ging der Blick über die ziegelroten, verschachtelten Dächer hinweg, über einzelne hohe Palmen und hinaus auf den blauen Atlantik. Immerhin: Auf dem großen Balkon standen zwei Sonnenliegen nebeneinander.

Sie fingen an, alle Schubladen aufzuziehen, die Schränke zu öffnen. Die Gewissheit kam, als sie ein kleines Zimmer betraten, in dem ein Schreibtisch stand. Das Anschlusskabel war noch da, aber der Computer nicht mehr.

»Da ist jemand vor uns hier gewesen.«

»*Exactamente.*« Pinto presste die Lippen aufeinander. Sie mussten trotzdem weitermachen. Er nahm sich die nächste Schublade vor.

Nilton Wanderley ... Es gab tatsächlich viele, die so aussahen, und Nilton allein wäre ihm sicher nie aufgefallen. Aber er hatte ihn auch nie allein gesehen, sondern immer mit zwei, drei anderen Männern zusammen, alle genauso breit und kräftig, mit den gleichen kahl geschorenen Schädeln. Er hatte sie mehrfach in einer der Strandbars beobachtet und einmal in einem brasilianischen Grillrestaurant – ein paar Typen, die vielleicht im selben Fitnessstudio trainierten. Auch das wäre nicht weiter bemerkenswert gewesen. Was einfach nicht dazu gepasst hatte, war die junge Frau gewesen, die sie bei sich gehabt hatten. Jedes Mal.

Sie war es, die Rui Pinto ins Auge gefallen war: eine Schönheit, schmal und zierlich und den Mandelaugen nach mit asiatischem Einschlag. Ihr pechschwarzes, volles Haar war auf Kinnlänge geschnitten, wodurch ihr schlanker Hals noch betont wurde. Ganz allein in der Runde mit diesen Männern hatte sie um so verletzlicher gewirkt. Und immer auch irgendwie traurig und in sich gekehrt. Sie hatte kaum gesprochen, und wenn die Männer an ihrem Tisch auflachten, hatte sie nur scheu gelächelt. Hatte sie Angst vor ihnen? Schon beim ersten Mal hatte Pinto nicht aufhören können, heimlich hinüberzusehen. Beim zweiten Mal war er dann schon ganz sicher gewesen, dass da etwas nicht stimmte. War sie freiwillig mit diesen Typen zusammen? War sie in ihrer Gewalt? Zwangen sie sie zur Prostitution? Sollte er etwas tun? Eingreifen? Sie retten?

Seine Freundin hatte ihn schließlich in die Seite geknufft. »He, glaubst du, ich sehe nicht, wen du die ganze Zeit anstarrst?«

Er hatte gehofft, hier in der Wohnung einen Hinweis zu finden. Wer war sie? Und *wo* war sie jetzt? Brauchte sie

Hilfe? Einer ihrer Begleiter war gerade auf offener Straße erschossen worden. Pinto schüttelte still den Kopf. Hier war nichts mehr zu holen.

Blieben die Telefone. Nilton hatte zwei Mobiltelefone dabeigehabt. Er musste wissen, was darauf gespeichert war.

Aber die Telefone waren schon weg. »Die sind längst in der Auswertung«, hieß es. Pinto musste dann noch am Tatort bleiben. Die Zeugenermittlung ging vor.

Am späten Nachmittag standen er und Andrade an der Bar des Flash und tranken einen Kaffee. Die verlassene Diskothek war taghell erleuchtet, die Klimaanlage summte in dem kahlen Raum, ab und zu übertönt vom Zischen der Espressomaschine. Es war angenehm kühl hier drinnen nach den fünfunddreißig Grad auf der Straße.

»Das ist alles, hm?« Pinto sah sich um, den Kopf in den Nacken gelegt. »Du nimmst eine Lagerhalle, stellst einen Tresen und ein Mischpult rein und fertig. Dann brauchst du nur noch die Musik aufzudrehen und die bunten Lichter anzuknipsen. Die perfekte Maschine zum Gelddrucken.«

Er hörte das schnelle, harte Klacken von Absätzen, und schon kam Ana Cristina über die Tanzfläche auf sie zu, in Jeans und weißer Bluse, das Haar zum Pferdeschwanz gebunden. »Sag mal, ist die andere Barfrau hier noch irgendwo? Die mit der blauen Strähne im Haar?«

»Keine Ahnung. Ich hab nur die gesehen, die uns den Kaffee gemacht hat. Möchtest du auch einen?«

»Ja, gern. Und ein Wasser.« Ana blickte zum Eingang zurück. »*Que chatice!* Ist die mir doch entwischt.«

»Was ist denn mit ihr?«
»Ich bin sicher, die hat unseren Mann auf dem Foto erkannt. Hier drinnen wollte sie nur nichts sagen.«
»Ihre Personalien hast du?«
»Ja, ja, das schon.«
»Und sonst? Wie sieht's aus?«
»Sonst hat den hier angeblich keiner gekannt. Wir haben wirklich jedem sein Foto gezeigt. Alle haben nur den Kopf geschüttelt.«
»Was ist mit dem Türsteher? Der muss ihn doch reingelassen haben.«
»Der sagt auch nur: ›Kann sein, kann auch nicht sein.‹ Er kennt doch nicht jeden.«
Andrade lachte kurz auf. »Weißt du, wer das ist, der Türsteher? Tony Maluco!«
»Was, ehrlich? Hat Puga hier die Finger im Spiel?«
Vítor Puga war eine bekannte Halbweltgröße, und Tony Maluco – der ›verrückte Tony‹ – einer seiner Handlanger. »Gehört dem jetzt auch schon das Flash?«
»Nein, nein. Hab ich schon überprüft. Der Besitzer scheint sauber zu sein. Keine Vorstrafen, nichts.«
»Na, wenn er Tony als Türsteher hat, dann kassiert Puga auf jeden Fall kräftig mit.«
»Kann schon sein.«
Pinto gab der Bedienung ein Zeichen. »Zwei Kaffee noch, bitte. Und ein Wasser.«

Niltons Mobiltelefone sah er erst am Abend wieder, auf der Dienststelle der Polícia Judiciária. Jedes in einem beschrifteten Klarsichtbeutel, lagen sie bei Dinis auf dem Schreibtisch.

»Wie weit seid ihr mit der Auswertung?«

Dinis fuhr sich müde über die Halbglatze, sah auf die Uhr. »Im Moment warten wir auf die Verbindungsdaten.«

»Braucht ihr die Telefone noch? Sonst sehe ich sie mir mal an.«

»Nur zu. Wir wissen ohnehin nicht, wo uns der Kopf steht.«

»Wozu hatte er denn zwei dabei? Privat und geschäftlich?«

»Haben wir auch erst gedacht. Aber so einfach ist das wohl nicht. Hier, das Smartphone, das ist eindeutig sein Haupttelefon. Da ist tonnenweise Zeug drauf. Die Leute speichern ja ihr halbes Leben auf den Dingern. Tja, und das andere hier, das ist ein etwas schlichteres Modell, mit Prepaid-Karte und nicht registriert. Das ist seltsam, da ist überhaupt nichts drauf.«

»Was heißt ›überhaupt nichts‹?«

»Nicht mal eine Kontaktliste.«

»Na, ich nehm sie mal beide mit. Komme ich da einfach so rein?«

»Ja, ja, Sperrcode war nur Standard. Ein paar Ordner auf dem Smartphone sind noch passwortgeschützt, aber Bilder und Kontakte sind frei.«

Pinto nickte und nahm die beiden Telefone vom Schreibtisch. Bilder und Kontakte: Das war genau das, was er suchte. Aber davon sagte er nichts.

Das anonyme Telefon steckte er recht schnell in den Klarsichtbeutel zurück und schob es beiseite. Es war nichts damit anzufangen. Alles war auf dem Smartphone. Dinis hatte nicht übertrieben. Tausende Fotos. Nilton hatte offenbar auch alte Bilder importiert, noch aus Brasilien. Sein halbes Leben – es sah wirklich so aus, als hätte er das immer bei sich haben wollen. Sie wussten inzwischen, dass er seit dreieinhalb Jahren in Portugal lebte. Legal. Aufenthaltsgenehmigung, Arbeitserlaubnis: alles in Ordnung.

Als Erstes sah Pinto sich die Kontaktliste an. Keine Profilbilder. Und jede Menge weibliche Namen: Dayana, Janete, Etiene, Jamila, Mayara ... Pinto seufzte. Na, schwul war er jedenfalls nicht gewesen.

Er nahm sich die Fotos vor. Ein Ordner hieß ›Ita‹, anscheinend Niltons Geburtsstadt Itapetininga. Sah nach Familienbildern aus. Er machte sich nicht die Mühe, sie zu vergrößern. Dann die Ordner ›SP‹ eins bis fünf, São Paulo. Auch damit hielt er sich nicht auf. Er suchte die neueren Fotos: Hinweise auf diese junge Frau ... was war sie? Halbasiatin?

Er saß allein in seinem Büro. Hin und wieder klingelte ein Telefon auf einem der anderen Schreibtische, aber er kümmerte sich nicht darum. Die Tür zum Korridor stand einen Spalt offen, er hörte die Gespräche am Kaffeeautomaten. Die Kollegen fragten sich natürlich, was hinter dem Mord steckte. Womit hatte Nilton sich solche Feinde gemacht? Die meisten tippten auf Drogengeschäfte. »Ist doch klar«, sagte einer, »der Immobilienmarkt ist praktisch zusammengebrochen. Ein Maklerbüro nach dem anderen macht dicht. Er hat versucht, sein Gehalt etwas aufzubessern, und dabei ist er den falschen Leuten in die Quere gekommen.«

Nach und nach wurde es auf dem Flur ruhiger. Pinto

sah weiter die Fotos durch, meistens die Miniaturansichten. Inzwischen hatte er die neuesten gefunden und ging jetzt zeitlich zurück. Nur manchmal vergrößerte er ein Bild, betrachtete es, wischte es zur Seite.

Und dann hatte er sie. Ja, das war sie, ganz eindeutig. Sie lag auf einer Sonnenliege, die Augen geschlossen, nur mit einem Bikini-Unterteil bekleidet. Offenbar hörte sie Musik, die kleinen weißen Kopfhörerstöpsel waren zu sehen, und ein dünnes weißes Kabel lief über ihre braune Haut. Sie ahnte bestimmt nicht, dass sie fotografiert wurde. Die Liege stand auf einem großen Balkon mit Blick über das blaue Meer. Nilton hatte hinter ihr im Wohnzimmer gestanden und sie heimlich durch die offene Glastür aufgenommen, der Rahmen war mit im Bild. Fünfmal hatte er abgedrückt, und es war klar, auf welche Stelle er zum Scharfstellen getippt hatte: auf ihre hübschen kleinen Brüste.

Du hast dich ganz sicher gefühlt, hm? Du wusstest ja, dass sie das Klicken nicht hört.

Die feine Art war das nicht. Aber, na ja ... Pinto atmete einmal tief durch und rief die ›Details‹ auf. Die Fotos waren vom zweiundzwanzigsten Juni, 16:13 Uhr bis 16:14 Uhr. Leider war kein Standort angegeben. Wo hatte Nilton diese Bilder aufgenommen? Bei sich zu Hause jedenfalls nicht. Das hier war ein anderer Balkon als der heute Nachmittag.

Nilton Wanderley ... Der lag jetzt in einer Kühlkammer im Rechtsmedizinischen Institut. Aber wo war das Mädchen? Wieder sah Pinto das Bild an. War sie wirklich entspannt gewesen, da auf diesem Balkon? Oder hatte sie nur eine Pause gehabt? War sie hereingerufen worden, wenn der nächste Kunde an der Tür geklingelt hatte?

Pinto schloss die Augen, kniff sich in die Nasenwurzel. Hör auf damit, das bringt doch nichts. Er brauchte einen Anhaltspunkt. Er *musste* sie finden. Vielleicht gab es noch andere Fotos von ihr. Er ging jetzt langsamer vor, vergrößerte jedes Bild, auf dem er mehrere Personen sah. Nur die eine, die er suchte, war nirgends dabei.

Über alldem vergaß er völlig die Zeit. Es wurde immer ruhiger um ihn her. Da, plötzlich, schreckte ihn ein Signalton auf. Ein leises *Ping-ping*, ganz nahe, hier auf dem Schreibtisch. Er sah noch, wie ein Lichtschein erlosch. Das zweite Telefon, in dem Klarsichtbeutel! Die Anzeige hatte kurz aufgeleuchtet und war jetzt schon wieder dunkel.

Eine Nachricht für Nilton Wanderley.

Vorsichtig nahm er das Telefon aus dem Beutel und entsperrte es. Eine Videonachricht war gekommen. Er tippte auf ›Start‹ und sah sie sich an.

Das Video war nur dreiunddreißig Sekunden lang.

Danach stand er auf, ging den Korridor entlang und in Fonsecas Büro. Der Chef war noch da und sah ihn müde an.

Pinto hielt das Telefon hoch und sagte: »Ich fürchte, die Sache ist noch viel übler, als wir gedacht haben.«

3

»Gesehen nicht, nein.« Doktor Xavier lächelte milde und gab Fonseca das Telefon zurück. »Aber ich habe mal so etwas gehört.« Er trug schon den hellblauen Kittel und die grüne Haube: Nilton wurde an diesem Morgen obduziert.

Fonseca war gleich als Erstes zum Rechtsmedizinischen Institut gefahren, um vorher mit dem Doktor sprechen zu können.

»In manchen Favelas in Rio wird das angeblich so gemacht«, sagte Xavier mit seinem sanften brasilianischen Akzent. »Die Bestrafung eines Spitzels durch die örtlichen Drogenbosse. Der Mann verschwindet, seine Ohren und seine Zunge werden öffentlich angenagelt, als Warnung für andere. Niemand von den Nachbarn darf sie abnehmen, sie hängen dort, bis sie verwest sind und abfallen. Eine klare Symbolik, nicht wahr? Er hat gelauscht, und er hat geredet.«

»Hm, ja«, sagte Fonseca. »So gesehen, klar genug.«

Das fand man auch bei der Dienstbesprechung der Mordkommission. Überall in der Runde wurde zustim-

mend genickt.»Die Bestrafung eines Spitzels... Ja, klingt einleuchtend.«
Inspektor Dinis sagte:»Das Video ist von einem nicht registrierten Mobiltelefon versandt worden. Das ist im Moment alles, was wir wissen. Die Verbindungsdaten haben wir noch nicht.«
Dann war Pinto dran. Er hatte Fotos, die er auf Niltons Smartphone gefunden hatte, auf den Computer übertragen. Eins davon erschien jetzt groß auf dem Monitor. Vier Männer in graublauen Uniformen, mit Stiefeln und schusssicheren Westen, Pistolenholster am Gürtel, die offenbar in einer Revierwache standen. Alle vier waren breit und kräftig, mit kahl geschorenen Schädeln. Einer von ihnen hatte einen kurz gehaltenen schwarzen Vollbart. Sie alle grinsten selbstsicher in die Kamera.
Pinto zeigte mit dem Kugelschreiber:»Das hier ist unser Nilton. Und die beiden hab ich hier auch schon gesehen, mit ihm zusammen in Foz. Den mit dem schwarzen Bart sogar mehrfach. Kann sein, dass der andere auch mal dabei war.« Er klickte weiter.»Und hier habe ich das Emblem vergrößert, das sie auf der Brust haben.« Die Schrift war unscharf, aber gut zu lesen: ›Polícia Militar, São Paulo‹.
Gemurmel erhob sich.»Nilton war mal Polizist...?«
Sie alle waren einigermaßen im Bilde, was die Polizeikräfte des ›Bruderlandes‹ Brasilien anging. Die Polícia Militar war die uniformierte Schutzpolizei, militärisch organisiert und mit massiver Präsenz auf den Straßen. Ihr Ruf war nicht der allerbeste. Kritische Stimmen warfen ihr vor, sich allzu gern wie eine Besatzungsar-

mee aufzuführen, besonders in den ärmeren Stadtvierteln.

»Ich hab mir schon mal einen Überblick verschafft«, sagte Pinto. »Danach ist die Polícia Militar von São Paulo besonders berüchtigt. Ihre Einsätze fordern pro Jahr bis zu eintausend Todesopfer, die meisten davon in den Favelas. Gut, wir reden hier von völlig anderen Dimensionen. Allein die Stadt São Paulo hat schon mehr Einwohner als ganz Portugal, der Großraum doppelt, der Bundesstaat viermal so viele. Trotzdem, wenn man es umrechnet, wäre das so, als ob unsere GNR hier jedes Jahr zweihundertfünfzig Leute erschießen würde.«

Ungläubiges Auflachen, Kopfschütteln.

Pinto fuhr fort: »Wir haben also drei, vier ehemalige Angehörige dieser Truppe, die hier bei uns in Porto leben. Einer von ihnen ist gerade gewaltsam ums Leben gekommen. Das Ganze sieht aus wie ein Auftragsmord im Halbweltmilieu. Und das Opfer sieht auch danach aus, hat aber in einem Maklerbüro gearbeitet. Dann haben wir noch dieses Video. Die Frage ist: Was steckt dahinter? Dunkle Geschäfte, die die Gruppe hier in Portugal gemacht hat, oder etwas, das in Brasilien passiert ist?«

»Das mit den Ohren und der Zunge ...«, sagte Fonseca. »Ich hab den Doktor gefragt, ob man das womöglich post mortem gemacht hat. Er hat gesagt, das würde er dem Opfer wünschen, aber sehr wahrscheinlich sei es nicht. Also ein Foltermord an einem ›Spitzel‹, was immer das heißen mag. Vielleicht sind diese Leute überhaupt deshalb in Portugal. Weil sie aus Brasilien verschwinden mussten.«

»Und jetzt hat sie hier jemand aufgespürt?«

»Gut möglich«, sagte Pinto. »Sie können drüben in alles Mögliche verwickelt gewesen sein. Die Polícia Militar gilt als weithin korrupt. Schutzgelderpressung und Zusammenarbeit mit den Drogenkartellen sind angeblich an der Tagesordnung.«

Fonseca nickte bedächtig. »Da kommt er also her, unser Nilton Wanderley. Das ist seine Vergangenheit.« Er blickte in die Runde. »Wir müssen jetzt schnellstens diese anderen Typen finden, mit denen Rui ihn gesehen hat. Wenn jemand weiß, worum es hier geht, dann die. *Então, vamos!*«

Alle standen auf.

Tavares klopfte Pinto auf den Rücken. »Also, ich glaub ja, die haben ein paar hübsche Brasilianerinnen dabeigehabt. Oder, Rui, seit wann guckst du solchen Kerlen hinterher?«

Pinto lachte nur und wandte sich ab. Da fiel sein Blick auf Ana Cristina.

Sie sah ihn an, als hätte sie sich das auch schon gefragt.

Während der Fahrt telefonierte er praktisch die ganze Zeit und gab Ana keine Gelegenheit, ihn darauf anzusprechen. Wortlos blickte sie hinaus auf die Avenida da Boavista. Sie fuhren Richtung Meer, vorbei an Apartmentblocks und Hoteltürmen, an alten Stadtvillen und hohen Palmen. Sie waren auf dem Weg zu Niltons Maklerbüro.

»Du, ich muss Schluss machen, ich melde mich nachher noch mal!« Pinto schaltete den Blinker ein und ging vom Gas. »Das da vorne müsste es sein.«

Er parkte mitten im Halteverbot, und sie stiegen aus. Vor ihnen ragte ein graues Büro- und Geschäftshaus empor, die Betonfassade gespickt von den Ventilatorkästen der Klimaanlagen. Schön, wenn man eine hatte: Schon jetzt am Vormittag waren es wieder über dreißig Grad.

Sie mussten in den ersten Stock und nahmen die Treppe. Oben gingen sie einen spärlich erleuchteten Korridor bis zum Ende entlang. Rechts stand auf einer Glastür: ›Imocon, Mediação Imobiliária, Lda.‹. Die Tür und auch das große Fenster zum Gang waren von innen weiß abgeklebt.

»Nicht sehr einladend, was?« Pinto zeigte auf das Fenster. »Sollten hier nicht die Angebote hängen?«

»Würde ich auch sagen.« Daran erkannte man eigentlich ein Maklerbüro: an den Fotos von Häusern mit Preisen und Quadratmeterzahlen.

Sie sahen sich beide noch einmal um. Gegenüber gab es eine weitere Tür, recht edel aus dunklem Holz, mit einem Messingschild: ›Pedra Furada Investments S. A.‹

Quer über den Boden verlief eine Metallschiene. Dieses Ende des Korridors konnte man nachts durch ein Scherengitter absperren. Beide Büros gemeinsam.

»Na denn.« Pinto klopfte bei Imocon und öffnete die Tür. Ana trat hinter ihm ein.

An einem Schreibtisch standen eine Frau im Business-Kostüm und ein Mann ohne Jackett, aber mit Krawatte, die jetzt sofort ihr Gespräch abbrachen und sie ansahen. Sonst war niemand zu sehen.

»*Bom dia.*« Pinto zeigte seine Dienstmarke. »Polícia Judiciária, Mordkommission.«

»*Bom dia.*« Die Frau, um die dreißig, setzte ein routiniertes Lächeln auf. »Ja ... wir haben Sie natürlich erwartet. Wir können es noch gar nicht fassen. Ein Kollege von uns ...« Sie war eindeutig Portugiesin, hier aus der Gegend. Der Mann, etwa im selben Alter, nickte ihnen zu und fragte geschäftsmäßig: »Wie können wir Ihnen behilflich sein?« Ebenfalls Portugiese.

»Sie können ein paar Fragen beantworten«, sagte Pinto.

»Ja. Selbstverständlich.«

Die Antworten waren ziemlich vorhersehbar. Nilton sei ein sehr netter und geschätzter Kollege gewesen, immer gut aufgelegt. »Wie die Brasilianer so sind, nicht wahr?« Nein, es sei ihnen überhaupt nichts an ihm aufgefallen, sie wüssten auch von keinen Schwierigkeiten, in denen er gesteckt hätte. Nein, nein, nein, dass es etwas mit seiner Arbeit zu tun haben könnte, hielten sie für völlig ausgeschlossen. Er müsse mit jemandem verwechselt worden sein, das sei die einzig mögliche Erklärung.

Fonseca hatte strikte Anweisung gegeben, nichts von dem Video zu sagen. Pinto und Ana gingen also anders vor.

»Wie hat sie denn ausgesehen, seine Arbeit?«

Der Mann sagte: »Er war Immobilienberater. Ganz normal, wie ich.«

»Und wen hat er beraten?«

»Nun ... die Kundschaft natürlich.«

»Die Kundschaft.« Pinto ließ einen prüfenden Blick umherwandern. »Sehr auf Publikumsverkehr sind Sie hier aber nicht eingestellt, oder?« Auch hier drinnen waren nirgendwo Fotos von Objekten zu sehen. Nur

Regale mit Aktenordnern, Schreibtische, Computer, alles kahl und nüchtern.

Die Frau lächelte wieder. »Das meiste läuft ja heute übers Internet. Hier kommt nur noch selten ein Kunde vorbei.«

»Und Nilton hat ja auch mehr die brasilianischen Immobilien betreut«, sagte der Mann.

Die Frau warf ihm einen scharfen Seitenblick zu. Das war wohl nicht abgesprochen gewesen.

»Sie vermitteln auch brasilianische Immobilien?«

Die Frau übernahm rasch die Antwort. »Hauptsächlich Ferienapartments in Fortaleza und Umgebung. Mein Kollege wollte nur sagen, eine Vor-Ort-Besichtigung führen wir in dem Fall natürlich nicht selbst durch.«

»Natürlich nicht. Arbeiten hier noch mehr Brasilianer?«

Sie zögerte. »... Ja. Wieso?«

»Wie viele?«

»Warum wollen Sie das wissen?«

»Suchen Sie mir bitte mal die Personalakten raus. Wir brauchen Namen, Adressen, alles. Ich nehme an, da sind auch Fotos drin, oder?«

Sie atmete einmal tief durch. »Es tut mir leid, aber ich bin nicht befugt, Ihnen Akteneinsicht zu gewähren.«

»Haben Sie nicht gesagt, Sie leiten hier den Innendienst?«

»Das sind Dinge, die nur die Geschäftsführung – «

Hinter ihnen ging die Tür auf. Jemand sagte: »Oh, Entschuldigung, ich wollte nicht stören«, und zog die Tür wieder zu.

Pinto und Ana sahen sich an. Die wenigen Worte hatten gereicht. *Brasilianischer Akzent.*

Ana war sofort an der Tür, trat hinaus in den Korridor.
»Einen Moment bitte, ja?«

»So, hier haben wir sie endlich«, sagte Dinis, die Ausdrucke in der Hand.
»Ah, sehr gut.« Fonseca saß an seinem Schreibtisch und hatte schon darauf gewartet. Die Verbindungsdaten des anonymen Telefons, mit dem das Video verschickt worden war. Er streckte die Hand danach aus. Erst jetzt fiel ihm auf, was Dinis für ein Gesicht machte. »Ist was damit?«
»Das kann man wohl sagen.«
Fonseca sah sich den Ausdruck an. »Moment ... Sehe ich das richtig?«
Dinis nickte bedeutungsschwer. »Ja. Dieses Video ist gleichzeitig an acht Empfänger geschickt worden.«
»*Acht.*«
»Ja. An Nilton Wanderley und an sieben andere. Auch alles Nummern von Mobiltelefonen. Wir versuchen gerade, sie zu orten. Bis jetzt ohne Erfolg.«

Als er wieder allein war, sah Fonseca noch immer die Nummern auf der Liste an. Sieben andere. Das durfte einfach nicht wahr sein ... Er hatte das Gefühl, nicht genug Luft zu bekommen, zog eine Schublade auf und nahm sein Asthmaspray heraus.

Dieser Brasilianer sah ganz anders aus als Nilton und seine Kumpane. Er gefiel ihr sofort. Er war groß und schlank, mit vollem schwarzen Haar, und bestimmt nicht viel älter als sie. Er schien eine Art Geschäftsmann zu sein mit seinen schwarzen Lederschuhen, der Anzughose und dem blau-weiß gestreiften, langärmeligen Hemd, das er zugeknöpft, aber ohne Krawatte trug. Es gefiel ihr auch, wie er sie anlächelte.

»Mordkommission. Darf ich fragen, wer Sie sind?«

Sein Lächeln verschwand. Schade, aber das Wort ›Mordkommission‹ hatte nun mal diese Wirkung.

»Ja, ich ... arbeite hier.« Er zeigte auf die dunkle Tür mit dem Messingschild. »Ich bin gerade gekommen, und ich dachte, ich frage mal, ob es was Neues gibt.«

»Sie haben Nilton Wanderley gekannt?«

»Ja und nein. Was heißt ›gekannt‹. Wir sind halt beide Brasilianer, da unterhält man sich schon mal.«

Er hatte eine schöne Stimme, und die weiche brasilianische Aussprache war das Tüpfelchen auf dem i. Wenn sie sich irgendwo anders begegnet wären, auf einer Party vielleicht ... Ana hätte für nichts garantieren können.

»Hatten Sie auch privaten Kontakt?«

»Nein, nein, nur hier bei der Arbeit. Genauer gesagt in der Mittagspause.«

»Ach, Sie sind zusammen essen gegangen?«

»Ab und zu mal, ja.«

»Und worüber haben Sie sich dann unterhalten?«

»Nur so, über dies und das.«

»Worüber Männer so reden, was? Fußball.«

Er lächelte schwach. »Ja, zum Beispiel.«

Sie lächelte ebenfalls. »Und Frauen.«

»Nein ... das eher nicht.«

»Sind Sie sicher? Brasilianerinnen, Portugiesinnen ... Die vergleicht man doch gern mal.«

»Wirklich nicht, nein.«

»Wissen Sie, ob Nilton eine Beziehung hatte?«

31

»Nein, wie gesagt, wir kannten uns nur flüchtig. Über persönliche Dinge haben wir nie gesprochen. Sagen Sie, *gibt* es denn etwas Neues? Haben Sie einen Anhaltspunkt?«

»Wir tun, was wir können. Mehr darf ich dazu leider nicht sagen.«

»Sie wissen noch gar nichts, oder?« Einen Moment lang sah er sie eindringlich an. Dann blinzelte er, schüttelte den Kopf. »Entschuldigung, es ist nur ... Ich bin selbst aus São Paulo, und wenn man dann so etwas hört – auf offener Straße erschossen, aus einem fahrenden Wagen heraus –, dann denkt man: Hier doch nicht! In Brasilien, ja, da würde es niemanden wundern, aber das hier ist Portugal, Europa, hier gibt es das nicht. Ich weiß nicht, ob Sie sich das vorstellen können, wie groß dieser Unterschied ist. Wie *sicher* man sich hier fühlt. Ich habe das vorher gar nicht gekannt.«

»Tut mir leid, wirklich.« Es fehlte nicht viel, und sie hätte sich noch für den Mord entschuldigt. »Hat Nilton mal so etwas gesagt? Dass er sich weniger sicher fühlte?«

»Nein, nie.«

»Ist Ihnen irgendwas an ihm aufgefallen? Eine Veränderung in der letzten Zeit?«

»Nein, gar nichts.« Er schien bereits zu bereuen, was er gesagt hatte.

Aber zum Nachhaken kam sie nicht mehr. Hinter ihr ging die Tür auf. Sie drehte sich um. »Schon fertig?«

»Wir müssen los«, sagte Pinto. »Der Chef hat angerufen.«

Ana wandte sich wieder dem Brasilianer zu. »Wir werden Ihnen in den nächsten Tagen noch ein paar Fragen stellen müssen. Haben Sie vielleicht eine Karte für mich?«

»Ja ... sicher.« Er zog eine Visitenkarte aus seiner Brusttasche und reichte sie ihr.

»Gut, vielen Dank. *Até amanhã.*«

»Kommst du?«, sagte Pinto.

»Ja!« Sie lächelte dem Brasilianer noch einmal zu, dann ging sie mit Pinto den Korridor entlang.

Pinto sah sie im Gehen von der Seite an. »Na! Wenn man dich mal fünf Minuten aus den Augen lässt ...«

»Was denn? Ich hab überhaupt nichts gemacht.«

»Aber du hast daran gedacht.«

»Tut ihr das nicht ständig?«

Die Glastür schob sich beiseite, und sie gingen die Stufen hinab, wieder hinaus in die flirrende Hitze.

»Wie war das überhaupt mit den hübschen Brasilianerinnen? Glaub bloß nicht, dass ich das vergessen habe!«

Pinto lächelte. »Frag mich lieber mal, was der Chef gesagt hat.«

»Na, was war es?«

»Sie wissen jetzt, wem der Laden hier gehört.«

»Und wem?« Sie ging herum auf die Beifahrerseite. Pinto öffnete die Fahrertür. »Rate mal!«

»Keine Ahnung.« Bevor sie einstieg, warf sie noch einen Blick auf die Visitenkarte in ihrer Hand:

›Alessandro Garcia Vicente, Assistant Managing Director, Pedra Furada Investments S. A.‹

Fonseca war noch im Besprechungsraum. Zusammen mit Tavares stand er hinten an der Pinnwand.

»Wieso sollten wir denn abbrechen?«, fragte Pinto

gleich beim Eintreten. Beide einen Plastikbecher Kaffee in der Hand, gingen sie an der Reihe der leeren grauen Tische vorbei. »Wir hätten den Laden lieber dichtmachen und versiegeln sollen.«

»Keine Schnellschüsse«, sagte Fonseca. »Wir müssen uns gut überlegen, wie wir jetzt vorgehen.«

An der Pinnwand hing ein neues Foto: das eines dicklichen, selbstzufriedenen Mannes mit Stirnglatze, weit offenem Hemdkragen und Goldkette auf der Brust.

Pinto sah es sich an und schüttelte den Kopf. »Und das ist amtlich, ja?«

»Steht so im Handelsregister«, sagte Tavares. »Eingetragen als Hauptgesellschafter der Firma Imocon.«

»Unser alter Freund Vítor Puga ... Gestern haben wir noch von ihm gesprochen. Zufälle gibt's, was?«

Fonseca schnaufte kurz durch die Nase.

Auch Ana Cristina war der Name ein Begriff, sie kannte das Gesicht von Pressefotos und aus der einen oder anderen Polizeiakte.

Vítor Puga musste jetzt Ende vierzig sein. Sein erstaunlicher Aufstieg war zwar beobachtet worden, aber die PJ hatte offenbar nie etwas Brauchbares gegen ihn in der Hand gehabt. Angefangen hatte er selbst als Türsteher einiger Nachtlokale und Diskotheken, aus dieser Zeit stammten auch seine Kontakte zur Unterwelt. Als sich dann in den Neunzigern die privaten Sicherheitsfirmen überall breitgemacht hatten, von den Popkonzerten und Fußballspielen bis zu den großen studentischen Abschlussfeiern, hatte Puga kräftig mitverdient. Sein Trupp Gorillas war damals noch ein ziemlich wilder Haufen gewesen, immer wieder war es zu gewalttätigen Zwischenfällen gekommen. Aber verurteilt wurden bestenfalls einzelne Schlägertypen, dem Mann im Hintergrund hatte man nie etwas anhaben können. Noch schwerer nachzuweisen waren später die Schutzgelderpressungen gewesen, da die Besitzer der betroffenen Lokale keine Aussagen machten. Mehrere Bars und Restaurants waren schließlich ganz in Pugas Besitz übergegangen, und diesen legalen Geschäftszweig hatte er zügig weiter ausgebaut. Die Gerüchte über Drogenhandel und Prostitution wollten zwar nie ganz verstummen, aber zur feierlichen Eröffnung seines Spa-Hotels Vista Mar war dann auch schon der Bürgermeister von Matosinhos erschienen. Inzwischen war der ›angesehene Unternehmer‹ und ›wichtige Arbeitgeber in der Region‹ so unentwirrbar mit der lokalen Politik verbandelt, dass er von der Justiz nicht mehr viel zu befürchten hatte.

»Wir müssen auf jeden Fall aufpassen«, sagte Fonseca. »Nicht gleich mit der Tür ins Haus fallen.«

»Ich weiß, ich weiß!« Pinto hob beide Hände. »Er spielt jetzt Golf mit dem Staatsanwalt.«

»Wie war's denn da, in dem Maklerbüro?«

Pinto berichtete, und Ana sah sich noch einmal das Foto von diesem Puga an. Seine Vergangenheit als Türsteher ließ sich gerade noch erahnen. Er hatte etwas von einem Ex-Boxer, der mit den Jahren fett geworden war. Seine Nase sah jedenfalls aus, als hätte sie einiges eingesteckt und wäre etwas schief und platt gedrückt wieder zusammengewachsen.

Sein Name stand auch schon auf der weißen Schreibtafel, und rote Verbindungslinien führten zu zwei anderen Namen: zu ›Nilton‹ und ›Tony Maluco‹. Eine dritte

Linie, zwischen Nilton und Tony, war von einem Fragezeichen unterbrochen. Tavares beugte sich etwas zu Ana herab und sagte leise: »Da kann man doch stutzig werden, oder? Tony sagt, er weiß nicht, wer Nilton war. Und jetzt stellt sich heraus: Sie haben beide denselben Chef gehabt.«

4

An diesem Abend schlug Pinto ganz harmlos vor, doch mal wieder zum Brasilianer zu gehen.»Was hältst du davon?«

Seine Freundin Vânia sah ihn misstrauisch an.»Und zu welchem?«

»Na, zu Careca, dachte ich.«

»Und woher wusste ich, dass du das sagen würdest?«

»Ist doch klar: Die Picanha ist einfach die beste!«

Sie gingen zu Fuß durch die Gassen des alten Viertels. Es war immer noch sehr heiß, selbst vom Meer kam kaum eine Brise. Und dann standen sie vor verschlossener Tür: ›Montags Ruhetag‹.

»Hmm.« Pinto blickte unwillig an der Fassade hinauf. Das Schild war nicht erleuchtet – ›Churrascaria Carioca‹ –, und auch hinter den Fenstern im ersten Stock regte sich nichts.

»Die haben ge-schlos-sen«, sagte Vânia.

»Ja, ja, das sehe ich.« Pinto trat an den Schaukasten mit der Speisekarte. Dann nahm er sein Mobiltelefon und tippte die Nummer ein, die auf der Karte stand.

»Was soll denn das jetzt? Glaubst du, die machen extra für dich ihr Restaurant auf?«

»Nein, natürlich nicht.« Er wartete, sein Telefon am Ohr. »Ich will ja nur ...«
»Was?«
»Kurz mit Hermano reden.«
»Aha? Und worüber?«
»Ist egal. Er geht eh nicht ran.« Er steckte sein Telefon ein. »Komm«, sagte er lächelnd und hakte Vânia unter, »suchen wir uns was anderes! Worauf hast du Lust?«

Ein paar Kilometer stadteinwärts, in der Rua Barbosa Du Bocage, stand um diese Zeit eine junge Frau in ihrer Wohnung und lauschte an einer Zimmertür. Sie war barfuß, im Sommerkleid, und eine Hand hatte sie unwillkürlich auf ihren Bauch gelegt. Sie war im siebten Monat schwanger. Ihr Name war Sara, sie war Portugiesin aus Gaia, und hinter der Tür telefonierte ihr brasilianischer Mann mit São Paulo.

Sie wusste, es war wieder das Spezialtelefon. Es sah aus wie ein normales Mobiltelefon, aber das war es nicht. Sie nahm an, dass es ›abhörsicher‹ war oder so was. Er bewahrte es in einer Kassette im Schreibtisch auf, und immer wenn er es auflud, hielt er sich in der Nähe auf und schloss es hinterher sofort wieder weg. Bis vor Kurzem hatte er nur ganz selten damit telefoniert, und jedes Mal war er dafür in sein Arbeitszimmer gegangen, wie jetzt, und hatte die Tür hinter sich zugemacht. Sara hatte schon öfter gelauscht, aber sie hatte nichts damit anfangen können, was er sagte. Sie wusste nur: Es war immer derselbe, mit dem er da sprach. Jemand, vor dem er offenbar größten Respekt hatte. Sie kannte diesen ehrerbietigen Ton sonst gar nicht an ihm, und er gefiel ihr auch nicht.

Heute war er nervös, er schien hin und her zu gehen, einiges konnte sie nicht verstehen. Er hatte schlechte Nachrichten überbracht, so viel war sicher. »Es ist so, wie ich befürchtet habe«, hatte sie ihn sagen hören. »Es tut mir ungeheuer leid.« Und: »Nein ... kein Zweifel. Nein.« Dann eine Weile nur: »Ja. – Ja. – Ja, sicher.« Einmal war er der Tür so nahe gekommen, dass sie glaubte, ihn tief durchatmen zu hören. »Ich weiß. Und ob ich das weiß ...« Ihre Straße war eigentlich ruhig, ohne Durchgangsverkehr. Aber dann war ein Auto gekommen, das ganz langsam fuhr und natürlich mit heruntergelassenen Scheiben: Die Musik dröhnte herauf, die Bässe wummerten.

Vai pa puta, pá! dachte sie.

Endlich konnte sie wieder verstehen, was er sagte: »... ganz klar eine Drohung! Die haben mich auch auf der Liste. Ich weiß nicht, was ich jetzt machen soll. Meine Frau erwartet ein Kind! In ein paar Wochen ist es so weit.«

Sara hielt den Atem an.

»Ein Sohn. Wir wollen ihn nach mir nennen: Alessandro.«

Erst mal war nichts mehr zu hören. Der andere schien ungewöhnlich lange zu reden. Dann endlich: »Ja, das ist gut. – Ja, so werde ich es machen. Ich danke Ihnen vielmals. – Ja, ich melde mich, selbstverständlich. Ich weiß jetzt noch nicht, wo wir hinkönnen. Mit der Schwangerschaft und allem ... Auf jeden Fall raus hier, solange noch Zeit ist.«

Saras Herz klopfte bis zum Hals. Einen Moment lang hatte sie Angst, dass ihr schwindlig wurde. Sie lehnte sich an den Türrahmen, hielt sich fest.

»Wenn diese ... Leute rüberkommen: Brauchen die

noch Informationen von mir? – Ja, ich denke auch, es müsste alles in meinen Berichten stehen. Und wir bleiben ja auch in Verbindung. – Genau so mache ich es. Ich weiß nicht, wie ich Ihnen danken soll.«
Sie hörte mit an, wie er sich wortreich verabschiedete, bis zum letzten »*Com licença.*« Aber sie rührte sich nicht von der Stelle. Sie wartete einfach, dass er herauskam. Es dauerte und dauerte. Er kam nicht. Schließlich drückte sie die Klinke herunter, machte die Tür auf. Alessandro stand am Schreibtisch, den Kopf gesenkt. Er blickte auf und sagte leise: »Hast du gehört? Wir müssen hier weg. Heute noch.«
»Was soll das heißen?«
»Wir sind hier nicht mehr sicher. Das meine ich ernst.«
Erst jetzt sah sie, dass er Tränen in den Augen hatte.
»Sandro! Was ist denn los?«
»Je weniger du weißt, desto besser. Komm, schnell, wir müssen packen!«

Pinto war unruhig an diesem Abend. Den Sonnenuntergang auf dem Atlantik hatten sie eigentlich entspannt im Praia da Luz genießen wollen, mit einer Caipirinha in den Deckchair gelehnt, aber heute hatte er keinen Sinn dafür. Kaum war die Sonne verschwunden, trank er aus und sagte: »Was ist, bummeln wir noch ein bisschen?«
Vânia seufzte leise. Sie hatte ihre Schuhe abgestreift und wirkte, als hätte sie es gut noch ein Weilchen hier aushalten können. »Darf ich wenigstens noch austrinken?«
Rastlos zogen sie von einer Strandbar zur nächsten, und wo immer sie hinkamen, sah er sich die halbe Zeit um und musterte die anderen Gäste.

Irgendwann sagte Vânia langsam und deutlich: »Hier ist sie auch nicht.«

»Wer ist nicht hier?«

»Diese kleine Asiatin. Nach der du schon den ganzen Abend Ausschau hältst.«

»Was? Wovon redest du denn?«

Vânia verdrehte die Augen. »Oh, Mann ...!«

Sara fand sehr wohl, dass sie wissen sollte, was los war. Und es reichte ihr ganz und gar nicht, wenn er sagte: »Glaub mir, ich verstehe es auch nicht!«

Die meisten Sachen packte sie selbst zusammen. Er war so planlos und hektisch, dass sie es nicht mit ansehen konnte. »Gib her, lass mich das machen! Du verknüllst mir bloß alles!«

Er versuchte, sie abzulenken. »Stell dir einfach vor, wir würden verreisen, ja?«

»Wo sollen wir denn hin? Und für wie lange? Ich muss Freitag zum Ultraschall! Was stellst du dir eigentlich vor, wie das weitergehen soll?«

»Ich weiß es nicht! Ich weiß nur, dass wir hier wegmüssen! So schnell wie möglich, egal wohin!«

»Sandro! Was ist mit deiner Arbeit? Mit deiner Chefin?«

»Ich hab da niemanden, dem ich noch trauen kann. Niemanden!«

»Dieser Nilton war doch gar nicht in deiner Firma! Was hast *du* denn damit zu tun?«

Sie bekam keine Antwort. Nur: »Ich kann nichts dafür!« Und: »Ich will dich doch nur schützen. Dich. Euch ...«

Zwischendurch erledigte er noch schnell etwas im

Internet, dann klappte er seinen Laptop zu und packte ihn ebenfalls ein.

Es war schon weit nach Mitternacht. Sara saß erschöpft auf der Bettkante, eine Hand im Kreuz. Ihr Rücken tat weh. »Also, Koffer schleppen kann ich jetzt nicht auch noch.«

»Natürlich nicht! Ruh dich aus.« Er ging vor ihr in die Hocke, nahm ihre Hände. »Es wird alles wieder gut. Rechtzeitig. Ich verspreche es dir. Die schicken jemanden rüber. Eine Delegation. Das sind Profis, die bringen alles wieder in Ordnung.«

»Sandro … Ich habe Angst.«

»Ja. Ich auch. Aber jetzt müssen wir los.« Er stand auf, nahm den ersten Koffer und die Reisetasche. An der Tür drehte er sich noch einmal um. »Es ist das Einzige, was wir tun können. Vertrau mir.« Dann zog er leise die Wohnungstür hinter sich zu.

Als er aus dem Haus trat, blieb er kurz stehen und horchte. Fernes Autohupen, von irgendwo leise Musik, sonst war alles ruhig. Die Straße lag menschenleer da, im Licht der wenigen Laternen.

Sein Wagen stand rechts unter den Straßenbäumen. Rasch und entschlossen ging er in die Richtung, die Reisetasche umgehängt, den Koffergriff fest gepackt.

Er stellte sein Gepäck auf dem Gehweg ab, öffnete den Kofferraum. Er war gerade dabei, die Reisetasche einzuladen, da blendeten hinter ihm Scheinwerfer auf. Er fuhr herum, blinzelte in das volle Fernlicht.

Das Auto kam ganz langsam näher, fast lautlos: eine große, schwere Limousine. Auf seiner Höhe hielt sie an, die hintere Tür ging auf, und eine Stimme sagte: »Los, steig ein.«

Von links kam ein Mann auf ihn zu. Er trug eine schwarze Sturmhaube und hielt eine Schusswaffe auf ihn gerichtet. Er blickte nach rechts. Auch dort trat ein Maskierter zwischen den geparkten Wagen hervor.
»Mach schon!«, sagte die Stimme vom Rücksitz.
»Nein!« Er griff in das Seitenfach der Reisetasche.
»Niemals!« Schon hatte er selbst eine Waffe in der Hand.
»Zurück! Zurück!«
Der Mann, der von links kam, schoss sofort und traf ihn ins Bein. Alessandro stürzte gegen den Kofferraum, hielt sich aufrecht, drückte ebenfalls ab. Noch mehr Schüsse krachten, er sackte auf den Gehweg. Irgendwo schrie eine Frau. Er schaffte es noch, ein letztes Mal abzudrücken, dann brach er seitlich zusammen.

Einer der Männer mit Sturmhaube trat nahe an ihn heran, streckte den Arm aus und schoss ihm gezielt in den Kopf.

Die beiden Männer sprangen in den dunklen Mercedes, einer vorn, einer hinten, und der Fahrer gab Gas.

5

»*Foda-se*«, sagte Tavares, als er in die Rua Barbosa Du Bocage einbog. Vor sich sahen sie die zuckenden Blaulichter. »Ich hätte mal doch Profifußballer werden sollen.« Fonseca steckte sein Asthmaspray wieder ein. »Wieso haben Sie damals eigentlich aufgehört?«
»Ach, der Scheiß-Meniskus, der wurde und wurde nicht wieder. Irgendwann ist man dann raus.«
Mehrere Streifenwagen und eine Ambulanz standen in der zweiten Reihe. Tavares hielt dahinter an, sie stiegen aus und gingen hinüber zum Absperrband.
»Drei Schüsse«, sagte Andrade, »einer davon direkt in den Kopf.«
Fonseca sah sich den Toten an, redete noch mit diesem und jenem, auch wenn er das meiste schon wusste. »Alessandro Vicente. Hat bei dieser Investmentfirma gearbeitet, Tür an Tür mit Nilton.« Dann ließ es sich nicht länger hinauszögern. Er brauchte nicht zu fragen, welcher Eingang es war: Zwei Schutzpolizisten standen davor. Mit schweren Schritten stieg er die Treppe hinauf.
Pinto empfing ihn an der Wohnungstür. Er sprach ganz leise. »Ana ist bei der Frau. Da im Wohnzimmer.«
»Das ist gut.«

Fonseca hörte das Weinen, atmete noch einmal durch und ging dann hinein, ohne anzuklopfen.

Drinnen blieb er gleich wieder stehen. Im ersten Moment sagte er gar nichts. Er hatte schon gehört, dass die Frau hochschwanger war, aber sie vor sich zu sehen war noch etwas ganz anderes. Sie weinte haltlos, Ana saß neben ihr auf dem Sofa und hielt sie im Arm. Beide schienen ihn gar nicht zu bemerken, und er war kurz davor, sich leise zu entschuldigen und wieder hinauszugehen.

Ana blickte auf. Auch sie war sichtlich mitgenommen. Er wusste, dass sie gestern Vormittag noch mit dem jungen Mann gesprochen hatte, der jetzt da draußen auf dem Gehweg lag.

»Sara?«, sagte sie behutsam. »Das ist Chefinspektor Fonseca. Meinen Sie, dass Sie schon ein paar Fragen beantworten können? Es wäre sehr wichtig.«

Sara biss sich auf die Unterlippe, nickte tapfer. Sie trug ein ärmelloses Sommerkleid und war barfuß. Ihre langen dunklen Haare waren zerzaust und Anas genauso. Man hätte meinen können, die beiden wären Schwestern.

Fonseca räusperte sich etwas verlegen und ließ sich in den Sessel nieder. »Senhora ...«

»Nennen Sie mich einfach Sara.«

»Sara ... Die gepackten Koffer und die Reisetasche. Was hat es damit auf sich?«

Sofort musste sie wieder schluchzen, Tränen liefen ihr über die Wangen. Ana strich ihr sanft über den Oberarm.

»Er hat so ... furchtbare Angst gehabt. Er hat gesagt, wir müssten dringend hier weg ...«

»Warum gerade heute Nacht? Wissen Sie das?«

»Er hat etwas von einer Drohung gesagt. Dass ihn

jemand ›auf der Liste‹ hätte ... Ja, er hat gesagt: ›Die haben mich auch auf der Liste.‹« Sie weinte wieder.

Fonseca musste trotzdem weiterfragen. »Zu wem hat er das gesagt? Nicht zu Ihnen?«

»Nein ...« Sie wischte sich die Tränen weg. »Am Telefon. Er hat mit ... São Paulo gesprochen.«

»Mit São Paulo? Und mit wem dort?«

Sie schüttelte matt den Kopf. »Ich weiß es nicht.«

»Versuchen Sie bitte, sich zu erinnern.«

Aber sie schien den Namen wirklich nicht zu kennen. Sie sagte etwas von einem ›Spezialtelefon‹.

»Wo ist dieses Telefon jetzt? Hier in der Wohnung? Oder hat er es eingepackt?«

»Ja, warten Sie ... Der Koffer im Schlafzimmer. Da müsste es drin sein. Die anderen auch.«

»›Die anderen‹?«

Sie sah ihn an. »Seine Telefone. Ich glaube, er hat drei oder vier.«

Fonseca holte tief Luft. »Sara«, sagte er und stemmte sich aus dem Sessel hoch, »dann danke ich Ihnen erst mal.«

Alessandros Mobiltelefone wurden in die Rua Assis Vaz gebracht. Sara wusste die Zugangscodes nicht, und die Techniker brauchten ihre Zeit. Fonseca konnte nichts mehr tun. Er beschloss, noch schnell zwei, drei Stunden zu schlafen.

Aber zu Hause war er dann hellwach und ruhelos. Als der Anruf kam, stand er mit einem Glas Whisky auf seiner Dachterrasse und blickte über die Lichter der Stadt hinweg auf das dunkle Meer.

Es war Dinis, und er bestätigte, was sie alle gewusst hatten, in dem Moment, als sie die Telefone aus dem Koffer nahmen. Eins davon hatten sie wiedererkannt: Es war das gleiche Modell wie bei Nilton.

»Das Video ist drauf«, sagte Dinis. Alessandro Vicente war einer der acht Empfänger gewesen.

Der zweite Brasilianer, der tot auf der Straße lag. Innerhalb von achtundvierzig Stunden. Damit war Alarmstufe Rot ausgelöst.

Schon früh am Morgen konnte Fonseca sich vor Anrufen nicht retten. Sein Direktor zeterte gleich los: »Wenn das so weitergeht! Nicht auszudenken! Was soll ich Lissabon sagen?«

Um ein Haar hätte Fonseca geantwortet: ›Sagen Sie denen einfach, da kommt eine Delegation aus São Paulo. Die bringt alles wieder in Ordnung.‹ Er war fast erleichtert, als beim nächsten Klingeln ›Dr. Xavier‹ auf der Anzeige stand.

»Das sollten Sie sich gleich mal ansehen«, sagte der Doktor.

Fonseca war es lieber, zur Leichenhalle zu fahren, als sich auf der Dienststelle blicken zu lassen. Er schüttelte selber den Kopf darüber: So weit sind wir nun schon.

Eine junge Assistentin nahm ihn in Empfang und führte ihn in den Obduktionssaal. Doktor Xavier stand an einem der Sektionstische, mit einer Leiche beschäftigt. Als er ihn sah, hob er kurz eine Hand zum Gruß, im blutigen Handschuh. Fonseca nickte ihm zu und wartete.

Alessandro war erst für halb elf gebucht, und es stand auch schon fest, wer dabei sein sollte. Dies hier war außer der Reihe.

Xavier übergab an jemand anderen, streifte die Latexhandschuhe ab und kam herüber. »Ja, ich denke, das könnte wichtig sein.«

Alessandros Leiche lag noch auf einer Rollbahre, Doktor Xavier deckte sie ab und sagte: »Hier, diese Tätowierungen. Sagten Sie nicht, der Mann wäre Banker gewesen?«

»Ja, so was Ähnliches. ›Soundso Director‹ bei einer Investmentgesellschaft.«

»Nun, dann hat er eine bemerkenswerte Karriere hinter sich.«

»Inwiefern?«

»Diesen Tattoos nach würde ich sagen: Das ist ein Junge aus der Favela, und er hat auch mal ein Gefängnis von innen kennengelernt.«

Fonseca trat einen Schritt näher. Das grelle, kalte Licht hob die Schusswunden in Bein, Brust und Kopf sehr deutlich hervor, und die Tätowierungen waren ebenso klar zu erkennen. So amateurhaft, wie sie gemacht waren, konnten sie gut und gern aus dem Gefängnis stammen.

»Sehen Sie, hier, der Clown. Der bedeutet: Unser Mann hier hat mal Raubüberfälle verübt.« Der Clown hatte ein ziemlich fieses Grinsen, mit gebleckten Zähnen. »Und hier an der Schulter: das Spinnennetz. Das heißt, er hat zu einer Gang gehört. Auf dem Rücken hat er noch einen Tasmanischen Teufel. Das heißt ebenfalls: Beteiligung an Raubüberfällen.« Doktor Xavier deutete auf den Oberarm des Toten: »Und dann hier, der Ligeirinho.«

Das war eine Comicfigur: eine pfiffige Maus mit einem großen Sombrero.

»Den kenne ich als Speedy Gonzáles«, sagte Fonseca.

»Ach, heißt der hier so? Jedenfalls ist er das Zeichen der Motorradkuriere, die die Drogen ausliefern. Hier haben wir noch einen weiteren Hinweis auf Drogenhandel und auch auf Drogenkonsum: das Maconha-Blatt.« Er zeigte auf den linken Fuß, auf dem ein Cannabis-Blatt eintätowiert war. Darunter stand: ›Vida loka‹.

»*Vida louca?*«, fragte Fonseca. Verrücktes Leben.

»Das Leben in der Favela. Gangs, Drogen, Waffen, schöne Mädchen. Man ist frei, man ist high, man kann schnell einen Haufen Geld machen, und man kann jeden Augenblick erschossen werden.«

»Hmm ... Sie haben recht, Doktor, das ist ein ziemlich weiter Weg zum Investmentbanker.«

»Wie man's nimmt.« Doktor Xavier lächelte. »Das mit dem ›schnell einen Haufen Geld machen‹, das könnte die Verbindung sein. Und erschossen worden ist er ja auch.«

»Gangmitglied aus der Favela?«, sagte Inspektor Dinis. »Das ist schon merkwürdig. Also, nach dem, was wir hier vorliegen haben, hat er an der ... Moment ... Ibmec Business School in São Paulo studiert und dort den Abschluss MBA gemacht: ›Master of Business Administration‹.«

»Tja, irgendwie muss er die Kurve gekriegt haben. Brasilien, das Land der Chancengleichheit, was?«

»Also, das höre ich zum ersten Mal.«

Fonseca sah auf die Uhr. »Seine Frau muss gleich hier sein. Vielleicht weiß die ja, wie das Wunder geschehen ist.«

6

Er war froh, dass Ana Cristina wieder dabei war, und auch Sara wirkte erleichtert, sie zu sehen. Die beiden begrüßten sich mit Küsschen, Küsschen. Fonseca fand immer noch, dass sie wie Schwestern aussahen. Heute hatten sie beide ihr Haar zum Pferdeschwanz gebunden. Der Schwangerschaftsbauch beunruhigte ihn etwas.

»Geht das mit dem Stuhl? Wir können Ihnen gern einen anderen holen.«

Sara lächelte schwach, die Augen noch vom Weinen gerötet. »Es geht schon, danke.«

Er fragte sie, wie sie zurechtkomme, und sie sagte, ihr Vater habe sie in der Nacht zuvor noch abgeholt, sie wohne jetzt erst einmal bei ihren Eltern in Gaia.

»*Tá bem*«, sagte Fonseca und fing mit der Zeugenvernehmung an. Sara Fernanda da Rosa Pires, sechsundzwanzig Jahre alt.

»Ich muss noch einmal auf die Drohung zurückkommen, von der Ihr Mann am Telefon gesprochen hat, diesem ›Spezialtelefon‹. Haben Sie ihn danach gefragt?«

»Ja, natürlich. Ich habe ihn nach allem gefragt. Was überhaupt los ist. Aber mir hat er ja nichts gesagt.«

»Wann genau hat er diese Drohung erhalten?«

»Am Sonntagabend, da bin ich ganz sicher. Es war schon spät, mitten in der Nacht, aber schlafen konnte ich sowieso nicht.« Sie lächelte Ana schwach zu. »Ich kann Ihnen sagen, wenn die Schwangerschaft geplant gewesen wäre, dann hätte ich sie irgendwie anders gelegt, nicht gerade in die heißesten Monate.« Sie verstummte, senkte den Blick. »Ja, da ist irgendwas gekommen, auf dem Telefon. Eine SMS, glaube ich.«

Fonseca wusste sehr gut, was da gekommen war. Aber er sagte nichts, sondern fragte: »Hat er sie Ihnen gezeigt?«

»Nein, ach was, ich sollte überhaupt nichts davon wissen.«

Er fragte weiter. Ob ihr Mann zumindest angedeutet habe, von wem er sich bedroht fühlte. Aber Sara konnte ihm beim besten Willen nicht helfen. Alessandro habe immer nur versucht, alles Belastende von ihr fernzuhalten. Seit sie schwanger sei, erst recht. »Als das gekommen war, Sonntagnacht ... da war er völlig fertig. Er ist in sein Arbeitszimmer gegangen, hat die Tür hinter sich zugemacht. Es kann sein, dass er da auch schon versucht hat, in São Paulo anzurufen. Aber wenn, dann hat er niemanden erreicht. Ich glaube, er hat die ganze Nacht nicht geschlafen. Ich habe versucht, mit ihm zu reden, aber er war ... wie abwesend. Diese SMS oder was das war, die war einfach zu viel für ihn.« Sie wischte sich eine Träne ab, presste die Lippen aufeinander. »Er war ja vorher schon so nervös, es ist immer schlimmer geworden. Und dann der Mord an diesem Nilton ...«

»Moment«, sagte Ana. »›Vorher‹ heißt *vor* dem Mord an Nilton?«

Sara sah sie leicht irritiert an. »Ja ... Jetzt kommt es mir natürlich vor, als ob er etwas geahnt hätte.«

»Wann hat das angefangen«, fragte Fonseca, »dass er ungewöhnlich nervös war?«

»Vor ein paar Wochen. Da hab ich ihn auch schon immer gefragt: ›Sandro, was ist denn? Was hast du?‹ Aber er hat nur gesagt: ›Es ist nichts. Ich bin nur etwas abgespannt. Zu viel Stress bei der Arbeit.‹«

Fonseca überlegte kurz. Sie *mussten* den Zeitpunkt näher eingrenzen. »Wissen Sie noch, wann Ihnen das zum ersten Mal aufgefallen ist? Bei welcher Gelegenheit?«

Sara runzelte die Stirn, den Blick gesenkt.

Sie warteten.

Schließlich sagte sie: »Ja, ich weiß noch, wie ich gedacht habe: ›Was ist denn plötzlich los? An São João war doch noch alles in Ordnung.‹ Da waren wir unterwegs, wissen Sie, mit ein paar Freunden, und haben uns das Feuerwerk angesehen.«

»An São João. Das ist jetzt vier Wochen her.«

»Wem sagen Sie das.« Sie seufzte, eine Hand im Kreuz. »Da war ich noch etwas besser zu Fuß und hatte es auch noch nicht so im Rücken.«

»Und danach also ...«

»Ja. Ein paar Tage danach fing es an. Er wurde immer unruhiger, irgendwas hat ihn bedrückt und nicht mehr losgelassen.« Sie sah Fonseca an, aus ihren verweinten Augen. »Warum hat es nur so weit kommen müssen? Warum hat er nicht mit mir geredet? Wir hätten doch zur Polizei gehen können. Hier, zu Ihnen! Oder?«

»Sicher, das hätten Sie.« Er wollte es ihr nicht sagen, aber er wusste, er hätte nichts für sie tun können.

Pinto klappte die Wagentür zu und blickte an demselben grauen Bürogebäude hoch wie gestern. »Na, da soll mir mal einer erzählen, dass das Zufall ist.«

Heute ging er mit Tavares die Treppe hinauf und den dämmrigen Korridor entlang. Bei Imocon klingelte hartnäckig ein Telefon. Niemand nahm ab.

Pinto klopfte an der edlen Holztür von ›Pedra Furada Investments‹. Es rührte sich nichts. Er drückte den Klingelknopf. Immer noch nichts. Er probierte den Türknauf, aber der ließ sich nicht drehen.

Tavares versuchte es bei Imocon. Auch dort war die Tür verschlossen. »Alle abgetaucht, was?«

Pinto nickte. »Die wissen schon, warum.«

Über Alessandros Leben in Brasilien wusste Sara so gut wie nichts. Sie waren auch nie zusammen drüben gewesen. Er habe das alles hinter sich lassen wollen. Es tue ihr leid, so wenig weiterhelfen zu können.

»Nein, nein«, sagte Fonseca, »ich kann Ihnen nur danken, dass Sie heute überhaupt schon hergekommen sind. Soll Sie jemand nach Hause fahren?«

»Danke, nicht nötig. Mein Vater wartet draußen.«

Er saß auf einer Bank im Korridor: ein grauhaariger Mann in Fonsecas Alter. Als er seine Tochter sah, stand er eilig auf und nahm sie beim Arm.

Fonseca und Ana Cristina blieben an der Tür des Vernehmungszimmers stehen und sahen den beiden nach, wie sie zum Fahrstuhl gingen.

»Immerhin, sie hält sich ja ganz gut«, sagte Fonseca. »Finden Sie nicht?«

Ana schüttelte leise den Kopf. »Ich fürchte, das

ist noch der Schock. Richtig schlimm wird es hinterher.«

Ein Stück weiter ging eine Tür auf, Dinis trat heraus. »Ah, sind Sie fertig? Ich hab hier was Neues!« Er kam herüber, ein paar Papiere in der Hand. »Wir haben mal gesehen, was wir über diese Firma finden, Pedra Furada. Nicht ganz uninteressant. Die Geschäftsführerin ist ebenfalls Brasilianerin.« Er las den Namen vom Blatt ab: »Maria Aparecida de Alencar Possamai. Ihre Freunde dürfen sie Cida nennen.« Er sah Fonseca an und lächelte. »Und wissen Sie, wer das ist?«

Sara saß stumm auf dem Beifahrersitz, den Kopf geneigt, und sah aus dem Seitenfenster. Sie war dankbar, dass ihr Vater sie in Ruhe ließ und nicht darauf bestand zu reden. Auf dem Stadtring fuhren sie Richtung Ponte do Freixo, bei Sonne und blauem Himmel. Es war wieder ein heißer Tag.

Sie dachte an ihren ersten Sommer mit Alessandro. Wie ahnungslos sie gewesen war. Sie wäre nie auf die Idee gekommen, dass Brasilien immer zwischen ihnen stehen würde, unüberbrückbar.

Einmal, am Strand, hatten sie dieses Mädchen gesehen, das ein T-Shirt trug mit der Aufschrift ›Born on the Beach‹, und sie hatten gelacht und die Köpfe zusammengesteckt: »Na, *geboren* wohl nicht direkt ...« Aber genau so war er ihr damals vorgekommen, ihr großer, schöner Brasilianer: als sei der Strand seine natürliche Umgebung, als *käme* er einfach daher, braun und mit strahlendem Lächeln, ein Surfbrett unter dem Arm.

Sie hatte dann schnell gemerkt, dass es anders war. In

São Paulo gab es keinen Strand, nur Hochhäuser bis zum Horizont. Sie hatte versucht, ihn nach seinen Tattoos zu fragen – ›Vida loka‹ –, aber er hatte ihr nur übers Haar gestrichen und gesagt: »Das ist alles weit weg und vorbei. Du bist das einzig Wichtige.«
Aber es war nicht vorbei gewesen, und es war auch nicht weit weg. Es war hinter ihm hergekommen, und es hatte ihn umgebracht: sein Brasilien.

Pinto erhielt den Anruf im Café. Er stellte sein Espressotässchen ab, sah auf die Anzeige. »Der Chef«, sagte er und hob sein Telefon ans Ohr. »Ja?« Einen Moment lang hörte er zu, dann sagte er: »*Pugas Ehefrau? Ist das wahr?*«
Tavares hörte auf zu kauen, sein Tosta mista in der Hand, und zog die Augenbrauen hoch.
»Nein, nein, hier kommen wir sowieso nicht weiter. Die Büros sind beide geschlossen. – Dann fahren wir da jetzt hin? – Das würde ich auch sagen. Der ist schon länger fällig. Wo treffen wir uns? – Ja, ist gut. Wir sind unterwegs.« Er nahm sein Telefon vom Ohr, schüttelte den Kopf. »Pugas Ehefrau. Also, jetzt reicht's aber.«

7

Die Fahrt ging wieder Richtung Atlantik, die schnurgerade Avenida da Boavista entlang. Diesmal saß Ana Cristina am Steuer, Fonseca neben sich, der die ganze Zeit telefonierte. »Nein, da bleiben wir jetzt standhaft«, hörte sie ihn sagen. »Immer nur das zugeben, was sich nicht länger leugnen lässt. Genau wie die Kriminellen das machen. Beide Opfer sind Brasilianer, und damit hat es sich, ist das klar? Wir wissen von keiner Verbindung zwischen den Fällen. Ich verlasse mich auf Sie.« Zu jemand anderem sagte er: »Nein, das ist Täterwissen. Da halten wir schön den Deckel drauf.« Und etwas später, zu demselben: »Ich sage Ihnen eins: Wenn dieses Video bekannt wird, dann bricht eine Medienhysterie aus, die uns alle in den Wahnsinn treibt. Und in null Komma nichts haben wir eine Sonderkommission aus Lissabon vor der Nase und sind nicht mehr Herr im eigenen Haus! Wenn ich das irgendwie verhindern kann, werde ich es tun!« Zwischendurch brummte er vor sich hin: »Gott, was für ein Hühnerhaufen ...!«

Vítor Puga wohnte in Nevogilde, der teuersten Wohngegend von ganz Porto. Die Rua Marechal Saldanha lag ruhig zurückgesetzt in der dritten Reihe vom Meer, und den angenehmen Schatten der Platanen konnte man heute gut gebrauchen. Für den Nachmittag waren siebenunddreißig Grad vorausgesagt.

»Da sind sie«, sagte Ana. Pinto und Tavares, beide in Polohemden und mit schwarzen Sonnenbrillen, warteten neben ihrem Dienstwagen. Pinto zeigte mit dem Finger auf eine Parklücke. Gleich darauf standen sie beisammen, auch Fonseca heute in kurzärmeligem Hemd und ohne Krawatte, Ana mit Pferdeschwanz und grellgelbem Sommertop.

»*Vamos lá*«, sagte Fonseca. »Mal hören, was die Herrschaften zu sagen haben.«

»Falls Sie uns denn vorlassen«, sagte Pinto.

Erst sah es nicht danach aus. Auf ihr Klingeln tat sich gar nichts. Die Villa Puga stand da wie unbewohnt: ein moderner weißer Kasten mit heruntergelassenen weißen Rollläden. Eine große Palme überragte die Gartenmauer, und die lila Blütenkaskaden einer Bougainvillea leuchteten in der Sonne.

»Vielleicht hätten wir doch vorher anrufen sollen«, sagte Tavares.

Von irgendwo hinter der Mauer kam ein tiefes, dumpfes Bellen. Dann näherte sich ein Hecheln, und ein großer, massiger Rottweiler erschien am Gittertor.

»Na, du bist aber ein Feiner«, sagte Pinto. Der Hund fing sofort an, ihn grollend anzuknurren.

Fonseca streckte die Hand aus, um noch einmal zu klingeln. Der Rottweiler duckte sich wie zum Sprung, und sein Knurren wurde noch lauter. Er starrte sie an aus seinen dunklen, aufgerissenen Augen und fletschte die Zähne. Es waren sehr große, weiße, spitze Zähne.

»Ist ja gut …« Fonseca klingelte trotzdem und sagte in die Gegensprechanlage: »Polícia Judiciária. Schaffen Sie bitte diesen Hund weg, und machen Sie auf. Wir müssen dringend mit Ihnen reden.«

Drüben wurde vorsichtig die Haustür geöffnet. Ein schwarzes Dienstmädchen, in weißer Kittelschürze, spähte zu ihnen herüber. Es tat einen zögerlichen Schritt nach draußen, traute sich dann aber nicht weiter, winkte ihnen fahrig zu und huschte wieder hinein.

»Na, ich hoffe, das war jetzt nicht alles«, sagte Fonseca.

Es dauerte noch einen Moment, dann ging die Tür wieder auf, und der Hausherr selbst trat heraus. Ana erkannte ihn gleich an der Boxernase. Nur seine Stirnglatze schien etwas größer geworden zu sein. Betont gelassen setzte er sich in Bewegung. Sein weißes Hemd mit den hochgekrempelten Ärmeln trug er über der Hose, wodurch es weiträumig von seinem Bauch herabhing. Wie auf dem Bild war sein Hemdkragen offen, und auch die dicke Goldkette glänzte im Sonnenschein. »Hulk, aus!«

Der Rottweiler knurrte einfach weiter.

Vítor Puga packte ihn am Halsband und hob die Hand, als ob er ihm Schläge androhte. »Aus, hab ich gesagt! Sitz!«

Der Hund wirkte wenig beeindruckt, aber er setzte sich. Die Fremden behielt er scharf im Blick, und er knurrte auch leise weiter.

Puga wollte das Tor öffnen, aber Fonseca winkte ab: »Erst bringen Sie bitte den Hund weg.«

»Mir gehorcht er, keine Bange.«

»In den Zwinger damit oder an die Kette. Und da bleibt er, solange wir hier sind.«
Ana war ganz dankbar, das zu hören.
»Wie Sie meinen. Komm, Hulk. Diese Leute trauen uns wohl nicht.«
Sie hatten schon den Eindruck, dass Puga sie absichtlich warten ließ, da tauchte er wieder auf. »Bitte, treten Sie ein. Gleich so ein Aufgebot! Brauche ich einen Anwalt?«
»Ist Ihre Frau zu Hause?«
»Meine Frau? Ja, wieso?«
»Wir würden gern mit Ihnen beiden sprechen.«
Drinnen entschuldigte Puga sich kurz. »Marly! Bring unsere Gäste ins Wohnzimmer. Ich bin sofort bei Ihnen.«
Die junge schwarze Hausangestellte sagte schüchtern: »Hier entlang, bitte«, und ging lautlos voran in ihren weißen Clogs. Dem Akzent nach war sie, wie erwartet, Brasilianerin.

Sie betraten das riesige Wohnzimmer und blieben etwas unschlüssig stehen. Marly schien auch nicht recht zu wissen, was sie mit ihnen anfangen sollte.

In einer Sofaecke lümmelte ein etwa fünfjähriger Junge und spielte, ohne aufzublicken, ein Computerspiel auf dem Smartphone. Er wirkte ziemlich gelangweilt. Hinter ihm ging der Blick durch gläserne Terrassentüren auf große Yuccas und den Swimmingpool, der türkisfarben in der Sonne leuchtete.

Auch sonst sah das Wohnzimmer aus, als wartete es nur darauf, für ein Hochglanzmagazin fotografiert zu werden. Ein Innenarchitekt schien die gesamte Einrichtung in ein und demselben teuren Katalog geordert zu haben, von den langen eckigen Sofas in hellgrauem Leder bis zum letzten Chrom-und-Glas-Sideboard. Alles war kühl und puristisch gehalten, in hellen Beige- und Grautönen.

Pinto sah sich um und flüsterte Ana zu: »Na, auf *seinem* Mist ist das aber nicht gewachsen, was? Der hätte doch bestimmt ein vergoldetes Hirschgeweih als Deckenlampe.«

Sie unterdrückte ihr Lachen und knuffte ihn unauffällig in die Seite.

Vítor Puga und seine Frau erschienen unerwartet draußen vor den Terrassentüren. Sie tuschelten miteinander. Es hatte etwas Gereiztes, sie schien ihm Vorwürfe zu machen. Er zuckte die Schultern, als wollte er sagen: ›Was soll ich machen?‹ Dann schob er die Tür auf und ließ sie als Erste eintreten.

»*Bom dia, bom dia ...*«, sagte sie zu niemand Bestimmtem.

Das war sie also: Maria Aparecida, genannt Cida. Sie war um einiges jünger als Puga, vielleicht Mitte dreißig, und man sah mit einem Blick, wer hier im Hause den Ton angab. Zumindest das Farbschema schien ganz auf sie abgestimmt zu sein. Sie trug ein helles, enges Leinenkleid, dazu Sandaletten, und hatte eine große Sonnenbrille ins aschblonde Haar hochgeschoben. Sie war schlank und nicht unattraktiv, aber sie hatte einen harten Zug um Mund und Augen, der durch das Make-up noch verstärkt wurde. Ana war sicher, dass sie eine unangenehme Chefin sein konnte. Äußerlich kam sie ihr nicht im Mindesten brasilianisch vor. Auf der Straße hätte sie sie wohl für eine Spanierin gehalten. Für eine arrogante Spanierin aus der Oberschicht.

Das Kommandieren schien ihr jedenfalls im Blut zu liegen.»Marly! Nimm Dani mit raus.«

Die Hausangestellte senkte den Blick.»Ja, Senhora.«

Es war wie in einer Telenovela.

»Nehmen Sie doch Platz«, sagte Puga.»Kann ich Ihnen etwas anbieten?«

Fonseca lehnte dankend ab, und das galt für sie alle. Ana setzte sich neben ihn, Puga und seiner Frau gegenüber, Pinto und Tavares nahmen das Sofa an der Seite.

Fonseca fragte:»Ihr gemeinsamer Sohn?«

»Ja«, sagte Puga.»Danilo.«

Ana schlug ihre Beine übereinander, und Cida schien sie erst jetzt wirklich wahrzunehmen. Ihr Blick sagte so viel wie: ›Was macht die eigentlich hier?‹

»Senhor Puga«, sagte Fonseca,»Sie sind der Hauptgesellschafter der Firma Imocon, und Sie, Senhora, sind die Geschäftsführerin von Pedra Furada Investments. Zwei Morde an Ihren Mitarbeitern innerhalb von zwei Tagen. Was sagen Sie dazu?«

Puga sah kurz seine Frau an und machte dann den Anfang.»Wir sind beide fassungslos«, sagte er wenig originell.»Erst Nilton und jetzt ... Wir finden einfach keine Erklärung.«

Es war nicht schwer zu erraten, worauf das hinauslief: auf eine Menge leeres Gerede. Sie hätten beide nichts gesehen, nichts gehört, nichts geahnt, nichts gewusst. Ana wünschte sich eine Fast-Forward-Taste.

Fonseca aber hakte geduldig seine Routinefragen ab. »Hat Alessandro Vicente etwas davon gesagt, dass er sich bedroht gefühlt hat?«

»Nein, wieso sollte er? Wovon denn?«

»Und Sie? Ich frage Sie beide. Haben Sie in letzter Zeit Drohungen erhalten? Anrufe, Briefe, Mails, Postings?« Anas Augen wurden schmaler, ihr Blick ging zwischen Puga und seiner Frau hin und her.
»Also, ich nicht«, sagte Puga. »Du etwa?«
»Nein, ich auch nicht. Gar nichts.«
Das wirkte überraschend echt. Die beiden hätten schon erstklassige Schauspieler sein müssen oder Psychopathen, die sowieso alles kaltließ. Nein ... wie es aussah, wussten sie tatsächlich nichts von dem Video. Ana fragte sich, ob Fonsecas Taktik die richtige war. Sie selbst hätte die beiden ja gern mal damit konfrontiert: ›Hier, sehen Sie sich das an! *Das* sind die Leute, mit denen Sie es zu tun bekommen werden, wenn Sie uns hier für dumm verkaufen.‹

Fonseca zog etwas aus seiner hinteren Hosentasche. Ein Foto und eine Visitenkarte. »›Assistant Managing Director‹ ... Das ist eine leitende Funktion, oder? Und eine Vertrauensstellung. Was genau hat Alessandro Vicente in Ihrer Firma gemacht?«

Cida setzte sich aufrechter hin. »Er war praktisch meine rechte Hand. Es ist für uns alle ein großer Verlust. Ich weiß selbst noch nicht, wie es jetzt – «

»Oder andersherum gefragt: Was genau macht Ihre Firma, Pedra Furada Investments?«

»Meine Firma?« Es klang wie: ›Was hat die damit zu tun?‹ Aber es war ihr wohl klar, dass sie jetzt nicht so einfach davonkam. »Nun, wie der Name schon sagt: Wir investieren das Geld unserer Anleger.«

»Und woher kommt dieses Geld?«

»Vom internationalen Kapitalmarkt.«

»London, Zürich, Frankfurt ...«
»Zum Beispiel, ja.«
Pinto schaltete sich ein: »Cayman Islands, Virgin Islands, Zona Franca da Madeira ...«
Cida zuckte die Schultern. »Von überall her. So ist das eben. Wir leben in einer – «
»... globalisierten Welt, ich weiß. Und investiert wird das Geld dann – wo?«
»Hauptsächlich in Brasilien.«
»Aha? Und wie hat man sich das vorzustellen? Angenommen, ich hätte zu viel Geld und würde Sie bitten, das für mich zu investieren. Erfahre ich dann, was Sie damit machen?«
»Ja, selbstverständlich.« Cida lächelte, als sei ihr schon klar, dass so etwas den Horizont eines kleinen Polizisten überstieg. »Wir beraten Sie natürlich über die Anlagemöglichkeiten.«
»Und was würden Sie mir da empfehlen?«
»Kommt drauf an, aber wahrscheinlich die Lagoa Azul. Eine Sekunde.« Sie nahm ihr Smartphone vom Glastisch, tippte kurz auf der Anzeige herum. »Hier. Da können Sie es sich ansehen.«
Pinto beugte sich vor und nahm das Telefon entgegen. Er las ein wenig, wischte dann weiter, betrachtete ein paar Fotos. »Das scheint ja eine enorme Anlage zu sein. Wie groß ist denn das, alles in allem?«
Puga lächelte. »Oh, das sind schon ein paar Hektar. Mit dem Golfplatz und dem Reitstall.«
Pinto reichte das Smartphone an Fonseca weiter. »Und das liegt also im Nordosten.«
»Ja, direkt an den Traumstränden bei Fortaleza. Wir

hatten schon großes Glück, dass wir uns das Gelände sichern konnten.«

Fortaleza, dachte Ana. Wo Nilton die Ferienapartments betreut hatte ...

»Ach, das Ganze gehört Ihnen?«, fragte Fonseca.

»Nein, nein, das nicht. Einem Konsortium. Aber natürlich bin ich beteiligt.«

»Mit wie viel Prozent?«

Puga lachte kurz auf.»› ... wenn ich fragen darf‹, hätten Sie sagen sollen. Ich denke, das sind Betriebsinterna, die hier nichts zur Sache tun.«

»Das werden wir sehen. Aber gut, für den Augenblick ... Die Sache ist noch im Bau, habe ich das richtig verstanden?«

»Ja, ja, das ist ein Großprojekt, das braucht seine Zeit.«

Fonseca gab ihr das Smartphone, und Ana sah sich die Webseite an.

›Lagoa Azul Resort & Spa‹, eine riesige Ferienanlage. Die Computergrafik zeigte sie von schräg oben. Ein weißes Hauptgebäude mit zwei Seitenflügeln thronte wie ein Schloss über dem Haupt-Swimmingpool, drum herum lauter kleinere Häuser mit kleineren Pools, es gab Tennisplätze und Wasserläufe und überall lange Reihen von Palmen. In dem Text war anscheinend viel vom Paradies die Rede, die richtigen Fotos zeigten dann auch statt der Baustelle lieber die Strände der Umgebung, das glasklare Meer und den weißen Sand mit den Kokospalmen, eins auch den namengebenden Pedra Furada, den ›Fels mit dem Loch‹, offenbar das Wahrzeichen der Gegend: ein verwittertes Felsentor direkt am Strand. ›Die Brandung hat im Laufe der Jahrtausende das Loch in den Fels geschlagen.‹

»Und Nilton Wanderley?«, fragte Fonseca.

Ana ließ sofort das Telefon sinken und blickte auf. »Hat der auch an dem Projekt mitgearbeitet? In Ihrem Maklerbüro hat man uns gesagt, er hätte Immobilien in der Gegend betreut.«

Eine Sekunde lang war Puga anzusehen, was er dachte: Seine Leute hatten zu viel geredet. »Nein, das ... hat nur mittelbar damit zu tun. Im Umkreis solcher Großprojekte steigen natürlich die Quadratmeterpreise. Wir wären schön dumm, wenn wir uns das Geschäft entgehen ließen.«

»Wie viel Kundschaft aus Portugal haben Sie denn da? Jetzt in der Krise? Ist das nicht weniger geworden?«

Puga grinste. »Wie heißt es so schön: Luxus geht immer.« Er bemerkte den Seitenblick seiner Frau. »Nein, Sie haben schon recht. Im Moment ist das alles rückläufig.«

»Und was hat Nilton Wanderley dann gemacht?«

»Ich verstehe nicht?«

»Nun, bei uns in der Mordkommission sitzen wir auch nicht da und warten, dass jemand ermordet wird. Wenn alles ruhig ist, übernehmen wir auch andere Fälle. Also, was hat Nilton gemacht, wenn es gerade keine Ferienapartments in Brasilien zu vermitteln gab?«

»Sie wissen ja, dass ich bei Imocon nur Gesellschafter bin. Ich bin da nicht in der Geschäftsführung tätig. Wenn es um solche Detailfragen geht – «

»So würde ich das nicht nennen.« Fonseca schob ihm das Foto über den Glastisch zu. Ana hatte schon gesehen, was es war: das Bild der vier Polícia-Militar-Männer. »Das da ist Nilton. Und wir haben Grund zu der Annahme, dass auch die anderen drei hier in Porto sind.«

Cida atmete einmal tief durch. Sie schien sich mit Mühe eine Bemerkung zu verkneifen. Ana ahnte auch, welche: ›Wie kann man nur so blöd sein, so was herumliegen zu lassen!‹

»Also, wenn Sie diese Leute kennen – wenn die vielleicht sogar für Sie arbeiten –, dann sollten Sie uns das jetzt sagen.«

Puga nahm das Foto vom Tisch und hielt es in der Hand, ohne es wirklich zu betrachten. Wahrscheinlich kannte er es schon. Er sah seine Frau an, und sie nickte ihm kaum merklich zu.

Unwillig sagte er: »Ja, die kenne ich. Sie arbeiten für mich, das ist richtig.«

»Und als was?«

»Im Sicherheitsbereich meiner Firmen.«

»Wir brauchen ihre Namen, Adressen, Telefonnummern. Seit wann sind diese Männer in Portugal?«

»Genauso lange wie Nilton. Drei, vier Jahre?«

»Und wie kommen die hierher?«

»Meine Frau und ich haben halt gute Kontakte nach Brasilien.«

»Nach São Paulo?«

»Ja, natürlich. Cida ... Meine Frau ist aus São Paulo.«

»Ach so. Dann kennen Sie diese Leute von dort? Auch Nilton?«

»Ja, ja. Da drüben ist Sicherheit ja ein Riesenthema.« Puga ließ das Foto zurück auf den Glastisch fallen. »Wer mal Polizist in São Paulo war, der versteht seinen Job, das können Sie mir glauben. Die Jungs sind die besten, die Sie kriegen können.«

»Und wie sieht er aus, ihr Job? Hier bei Ihnen?«

»Der mit dem schwarzen Bart, das ist Osmar Caitano. Der Anführer, wenn Sie so wollen. Dem macht so schnell keiner was vor. Hat für meine Firmen ein komplett neues Sicherheitskonzept erstellt. Seitdem läuft alles wie am Schnürchen.«

»So, finden Sie?«

»Ich spreche jetzt vom Normalbetrieb, das ist doch klar.«

»Das war meine Frage: Wie sieht der aus, der ›Normalbetrieb‹? Schließlich sind wir hier nicht in São Paulo. Kennen Sie ein anderes Maklerbüro in Porto, das es für nötig hält, einen privaten Sicherheitsmann zu beschäftigen? Noch dazu einen, der eine Schusswaffe mit sich führt, wie Nilton Wanderley? Also, da gibt es noch einiges, das überhaupt nicht klar ist.«

Puga lachte trocken auf. »Sie tun ja so, als ob wir hier irgendwas zu verbergen hätten! Reden Sie doch einfach mit den Jungs.«

»Das haben wir auch vor.«

»Moment, ich frage mal, wo die jetzt sind.« Er nahm sein Mobiltelefon, lehnte sich weit zurück und führte ein kurzes Gespräch. »Ja, ich hab hier die PJ im Haus«, sagte er, und zum Schluss: »Na, wunderbar. Dann bis gleich.« Er sah Fonseca an. »Sehen Sie, Osmar ist gerade bei mir im Café. Fahren wir doch hin, fünf Minuten, dann können Sie mit ihm selber sprechen.«

8

»Was, die wollen da rüber?«, sagte Ana Cristina leise zu Pinto. Sie hatten in einer Seitenstraße geparkt und gingen jetzt zu Fuß hinter Puga und Fonseca her. »Der hat ein Café *am Strand*?«
»Sieht so aus.«
»Sag bloß noch, dem gehört das Praia da Luz.«
»Glaube ich nicht. Das wüsste ich.«

Puga und Fonseca warteten auf eine Lücke im Verkehr, dann gingen sie voran, über die Avenida do Brasil, vor sich den blauen Atlantik, der in der Sonne glitzerte. Eine Menge Leute gingen gleichzeitig mit ihnen hinüber, manche in Badelatschen, mit Handtüchern und Strandtaschen, darunter auch zwei hübsche braune Mädchen in Hotpants und Bikini-Oberteilen. An Sommertagen wie diesem machte die Avenida ihrem Namen alle Ehre.

Tavares war nicht mehr dabei. Wahrscheinlich saß er schon mit Pugas Ehefrau vor dem Computer. Sehr entgegenkommend war sie nicht gewesen, aber Fonseca hatte ihr klarmachen können, dass sie jetzt die Mitarbeiterdaten beider Firmen herausrücken musste, ob sie wollte oder nicht.

»Dann ist es das da«, sagte Ana. Pinto nickte. »Auch nicht schlecht, oder?«

Unter den Palmen der Promenade kamen sie auf das Schild eines Cafés zu, das von hier aus noch gar nicht zu sehen war. Es war nach der Straße benannt, an der es lag: ›Avenida Brasil – Esplanada, Restaurante, Cocktail Bar‹.

Vítor Puga machte eine einladende Handbewegung. Er schien tatsächlich der Besitzer zu sein.

Von der Straße führte eine Treppe hinab auf das ausgedehnte Holzdeck, wo unter großen weißen Sonnenschirmen die Tische standen. Das Lokal war voll besetzt. Hier und da wurde zu Mittag gegessen – Platten mit gegrilltem Fisch auf den Tischen und weißer Vinho Verde in beschlagenen Gläsern –, andere Gäste streckten einfach die Beine in Deckchairs aus und blickten hinaus auf den Atlantik. Sanfte Lounge-Bossa-Nova mischte sich mit dem ebenso sanften Meeresrauschen.

Neben dem Pavillon, dessen Glastüren alle weit aufgeschoben waren, gab es noch eine kleine, etwas erhöhte Plattform mit einer umlaufenden Reling. Der Aufgang war mit einer Kordel versperrt. »Unser VIP-Bereich«, sagte Puga, während er die Kordel löste. »Wir nennen es das ›Oberdeck‹. Bitte, nach Ihnen.«

Hintereinander stiegen sie die wenigen Holzstufen hinauf. Auf dem ›Oberdeck‹ stand ein einziger niedriger Tisch in der Mitte, drum herum waren ein paar Korbsessel verteilt. Ein Sonnensegel spendete Schatten. Der Brasilianer mit dem schwarzen Bart saß der Treppe genau gegenüber und blickte jetzt von seinem Smartphone auf. Er war allein, eine leere Espressotasse vor sich.

Puga sagte: »Darf ich vorstellen: die PJ. Und das ist Osmar Caitano.«

Der Brasilianer sagte nur: »*Oi, como vai?*«, ohne dafür groß aus seinem Korbsessel hochzukommen.

»*Bom dia. Com licença.*« Alle suchten sich einen Platz aus, rückten Stühle zurecht. Ana sah sich diesen Caitano schon mal unauffällig an.

Sein schwarzes Iron-Maiden-T-Shirt spannte über dem muskelbepackten Oberkörper, sein Schädel war so kahl rasiert wie auf dem Foto, und auch der pechschwarze Vollbart war noch genauso kurz getrimmt, mit sehr scharfen Konturen. Er schwitzte ungewöhnlich stark, selbst für diese Hitze.

Sie bemerkte, wie sein Blick auf Pinto fiel. Es war ganz deutlich, dass er ihn wiedererkannte.

Puga blieb als Einziger stehen. »Brauchen Sie mich noch? Sonst würde ich mich gern entschuldigen.«

»Im Augenblick nicht«, sagte Fonseca. »Wir melden uns.«

»Selbstverständlich, jederzeit. Bedienung kommt gleich!«

»Danke, nicht nötig. Hängen Sie einfach die Kordel wieder vor.«

»Wie Sie wünschen.« Damit zog Puga sich zurück.

Fonseca fing an: »Senhor Caitano ...«

»Gute Idee«, sagte Caitano, »dass wir uns einfach mal zusammensetzen. Ich hätte mich heute auch noch bei Ihnen gemeldet.«

»Tatsächlich? Das tun die wenigsten.«

Caitano lächelte. »Ja, das kenne ich von drüben. Da

gehen sie lieber zum örtlichen Drogenboss, wenn sie Hilfe brauchen. Bloß nicht zur Polizei.«

Ah, *die* Masche wird das, dachte Ana. Wir sind alle Kollegen ...

Und richtig. »Ich denke, wir sollten in dieser Sache zusammenarbeiten, was meinen Sie? Mit Polizeiarbeit kenne ich mich aus. Ich war selbst bei der Truppe.«

»Ich weiß, ich weiß. Bei der Polícia Militar.« Fonseca zog wieder das Foto aus seiner hinteren Hosentasche. »Dieses Bild hier hatte Nilton Wanderley auf seinem Telefon.«

Caitano nahm es in die Hand, presste kurz die Lippen aufeinander. »Ja, das war unsere alte Gruppe. Der harte Kern.«

»Polizeidienst in São Paulo ... Das ist nichts für Zartbesaitete, oder?«

»Das können Sie laut sagen.« Caitano gab ihm das Foto zurück. »Unser Revier lag am Rande von Paraisópolis. Ich weiß nicht, ob Ihnen das was sagt. Die zweitgrößte Favela der Stadt. Eher die Hölle auf Erden als ein Paradies. Wir haben da einiges mitgemacht, und manchmal war es verdammt knapp. Da zählt nur eins: Man muss sich voll aufeinander verlassen können. Einer für alle, alle für einen.«

»Wie die drei Musketiere, was?« Pinto konnte anscheinend nicht länger den Mund halten.

Caitano lächelte dünn. »Nur dass wir zu viert waren.«

Pinto lächelte ebenfalls. »Oh, die drei Musketiere waren auch immer zu viert. Hat mich als kleiner Junge schon gewundert.«

Caitano zog kurz die Augenbrauen zusammen, hielt

es aber offenbar für das Beste, Pinto nicht weiter zu beachten.

Fonseca sagte: »Wenn ich das richtig sehe, haben Sie dann auch gemeinsam den Dienst quittiert und das Land verlassen. Seit dreieinhalb Jahren leben Sie jetzt hier in Porto. Wie ist es dazu gekommen?«

Caitano fing an, ganz sachte mit dem rechten Knie zu wippen. Ana war sicher, dass es mit dieser Frage zu tun hatte. »Nun, Senhor Puga hat uns engagiert.«

»Und wie haben Sie ihn kennengelernt?«

Das Knie wippte weiter. Es schien ein nervöses Zucken zu sein, das er nicht unterdrücken konnte. »Wie das so geht: über Empfehlungen.«

Fonseca sah ihn immer noch fragend an.

»Ja, gut, Sie kennen die Verhältnisse nicht. Wir von der Polícia Militar, wissen Sie, wir sind diejenigen, die den Kopf hinhalten. Und das für einen Sold, der vorne und hinten nicht reicht. Die meisten von uns haben Nebenjobs bei privaten Sicherheitsfirmen, sonst würden sie gar nicht über die Runden kommen. Bei uns war das genauso. Aber wir haben etwas daraus gemacht. Einen guten Ruf aufgebaut: Zuverlässigkeit, Effizienz. Und irgendwann zahlt sich das aus. Dann kommst du mit Leuten in Kontakt, die bereit sind, ein bisschen mehr für ihre Sicherheit auszugeben. In unserem Fall waren das Cida und Vítor. Und wer einmal die Chance bekommt auszusteigen, der tut das auch.«

»Senhor Puga sagte, Sie sind so etwas wie sein Sicherheitschef?«

»Hat er das so genannt? Ich koordiniere den Sicherheitsbereich seiner Firmen, das ist richtig.«

»Und wie es aussieht, ist in den letzten Jahren ja auch alles so seinen Gang gegangen. Was ist jetzt passiert? Warum Nilton? Warum Alessandro?«

Das Knie hörte abrupt auf zu wippen. »Wenn ich das wüsste.«

»Was vermuten Sie denn?«

»Ich kann nur sagen: Das hat uns alle kalt erwischt. Ohne Vorwarnung.«

»Sie haben keine Drohungen erhalten?«

»Drohungen? Nein. Denken Sie an was Bestimmtes?«

Fonseca gab keine Antwort. Er sah Caitano an, und Caitano sah ihn an. Ein Saxofon spielte leise ›Corcovado‹. Ein paar Möwen kreischten am blauen Himmel.

»Hmm ...« Fonseca lehnte sich zurück. »Für wie wahrscheinlich würden Sie das halten, an meiner Stelle? Dass jemand wie Sie nicht einmal einen Verdacht hat, worum es hier geht?«

Caitano zuckte die Achseln. Schweißperlen glänzten auf seiner Stirn. »Ich weiß nur das, was sie im Fernsehen gesagt haben und was in der Zeitung steht. Ich müsste mir ein genaueres Bild der Lage machen, dann könnte ich sicher mehr sagen. Zum Beispiel müsste ich wissen, ob die Spurensicherung etwas gefunden hat. Gehen Sie davon aus, dass es in beiden Fällen dieselben Täter waren? Die Vorgehensweise legt das nahe, oder?«

Fonseca lachte in sich hinein. »Das ist Ihr Angebot? Sie sagen einfach, Sie wissen von nichts, und von mir wollen Sie dann Informationen haben?«

»Eine Zusammenarbeit könnte sich lohnen. Für uns beide.«

»Gut, wenn Sie meinen. Dann kommen Sie mal morgen früh zu uns auf die Dienststelle. Rua Assis Vaz, Nummer 113. Dann können wir die Zusammenarbeit etwas vertiefen.« Fonseca legte beide Hände auf die Armlehnen seines Korbsessels. »*Pronto.*«

Er stand auf, Pinto und Ana ebenfalls. Caitano blieb sitzen.

Fonseca sah auf die Anzeige seines Mobiltelefons. Anscheinend hatte er eine Nachricht erhalten und musste kurz zurückrufen. Er ging ein paar Schritte beiseite und hob das Telefon ans Ohr. Pinto trat an die Reling und blickte so lange vom ›Oberdeck‹ auf die anderen Gäste hinab.

Ana stand da und wartete. Sie spürte genau, wie Caitano sie ansah, von Kopf bis Fuß.

»Bleiben Sie doch noch«, sagte er leise. »Sie haben doch jetzt Mittagspause, oder?«

»Was? Ja, das schon.«

Weit zurückgelehnt lächelte er sie an. »Wie wär's mit einer kleinen Caipirinha? Die sind gut hier. Wir haben denen erst mal gezeigt, wie man die Limette richtig schneidet.«

»Danke, ich glaube nicht.«

»Schade. Vielleicht ein andermal, hm?«

Sie lächelte unverbindlich.

Fonseca war fertig und drehte sich noch einmal zu Caitano um. »Also dann. *Até amanhã.*«

Caitano nickte ihm zu. »*Se Deus quiser*«, sagte er. So Gott will.

Noch auf dem Weg zu ihrem Dienstwagen brummelte Fonseca kopfschüttelnd vor sich hin: »»Von Polizeiarbeit verstehe ich was‹! Wie die wohl ausgesehen hat in eurer Favela ... ›Zusammenarbeit‹! Dass ich nicht lache.«

»Wieso?«, sagte Pinto. »Er könnte doch schön das Foltern der Verdächtigen übernehmen. Dann kommen wir wenigstens mal voran.«

Fonseca schnaufte durch die Nase. »Auch wieder wahr. Ich denke drüber nach.«

Ihr Dienstwagen stand in der prallen Sonne, im Innenraum waren es bestimmt sechzig Grad. Sie rissen erst mal alle vier Türen weit auf und blieben noch draußen stehen.

»Tja, von denen redet keiner«, sagte Fonseca. »So viel ist sicher.«

»Was meinen Sie«, fragte Pinto, »kennt er das Video? Hat er es auch gekriegt?«

»Schwer zu sagen. Er ist Brasilianer, er arbeitet für Puga. Also, wahrscheinlich ist es schon.«

Ana sagte: »Das war aber nicht die Frage, die ihn nervös gemacht hat.«

»Nein, das stimmt, das habe ich auch gesehen.« Fonseca runzelte die Stirn. »Die vier von der Polícia Militar: Wie sind die hierhergekommen? Das will uns keiner sagen, oder? ›Puga hat uns engagiert.‹ Das erklärt überhaupt nichts. Die Frage ist: Warum hat er das getan? Vier Mann aus São Paulo, auf irgendeine ›Empfehlung‹ hin? Und die lässt er dann nach Portugal einfliegen? Dafür muss er schon einen triftigen Grund gehabt haben. Und *den* wollen sie uns nicht verraten. Puga nicht, Cida nicht und er hier auch nicht.«

»Dann hören wir uns doch mal woanders um«, sagte

Pinto. »Es gibt genug Leute, die schon mit Puga zu tun gehabt haben.«

»Ja, das sollten wir tun.« Fonseca warf einen besorgten Blick auf die Uhr. »Kinder, es ist halb zwei. Wir müssen was essen.«

9

Die Wohnung im zwölften Stock sah aus, als sollte sie gerade renoviert werden. Die Wände waren kahl, die Zimmer fast leer, in der Küche stand nur eine Kaffeemaschine, auf dem Tisch lagen Pappschachteln vom Pizza-Service.

Vor dem Fenster im Wohnzimmer hing eine vergilbte Jalousie, deren Lamellen jetzt aufgedreht waren. Ein Mann in den Fünfzigern, mit grau meliertem Dreitagebart, die grauen Haare zum Pferdeschwanz gebunden, stand davor und blickte hinaus, zwischen anderen Hochhäusern hindurch auf eine achtspurige Stadtautobahn. Ganz klein in der dunstigen Ferne ragte der Eiffelturm über die Dächer.

Auf dem abgewetzten Polstersofa saß ein zweiter Mann, der um einiges jünger war. Sein glattes Gesicht hatte etwas Regloses, Maskenhaftes. Es war das eines Indios. Er starrte auf das Smartphone in seiner Hand, und man hätte nicht sagen können, ob ihn das, was er da sah, in irgendeiner Weise interessierte.

Es klingelte an der Tür. Der Indio stand gleichmütig auf und ging in den Flur.

Der Mann mit dem grauen Pferdeschwanz blickte weiter aus dem Fenster. Hinter sich hörte er die Stimme aus der Gegensprechanlage – »*Oi! Somos nós!*« – und dann, wie die Türketten gelöst wurden. Es dauerte, bis der Fahrstuhl oben war. Aus dem Hausflur drang arabische Popmusik herein.

Dann näherten sich Rollkoffer, wurden immer lauter, bis sie durch die Tür kamen. Er drehte sich um.

Zwei junge Männer betraten das Wohnzimmer. Beide trugen Jeans und T-Shirt, waren schlanke, sportliche Typen und sahen sich auch sonst so ähnlich, dass sie nur Brüder sein konnten. Sie hatten kurzes schwarzes Haar, und auf der brasilianischen Skala der Hautfarben lagen sie bei ›moreno claro‹, Hellbraun. Beide lächelten ihn an:

»*Oi, tudo bem?*«

Er lächelte ebenfalls, machte das Daumen-hoch-Zeichen. »*Tudo beleza, e vocês?* Wie war der Flug?«

Es war ihnen allen klar genug, dass überhaupt nichts gut und schön war. Sie hatten die Nachricht schon erhalten. Alessandro, letzte Nacht. Es musste dringend etwas geschehen.

Der Indio holte noch einen Stuhl aus dem Nebenzimmer, dann setzte man sich zusammen.

Der Mann mit dem grauen Pferdeschwanz verteilte die neuen Pässe und Führerscheine.

»Mmm, sehr gute Arbeit ... Danke. Was haben wir an Waffen?«

»CZ-75-Pistolen mit Rückstoß- und Schalldämpfern. Und natürlich die Uzis. 32-Schuss-Magazine. Wie es aussieht, werden wir sie mitten in der Stadt einsetzen müssen. Daher ebenfalls mit Schalldämpfern.«

Einen Moment lang sahen sie sich alle nur an.

»Ihr kennt unseren Auftrag. Reinen Tisch machen.«

»Das ist alles, was wir jetzt so auf die Schnelle über sie gefunden haben«, sagte Inspektor Dinis und reichte Fonseca die Ausdrucke über den Schreibtisch. »Wir warten noch auf einen Rückruf von SEF.«

Fonseca fand, dass es gar nicht so wenig war, was er da in der Hand hatte. Zu viel jedenfalls, um es jetzt alles zu lesen. »Kurz zusammengefasst?«

»Also, nötig hätte sie es nicht gehabt, sich an diesen Puga heranzumachen. Ihre Familie gehört da drüben zu *den* Familien.«

»Dann muss es wohl Liebe gewesen sein.«

»Sieht so aus. Ihr Vater ist ein gewisser Vinícius Possamai. Hat eine Anwaltskanzlei in São Paulo. Aber nicht das, was wir uns darunter vorstellen, sondern so eine ganze Firma mit drei Partnern und was weiß ich wie vielen Angestellten. Der ist jetzt Anfang sechzig und also schon eine Weile dabei. Natürlich beste Kontakte zur Politik und so weiter. Gilt als einflussreicher Strippenzieher.«

»Soso ...« Fonseca blätterte die ersten Seiten durch. »Und seine Tochter hat hier diese nette kleine Investmentfirma. Das Geld kommt einfach so von irgendwoher, weiß keiner so genau – und fließt dann zurück nach Brasilien, wo es in Immobilien angelegt wird. Wonach hört sich das an?«

»Nach einem klassischen Geldwäsche-Karussell.«

»Exactamente.« Fonseca legte die Papiere auf den Schreibtisch. »Nur ist dann irgendwas passiert, das den Kreislauf gestört hat. Und plötzlich haben wir hier ein Video mit abgeschnittenen Ohren und Leichen auf der Straße.«

»Ja, das mit dem Video, das geht mir auch nicht aus

dem Kopf. Der Widerspruch, meine ich. Alessandro hat das Video als Drohung verstanden. Das ist ja noch nachvollziehbar. Aber Nilton hat man es *nach* seinem Tod geschickt. Warum? Es können doch nur die Täter gewesen sein, die es versandt haben. Also haben sie gewusst, dass Nilton tot war. Und eigentlich müssten sie auch davon ausgegangen sein, dass wir sein Telefon haben. Das ergibt keinen Sinn, oder? Möchten Sie auch einen Kaffee? Ich glaube, ich hole mir einen.«

Fonseca und Dinis saßen dann noch zusammen und gingen die Möglichkeiten durch.

Die plausibelste war noch, dass die Telefone der acht Empfänger eben *wirklich* anonym waren. Dass also den Telefonnummern keine Namen zugeordnet waren, wahrscheinlich aus Sicherheitsgründen. Derjenige, der das Video versandt hatte, war auf irgendeine Weise in den Besitz der Nummernliste gekommen, aber er hatte keine Möglichkeit gehabt festzustellen, welche Nummer Nilton Wanderley gehörte.

»Also hat er das Video *an alle* geschickt«, sagte Dinis. »Das geht ja auch aus den Verbindungsdaten hervor.«

Fonseca nickte. »Ja, das würde es erklären.«

Dinis sah auf die Uhr. »Bei SEF haben sie uns wohl vergessen, was? Ich ruf da mal an.«

Pinto hatte sich in der Innenstadt absetzen lassen und ging jetzt allein ins Bairro da Sé. Das Viertel unterhalb der Kathedrale war das älteste der Stadt, ein Gewirr von engen Gassen und Gässchen, das den Hügel hinab zum Douro-Ufer abfiel.

Pinto ging schnell und zielstrebig. Er war etwas in Eile:

Aus der Plastiktüte in seiner Hand tropfte es schon. Sie enthielt einen Sechserpack Super Bock, und das Bier mit gestoßenem Eis zu kühlen war vielleicht nicht die allerbeste Idee gewesen.

In einer Seitengasse blieb er kurz stehen, blickte nach links und rechts. Im Moment war niemand zu sehen. Ein schmaler, dämmriger Durchgang führte auf einen winzigen Innenhof. Wäsche hing zum Trocknen unter den Fenstern.

Vor einem der Hintereingänge saß ein etwa zehnjähriger Junge, der gerade dabei war, ein geschlachtetes Kaninchen zu häuten. Er hatte es auf dem Schoß liegen, das Messer neben sich auf der Steinbank, und pellte sichtlich gelangweilt das umgestülpte Fell ab. Den Anfangsschnitt hatte er an den Hinterläufen gesetzt. Das Kaninchen sah aus, als hätte es noch kleine Pelzstiefel an.

»*Olá*, wie geht's?«, sagte Pinto.

»Na, wie wohl?« Der Junge blickte finster zu ihm auf. »Und nachher muss ich noch im Café kellnern! Ich bin froh, wenn die Schule wieder anfängt.«

»Kopf hoch!« Pinto klopfte ihm auf die Schulter. »Es kann nur besser werden.« An ihm vorbei ging er ins Haus, in dem es eng und schummrig war und nach Schimmel roch.

Eine gebeugte alte Frau kam ihm entgegen, eine Schüssel mit eingeweichtem Bacalhau in beiden Händen. Sie wollte wohl gerade das Wasser wechseln.

»Dona Etelvina! Wie geht es Ihnen?«

»Rui! Lässt du dich auch mal wieder sehen.« Sie lächelte ihn an. »Ach ja, die Hitze bringt mich um. Ansonsten geht's. Was will man erwarten?«

Pinto ging eine Treppe hinauf, die so steil war wie auf einem Schiff. Aus seiner Plastiktüte tropfte es jetzt ununterbrochen, auf jede Stufe. Ganz oben angelangt, öffnete er ohne zu klopfen eine schmale, schiefe Holztür, zog etwas den Kopf ein und betrat die Dachkammer, die dahinter lag.

Innen war es heiß und stickig, Zigarettenrauch hing bewegungslos in der Luft. Das Gaubenfenster stand weit offen, aber auch vom Douro kam heute kein frischer Wind.

Die Füße in Flip-Flops auf dem niedrigen Fensterbrett, saß ein kleiner, dünner Mann von Mitte dreißig weit zurückgelehnt in einem Plastik-Gartenstuhl, eine Zigarette in der einen und eine Bierdose in der anderen Hand. Er trug Shorts und Unterhemd, und soweit man sehen konnte, hatte er nicht mehr allzu viele untätowierte Stellen.

Als er die Tür hörte, fuhr er herum und sah Pinto mit einem ertappten, fluchtbereiten Blick an. Das hatte nichts weiter zu sagen. Er guckte immer so, und Pinto war sicher, dass sein Spitzname ›Weazel‹ hauptsächlich darauf zurückging. Davor hatte es eine Zeit gegeben, in der er ›Não fui eu‹ genannt worden war: ›Ich war's nicht‹.

»*Eh, pá!* Hier kommt der Nachschub!« Pinto hob seine Plastiktüte hoch. »Es tropft etwas. Hast du einen Eimer, wo wir es reinstellen können?«

Weazel wirkte nicht sehr begeistert von seinem Besuch. Er trank den letzten Schluck aus seiner Dose, bevor er mit resigniertem Seufzen aufstand. Natürlich hatte er einen Eimer. In Häusern wie diesem regnete es immer irgendwo durch.

Pinto lächelte ihm aufmunternd zu. »Komm, mach uns mal ein Bier auf!«

Weazel riss die durchgeweichte Pappe des Sechserpacks auf, nahm eine Flasche heraus. Misstrauisch roch er an dem tropfenden Wasser. »Bah, das stinkt nach Fisch!«

Pinto grinste. »Anderes Eis hatten sie nicht«, sagte er.

Dinis saß an seinem Schreibtisch und telefonierte mit der Ausländerbehörde SEF. Der Beamte, mit dem er vorher gesprochen hatte, war nicht mehr da, und dem Neuen hatte er wieder von vorn erklären müssen, worum es ging.

Im Moment hörte er ihn nur vor sich hin summen und auf der Tastatur tippen. Offenbar las er gerade die Namen auf seinem Monitor.

»So, da haben wir sie ja: Possamai. Sie interessieren sich für die ... Maria Aparecida, richtig?«

»Ja, wieso? Gibt's da noch jemand anders mit dem Namen?« Im ganzen portugiesischen Telefonbuch kam der Name kein einziges Mal vor.

»Ja, hier ist noch eine. Eine Talita Possamai, eingereist aus São Paulo.«

»Aus São Paulo? Und wann?«

»Moment ... Die Maria Aparecida ist vor fünf Jahren eingereist und die andere, Talita ... anderthalb Jahre später.«

Dinis setzte sich auf, nahm einen Stift zur Hand.

»Wann genau?«

»Seit Puga diese Brasilianerin geheiratet hat, ist er übergeschnappt. Da kannst du fragen, wen du willst.«

Pinto hatte sich einen zweiten Plastikstuhl herangezogen und saß jetzt, ebenfalls die Beine ausgestreckt, eine Flasche Super Bock in der Hand, neben Weazel vor dem offenen Gaubenfenster. Über die Dächer hinweg konnten sie auf den Douro sehen und auf die Portweinkellereien am anderen Ufer.

»Drüben in Brasilien hat er irgendein Bauprojekt laufen, das soll wohl die ganz große Sache werden. Die komische Firma von seiner Frau schleust da das Geld rein. Und hier haben die Scheiß-Brasilianer auch schon alles übernommen. Puga hört nur noch auf die, schanzt denen alles zu, seine alten Freunde lässt er links liegen. Gibt schon eine Menge Leute, die sauer auf ihn sind.«

»Wie sauer?«

»Reichlich sauer, nach dem, was ich gehört habe.« Weazel trank einen Schluck Bier und blickte ins Weite. Es schien ihn zu freuen, dass auch für andere nicht immer alles rundlief. Er selbst war ausgemergelt und hohlwangig, mit tief eingegrabenen Falten. Sein Mund hatte etwas Zahnloses. Nur wer es über sich brachte, genauer hinzusehen, entdeckte die kleinen schwarzen Stümpfe, die das Crystal Meth übrig gelassen hatte. Über Gefängnisbekanntschaften war er einer von Pugas Laufburschen geworden und hatte sich tatsächlich ein paar Jahre gehalten.

»Da gibt es einige, die haben immer gute Geschäfte gemacht, man hat sich vertraut und zusammengearbeitet, und jetzt machen eben die Brasilianer die guten Geschäfte. Die haben den Laden komplett übernommen, diese *filhos da puta*.«

»Wer hat dich damals eigentlich rausgeschmissen? War das Puga, oder steckten da auch schon die Brasilianer dahinter?«

»Und ob die dahintergesteckt haben! Ihr Anführer, dieser Caitano. Der sieht mich an, weißt du, nimmt mich beiseite, und was sagt er zu mir? Ganz leise: ›Verschwinde und lass dich hier nicht wieder blicken. Und halt ja die Klappe. Sonst finden wir dich.‹«

»Einfach so?«

»Einfach so! Ich wusste überhaupt nicht, was los war. Und Puga, der kannte mich plötzlich nicht mehr. Ich wollte mich natürlich beschweren. Aber der feine Senhor hat mich gar nicht mehr zu sich gelassen.«

Pinto konnte sich mühelos vorstellen, was Caitano in Weazel gesehen hatte: ein schwaches, verrostetes Glied in der Kette. Und das hatte er ausgetauscht, das war sein Job.

Ganz beiläufig fragte er: »Und wie hat das angefangen? Wie sind die hierhergekommen, die Brasilianer?«

Weazel sah ihn argwöhnisch von der Seite an. »Du verlangst reichlich viel für ein paar Bierchen, weißt du das? Mit den Typen ist nicht zu spaßen.«

Pinto lächelte. »Das Bier ist umsonst«, sagte er und trank einen Schluck. Die Flasche roch immer noch leicht nach Fisch. »Du hast es doch ganz nett hier, oder? Im Knast würden sie dich um die Aussicht beneiden.«

Weazel schüttelte matt den Kopf. »*Puta de merda.* Wenn ihr einen erst mal beim Wickel habt ...«

»Keine Sorge, mit Caitano haben wir schon selber gesprochen. Wir wissen längst, wann er mit wem rübergekommen ist. Was mich trotzdem noch interessiert, ist: Wie war das damals für euch? Für Pugas alte Jungs? Ihr müsst euch doch auch gefragt haben, wo Puga die Typen eigentlich herhatte. Plötzlich tauchen hier ein paar Brasilianer auf und fangen an, euch Vorschriften zu machen ...«

»Gleich am Anfang ja noch nicht.«

»Aha?«

»Erst waren das ja auch wirklich nur vier Mann. Da hieß es noch, das wären die Bodyguards.«

»Die Bodyguards? Von wem?«

»Von Cidas kleiner Schwester. Zehn Jahre jünger oder so. Der ist da irgendwas passiert, in São Paulo. Vergewaltigt worden oder so was. Muss wohl eine schlimme Sache gewesen sein. Jedenfalls hat sie es da hinterher nicht mehr ausgehalten und ist rübergekommen. Aber ohne ihre Bodyguards ist die keinen Schritt mehr aus dem Haus gegangen, deshalb hat sie sie mitgebracht. Also, so hab ich das damals gehört, so hintenrum. Puga hat nie einen Ton darüber gesagt.«

»Cidas Schwester? Und die ist jetzt immer noch hier?«

»Keine Ahnung. Ich hab die nie gesehen, die haben sie völlig abgeschirmt.«

Pinto sah auf die Uhr. »Weazel, alter Knabe, es war mal wieder nett, mit dir zu plaudern, aber ich glaube, ich muss los.«

Weazel drängte ihn nicht, zu bleiben.

Unten warf Pinto noch schnell einen Blick in die Küche. Es war niemand da. Das rohe, gehäutete Kaninchen lag auf einem Teller. Es hatte immer noch die kleinen Pelzstiefel an. Er schob einen Zehn-Euro-Schein unter ein

Häkeldeckchen, dann ging er hinaus und rasch die enge Altstadtgasse hinauf. Er telefonierte im Gehen.

»Ja«, sagte Fonseca, »von der haben wir auch gerade gehört. Talita Possamai. Zum selben Zeitpunkt eingereist wie Nilton und Caitano. Wir warten gerade darauf, dass sie uns den ganzen Vorgang rüberschicken.«

»Ich bin sofort da.«

10

Im Besprechungsraum war man sich einig: Die Sache mit Cidas Schwester – was immer da genau passiert sein mochte – konnte *das* zentrale Ereignis sein, das die Kettenreaktion ausgelöst hatte.

»Und alle, wie sie da sind«, sagte Fonseca, »haben uns die Existenz dieser Schwester vorsätzlich verschwiegen. Also, da werden wir jetzt mal nachhaken.«

Dinis kam herein, mit den Ausdrucken der SEF-Unterlagen. »So, hier haben wir jetzt auch ihren vollständigen Namen. Wenn ich das richtig sehe, ist sie nur eine Halbschwester. Sie muss eine andere Mutter haben. Hier steht: Talita Yakashima Possamai.«

»*Wie* war das?«, fragte Pinto und wünschte auch schon, er hätte den Mund gehalten.

Dinis las den Namen noch einmal vor: »Yakashima. Die Mutter muss Japanerin sein. Oder japanischer Abstammung.«

»Ach so. Kann schon sein«, sagte Pinto leichthin. »Ich glaube, die sind da gar nicht so selten, gerade in São Paulo.« Er sah sich unauffällig um – und begegnete Ana Cristinas Blick. Ihre Augen waren verdächtig schmal. Er wandte sich rasch wieder ab.

Fonsecas Mobiltelefon klingelte. Er sah auf die Anzeige, seufzte und ging ran. »Ja«, sagte er. »Ja, natürlich. *Até já.*« Er stand auf. »Unser Direktor. Die Besprechung ist unterbrochen. Aber rennt mir nicht alle weg, ja? Ich hoffe, ich kann es kurzhalten.«

Pinto stand trotzdem gleich auf und ging nach nebenan. Allein im Büro, setzte er sich an seinen Schreibtisch und fuhr den Computer hoch.

Es dauerte nicht lange, und auf dem Korridor näherte sich ein ganz bestimmtes Klacken von Absätzen. Er hatte es schon erwartet.

Ana trat ein, zog die Tür hinter sich zu und kam herüber.

Er blickte vom Monitor auf, lächelte ihr zu.

Aber sie lächelte nicht zurück. Vor seinem Schreibtisch blieb sie stehen. »Rui, sag mir, dass du keinen Mist gebaut hast.«

»Ich? Wieso?« Er klickte weiter mit der Maustaste.

»Das mit der Halbschwester. Du gehörst nicht zufällig auch zu denen, die das verheimlicht haben, oder?«

Pinto atmete einmal tief durch. »Hier. Sieh sie dir an. Das müsste sie sein. Das Foto hat Nilton gemacht. Ich vermute, ohne ihr Einverständnis.«

Ana kam um den Schreibtisch herum und beugte sich vor, um das Bild auf dem Monitor besser sehen zu können. »Aah ja ...« Jetzt lächelte sie doch. »Die war es also, die dir aufgefallen ist. Das kommt mir schon plausibler vor. Und wieso hast du nichts davon gesagt?«

»Ich hatte keine Ahnung, wer sie ist. Bis gerade eben nicht. Ich wusste nur, dass da etwas nicht stimmt. Sie und diese Typen ... Kannst dir ja vorstellen, auf was für Ideen man da kommt.«

»Auf die Idee, sie zu retten, hm? Und das am besten allein. Weil, der edle Retter, der kriegt dann die Prinzessin.«

»Quatsch.«

»Ah, ah ...« Sie richtete sich auf, klopfte ihm sacht auf die Schulter. »Muss wirklich nicht leicht sein – wenn man so ein Teil hat, das dauernd das Gehirn ausschaltet.«

»Jetzt hör aber auf, ja?«

»Und dann stellt sich heraus, die Typen sind nicht ihre Zuhälter, sondern ihre Bodyguards. So kann man sich täuschen ...« Sie schien etwas zu überlegen. »Hast du nicht noch ein anderes Foto von ihr?«

»Nein, ich hab keins mehr gefunden.«

»Das ist schlecht. Hier hat sie ja die Augen zu.«

»Ja und?«

»Na, der japanische Einschlag. So sieht man ja nichts davon. Was willst du dem Chef sagen, woher du das weißt?«

»Gute Frage.«

Ana beugte sich wieder hinab. Auf den Schreibtisch gestützt, betrachtete sie das Foto noch einmal genauer. »Was hat die denn da auf dem Arm?«

»Sieht nach einem Tattoo aus. Komisch, ist mir vorher gar nicht aufgefallen.«

Pinto holte die Stelle heran. Das Foto hatte eine ganz brauchbare Auflösung. Er kippte das Bild, und sie sahen es vor sich, das kleine Tattoo auf dem Oberarm. Es stellte einen Kopf im Profil dar: den Kopf einer japanisch aussehenden Frau mit finster entschlossenem Gesichtsausdruck und einem hellen Stirnband. Der Hals endete in einer roten Linie.

»Japanisch, oder?«, sagte Ana.

Pinto nickte. »Japanisch genug, würde ich sagen.«

»Mir ist nur das Tattoo aufgefallen«, sagte er gleich darauf im Besprechungsraum. Zu fünft standen sie um den großen Monitor herum. »Ich dachte, das könnte ein japanisches Motiv sein. Vielleicht eine Maske von diesem, wie heißt das, Nō-Theater oder so was.«

Ana zog warnend die Augenbrauen hoch: ›Übertreib's nicht.‹

»Nō-Theater, hm?« Fonseca klang etwas misstrauisch. Es fiel ihm offenbar schwer zu glauben, dass Rui Pinto auf einem Foto wie diesem ein kleines Tattoo bemerkt haben wollte.

Tavares schien auch eher woanders hinzusehen. »Verdammt hübsch, die Kleine, was? Und die haben sie da drüben ... *Meu Deus*.«

»Na gut«, sagte Fonseca. »Wie es aussieht, ist sie da bei sich zu Hause, oder? Sie fühlt sich sicher. Einer ihrer Bodyguards ist in der Wohnung, und offenbar vertraut sie ihm.« Er fasste sich nachdenklich ans Kinn. »Tja ... was passiert wohl, wenn wir jetzt Cida oder Caitano fragen, wo wir sie finden?«

»Dann rufen die da an«, sagte Pinto, »und die Bodyguards schaffen sie weg.«

»Das fürchte ich auch. Sie haben sich alle so viel Mühe gegeben, sie da rauszuhalten. Und das bestimmt nicht nur aus Rücksichtnahme. Wir *müssen* sie vernehmen. Hat SEF keine Adresse?«

»Nur die in der Boavista«, sagte Dinis.»Imocon.« Pinto sagte:»Wenn das da bei ihr zu Hause ist, dann wohnt sie ebenfalls in Foz. In einem Apartmenthaus, ziemlich weit oben. So viele sind das ja nicht. Und meins und Niltons fallen schon mal aus.«

»Stimmt«, sagte Fonseca.»So schwierig kann das eigentlich nicht sein. Wenn ihre Bodyguards sie rund um die Uhr bewachen sollen, dann sind die ganz in der Nähe. Gut möglich, dass sie und Caitano im selben Haus wohnen. Welche Adresse haben wir für den?«

Dinis blätterte kurz in seinen Unterlagen.»Condomínio Fechado Cima da Vila.«

»Condomínio Fechado ...« Eine geschlossene und bewachte Wohnanlage. Fonseca nickte.»Das hört sich gut an. Können wir davon mal ein Foto besorgen?«

»Wie heißt das? Cima da Vila?« Ana nahm ihr Telefon und tippte mit flinken Fingern auf der Anzeige herum. Es dauerte nur einen Moment, und sie hatte die Fotostrecke einer Maklerseite gefunden.»Weia. Sehen Sie mal hier, was die für so ein Apartment haben wollen.«

»Keine Sorge, Puga kann sich das leisten. Gibt's da ein Foto von dem Balkon?«

»Moment ... Ja, hier ist eins.« Sie blickte auf, verglich es mit dem Bild auf dem Monitor.»Treffer! Das ist es.«

Die anderen sahen es sich ebenfalls an.»Ja, genau, das Balkongeländer mit den drei Querstreben. Und hier, die Mauerecke. Hundert Prozent.«

»Was machen wir jetzt?«, fragte Pinto.»Hinfahren?«

Fonseca überlegte, dann wandte er sich an Tavares. »Nehmen Sie Andrade mit. Erst mal einfach die Lage sondieren. Feststellen, ob die da wirklich wohnt. Und wenn ja, ob jemand bei ihr ist. Redet mit dem Pförtner.« Das Telefon in seiner Hand gab einen Signalton von sich. Er sah nur kurz auf die Anzeige. »Wenn sie allein zu Haus ist, dann bringt sie her. Sie muss sofort vernommen werden, für lange Vorgespräche haben wir keine Zeit mehr. Wenn jemand bei ihr ist, der Schwierigkeiten macht, fordert Verstärkung an. Wir müssen das jetzt durchziehen, egal was dieser Caitano oder sonst wer davon hält.«

»*Tá bem*«, sagte Tavares. Eine klare Ansage wusste er immer zu schätzen.

Fonseca hob kurz sein Telefon. »Das war eine Mail aus Brasilien. Mein Gesprächspartner ist bereit zum Skypen. Ich denke, es wird Zeit, dass wir mal mit jemandem reden, der sich da drüben auskennt.«

»Zé Manel! Wie geht's dir?«

Der Brasilianer auf dem Bildschirm strahlte ihn freudig an. In seinem rundlichen, tiefbraunen Gesicht leuchteten die Augen und die weißen Zähne. Er war ein Mann in Fonsecas Alter, mit grauen Schläfen, in einem weißen Oberhemd mit Krawatte. Helles Sonnenlicht fiel hinter ihm durch senkrechte Jalousie-Lamellen: Bei ihm war es erst drei Uhr nachmittags, vier Stunden früher. Sein Name war Franklin Alves do Nascimento, und er saß im Hauptquartier der Polícia Federal in Brasília.

»Franklin! Schön, dich zu sehen!«

Sie hatten sich in Lausanne kennengelernt, bei einem Interpol-Seminar für Ermittlungsleiter. Die wenigen portugiesischsprachigen Teilnehmer waren am Abend zusammen essen gegangen, natürlich in einem portugiesischen Restaurant in der Altstadt, und hatten sich so blendend verstanden, dass sie hinterher noch fürchterlich in einem Irish Pub versackt waren. Dem verkaterten Fonseca war das ziemlich peinlich gewesen – sie hatten sich benommen wie Fünfzehnjährige auf Klassenreise –, Franklin dagegen schien damit kein Problem zu haben.

Auch jetzt kam er ganz unbekümmert darauf zurück: »Weißt du noch, der gute irische Whiskey? Pure Pot Still! Eine echte Entdeckung! Seitdem rühre ich keinen Scotch mehr an.« Er lachte. »Neulich hab ich doch tatsächlich eine Flasche Redbreast aufgetrieben! Einfach sagenhaft. Den trinkt sogar meine Frau! Also, wenn du mal bei uns in der Gegend bist ...!«

Fonseca kam schließlich zur Sache: »Sag mal, kennst du einen Vinícius Possamai?«

»Klar kennen wir den. Was hast du vor? Eine Briefkastenfirma auf einer Karibikinsel eröffnen? Dann ist das dein Mann!«

Fonseca berichtete kurz von den zwei Morden und wem die Firmen gehörten. »Und dann haben wir gerade erfahren, dass noch eine andere Tochter von diesem Possamai hier ist. Talita. Sagt dir das was? Es muss da irgendwas vorgefallen sein, vor ein paar Jahren, in São Paulo.«

»Ja. Ja ...« Der Brasilianer wurde gleich ernster, runzelte die Stirn. »Das war, glaube ich, eine ganz üble Geschichte. Ist weitgehend vertuscht worden, der alte Possamai hat ja die Möglichkeiten dazu. Für das Mädchen muss das schlimm gewesen sein. Soviel ich weiß, ist sie entführt worden, irgendwie in dem ganzen Chaos damals, dieser Gewaltwelle im Mai.«

»Gewaltwelle?«

»Die Attacken des PCC, im Mai vor vier Jahren. Da war praktisch Bürgerkrieg in São Paulo, fast eine Woche lang. Es gab Hunderte Tote, darunter viele Polizisten.«

»Ja, stimmt, das weiß ich noch«, sagte Fonseca. »Das kam hier ja auch in den Nachrichten.« Brennende Omnibusse standen ihm vor Augen und eine Aufnahme aus einem Hubschrauber: ein Gefängnishof, auf dem lauter Leichen verstreut lagen. »Und das ›PCC‹, das war …«

»Das ›Primeiro Comando da Capital‹«, sagte Franklin. Das ›Erste Hauptstadtkommando‹.« »Die mächtigste Unterwelt-Organisation von São Paulo. Die fünf Tage im Mai, das war der offene Krieg: PCC gegen den Staat. So etwas hat dieses Land noch nicht erlebt.«

»Und die Tochter von Possamai, diese Talita …«

»War wohl zur falschen Zeit am falschen Ort, und jemand wusste, wer sie war. Ich glaube, die ist wochenlang gefangen gehalten worden. Kannst dir ja vorstellen, was das heißt. Die Polizei haben sie da völlig rausgehalten, deshalb weiß ich auch nichts Näheres. Der Alte soll ein horrendes Lösegeld gezahlt haben.«

»Weißt du, wer dahintergesteckt hat? Hinter der Entführung?«

»Nein, keine Ahnung. Da gab es eine Menge Leute, die einfach das Chaos ausgenutzt haben. Alle möglichen alten Rechnungen sind in den Tagen beglichen worden und, wer weiß, vielleicht hat sich auch jemand die Kleine gegriffen, weil die Gelegenheit gerade da war. Entführungen gibt's hier ja dauernd, leider Gottes.« Franklin zuckte mit den Schultern.

»Noch was anderes«, sagte Fonseca. »Ich hab hier

eine Telefonnummer mit der Vorwahl São Paulo, damit komme ich nicht weiter.« Es war die Nummer, die in Alessandros Spezialtelefon gespeichert war. »Das muss eine Privatnummer sein, ist jedenfalls nirgends gelistet. Wenn du feststellen könntest, wem die gehört ...« Franklin lächelte. »Wer, wenn nicht wir. Mach ich gern! Ein alter Fuchs wie Possamai, der hat wahrscheinlich für jeden Klienten einen eigenen Kontakt. In Rio gibt's einen Drogenboss, weißt du, der lässt sich immer einen Aktenkoffer voller Mobiltelefone hinterhertragen.«

»Ehrlich gesagt, glaube ich nicht, dass die Nummer diesem Possamai gehört. Ich hab meine Gründe dafür, aber, na ja ...« Fonseca hob bedauernd die Hände, und der andere verstand, was er meinte. Mehr konnte er hier nicht sagen: Skype galt als unsicher. »Schau einfach mal, was du findest. Ich schick dir die Nummer gleich als sichere Mail.«

»*Tudo bem.* Zé Manel, wir hören voneinander!«

Als das Bild auf dem Schirm erloschen war, sandte Fonseca noch die Nummer nach Brasilien und stand auf.

Na, dann wollen wir mal sehen, dachte er, mit wem Alessandro da telefoniert hat, in São Paulo. Vor wem er einen solchen Respekt gehabt hatte. Vinícius Possamai war vielleicht einflussreich, aber letztlich nicht mehr als ein Mittelsmann. Das, was Sara erzählt hatte, klang nach etwas ganz anderem.

Fonseca war sicher: Alessandro hatte mit dem Boss selbst gesprochen. Mit dem Mann, der ihn aus der Favela geholt und ihm die Business School bezahlt hatte.

11

»Wie machen wir's?« Andrade stellte den Motor ab. Sie standen in einer schmalen, mit Kopfstein gepflasterten Straße in Foz, der Einfahrt zum Condomínio schräg gegenüber. Das schwere Stahltor war offen, dahinter sah man das Pförtnerhaus. Der Pförtner, in Uniform, hatte sie auch schon bemerkt und spähte argwöhnisch zu ihnen herüber. Wahrscheinlich notierte er gerade ihr Kennzeichen. Tavares sah sich den hohen Apartmentblock an. Zwei prächtige alte Palmen standen davor, die bis zum vierten Stock hinaufragten. Über einem der Balkongeländer hing ein buntes Badehandtuch zum Trocknen, ansonsten hätte die Anlage auch unbewohnt sein können.

»Bleibst du hier? Dann rede ich mit dem Pförtner.«

»In Ordnung.«

Tavares stieg aus, ging hinüber und klopfte an die Tür des Pförtnerhauses. Als sie geöffnet wurde, zeigte er seine Dienstmarke. »*Boa tarde*«, sagte er. »Polícia Judiciária.«

Der Pförtner war ein dicklicher, mürrischer Mann in den Vierzigern. Sein blaues Uniformhemd hatte große Schweißflecken. »Ja? Worum geht's?«

»Um eine Frau, die hier ein Apartment hat. Eine Talita Possamai.«

Der Pförtner hob abwehrend die Hand. »Das geht nicht. Da kann ich Sie nicht anmelden.«

»Und wieso nicht?« Immerhin: Sie wohnte tatsächlich hier.

»Für die gilt die erhöhte Sicherheitsstufe. Liegt nicht in meiner Befugnis.«

»Wer sagt das?«

»Ich sage das. Weil es so ist.«

Tavares lächelte. »Und Sie glauben, das reicht mir und jetzt gehe ich wieder, oder wie?«

Der Pförtner schnaufte, schwitzte, blickte nach links und rechts. »Hören Sie, das sind diese Brasilianer. Ich mische mich da nicht ein.«

»Das verlangt ja auch keiner von Ihnen. Ich will nur wissen, ob sie zu Hause ist.«

Wieder ein Schnaufen. Dann, leise: »Ja, ist sie.«

»Allein?«

»Woher soll ich das wissen?«

»Ich denke, hier kommt keiner rein, ohne sich anzumelden. Oder wozu sitzen Sie hier?« Die Erkennungsmelodie seines Telefons wurde lauter und lauter. Tavares nahm es zur Hand, sah auf die Anzeige: ›Fonseca‹. »Moment mal eben.« Er ging einen Schritt beiseite. »Ja?«

»Seid ihr schon da?«, fragte Fonseca.

»Ja, sind wir. Sie wohnt auch hier und ist angeblich in ihrer Wohnung. Wir stehen noch unten vorm Haus.«

»Das ist gut. Die Sache ist die: Ich hab gerade mit jemandem in Brasilien gesprochen. Der sagt, diese Talita ist damals entführt worden und erst nach Wochen gegen

Lösegeld freigekommen. Ana meint nun, wir sollten da vorsichtig rangehen, die Frau kann schwer traumatisiert sein. Wir wissen nicht, wie sie auf fremde Männer reagiert. Also, Ana wäre gern dabei, und ich denke auch, es ist das Beste, wenn sie als Erste mit der Talita spricht. Sie und Rui sind auf dem Weg zu euch.«

»Gut, dann warten wir.« Tavares steckte sein Telefon ein.

Der Pförtner stand da und sah ihn grimmig an. »Hören Sie, ich weiß nicht, ob jemand bei ihr ist. *Tá bem?*«

Tavares lächelte knapp. »*Tá, tá.*«

»Was ist los?«, fragte Andrade, ohne ihn anzusehen. In olivgrünem T-Shirt und Cargohose saß er hinter dem Lenkrad, sein rotblondes Haar und der Vollbart so militärisch kurz wie immer. Er ließ das Tor jetzt nicht aus den Augen.

Tavares klappte die Wagentür hinter sich zu und sagte es ihm.

»Ana. Das ist gut.«

»Ja, ist mir auch lieber ...« Ein Entführungsopfer. Das war ihm denn doch eine Nummer zu heikel. Ana hatte ja Psychologie studiert, die kriegte das sicher am besten hin.

»Der Pförtner hat eben telefoniert«, sagte Andrade. »Kaum, dass du dich umgedreht hattest.«

»Ich sag dir, der hat Schiss vor diesem Caitano. Die Brasilianer, die haben das hier voll im Griff.« Tavares sah auf die Uhr. Zehn nach acht.

Sie warteten.

Ihre schmale Straße lag schon ganz im Schatten, nur

die Fassaden der höheren Häuser leuchteten im Abendlicht.

Tavares sah wieder auf die Uhr. Fast zwanzig nach.

Da kam ein Wagen aus der Einfahrt, ein großer silberner BMW. Kurz bevor er abbog, blickte der Fahrer zu ihnen herüber. Es war ein kräftig wirkender Mann mit kahl geschorenem Kopf, dunkler Gesichtsfarbe und einer schwarzen Sonnenbrille.

»Moment mal«, sagte Andrade. »Das ist doch einer von den Typen auf dem Foto! Von den Bodyguards!«

Der BMW entfernte sich von ihnen, die Straße hinunter. Er fuhr so langsam und gelassen, dass es schon fast wieder verdächtig wirkte. Soweit man sehen konnte, saßen nur zwei Männer in dem Wagen.

»Was ist, wenn die da flach auf der Rückbank liegt?«

Tavares war noch unschlüssig. Da fiel sein Blick auf den Pförtner. Durch seine Scheibe sah er sie an, besorgt und angespannt. Fast, als zählte er die Sekunden.

»Hinterher! Schnell!«

Andrade ließ den Motor an, fuhr los. Tavares notierte rasch das Kennzeichen: 44 KT 12. Schon bog der BMW nach rechts ab.

Sie hörten, wie er beschleunigte. Seine Reifen quietschten auf dem Kopfsteinpflaster. Als sie selbst um die Ecke bogen, war er bereits am anderen Ende der Straße. Andrade gab Gas und hupte ein paar Touristen an, die sich schon an die Hauswand gedrückt hatten. Eine hellblonde Frau schüttelte nur den Kopf: Diese Portugiesen! Wie die Verrückten!

»Da vorne ist er!«

Schon fuhren sie hinaus aus dem engen Viertel und

auf die breite, baumbestandene Avenida Marechal. Der BMW zog wieder davon, aber Andrade blieb dran.

»Das war der Scheiß-Pförtner! Der hat die gewarnt!« Tavares war sich ganz sicher. »Die haben sich gesagt: Jetzt oder nie! Bevor die Verstärkung kommt!«

Er rief Pinto an. »Nein, gesehen haben wir sie nicht. Aber ich wette, die ist da im Wagen und duckt sich weg. Wo seid ihr jetzt? – Am besten wenden und zurück! Ich sag gleich Bescheid, wie sie weiterfahren. – Klar wissen die, dass wir ihnen folgen! Lässt sich nicht ändern.«

Der BMW bog in die Avenida da Boavista, wo noch dichter Verkehr herrschte. Andrade versuchte aufzuschließen. Die Ampeln machten ihm Sorgen. Auch um notfalls bei Rot rüberzufahren, musste man nahe genug dran sein.

»Siehst du das auch?«, sagte Tavares. »Das sind doch plötzlich drei Köpfe.«

»Ja, das sind drei ...« Andrade musste die Spur wechseln, drängte sich einfach dazwischen und wurde laut angehupt.

Im BMW drehte sich jemand nach hinten um. Der Wagen war noch ein ganzes Stück vor ihnen, und die Heckscheibe spiegelte in der tief stehenden Sonne. Aber es war eine schwarzhaarige junge Frau.

Tavares rief wieder Pinto an. »Wir sehen sie! Ganz sicher! – Moment, hier geht's gerade weiter. – Die fahren auf den Stadtring, Richtung Norden!«

Auch dort war viel Verkehr, auf allen Spuren. Der BMW kam nicht schneller voran als sie selbst. Aber dann wurde klar, welchen Schildern er folgte: ›Braga, Valença‹.

»Scheiße, die fahren auf die A3! Da sind die sofort weg.

Die haben dreimal so viel PS wie wir!« Tavares rief auf der Dienststelle an. »7er BMW, silbergrau, Kennzeichen 44 KT 12. Die wollen sich mit ihrer Talita nach Spanien absetzen!«

Beim Anblick der Dienstwagen, die noch zur Auswahl standen, hatte Pinto seufzend den Kopf geschüttelt. »Man kann eine Polizei auch kaputtsparen. Komm, wir nehmen meinen eigenen.«

Sein eigener war ein schwarzer Audi A6, und mit dem fuhren Ana und er jetzt auf dem inneren Stadtring nach Osten: in die Richtung, aus der sie eben gekommen waren. Die untergehende Sonne blendete im Rückspiegel. Pinto überholte mal links und mal rechts, ohne vom Gas zu gehen.

Wieder kam Tavares' Stimme über die Freisprechanlage: »Tja, die sind weg! Keine Chance! Wir haben sie eben noch an der Mautstelle gesehen, aber das war's dann!«

»An der Mautstelle? Sind sie durchgefahren?«

»Nein. Haben ein Ticket gezogen!«

»Aha? Dann werden sie das in Valença auch bezahlen. Das heißt, sie müssen noch mal anhalten!«

»Nur dass wir dann leider nicht da sind.«

»Abwarten. Fahrt ihr einfach weiter! Ich regele das!«

Pinto rief den Chef an.

»Ein Ticket gezogen«, sagte Fonseca. »Von Via Verde halten die wohl nichts, was? Zu viel Daten, die da anfallen ... Gut. Gehen wir davon aus, dass sie das Ticket bezahlen. Weil sie eigentlich unter dem Radar bleiben wollen. Das heißt, in weniger als einer Stunde sind sie

an der Mautstelle Valença. Dann müssen wir jetzt dafür sorgen, dass die Schranke unten bleibt.«
Das Schild ›A3, Braga, 500 m‹ tauchte auf, Pinto ging auf die rechte Spur. »Das müsste die örtliche GNR machen!«
»Ja, ich ruf da gleich an. Die sollen sie aufhalten, bis ihr da seid. Geschwindigkeitsüberschreitung, Fahrzeugpapiere, Alkoholtest, das ganze Programm.«
»Gut, ich beeile mich!«
Ana fragte, etwas unbehaglich: »Und was machen wir, wenn wir da sind? Das sind freie Bürger, es liegt nichts gegen sie vor. Die können nach Spanien fahren, wann immer sie Lust haben.«
Fonsecas Stimme sagte: »Hauptsache, wir haben sie erst mal gestoppt. Diese Talita kann eine entscheidende Zeugin sein.«
»Ja, aber ... wir können die doch nicht einfach festnehmen. Mit welcher Begründung denn?«
»Sagen wir, wegen ›Behinderung der Justiz‹. Das reicht für den Anfang, und dann seht ihr mal weiter. Illegaler Waffenbesitz ist so gut wie sicher, und wer weiß, was die sonst noch an Bord haben. *Pronto.* Ich ruf jetzt die GNR in Valença an!«

Sie rasten auf der A3 Richtung Norden. Hinter Braga wurde die Autobahn immer leerer, Pinto trat das Gas durch und blieb die ganze Zeit auf der linken Spur.
Ana warf ab und zu einen Seitenblick auf den Tacho: In einem Wagen wie diesem merkte man tatsächlich nicht, wie schnell man fuhr. Das erklärte einiges. Mit ihrem kleinen Seat gehörte sie sonst zu denen, die immer has-

tig nach rechts flüchten mussten, wenn so ein Irrer von hinten kam.

Schließlich zogen sie auch an Tavares und Andrade vorbei, Pinto feuerte sie per Telefon an: »*Força, força!*« Andrade hupte ihnen hinterher.

Es wurde dunkel. Hier und da sahen sie Feuer auf den bewaldeten Hügeln, brennende Kiefern und Eukalyptusbäume, hoch auflodernde Flammen. Immer dasselbe, jeden Sommer.

Sie kamen an Ponte de Lima vorbei, Fonsecas Heimatort. Jetzt waren es nur noch dreißig Kilometer bis zur spanischen Grenze.

»Na, mal sehen, ob die GNR das geschafft hat«, sagte Pinto.

Ana war nicht wohl bei der Sache. Aber wie sagte der Chef immer: ›Das ist jetzt die neue Situation, ob es uns passt oder nicht.‹

Aus den dunklen, waldigen Hügeln senkte die Autobahn sich hinab in das weite Tal des Rio Minho. Vor ihnen erschienen die Lichter der kleinen Grenzstadt Valença. Die Mautstation wurde angekündigt: ›Portagem a 1000 m‹. Schon von Weitem sahen sie die Blaulichter.

Ana setzte sich auf. »Was ist denn da los?«

Bei einem der Kassenhäuschen ging gerade die Schranke hoch, ein Wagen fuhr an, blieb aber ganz langsam: Der Fahrer wollte wohl auch mal sehen, was da los war.

Pinto nahm die Via-Verde-Durchfahrt und trat dann sofort auf die Bremse. »*Puta que o pariu ...!*«

Rechts, auf einem Parkplatz an der Böschung, standen zwei Jeeps der GNR und eine gelbe INEM-Ambulanz, alle drei mit blinkenden Blaulichtern. Ein Uniformierter saß in der offenen Schiebetür der Ambulanz und wurde offenbar am Kopf behandelt. Andere GNR-Männer hatten sich um den Wagen verteilt, der zwischen den Jeeps stand. Es war ein silberner BMW. Im Licht der Straßenlaternen war das Kennzeichen deutlich zu sehen. 44 KT 12.

Pinto fuhr hinüber und hielt neben der Ambulanz. Ein GNR-Mann kam auf sie zu: »Weiterfahren, weiterfahren, hier gibt es nichts zu sehen!«

»*Boa noite*«, sagte Pinto. »Polícia Judiciária. Ich glaube, wir waren hier verabredet.«

Sie stiegen aus. Ana sah beunruhigt zu dem BMW hinüber. Es schien niemand mehr darin zu sitzen.

»Was ist denn passiert?«, fragte Pinto den GNR-Mann, der in der Tür der Ambulanz saß. Blut war ihm aus dem Gesicht in den Kragen gelaufen. Der Sanitäter klebte ihm gerade einen dicken Verband über die Wange.

»Das war diese Frau da im BMW!« Er klang weinerlich und empört. »Ich sag Ihnen, die ist verrückt! Ich hab nur die Tür aufgemacht und ›*Boa noite*‹ gesagt. Da hat die mir voll ins Gesicht getreten mit ihrem spitzen Absatz! Um ein Haar hätte ich ein Auge verloren!«

»Ganz ruhig jetzt«, sagte der Sanitäter.

Ein Leutnant der GNR kam herüber. »Zum Glück hat Ihr Chef uns ja vorgewarnt, dass diese Typen gefährlich sein könnten. Scheiß-Brasilianer! Was glauben die eigentlich, wo sie hier sind?«

Pinto fragte noch einmal, was denn passiert sei.

»Die sind einfach ausgerastet«, sagte der Leutnant, »ich weiß nicht, wieso. Wir haben alles gemacht wie besprochen. Ganz normale Verkehrskontrolle. Da waren sie auch noch ganz friedlich, haben die Fahrzeugpapiere gezeigt. Aber als wir dann was von ›Alkoholtest‹ gesagt haben, da war es vorbei. Da haben sie angefangen, uns wie wild zu beschimpfen. Ich hab gesagt: ›Steigen Sie bitte aus.‹ Und mein Kollege hier hat zu der Frau gesagt: ›Sie auch, bitte.‹ Das war alles. Und das ist dabei rausgekommen! Die Typen haben uns angeschrien, wir sollten ja die Finger von der Frau lassen. Der Fahrer hat uns tätlich angegriffen. Und dann sehen wir, wie der andere das Handschuhfach aufmacht und da ist eine Schusswaffe drin. Also, da war das Maß wirklich voll! Jetzt sitzen die Männer da drüben im Jeep, beide in Handschellen.«

»Und die Frau? Wo ist die?«, fragte Pinto in demselben Moment, in dem Ana es fragen wollte.

»Die ist noch hinten im Wagen. Ruckt und rührt sich nicht.«

Der mit dem Verband im Gesicht sagte: »Seht doch selber zu, wie ihr die beknackte Nutte da rausgezerrt kriegt!« Er hatte Tränen in den Augen. »Wir sind alle Familienväter, daran denkt nie jemand!«

Ana ging hinüber zum BMW, zog ihre Dienstmarke. »PJ. Kann ich es mal versuchen?«

Der GNR-Mann sah sie an. »Von mir aus. Aber passen Sie auf Ihr hübsches Gesicht auf.«

Ana spähte durch die Seitenscheibe. Sie konnte nicht viel mehr erkennen als eine dunkle Gestalt, die sich in der hinteren Ecke zusammengekauert hatte. Sie probierte den Türgriff. Zentralverriegelt. »Haben Sie den Schlüssel?«

Ein GNR-Mann holte den Wagenschlüssel, drückte darauf. Es klackte. Ana öffnete die Beifahrertür, blickte vorsichtig nach hinten. Weit aufgerissene Augen starrten sie an. Sie spürte, dass die andere am ganzen Körper zitterte.

»Talita? Mein Name ist Ana. Kommen Sie, ich bringe Sie nach Hause. Alles wird gut.«

12

»*Was* haben die? Sag das noch mal!« Sein Telefon am Ohr, starrte Osmar Caitano die kahle Wand an. »Dieser *filho da puta* von Chefinspektor! Was denkt der denn, wer er ist?«

Die zwei Männer, die mit ihm im Raum waren, sahen sich an und stellten dann vorsichtig den großen goldgerahmten Spiegel ab, den sie gerade hereingetragen hatten. Leise zogen sie sich zurück.

»Und ob das Konsequenzen hat! Das wird ihm noch leidtun!« Caitano beendete das Gespräch, stand dann heftig atmend da, hochrot im Gesicht. Er war kurz davor, das Telefon auf den Boden zu knallen und noch ein paarmal draufzutreten. Stattdessen rief er eine Nummer aus dem Speicher auf.

»Osmar. Was gibt's?«, fragte Vítor Puga. Leise Musik war im Hintergrund zu hören, Stimmengewirr.

Caitano berichtete in wenigen Sätzen.

»Gott, sie werden die Kleine doch nicht einsperren? Das hält sie nicht aus.«

»Du musst sofort etwas unternehmen.«

»Was, jetzt? Wir sitzen hier gerade bei Pedro Lemos. Isabel hat Geburtstag, weißt du, die Frau von – «

»Ist mir scheißegal, wer Geburtstag hat. Ich will, dass dieser Fonseca zurückgepfiffen wird. Er hat Talita in Ruhe zu lassen, verstanden?«

»Ist ja gut. Ich sehe mal, was ich tun kann.«

»Das reicht nicht. Du *tust* es. Und zwar sofort.«

In den Diensträumen der PJ brannte das Licht wieder bis spät in die Nacht. Fahrer und Beifahrer des BMWs waren gleich zur Vernehmung geführt worden, während man Talita Possamai zurück in ihre Wohnung gebracht hatte. Ana Cristina und eine Ärztin vom Notdienst kümmerten sich um sie.

»Nehmen Sie bitte Platz«, sagte Fonseca. »Mal sehen, was haben wir denn hier? Widerstand gegen die Staatsgewalt, tätlicher Angriff auf Polizeibeamte, illegaler Waffenbesitz. Ach ja, und die Kokainmenge wiegen wir auch noch mal nach. Ich glaube kaum, dass die noch als Eigenbedarf durchgeht. Gut, fangen wir an. Ihr Name ist Valter de Jesus Monlevad, Sie sind geboren in Embu-Guaçu, São Paulo ...«

Im Zimmer nebenan saß der Beifahrer. Dort war es Inspektor Dinis, der die Personalien zu Protokoll gab: »Vernommen wird Emerson Dressler Pimentel, geboren in Santo André, São Paulo ...«

Viel zu leugnen gab es nicht. Der Kofferraum war voller Reisegepäck gewesen, und beide hatten, einer ersten Überprüfung ihrer Telefone nach, im Internet nach spanischen Ferienhäusern gesucht.

Valter de Jesus Monlevad – tatsächlich einer der vier Polícia-Militar-Männer auf dem Foto – war noch am wenigsten bereit klein beizugeben: »Was soll das heißen:

Wir wollten uns ›ins Ausland absetzen‹? Nennt man das hier so, wenn jemand ein paar Tage Urlaub machen will?«

Alles in allem aber wurde bald klar, wie die Sache abgelaufen war. Das Gespräch im Strandcafé musste Caitano ernstlich beunruhigt haben. Vermutlich hatte er sofort Befehl gegeben, Talita außer Landes zu schaffen, und der schnellste Weg war der nach Galicien. Im sicheren Spanien hatten sie dann erst mal mit ihr untertauchen wollen. Als der Pförtner sie gewarnt hatte, waren die Koffer schon gepackt gewesen. Emerson Dressler Pimentel sagte aus, sie hätten eigentlich nachts fahren wollen.

Fonseca unterdrückte ein Gähnen und sah auf die Uhr. Caitano hatte er ja sowieso für diesen Morgen herbestellt. Gar nicht mehr so lange hin. Den Rest konnte er ihn dann selbst fragen.

Auch Ana Cristina kam erst um vier Uhr morgens nach Hause. Als sie ihre Wohnungstür aufschloss, hörte sie, dass der Fernseher lief. Sie seufzte leise. Sie hatte keine Lust mehr, irgendetwas zu erklären, sie wollte nur noch schlafen.

Im halbdunklen Flur stolperte sie fast über einen Computer, der am Boden stand. Am liebsten hätte sie kräftig dagegengetreten.

Im Wohnzimmer brannte Licht. Sie blieb im Türrahmen stehen. Mário lag rücklings auf der Couch, barfuß, in Jeans, mit nacktem Oberkörper, und schlief tief und fest. Ein Bein hing hinab auf den Teppich.

Hmm ... Einfach schlafen lassen und still und leise ins Bett gehen? Erkälten würde er sich schon nicht bei der

Hitze. Nur den Fernseher musste sie noch ausschalten. Sie streifte sich ihre Sandalen ab und ging lautlos auf den Glastisch zu, auf dem die Fernbedienung lag.

Auch im Wohnzimmer standen schon wieder zwei aufgeschraubte Desktop-Gehäuse und ein alter Monitor, drum herum lagen Platinen und Festplatten, Phasenprüfer, CD-Hüllen. Wirrer Kabelsalat hing vom Esstisch. Ihre erste eigene Wohnung, die sie so liebevoll eingerichtet hatte! Und jetzt lebte sie hier wie in einer Computer-Werkstatt.

Es war ihr schon klar, wie heikel das Thema war. Sie brauchte nur etwas wie ›*meine* Wohnung‹ zu sagen, schon war er so tief getroffen, dass es ihr gleich wieder leidtat. Es war nicht einfach für ihn, dass sie dreimal so viel verdiente wie er. Aber jetzt, in der Krise, fand er einfach keine Festanstellung. Er gab sich Mühe, etwas dazuzuverdienen. Was konnte sie dagegen sagen? Sie konnte ihn auch nicht jeden Tag anfahren wie ein Kind, das seine Spielsachen wegräumen soll.

Behutsam nahm sie die Fernbedienung und drückte die rote Taste. Die Stimmen und die Musik aus dem Fernseher brachen abrupt ab.

»Ana ...?«, murmelte Mário. Er setzte sich auf, fuhr sich über die Augen. »Wie spät ist es?«

»Nach vier.«

»Was? Schon wieder? Sag mal, was machst du da jede Nacht?«

Sie lächelte müde. »Heute war ich auf Autoverfolgungsjagd.«

»Sehr witzig. Ana, was ist los? Das kann doch nicht sein, das du jetzt schon die Nächte durcharbeitest!«

»Das ist dieser Fall. Wir sind einfach völlig überlastet.«
»Also, das gestern hat mir wirklich gereicht! Morgens um fünf kommst du nach Hause, lässt dich aufs Bett fallen und weinst hier um irgendeinen Brasilianer, dass ich gar nicht mehr weiß, was ich machen soll! Ana! Es ist Sommer! Ich liebe dich! Wir wollten an die Algarve fahren! Hast du das alles vergessen?«
»Mário, bitte ...! Ich kann auch nichts dafür! Und jetzt hör auf. Ich muss wirklich noch etwas schlafen.«
»Ja, ja, und dann verschwindest du wieder wer weiß wohin!« Er sah sie argwöhnisch an. »Gibt's da noch mehr Brasilianer, die dir gefallen, ja?«
Sie verdrehte die Augen. »Das will ich nicht gehört haben. Ernsthaft!«
»Ana, entschuldige ... Ich halte das einfach nicht aus. Ich krieg dich ja kaum noch zu sehen.«
Sie sah ihn an und löste ihren Pferdeschwanz. Über den Schlaf war sie jetzt eh hinaus. Sie zog sich ihr Sommertop über den Kopf, schüttelte ihr Haar, dann hakte sie ihren BH auf und ließ ihn fallen. Nur noch in ihrer engen Jeans, ging sie um den Glastisch herum, setzte sich rittlings auf Mários Schoß und schlang ihm beide Arme um den Hals. Sie seufzte, als sie seine Hände auf ihren Brüsten spürte.
In ihr Haar hinein fragte er leise: »Es gibt da keinen ... Brasilianer, oder?«
Sie schmiegte sich enger an ihn und biss ihn leicht ins Ohr. »Du bist so ein Idiot. Wieso liebe ich dich bloß so?«

Caitano tobte. Sie konnten ihn kaum dazu bringen, sich auch nur hinzusetzen. »Sind Sie denn noch zu retten?«, schrie er. »Sie ahnen ja nicht, was Sie da anrichten!« Und, an Ana Cristina gewandt: »Ich denke, Sie sind Psychologin! Sie müssen doch wissen, was PTBS ist!«

»Ich weiß, was PTBS ist«, sagte sie ruhig. »Das weiß hier jeder. Und ich kann Ihnen versichern: Wir nehmen darauf Rücksicht.«

Ruhig und sachlich zu bleiben hatte sich bewährt, jedenfalls letzte Nacht. Caitano und Pinto hatten sich im Hausflur angeschrien, weil Pinto ihn nicht in Talitas Apartment lassen wollte. Irgendwann war es ihr zu viel geworden. Sie hatte die Tür aufgemacht und gesagt: »Geht das vielleicht etwas leiser? Sie braucht jetzt Ruhe. Die Ärztin hat ihr was gegeben, damit sie schlafen kann.«

Heute Morgen aber war Caitano nicht zu bremsen.

»›Rücksicht‹ nennen Sie das? So einen Überfall?«

»Ich meine jetzt bei der Vernehmung.«

»Bei der *was*? Ich hör wohl nicht richtig! Sie wollen Talita vernehmen? Das kommt überhaupt nicht infrage! Schon ein Zimmer wie dieses hier, ohne Fenster, würde bei ihr eine Panikattacke auslösen!«

»Senhor Caitano! Beruhigen Sie sich!«, sagte Fonseca. »Und setzen Sie sich endlich hin.«

Sie hatten alle kaum geschlafen, das machte die Sache nicht besser.

Als sie endlich am Tisch saßen, kniff Fonseca kurz die Augen zu, massierte sich die Nasenwurzel. »Senhor Caitano«, sagte er, »Sie verstehen doch was von Polizeiarbeit. Wenn jemand so hartnäckig versucht, die Aussage einer Zeugin zu verhindern – welchen Schluss würden Sie daraus ziehen?«

Caitano sah ihn nur finster an, die muskulösen Arme

vor der Brust verschränkt. Obwohl das Vernehmungszimmer klimatisiert war, schwitzte er wieder auffällig stark. Fonseca zeigte kurz mit dem Finger auf ihn. »*Exactamente.* Dass es dringend geboten ist, mit genau dieser Zeugin zu sprechen. Weil sie offenbar etwas weiß, das von Bedeutung ist.«

»Keine Ahnung, wovon Sie reden.«

Ana versuchte zu erkennen, ob er mit dem Knie wippte. Es kam ihr so vor, aber richtig sehen konnte sie es nicht.

»Ja, gut, Sie können einfach auf stur schalten«, sagte Fonseca. »Aber Talita, der trauen Sie das nicht zu, oder? Sie denken, sie steht das nicht durch. Früher oder später wird sie reden, und das darf sie nicht. Oder was sollte diese Aktion gestern Abend?«

Caitano schüttelte überdrüssig den Kopf. »Herrgott noch mal, wir haben versucht, *sie in Sicherheit zu bringen!* Ist das so schwer zu begreifen? Ich bin für sie verantwortlich!«

»In Sicherheit – vor wem?«

»Jedenfalls nicht vor der PJ! Auch wenn Sie das glauben. Talita weiß überhaupt nichts! Die hat einfach Angst. Sie wissen ja nicht, was sie durchgemacht hat!«

»Also: vor wem?«

»Was glauben Sie wohl, vor wem? Wer hat denn Nilton und Alessandro erschossen? Vielleicht sind die Täter noch in der Stadt! Wer weiß, was hier eigentlich los ist? Vielleicht sind die wieder hinter *ihr* her! Verstehen Sie? Deshalb haben wir versucht, sie wegzubringen! Um sie zu schützen! Aus keinem anderen Grund!«

»Moment, Moment ...!« Fonseca hob die Hand. »Wer sind – die?«

»Was?«
»›Vielleicht sind die wieder hinter *ihr* her.‹ Damit meinen Sie die Entführer, oder? Sie wissen, wer die Entführer waren, und Sie vermuten einen Zusammenhang. Also mal raus damit. Ich höre.«
Fonseca sah Caitano an, und Caitano sah ihn an. Die Uhr an der Wand zeigte 09:23. Dann 09:24.
Ana sagte schließlich: »Kommen Sie, sonst muss ich Talita danach fragen, und das würde ich ungern tun. Sie wissen ja, bei ihr kann das zu sogenannten Flashbacks führen: zu plötzlichen Erinnerungsschüben, bei denen das traumatische Ereignis – «
»Halten Sie doch den Mund!« Caitano starrte sie an. Sie versuchte, seinem Blick standzuhalten, aber unbehaglich schlucken musste sie schon. Da war nur der Tisch zwischen ihnen, und er wusste genau, wie bedrohlich er auf sie wirkte. Ganz unverhohlen sah er ihre nackten Schultern und Arme an und lächelte abschätzig, als wollte er sagen: ›Du könntest *nichts* gegen mich ausrichten, Mädchen.‹
Fonseca räusperte sich vernehmlich und fragte: »Also? Von wem ist sie damals entführt worden? Im Mai vor vier Jahren?«
Caitano wandte den Blick ab, und Ana atmete heimlich auf.
»Vom PCC«, sagte er.
»Ist das sicher?«
»Ja. Die genaue Summe habe ich nie erfahren, aber das Lösegeld soll enorm gewesen sein. Und das hat ihr Vater ans Primeiro Comando da Capital gezahlt. An die übelste Mafia von ganz Brasilien.«

Fonseca wurde zum Direktor gerufen. Der kam gleich aufgeregt um seinen Schreibtisch herum: »Was haben Sie sich denn nur dabei gedacht? Unbescholtene Bürger derart zu drangsalieren! Wie stehen wir denn jetzt da!«
Der Untersuchungsrichter hatte sich eingeschaltet. So gehe das nicht. Ungerechtfertigtes Vorgehen, völlig überzogene Maßnahmen. Als Pinto davon hörte, sagte er: »Auch im selben Golfklub wie Puga, was? Tja, so viele gibt's eben nicht.«

Der ganze Vormittag war so ein Durcheinander. Als Ana Cristina ihre Notizen durchsah, um den Bericht zu schreiben, wunderte sie sich fast, wie viel sie trotzdem erfahren hatten.

So war Talita Possamai am Samstag, dem dreizehnten Mai, entführt worden, auf dem Parkdeck eines Shoppingcenters mitten in São Paulo, wo sie am Abend mit einem Freund verabredet gewesen war, ums ins Kino zu gehen. Die Attacken des PCC hatten schon am Vorabend begonnen, aber das Leben in der Metropole war zu dieser Zeit noch seinen gewohnten Gang gegangen. Man wusste, dass da etwas passiert war, aber noch ließ man sich davon nicht weiter beunruhigen. Talita war einundzwanzig Jahre alt gewesen, eine Studentin an der Escola de Comunicações e Artes – sie hatte Innenarchitektur und Design studiert –, und allen Ermahnungen ihres Vaters zum Trotz war sie dauernd auf Partys gegangen, die in den falschen Vierteln stattfanden, und auch allein mit ein paar Freundinnen durchs Nachtleben gezogen. Bis zu diesem Abend, an dem sich ihr Leben in ein Vorher und ein Nachher geteilt hatte.

Freigekommen war sie erst am Montag, dem neunzehnten Juni. Nach fünf Wochen und zwei Tagen. Es war sehr still im Vernehmungszimmer gewesen, nachdem Caitano das gesagt hatte.

Er selbst hatte sie erst im Juli kennengelernt, als er und die drei anderen als ihre Bodyguards engagiert worden waren. Zum August hätten sie angefangen.

Ana stutzte, blätterte vor und wieder zurück. Nein, da stand nichts, und sie konnte sich auch nicht daran erinnern. *Wer* hatte sie als Bodyguards engagiert?

Immer öfter zog sie jetzt die Augenbrauen zusammen. Vorhin, in der Vernehmung, hatte sie das alles noch so hingenommen. Sie war einfach froh gewesen, dass Caitano sich etwas beruhigt hatte. Aber jetzt, wo sie es ordnen und aufschreiben sollte, merkte sie plötzlich, wie dünn und lückenhaft es war.

Also noch einmal: Talita war vom PCC entführt worden. Es waren die Tage, in denen das PCC Hunderte von Anschlägen überall in São Paulo verübt hatte. Hauptziel dieser Anschläge war die Polícia Militar gewesen. »Das war Krieg und nichts anderes«, hatte Caitano gesagt. »Das organisierte Verbrechen wollte die Macht übernehmen. Die wollten uns fertigmachen!« Doch die Polícia Militar hatte zurückgeschlagen und letztlich gewonnen. Caitano und seine Männer hatten sich dabei besonders hervorgetan, und dafür waren sie mit dem guten Job als Bodyguards belohnt worden. Talita hatte es trotzdem nicht länger in São Paulo ausgehalten, und so waren sie alle nach Portugal gekommen. Ende der Geschichte. Jedenfalls bis zu dem Mord an Nilton ...

Ana schüttelte still den Kopf. Das Ganze kam ihr vor

wie eine bereinigte Fassung, bei der die Hauptsache fehlte. Sie stand auf, ging den Korridor entlang und in Fonsecas Büro. Sie wartete, bis er zu Ende telefoniert hatte, dann redeten sie darüber.

»Ich meine, was er uns da erzählt hat, das klingt für mich wie: ›Die Banditen kommen in die Stadt geritten und ballern wild um sich. Aber der aufrechte Marshal und seine Getreuen schießen sie alle über den Haufen.‹ Das kann es nicht sein, oder? Ich denke, wir müssen wissen, *worum es da ging*. Sonst verstehen wir das nie mit dem Video. Und mit Talita.«

»Hmm, ja«, sagte Fonseca. »Haben Sie Zeit, sich dahinterzuklemmen?«

»Ich muss sehen, wie ich es einschieben kann. Nach dem Mittag will ich versuchen, die Barfrau aus dem Flash bei ihrem Tagesjob zu erwischen. Die, die Nilton auf dem Foto erkannt hat.«

»Ja, das ist gut. Tun Sie das.« Sie war schon fast an der Tür, da sagte er hinter ihr: »Ach ... was war das noch mal genau, dieses PTSB?«

Sie verkniff es sich gerade noch, ihn zu verbessern. »Posttraumatische Belastungsstörung.«

»Ah ja, klar.« Er schüttelte den Kopf. »Diese ganzen Abkürzungen immer.«

Sie lächelte und ging hinaus.

Fonseca nahm sich wieder die Ausdrucke vor, die er noch gar nicht richtig durchgesehen hatte: die Verbindungsdaten der übrigen sechs Mobiltelefone, an die das Video versandt worden war. Keines davon konnte geortet werden. Sie waren alle ausgeschaltet.

Sechs Personen, die wahrscheinlich auf einer Todesliste standen, und es gab keine Möglichkeit, sie zu finden.

Dinis hatte ihn schon vorgewarnt, dass die gespeicherten Daten nicht sehr aussagekräftig waren, aber so was beurteilte er lieber selbst.

Alle acht Telefone, auch die von Nilton und Alessandro, waren nur sporadisch benutzt worden, mit wochenlangen Unterbrechungen, in denen sie ganz abgeschaltet waren. Die Positionsdaten waren über die ganze Stadt verstreut.

Es gab Tage, da waren sie alle innerhalb derselben Stunde eingeschaltet worden, an völlig verschiedenen Standorten, und nach kurzer Zeit wieder aus. Dinis hatte das gelb, grün und orange markiert und dazugeschrieben: ›Vermutlich Vorab-Benachrichtigung auf anderen Mobilgeräten, vielleicht per SMS. Deutlich konspiratives Verhalten.‹

Untereinander hatten sie nur in Ausnahmefällen telefoniert. Die Regel war: Sie wurden angerufen, manchmal einzeln, manchmal mehrere kurz nacheinander. Die letzten Male immer von dem Telefon, das auch das Video verschickt hatte, vorher noch von einer anderen Nummer. Allesamt natürlich nicht registriert. Es war einfach eine Pest.

Vor ein paar Tagen erst hatte er seinem Ärger Luft gemacht:»Eine Scheiße ist das doch mit diesen hunderttausend anonymen Telefonen! Da müsste es längst ein Gesetz geben, das das regelt!«

»Gibt es ja«, hatte Pinto gesagt.»Nennt sich das Gesetz von Angebot und Nachfrage.«

Fonseca hatte mürrisch vor sich hin gegrummelt. Aber er wusste natürlich, dass Pinto recht hatte. Andere Dinge waren auch verboten, und verschwunden waren sie dadurch noch lange nicht. Nur im Preis gestiegen.

13

Am frühen Nachmittag betrat Ana Cristina den Hipermercado Continente in Senhora da Hora, Matosinhos. Sie war allein und entschlossen, die Sache jetzt durchzuziehen. Sie hatte sogar ihre Sandalen gegen Turnschuhe getauscht. So einfach sollte die Barfrau ihr nicht wieder entkommen.

Die Barfrau hieß Ivone und war eigentlich Studentin. Eine Mitbewohnerin hatte ihr arglos am Telefon verraten, dass Ivone hier tagsüber an einem Promotionsstand für eine neue Biersorte zu finden war.

Es war ziemlich voll in dem riesigen Supermarkt, vor den Kassen standen lange Schlangen. Ganze Familien von Urlaubern schoben gemächlich ihre Einkaufswagen durch die Gänge, viel Französisch war zu hören und auch Sprachen, die Ana nicht kannte. Leichtfüßig schlüpfte sie durch die Lücken – »*Com licença … Com licença …*« – und näherte sich, vorsichtig Ausschau haltend, den Getränkeregalen.

Von Weitem war ein Sonderstand zu sehen, mit einer großen Flasche Bier auf der Werbetafel. Aber der Stand schien nicht besetzt zu sein. Sie blieb hinter einer Familie in Deckung, die wie alle anderen vor sich hin trottete.

Die Mutter schimpfte mit den beiden kleinen Mädchen, die sich immer kreischend und lachend an den Einkaufswagen hängten, um ein Stückchen mitzufahren. »Jetzt hört aber mal auf damit! Schluss, aus, hab ich gesagt!« Jemand im weißen Kittel kam an den Stand zurück. Eine junge Frau ... Ja! Mit einer blauen Strähne im Haar. Schnell jetzt. »*Dá-me licença, por favor!*« Ana drängte sich seitlich vorbei.

Da fiel ihr eins der beiden Mädchen direkt vor die Füße. Sie wollte ausweichen, stolperte, fing sich gerade noch. Die Kleine lag flach auf dem Bauch, alle viere von sich gestreckt, und schien zu überlegen, was sie jetzt tun sollte. Klar: losheulen!

»Au weia, war ich das? Hast du dir wehgetan?«

»Ach was«, sagte die Mutter, »das kommt von dem ewigen Rumgehampel!«

»Tut mir wirklich leid, ja?« Ana ging hastig weiter. Der Stand war leer und verlassen, der weiße Kittel lag achtlos hingeworfen in der Ecke. Sie sah sich rasch um, in alle vier Richtungen. Auch im nächsten Gang war die blaue Strähne nirgends zu sehen. Ivone ... Wo bist du hin? Nach vorn zum Ausgang? Nein, nach hinten, oder? Wo du dich sicher fühlst. Weil du denkst, ich kann da nicht rein. Die Personalräume.

Sie orientierte sich kurz an den Kassen und ging dann schnell in die andere Richtung, wieder hin und her zwischen den Kunden mit ihren Einkaufswagen, die sich alle wie in Zeitlupe bewegten. An den Backwaren vorbei kam sie schließlich zu den langen Tischen mit gestapeltem Bacalhau. Dort gab es eine Einfahrt, die wohl für Gabelstapler gedacht war. Sie war mit einem schwarzen Gummivorhang verschlossen, der dick und schwer aussah. Rechts war ein Knopf, und Ana drückte einfach mal drauf. Mit einem Zischen hob sich der Vorhang. Sie betrat das Lager.

Es war kalt, und es roch nach Fisch. Zwei Frauen in Gummistiefeln, mit langen Gummihandschuhen, kamen gerade mit einem Metallkarren voller gestoßenem Eis aus dem Kühlraum und sahen sie fragend an.

»*Boa tarde.* Wo finde ich hier wohl die Personaltoiletten?«

»Da hinten rechts. Aber die sind – «

»Nur fürs Personal. Schon klar.« Ana lächelte. »Danke.«

»Moment. Sind Sie neu hier oder – «

Aber da war sie schon um die Ecke.

Im WC für ›Senhoras‹ war es mucksmäuschenstill. Ana ging an den Kabinen entlang. Nur eine einzige war besetzt. Sie klopfte an die Tür. »Ivone? Sie machen es uns beiden unnötig schwer, finden Sie nicht?«

Die Tür wurde entriegelt und dann zögernd geöffnet. »Mein Gott, sind Sie hartnäckig«, sagte Ivone und ließ den Kopf hängen, mit der einen blauen Strähne im Haar.

»Ich? Was sollte ich dagegen haben?« Cida blickte gleichmütig auf den Atlantik hinaus. »Wenn Sie meinen, dass Ihnen das weiterhilft, dann reden Sie mit ihr.«

»Ich dachte, Sie wollten sie da unbedingt raushalten?« Pinto stand neben ihr an der Brüstung der Strandpromenade. Zu ihren Füßen war alles voller bunter Sonnenschirme, Menschen in Badesachen lagen auf ihren Handtüchern oder standen zwischen den Felsen im Wasser,

Kinder spielten im Sand. Das Meer war still und friedlich, der Himmel blau.

»Ich hab das mitgemacht«, sagte Cida. »Was sollte ich mich querstellen. Aber es ging natürlich von Osmar aus. Der ist ja ihr großer Beschützer und immer um sie herum wie ein ... na, ich will ja nichts sagen.«

»Sagen Sie's ruhig. Wir sind ja unter uns.«

»Ach, ist das so, ja?« Sie sah ihn lächelnd an, durch ihre verspiegelte Sonnenbrille. »Gehen wir noch ein Stück?«

»Gern.«

Sie wandte sich ab und ging langsam weiter. Ihr aschblondes Haar war hochgesteckt, das enge, ärmellose Kleid bis zwischen die Schulterblätter ausgeschnitten. »Ich liebe das hier sehr«, sagte sie. »Und es gefällt mir, dass die Straße Avenida Brasil heißt. Porto ist ideal, finde ich. Groß genug, dass es alles gibt, was man haben will, und doch so klein, dass man sich zu Hause fühlt.« Sie blickte kurz vor sich zu Boden. »Das alles jetzt ist sehr unerfreulich und hätte wirklich nicht sein müssen.«

»Nein, von mir aus auch nicht. Was meinen Sie: Wer ist schuld daran?«

Sie sah ihn von der Seite an. »Hören Sie, ich sage Ihnen eins: Was man dem Mädchen angetan hat, ist schrecklich, gar keine Frage. So etwas wünscht man niemandem. Aber dass ich nun auch noch die liebende Schwester spiele, das ist zu viel verlangt. Ich sehe das gar nicht ein.«

»Ihr Verhältnis ist also eher ...«

»Wissen Sie, meine Mutter lebt noch. Und als mein Vater was mit dieser ... Japanerin hatte, da war sie auch noch mit ihm verheiratet. Sie hat sehr darunter gelitten, und ich habe das alles miterlebt.«

»Was war sie denn, die Japanerin? Seine Judolehrerin?«

»Seine Gartenarchitektin.«

»Ah ja. Und eines Tages, unter den blühenden Kirschbäumen ...«

»Ich glaube, es war ein Steingarten. Ich habe ihn nie gesehen. Hab mich immer geweigert, dahin mitzufahren.«

»Was ist aus ihr geworden?«

»Sie ist bei einem Autounfall ums Leben gekommen. Talita war gerade sechs Jahre alt. Da hat mein Vater sie offiziell anerkannt und bei uns aufgenommen. Tja, und damit hatten wir es am Hals, das kleine Schlitzauge.«

Sie näherten sich der Pergola, deren Doppelreihe klassizistischer Säulen in einem sanften Bogen der Küstenlinie folgte. Sie galt als Treffpunkt der Verliebten. Die Säulen leuchteten hellgelb vor dem blauen Himmel, Tauben saßen oben auf den Querbalken.

»Mein Vater war immer völlig in sie vernarrt. Hat sie von vorn bis hinten verwöhnt. Völlig verzogen, muss man sagen. Talita war sein Ein und Alles. Und das wusste auch jeder.«

»Sie meinen ...?«

»Ich denke schon, ja. Die falschen Leute wussten es auch.«

»Wie hoch war denn nun das Lösegeld?«

»Ich glaube, die genaue Summe kennen nur mein Vater und die Entführer.«

»Aber sie wollte dann schon gern hierher? Ich meine, zu Ihnen?«

»Ach Gott, mein Vater hat mich bekniet.« Sie bemerkte

seinen Blick. »Gut: *unser* Vater. Und sie war wohl auch wirklich nicht in der Verfassung, um sie allein in die USA zu schicken oder so was. Ich hab mich dann breitschlagen lassen. Mein Vater hatte natürlich kein Wort davon gesagt, dass sie ihre Bodyguards mitbringt. Das war dann die Überraschung am Flughafen. Wir dachten, wir holen die arme kleine Talita ab, und dann kommt sie da an wie ein neurotischer Popstar, mit Riesen-Sonnenbrille und diesen vier Kleiderschränken von Kerlen um sich herum. Die Leute haben alle geguckt und sich gefragt, wer *das* wohl ist.«

»Wie kommen Sie selbst mit denen zurecht, mit Caitano und den anderen?«

Sie zuckte die Achseln. »Mein Mann hält sie für effizient. Ich weiß es nicht.«

»Sie zweifeln daran?«

»Dieser Nilton hat es immerhin fertiggebracht, sich erschießen zu lassen. Für einen Sicherheitsmann eher eine schwache Performance, finden Sie nicht?«

Pinto lachte in sich hinein. »Kann man so sehen, ja. Wer hat die eigentlich engagiert? Also drüben, als Bodyguards, meine ich. Wissen Sie das?«

»Drüben? Nein, weiß ich nicht. Ich hatte vorher noch nie was von denen gehört.«

»Dann war das nicht Ihr Vater?«

»Mein Vater? Ganz sicher nicht, nein. Ich glaube, der war heilfroh, als er sie los war. Hat sich jedenfalls am Telefon so angehört.« Unter der Pergola blieb sie stehen und wandte sich ihm frontal zu. In ihren verspiegelten Gläsern sah er sich selbst, links und rechts, dahinter die gelben Säulen. »Ich will Ihnen noch eins offen sagen: Ich

kann diese Typen kaum auseinanderhalten. Ob der jetzt Nilton hieß oder sonst wie, ist mir ziemlich egal. Aber dass mir hier einer meinen Alessandro erschießt, das geht zu weit. Verstehen Sie? So was muss aufhören.«
Es klang wie ein Befehl, und Pinto hatte keinen Zweifel, dass es genau so gemeint war.

»Sie hat Angst«, sagte Ana Cristina, »richtige Angst. Sie sagt, sie wird auf keinen Fall vor Gericht erscheinen, und wenn wir sie hierher vorladen, wird sie alles leugnen.«
Dinis runzelte etwas die Stirn, Fonseca hörte geduldig zu.

»Aber was ich dann mühsam aus ihr herausbekommen habe, ist dies: Sie sagt, Nilton ist öfter im Flash gewesen, aber meistens gleich ins Büro durchgegangen. Manchmal hat er noch an der Bar einen Drink genommen und sich die Mädels angeschaut, aber in dieser Nacht war er anscheinend richtig sauer und ist gleich nach hinten durchgestürmt.«

»Also *war* er da bekannt«, sagte Dinis.

Fonseca fragte: »Und das Büro war besetzt um vier Uhr morgens? Wissen wir, von wem?«

»Ja, der Geschäftsführer war da«, sagte Dinis. »Ein gewisser Bruno Lopes. Auch einer von Pugas alten Jungs.«

»Dann knöpfen wir uns den mal vor. Und Tony auch.«

Es war so weit. An diesem Mittwochmorgen waren sie mit zwei Wagen – beides schwarze Land Rover Freelander – aus dem endlosen Stau des Boulevard Périphérique auf die A10 Richtung Bordeaux abgefahren und hatten sich dann einfach weiter mittreiben lassen im Strom des Ferienverkehrs.

Auf einer Raststätte bei Poitiers hatte einer der beiden Brüder gebeten: »Können wir nicht mal wechseln?« Er hatte bei dem Indio im Wagen gesessen. »Der hat seit Stunden kein Wort mehr gesagt, das macht mich ganz kirre.«

Sehr gesprächig war der Mann mit dem grauen Pferdeschwanz dann aber auch nicht gewesen. Den Blick auf sein Smartphone gesenkt, hatte er die meiste Zeit nach neuen Berichten über die Brasilianer-Morde gesucht.

Bei Irun waren sie am Abend über die spanische Grenze gefahren. Statt Arbonne oder Saint-Jean-de-Luz hatten plötzlich Ortsnamen wie Ugaldetxo, Oiartzun und Altzibar-Karrika auf den Schildern gestanden. Und jetzt war die erste Etappe schon geschafft. Die Wagen standen in zwei verschiedenen Hotelgaragen, und die vier Männer bummelten mitten im Gedränge durch die Altstadt von San Sebastián.

»Na, wie sieht das aus?«, fragte der Mann mit dem grauen Pferdeschwanz, als sie eine Pintxos-Bar betraten, in der der Tresen wahrhaft überquoll von den verlockendsten kleinen Tapas.

Die beiden Brüder strahlten und sagten: »Aaah ...!«

Nur der Indio verzog keine Miene.

14

Am nächsten Tag, Donnerstag, dem neunundzwanzigsten Juli, war Tony Maluco mal wieder zu Gast in der Rua Assis Vaz. Die Vernehmung wurde durchgeführt von Inspektor Pinto und Inspektor Tavares, Beginn war zehn Uhr vormittags.

Fett, tätowiert und gepierct, wie er war, saß Tony breitbeinig auf seinem Stuhl, beide Daumen in den Bund seiner Jeans gehakt, und kaute mit offenem Mund Kaugummi. Intelligenter ließ ihn das nicht gerade erscheinen, aber es fand sowieso niemand, dass er für seinen Job als Türsteher in irgendeiner Weise überqualifiziert war. Inzwischen siebenunddreißig, war Tony jetzt schon etliche Jahre Vítor Pugas Mann fürs Grobe. Sein Spitzname Maluco, ›der Verrückte‹, ging auf seine berüchtigten Tobsuchtsanfälle zurück, in die er sich derart hineinsteigern konnte, dass von so mancher Bar- und Restaurant-Einrichtung nur ein Haufen Splitter und Scherben übrig geblieben war. Meist hatten die Inhaber dann eingesehen, dass es auf Dauer doch günstiger war, das verlangte Schutzgeld zu zahlen.

Pinto ertrug es über eine Stunde lang, aber um kurz nach elf hielt es ihn nicht mehr auf seinem Stuhl. Er stand auf und fing an, hinter Tony auf und ab zu gehen. Sie kauten immer noch die Mordnacht durch: Nilton Wanderley, die Diskothek Flash, Tony am Eingang.

»Wie oft soll ich das noch sagen? Ich hab ihn nicht rauskommen sehen!« Tony gefiel es nicht, Pinto im Rücken zu haben. Über die Schulter versuchte er, ihn im Auge zu behalten. »Ich sag doch, da waren zwei Betrunkene, die unbedingt reinwollten. Mit denen hatte ich genug zu tun. Und als es passiert ist, da war er ja schon um die Kurve. Ich *konnte* überhaupt nichts sehen!«

»Ja, ja, ja«, sagte Pinto und sah auf die Uhr, »das haben wir nun langsam begriffen.«

Tavares schlug mit der flachen Hand auf den Tisch. »Es reicht, Tony! Wir wissen, dass Nilton öfter im Flash gewesen ist! Nilton hat für Puga gearbeitet, genau wie du! Und uns willst du weismachen, dass du ihn nicht gekannt hast?«

»Nilton, Nilton! Jetzt kriegt euch mal wieder ein mit eurem Scheiß-Nilton! Wenn ich nicht weiß, wer das war, dann weiß ich es nicht! Fertig!«

»Ja, gut, fertig! Von mir aus!« Tavares schob seinen Stuhl zurück. »Wir vergeuden unsere Zeit mit diesem Idioten!«

»Aber, aber ...«, sagte Pinto versöhnlich. »Ich finde, er macht das ganz prima.« Er klopfte Tony von hinten auf die Schulter. »Das ist doch schon eine Leistung, was, Tony? Dass du überhaupt richtig sprechen kannst. Nur so mit dem Rückenmark.«

»Was quatscht dieser Kerl eigentlich für eine Scheiße?«

»Sieh bloß zu, dass du rauskommst.« Tavares raffte

seine Papiere zusammen.»Bevor wir dich einbuchten und den Schlüssel wegwerfen!«
Pinto brachte ihn nach unten und wartete, bis er das Gebäude verlassen hatte. Durch die Glastüren sah er mit an, wie Tony auf dem Vorplatz von einer Handvoll Journalisten umringt wurde. Eine Frau hielt ihm ein Mikrofon hin, zwei Männer fingen gleich an, Fotos zu machen. Na, dann viel Spaß, dachte Pinto und wandte sich ab.

Fonseca hatte in der Zeit Bruno Lopes vernommen, den Geschäftsführer des Flash, und das Ergebnis war dasselbe gewesen. Der Mann hatte schlichtweg geleugnet, Nilton Wanderley zu kennen. Und es wäre auch niemand in seinem Büro gewesen, Gäste hätten da gar keinen Zutritt.

Fonseca schüttelte den Kopf.»Die reden nicht«, sagte er, als er mit Pinto am Kaffeeautomaten stand.»Warum sollten sie auch? Sie wissen ja, dass Nilton nichts mehr sagen kann.«

Wenig später kam Ana Cristina in sein Büro, einen Bericht in der Hand.»Die Mai-Ereignisse in São Paulo.«
»Und? Wissen Sie jetzt, worum es da ging?«
»Na ja, etwas besser als vorher schon.«
»Immerhin.« Mit einer Handbewegung bot er ihr einen Platz an.»Ich lese es später. Geben Sie mir mal eben die Kurzfassung.«

Sie setzte sich auf den Stuhl vor seinem Schreibtisch.»Ja, also, das sind schon eigenartige Zustände da drüben. So weit muss man es auch erst mal kommen lassen ...« Sie schlug ihren Bericht auf.»Dieses Primeiro Comando da Capital ist eine Organisation, die im Gefängnis gegründet wurde. Ihre Bosse sitzen alle hinter Gittern. Das macht aber keinen großen Unterschied. Sie haben Mobiltelefone in den Zellen und kontrollieren damit weiterhin ihre Geschäfte. Die Besonderheit des PCC ist die: Es ist eine Art Dachverband des organisierten Verbrechens. Die Mitglieder anderer Gangs und Drogenkartelle zahlen regelrechte Monatsbeiträge und erwerben damit so etwas wie einen Schutzbrief. Für den Fall, dass sie selbst einmal inhaftiert werden, ist das ihre einzige Chance, das Gefängnis zu überleben. Wer nicht zahlt, wird von den anderen Häftlingen ermordet. Auf diese Weise beherrscht das PCC sämtliche Gefängnisse von São Paulo.«

»Moment. Das heißt, der brasilianische Staat ...«

Ana nickte. »Der Staat hat in seinem eigenen Strafvollzug nichts mehr zu melden. Da haben die Kriminellen das Sagen.«

»Hmm ... Das ist die Ausgangslage, ja?«

»Genau. Und vor vier Jahren ist dann Folgendes passiert: Der Bundesstaat São Paulo hat einen neuen Gouverneur bekommen. Und der hatte sich anscheinend vorgenommen, da mal durchzugreifen, so in der Art: ›Neue Besen kehren gut.‹ Der Plan war, die Bosse des PCC in ein spezielles Hochsicherheitsgefängnis zu verlegen, sechshundert Kilometer weit weg und mitten im Funkloch. Nur ist die Besprechung beim Gouverneur dann heimlich mitgeschnitten worden. Der Hausmeister hat die CD verkauft, und die Bosse konnten sich den Plan in ihren Zellen anhören. Daraufhin haben sie den Befehl zum Losschlagen gegeben.« Sie blätterte um. »Am Freitag, dem zwölften Mai, fängt es an. Es gibt erste Anschläge, bei denen vor allem Polizisten erschossen werden, und in den nächsten Tagen steigern sich die Attacken immer weiter. Polizeiwachen werden mit Kalaschnikows und Handgranaten angegriffen, in den Gefängnissen kommt es zu Häftlingsrevolten mit Geiselnahmen, in den Straßen werden Linienbusse in Brand gesetzt. Insgesamt sollen in dieser einen Woche an die fünfhundert Menschen durch Schusswaffen getötet worden sein, es gab Aufstände in dreiundsiebzig Gefängnissen, neunzig Omnibusse sind lichterloh ausgebrannt. Am Montag, dem fünfzehnten Mai, bricht in der Stadt dann die Panik aus. Alle Büros und Geschäfte machen früher zu, es kommt zu den größten Verkehrsstaus, die man je gesehen hat, alles verbarrikadiert sich zu Hause, und die Straßen werden immer leerer. Bei Einbruch der Dunkelheit ist São Paulo praktisch eine Geisterstadt.«

»Eine Stadt von wie viel ... zwanzig Millionen Einwohnern?«

»Ja. Es ist ganz klar eine Machtdemonstration des PCC: ›Seht her, uns gehört diese Stadt. Wir können hier machen, was wir wollen. Wir können eine Ausgangssperre verhängen, und alle halten sich daran.‹«

»Schon eindrucksvoll, das muss man ihnen lassen.« Fonseca blickte nachdenklich vor sich hin. »Ein Revierkampf also ... Wissen Sie, ob er erfolgreich war? ›Gehört‹ ihnen die Stadt?«

»So weit bin ich noch nicht gekommen. Wie das Ganze nun genau zu Ende gegangen ist und wie die Lage hinterher war – da gibt es sehr widersprüchliche Angaben.«

»Und mittendrin also Talita ... die geliebte Tochter von Vinícius Possamai.«

»Ja, an dem Montag war sie schon zwei Tage lang in der Gewalt ihrer Entführer.«

»Sie fahren doch nachher zu ihr, oder?«
»Ja. Ich hoffe, die lassen mich rein.«
»Das werden sie wohl müssen. Hier bestimmen immer noch wir.«
»Wie gesagt, ich würde mir jetzt nicht zu viel davon versprechen. Ich will eigentlich nur sehen, wie es ihr geht, nach der Aktion auf der Autobahn. Und dann mal vorsichtig sondieren, wie weit sie vernehmungsfähig ist.«
»Ja, ist schon klar. Ich verstehe, dass das nicht hilfreich war. Aber was soll's. Sonst wär sie jetzt weg.«

Auch an diesem Tag passierte wieder eine Menge Autos, aus Spanien kommend, den Grenzübergang Tui-Valença, von dem kaum noch etwas zu merken war. An der Brücke über den Rio Minho stand das blaue EU-Schild ›Portugal‹, das war alles.

Der Ferienmonat August brach an, in dem die Emigranten aus Frankreich traditionell in die alte portugiesische Heimat fuhren, und das möglichst mit einem nagelneuen Wagen, der eine Nummer größer war als der im Vorjahr. Ganz Porto war schon voller Urlauber und nichts hätte unauffälliger sein können als zwei weitere Land Rover mit französischen Kennzeichen.

Wieder checkten sie in zwei verschiedenen Hotels ein. Der Mann mit dem grauen Pferdeschwanz nahm seine Chipkarte entgegen, und der Angestellte hinter dem Empfangstresen lächelte ihm zu. »Dann wünschen wir Ihnen schöne Ferientage.«

Er lächelte zurück und sagte: »Danke. Ich freue mich darauf.«

15

»*Tá bem*«, sagte Fonseca mit einem Blick auf die Uhr. »Ana? Sie fahren jetzt nach Foz, oder? Wer fährt mit?«
»Ich«, sagte Pinto.
»Gut. Dann mal los.« Alle schoben ihre Stühle zurück, standen auf, der Besprechungsraum leerte sich.
Ana sagte zu Pinto: »Komme sofort, ja?«
In der Damentoilette bürstete sie noch schnell ihre langen dunklen Haare und ließ sie dann offen. Sie musterte sich im Spiegel, knöpfte die ärmellose weiße Bluse etwas weiter auf. Ja, so war es gut. Nichts von PJ. Einfach eine Freundin, die mal vorbeischaut.
Pinto wartete im Korridor. Er lächelte, als er sie kommen sah. »Was hast du denn heute noch vor?«
»Ich muss versuchen, ihr die Angst zu nehmen. Darum geht es.«
»Aha? Na, wenn du das so an der Uni gelernt hast.«
Sie deutete einen Rippenstoß an, und sie gingen zum Wagen.
In Foz angekommen, fuhr Pinto in die Einfahrt des Condomínios und hielt neben dem Pförtnerhaus. »PJ«, zeigte er seine Dienstmarke. »Wir werden erwartet. Sie wissen, von wem.« Der Pförtner telefonierte erst und gab

ihnen dann ein Zeichen, auf welchem Stellplatz sie parken sollten.

Am Hauseingang klingelte Pinto im sechsten Stock rechts. Unwillkürlich drehten sie sich beide noch einmal um. Der Pförtner telefonierte schon wieder und behielt sie durch seine Scheibe im Auge. Der Summer ertönte, und Pinto zog die Glastür auf.

Als sie oben aus dem Fahrstuhl traten, kam ihnen prompt einer der Bodyguards entgegen.

Pinto sagte leise: »Ist das nicht der unbescholtene Bürger Valter de Jesus?«

Der Brasilianer baute sich vor ihnen auf und sagte: »Es war ausgemacht, dass sie allein kommt.«

»Sie geht allein rein. Aber sie ist nicht allein hier. Klar?«

»Wollen Sie hier warten oder was?«

»Wir beide können ja einen kleinen Kaffee trinken gehen, was halten Sie davon?«

»Danke, kein Bedarf.« Er trat nur so weit zur Seite wie unbedingt nötig, aber er ließ sie durch.

Ana war etwas beklommen zumute, und das lag weniger an Valter de Jesus. Sie gingen das letzte Stück des Korridors entlang. Die Wohnungstür schien nur angelehnt zu sein. Dann wurde sie plötzlich geöffnet. Talita erschien, legte beide Hände an den Türrahmen und lächelte schüchtern. Ihr voller, pechschwarzer Haarschopf hatte etwas frisch Geföhntes, eine Wolke Pfirsichblütenduft ging von ihr aus. Sie trug ein knielanges weißes Trägerkleid, und sie war barfuß.

Ana war froh, dass Pinto nicht mit hineinkommen sollte. »*Olá, boa tarde.*« Sie hoffte, dass ihr Lächeln nicht zu aufgesetzt wirkte.

Talita sagte leise: »*Olá*«, und es klang eher wie eine Frage. Der Blick aus ihren Mandelaugen ging unsicher zwischen ihnen hin und her.

»Ja, ich ... geh dann mal«, sagte Pinto. »Ich halte mich in der Nähe.«

Talita nickte ihm vage zu und wich von der Tür zurück. Ana tätschelte ihm kurz den Oberarm. »Tapfer«, sagte sie leise, ging dann hinein und machte die Tür hinter sich zu.

Vorgestern Nacht war alles so eine Aufregung gewesen, dass sie das Apartment kaum richtig wahrgenommen hatte. Es musste mindestens doppelt so groß sein wie ihre eigene Wohnung. Auch jetzt war das Licht gedämpft, alle Rollläden schienen geschlossen zu sein. Die Temperatur war deutlich angenehmer als draußen, aber von einer Klimaanlage war nichts zu hören. Um so lauter war das Klacken ihrer Absätze, als sie Talita ins Wohnzimmer folgte. Das Parkett sah empfindlich aus.

»Warten Sie. Ich glaube ...« Sie streifte ihre Sandalen ab.

Talita sah ihr lächelnd zu.

Barfuß kam Ana sich fast etwas blöd vor in ihrer weißen Bluse. Na, sind wir nicht zwei Unschuldsengel ... Sie wünschte, sie hätte etwas Rotes angezogen. Etwas Knallrotes.

»Wie geht es dem Polizisten? Ich habe ihn ziemlich getreten, oder? Ich hoffe, es ist nicht so schlimm.«

»Nein, nein, der wird schon wieder.« Ana hatte keine Ahnung, wie es ihm ging. »Es tut uns leid, dass wir Sie da auf der Autobahn so – «

»Möchten Sie Tee?«

»Tee. Ja, warum nicht?« Von sich aus wäre Ana nie auf

die Idee gekommen. Wer trank denn Tee? Und das auch noch im Sommer. Sie kannte niemanden.
»Gut, dann mach ich uns welchen.« Talita verschwand, als sei sie ganz dankbar für die Gelegenheit. War das bisschen Geplauder jetzt schon Stress für sie? Unversehens stand Ana allein in dem großen Wohnzimmer. Viel Besuch hatte Talita wohl wirklich nicht. Sie hatte ihr nicht einmal einen Platz angeboten. Tee. Das hieß Wasser kochen. Und ein paar Minuten ziehen lassen. Ana lächelte still für sich. Lautlos umhergehen konnte sie auch. Sie hätte es kaum besser einfädeln können.

Aus der Küche hörte sie das Klappern von Geschirr. Sie sah sich um. Die Einrichtung hatte etwas Sparsames, Asketisches. Eine Sitzecke mit Freischwingersesseln und -sofa um einen Glastisch. Gegenüber eine Regalwand, deren Fächer alle quadratisch waren, die meisten davon leer. Dann ein niedriger Holztisch mit vier Tatami-Matten darum herum. Das war wohl der japanische Teetisch.

Als Erstes ging sie hinüber zur Fensterfront. Die Jalousie war bis zum Boden herabgelassen, zwischen den Lamellen fielen schmale Lichtstreifen auf das Parkett. Ana trat ganz nah heran und sah durch einen Spalt auf den Balkon. Da stand die Sonnenliege, die sie von dem Foto kannte. Auf dem blauen Frotteehandtuch lag auch der MP3-Player mit den weißen Kopfhörerstöpseln. Daneben, auf einem Beistelltischchen, stand ein Glas mit einem rot-weiß geringelten Strohhalm. Der wässrige Bodensatz sah nach geschmolzenen Eiswürfeln aus. Sie wusste ja schon, dass Talita sich keineswegs immer im

Halbdunkel versteckte ... Aber *du* weißt nicht, dass *ich* es weiß, dachte sie und wandte sich zurück ins Zimmer.

Sie horchte kurz und ging dann hinüber zur Regalwand. Eine kleine Stereoanlage, ein paar CDs, wenige Bücher. Eines lag griffbereit da: ›Aprender Japonês em 10 minutos por dia‹.

Aber ihr Augenmerk galt etwas anderem. Genau im Zentrum der Regalwand, im mittleren der quadratischen Fächer, stand die Statuette einer jungen Frau in japanischer Tracht, die mit beiden Händen einen großen Speer oder eine Lanze hielt. Ihre Haltung und ihr spähender Blick hatten etwas von einer Jägerin. *Und sie trug ein Stirnband.*

Ana roch plötzlich wieder die Pfirsichblüten. Schon kam Talita um die Ecke, barfuß und lautlos wie sie selbst, ein Bambustablett mit Teekanne und Tassen vor sich hertragend.

Ana tat ganz unbefangen. »›Japanisch lernen in 10 Minuten am Tag‹? Wie lange braucht man denn da, bis man es kann?«

»Ich weiß nicht? Zweihundert Jahre?«

Sie lachten beide, Talita stellte das Tablett auf dem Teetisch ab.

Ana war schon darauf gefasst gewesen, im Lotussitz Platz zu nehmen, aber Talita ließ sich einfach seitlich auf die Tatami-Matte nieder wie auf ein Strandhandtuch. Auf den gestreckten Arm gestützt, nahm sie die kleine Teekanne mit den japanischen Schriftzeichen und schenkte in die henkellosen Tassen ein.

»Es ist grüner Tee«, erklärte sie. »Sencha. Man trinkt ihn pur, ohne Zucker. Ich hoffe, Sie mögen das.«

»Ich probier's einfach mal.« Ana nahm die Matte ihr gegenüber, stützte sich ebenfalls auf einen Arm, die Beine etwas angewinkelt. Der Tee dampfte in den Tassen, sie ließ lieber noch die Finger davon. Vorsichtig kam sie zur Sache: »Ja, also ... wie gesagt, es tut uns leid, wie das gelaufen ist. Wir hätten es gern vermieden. Und ich denke, das Ganze war auch nicht unbedingt Ihre Idee, oder? Ich meine, in Spanien unterzutauchen?«

»Osmar hat gesagt, es wäre das Beste. Ich habe ja nur ihn und seine Leute, worauf soll ich mich sonst verlassen?« Talita senkte den Blick, ihr kinnlanges schwarzes Haar fiel ihr übers rechte Auge. »Und Nilton war einer von ihnen. Wir wissen nicht, wer das gewesen ist ... wer jetzt vielleicht hier in der Stadt ist ... und was sie vorhaben.« Sie strich sich das Haar aus dem Gesicht. »Ich trau mich schon nicht mehr vor die Tür.«

»Deshalb ist es ja so wichtig, dass Sie mit uns reden. Wir müssen verstehen, was hier vorgeht. Alessandro Vicente. Haben Sie den auch gekannt?«

»Kaum. Nur vom Sehen. Das alles ist wirklich furchtbar ...«

Ana fragte behutsam weiter. Sie wollte herausbekommen, was Talita selbst darüber dachte. Was glaubte sie, wer dahintersteckte? Was waren ihre schlimmsten Befürchtungen? Wovor konkret hatte sie Angst? Keine dieser Fragen konnte sie direkt stellen, und sie vermied es auch, von sich aus das PCC zu erwähnen.

Es war zwecklos. Talita kauerte sich nur immer weiter zusammen, schlang beide Arme um die angezogenen Knie und verbarg ihr Gesicht schließlich ganz unter den

Haaren. Als sie wieder aufblickte, sagte sie:»Nun haben wir den Tee gar nicht getrunken.«

Ana lächelte ihr zu.»Wir trinken ihn jetzt. Er war eh noch zu heiß.«

Talita war deutlich erleichtert. Die Fragerei schien überstanden.»Schmeckt er Ihnen?«

»Ja. Etwas ungewohnt, aber... irgendwie schon.« Anas Blick kehrte mehrfach zu dem kleinen Tattoo auf ihrem Oberarm zurück. Sie wollte wenigstens noch wissen, was es damit auf sich hatte.

Als sie aufstanden, wandte sie sich wie zufällig der Regalwand zu.»Ach, die ist mir vorhin schon aufgefallen.« Sie deutete auf die kleine Statue und trat näher heran, als fände sie sie einfach hübsch.»Wer ist das?«

Sie merkte, wie Talita zögerte. Es schien ihr nicht ganz recht zu sein, darüber zu reden.»Das ist Nakano Takeko. Die letzte Kriegerin der Samurai.«

»Es gab weibliche Samurai?« Das hörte Ana zum ersten Mal.

Talita kam an ihre Seite.»Ja«, sagte sie, ohne zu lächeln und ohne sie anzusehen. Ihr Blick war ganz auf die Statuette gerichtet.»Sie stammte aus einer alten Samurai-Familie und war in allen Künsten ausgebildet. In der Kampfkunst war sie eine Meisterin. Das da ist die Naginata, die Schwertlanze, mit der sie gekämpft hat. Auch am Tag ihres Todes.«

Ana zog etwas die Augenbrauen hoch.»Am Tag ihres Todes? Sie meinen, das war kein Kampfsport, sondern...«

»Sie hat ein Frauenkorps in die Schlacht von Aizu geführt, auf der Seite des Shogun gegen die kaiserlichen Truppen.«

»Aha?«

»Die kaiserlichen Soldaten hatten Gewehre. Aber ihr Kommandeur hat die jungen Frauen mit den weißen Stirnbändern durch sein Fernglas beobachtet, und sie gefielen ihm. Er gab Befehl, sie lebend gefangen zu nehmen. Er wollte sie versklaven.« Talita stand sehr aufrecht da, den Kopf erhoben. »Das war ein Fehler. Sie waren gezwungen, die Kriegerinnen nahe an sich herankommen zu lassen, und die Naginata ist ideal für Frauen. Man kann damit einen körperlich überlegenen Gegner auf Distanz halten und ihm tödliche Verletzungen beibringen. Nakano Takeko hat ein Blutbad unter ihnen angerichtet.«

Ana sah sie vorsichtig von der Seite an.

»Dann ist sie von einer Gewehrkugel in die Brust getroffen worden. Sie wollte verhindern, dass ihr Kopf den Feinden als Trophäe in die Hände fiel. Deshalb hat sie ihre Schwester gebeten, ihr den Kopf abzuschneiden und ihn mitzunehmen.«

»Und ... hat die Schwester es getan?«

»Ja. Sie hat ihn mit zu ihrem Tempel genommen und ihn am Fuß einer Kiefer begraben.«

Ana deutete auf die Tätowierung. »Und das da ist der Kopf?« Sie sah den Hals, der in der roten Linie endete, und sie wusste: Das war die Schnittkante.

»Ja, das ist er.«

»Wann haben Sie das Tattoo machen lassen?« Ana zögerte eine Sekunde, aber sie musste es fragen: »Davor oder danach?«

Talita sah sie an, aus ihren schmalen japanischen Augen. »Danach«, sagte sie.

16

Pinto sah auf die Anzeige seines Telefons. Nachricht von Ana. Nur ein Wort: ›Pronto.‹

Gut. Er war es auch langsam leid auf und ab zu gehen. Wenn man nicht rauchte, wusste man gar nicht, was man die ganze Zeit machen sollte. Das Einzige, was ihm eingefallen war, hatte keine Minute gedauert. Er hatte eine seiner dienstlichen Visitenkarten genommen und hinten draufgeschrieben: ›Sie können mich Tag und Nacht anrufen.‹

Als er jetzt auf die Wohnungstür zuging, hielt er die kleine Karte in seiner Hand verborgen. Er war entschlossen, sie ihr zuzustecken. Irgendwie, ob Ana das nun mitbekam oder nicht.

»Hier, sehen Sie mal: Tony ist in der Zeitung.« Tavares hielt Fonseca sein Telefon hin, auf dem Bildschirm ein Artikel des Jornal de Notícias: ›António Ribeiro alias Tony Maluco, eine bekannte Figur des Portuenser Nachtlebens, hat den Mord an dem ersten Brasilianer hautnah miterlebt.‹

Fonseca nahm das Telefon und las kurz das Interview durch. »Ich staune. Das ist ja dieselbe Geschichte, die er euch erzählt hat. Wie klar der gute Tony plötzlich im Kopf ist ...«

Es war die von den zwei Betrunkenen, die unbedingt in die Diskothek gewollt hätten. ›Die haben da rumgepöbelt wie sonst was‹, hatte Tony den Reportern gesagt. ›Mit denen hatte ich alle Hände voll zu tun, das können Sie mir glauben.‹

Am frühen Abend sah Dinis zur Tür herein und sagte: »Die Techniker wären dann so weit. Das Video.«

»Ah ja«, sagte Fonseca. Ana Cristina saß noch bei ihm. »Kommen Sie mit?«

»Ja, klar.«

Der junge Techniker lächelte ihnen zu, als sie hereinkamen, setzte sich federnd auf seinen Drehstuhl und rollte vor den Monitor. »Ja, also, wir haben es in mehr Frames zerlegt als den Zapruder-Film.«

Der übermüdete Fonseca sah ihn blinzelnd an. »Sie haben *was?*«

Der Techniker räusperte sich. »Ich wollte sagen: Wir haben eine Einzelbildanalyse gemacht.«

Sie zogen sich Stühle heran und setzten sich dazu.

»Ich sag's Ihnen lieber gleich: Wir haben nichts gefunden, wodurch sich der Aufnahmeort ermitteln ließe. Da hängt also nicht irgendwo ein kleines Schild mit einem Hinweis. Wir haben nur den Garten, die Pflanzen und diesen alten Schuppen mit der Holztür. Wollen wir das mal durchgehen?«

Fonseca nickte nur. Ana nahm sich vor, die Ohren und die Zunge möglichst auszublenden und sich ganz auf den Rest zu konzentrieren.

»Was wir tun konnten, war, die einzelnen Bildelemente zu bestimmen. Hier geht es los. Links haben wir diese große Yucca. Sie muss einige Jahre alt sein. Man sieht hier unten die dicken, verholzten Stämme. Sie ist bestimmt an die drei Meter hoch. Es handelt sich um eine *Yucca elephantipes*. Leider nichts Besonderes. Gibt es überall, wo es warm genug ist. Dann hier rechts der Stamm der Palme. Er gehört mit Sicherheit zu einer *Washingtonia filifera*. Meine Frau sagt, die Palme muss – «

»Ihre Frau?«

»Na ja, ich bin kein Botaniker. Keine Sorge, ich hab ihr nur diesen Ausschnitt gezeigt. Sie sagt, die Palme muss über zwanzig Jahre alt sein, mindestens. Meine Schwiegereltern haben so eine im Garten. Man sieht das daran, wie sich die Rinde abschilfert. Hier unten, sehen Sie, ist der Stamm schon ziemlich glatt. Und hier oben hängt noch die äußere Schicht dran. Dieses Geflecht hier, das sind die Reste der abgestorbenen Palmwedel. Die fallen nach und nach ab, und hier ist die Grenze etwa auf Höhe der Kamera.«

»Gut. Diese Palmen stehen aber auch überall.«

»Ich sag ja, groß was in der Hand haben wir nicht.« Der Techniker nahm die Maus und klickte ein paar Bilder weiter. »Der Gartenweg ist einfach gestampfte Erde. Dann haben wir hier links und rechts den Rasen. Die Art nennt sich *Grama brasileira* oder auch einfach brasilianischer Rasen.«

»Den haben wir auch zu Hause«, sagte Ana, und alle sahen sie an. »Bei meinen Eltern, meine ich. Der verträgt ganz gut Hitze und Trockenheit und bleibt auch im Sommer grün. Meine Mutter beschwert sich aber immer, weil er überall reinkriecht, in die Beete und auf die Wege, und man ihn dauernd abstechen muss. Und mähen muss man ihn natürlich auch. Also, verwildert ist dieser Garten hier nicht. Jemand macht da regelmäßig was.«

»Hmm ...«, brummte Fonseca. Einen Moment lang hatten sie alle die Vorstellung, wie da ein Gärtner mit Strohhut friedlich den Rasen mähte, während die Ohren und die Zunge an der Tür hingen.

Der Techniker klickte weiter. »Hier haben wir noch die Agave.«

Rechts auf dem Rasen stand ein bauchiger, blau glasierter Blumentopf mit einer Agave. Die fleischigen grünen Blätter mit den gelben Rändern schwangen sich weit über den Rand.

»Auch unspezifisch. Solche Blumentöpfe kommen fast alle aus China. Ja, und dann der Schuppen selbst. Weiß verputzt, der Putz alt und rissig. Hier ist ein Stück abgeplatzt, man sieht das Mauerwerk: ganz gewöhnliche Ziegel. Holztür und Rahmen waren mal in einem kräftigen Rot gestrichen. Hier und hier sind noch Reste der Farbe zu sehen. Wir nehmen an, es ist ein einfacher Geräteschuppen. Man nimmt sich vor, mal die Tür neu zu streichen, aber irgendwie wird dann nie was daraus. Macht ja nichts, ist ja hinten.«

»Gut möglich«, sagte Fonseca. »Tja ... viel schlauer sind wir jetzt wirklich nicht. Das kann überall sein.«

Der Techniker zuckte die Achseln. »Tut mir leid.«

Der anonyme Anruf war um 21:42 Uhr eingegangen, und Fonseca hörte jetzt zum dritten Mal die Audiodatei ab. Pinto und Dinis saßen bei ihm im Büro.

Der Anrufer war eindeutig Nordportugiese, wahrscheinlich aus Porto, und seiner Stimme nach jung genug, um als Diskothekenbesucher infrage zu kommen. Er war aufgeregt, und es klang, als hätte er sich erst mal etwas Mut angetrunken.

»Unterbrechen Sie mich nicht! Ich sage, was ich zu sagen habe, und fertig. Es geht um Tony Maluco, hören Sie? Was dieser *filho da puta* da in der Zeitung erzählt, ist ein Haufen Scheiße! Ich bin selber da gewesen. Da waren keine Betrunkenen! Als dieser Brasilianer rausgekommen ist, hat Tony ihm hinterhergeguckt. Dann hat er schnell jemanden angerufen. Das hab ich selber gesehen! Aber dafür lass ich mich jetzt nicht auch noch umlegen, kapiert? Das ist alles!«

Dinis strich sich matt über die Halbglatze. »Ich weiß nicht. Das passt doch hinten und vorne nicht zusammen. *Tony* soll das gewesen sein, der gesagt hat: ›Achtung, jetzt kommt er‹?«

Bei der PJ war man sich einig, dass an Niltons Ermordung mindestens drei Personen beteiligt gewesen sein mussten: der Fahrer des Wagens, der Schütze und eine dritte Person, die Nilton im Auge behalten und das Signal zum Losschlagen gegeben hatte.

»Überhaupt: ein anonymer Anruf. Warum macht er das?«

»Vielleicht hat Tony ihn nicht reingelassen«, sagte Pinto, »weil er fand, dass er scheiße aussah. So was kann böse Folgen haben. Wisst ihr noch, Zé Barata, der ist noch in derselben Nacht mit seiner abgesägten Schrotflinte zurückgekommen und hat den Türsteher abgeknallt.«

»Mal angenommen, das stimmt, was der Anrufer

sagt …« Fonseca klang so nachdenklich, dass die beiden anderen aufhorchten. »Dann müsste auch der Geschäftsführer mit drinhängen. Das würde bedeuten: Die sind Nilton nicht einfach gefolgt, sondern sie haben ihm eine Falle gestellt. Und zwar *in* der Diskothek. Was hat die Barfrau gesagt? Er war ›richtig sauer und ist gleich nach hinten durchgestürmt‹. Drum herum ist das Gewerbegebiet, nachts sind die Straßen leer und verlassen, und es war klar, dass er da irgendwo parken würde.«

Pinto sagte: »Das wären dann schon zwei alte Puga-Leute, die in den Mord verwickelt sind.«

Dinis schüttelte den Kopf. »Ich sehe das Gesamtbild nicht. Was ist mit dem Video? Mit Alessandro Vicente?«

»Das weiß ich auch nicht«, sagte Fonseca. »Aber bleiben wir noch mal einen Augenblick dabei. Weshalb war Nilton denn ›sauer‹? Angenommen, das war so beabsichtigt. Um ihn dorthin zu locken …«

Pinto zuckte die Schultern. »Immer derselbe Punkt, oder? Was für Geschäfte hatte Nilton da laufen? Weshalb war er öfter im Flash? Hat er da Koks gekauft? Hat er selber gedealt? Wir wissen es nicht. Und das sagt uns auch keiner.«

»Trotzdem.« Fonseca ließ noch nicht locker. »Was wir jetzt überprüfen sollten, sind Tonys Verbindungsdaten, um die Tatzeit herum.«

»Dafür müssten wir wissen, welches Telefon er benutzt hat.«

»Lässt sich das feststellen?«

»Wir können ihn ja mal fragen.«

Fonseca lächelte. »Ja, genau. Ihr versteht euch doch so prima.«

Nach der Dienstbesprechung am nächsten Morgen trat Ana Cristina an ihn heran. »Haben Sie kurz Zeit? Ich glaube, ich bin da auf etwas gestoßen, das wichtig sein könnte.«

Fonseca nickte. »Gehen wir in mein Büro.«

Die Besprechung hatte ungewöhnlich lange gedauert. Er leitete jetzt die Sonderkommission ›Operação Brasil‹, und so nötig es auch gewesen war, mehr Leute zur Verfügung zu haben, so schwierig war es, ihren Einsatz zu koordinieren. Wenigstens waren es alles Kollegen von der PJ Porto. Eine Einmischung aus Lissabon hatte er gerade noch abwenden können.

»Setzen Sie sich doch. Moment, ich mach mal eben die Tür zu.«

Ana schlug ihren neuen Bericht auf, überflog die erste Seite. »Also, ich bin noch an der Frage drangeblieben, wie die Mai-Ereignisse in São Paulo zu Ende gegangen sind. Ich fasse das mal schnell zusammen ...«

Die Attacken des PCC hatten so unvermittelt aufgehört, wie sie begonnen hatten. Und die Frage war: warum? Die große Machtdemonstration an diesem Montag – an dem die Riesenstadt São Paulo komplett lahmgelegt war – hatte offenbar gereicht, um der Regierung Verhandlungen aufzuzwingen. Einen weiteren Gesichtsverlust hatte der Gouverneur sich nicht leisten können. Schon am Dienstag hatten erste Zeitungen von einer Vereinbarung mit dem PCC berichtet, was von staatlicher Seite sofort dementiert worden war. In der folgenden Nacht aber waren auf einen Schlag alle Gefängnisrevolten beendet gewesen.

»Ich denke, man kann davon ausgehen«, sagte Ana,

»dass der Staat und das PCC einen Waffenstillstand geschlossen haben. Der Gouverneur hat zwar behauptet, er hätte nie die Kontrolle verloren, aber das hat keiner mehr ernst genommen.«

Viele Beobachter waren sich sicher, dass es auch vorher schon eine Übereinkunft gegeben hatte und dass die Gewaltwelle ausgelöst worden war, weil der neue Gouverneur sich nicht daran gehalten hatte.

Fonseca lehnte sich auf seinem Schreibtischstuhl zurück. »So weit sind die da drüben schon, was? Staat und organisiertes Verbrechen teilen sich die Macht im Land und regeln das per Abkommen.«

»Es sieht so aus, ja ... Aber das war noch nicht alles. Und das, was jetzt kommt, könnte direkt mit unserem Fall zu tun haben.« Ana blätterte weiter. »Nach der Vereinbarung hat das PCC seine Angriffe eingestellt, aber die Gewalt war damit nicht vorbei. Was dann kam, war die Rache der Polícia Militar. Wohlgemerkt: hinterher. Das ist ein völlig anderer Ablauf als der, den Caitano uns geschildert hat.« Sie blickte auf. »Dazu muss man noch wissen: die Polícia Militar hat ein Ritual, das allgemein bekannt ist. Wann immer ein Polizist ermordet wird, sucht man nicht lange nach dem Täter, sondern fährt einfach in die Favela, in der es passiert ist, und erschießt dort ein paar Leute auf der Straße. Bei der Anschlagsserie des PCC waren nun *über vierzig* Polizisten ums Leben gekommen. Die Vergeltungsaktion soll die brutalste gewesen sein, die es je gegeben hat. Man spricht von ganzen Todesschwadronen, die nachts in die Favelas vorgerückt sind, auf Motorrädern und mit Kapuzen auf dem Kopf, um dort willkürlich Exekutionen vorzunehmen, meistens von jungen Männern. Eine volle Woche lang ging das so. Die geschätzte Zahl der Opfer schwankt zwischen fünf- und sechshundert.«

Fonseca schüttelte ungläubig den Kopf. »Alle ermordet von *Polizisten*?«

»Ja.« Ana sah ihn an. »Was ich sagen will: Osmar Caitano und seine Leute – das könnten Massenmörder sein, die in Brasilien regelrecht auf Menschenjagd gegangen sind.«

»Die ›Polizeiarbeit‹, von der er was versteht, hm?«

»Wenn nicht sogar der ›gute Ruf‹, den sie sich aufgebaut haben. Die ›Effizienz‹.«

17

Talita saß im weißen Bikini auf dem Rand ihrer Sonnenliege und telefonierte. Die Balkontür war bis auf einen schmalen Spalt zugeschoben, von drinnen kamen die hämmernden Bässe elektronischer Popmusik. Sie war allein in ihrem Apartment, trotzdem blickte sie immer wieder unruhig durch die Glasscheibe.

Ihr Smartphone am Ohr, sagte sie: »Doch, ja, es gibt hier einen Seitenausgang.« Sie sprach so leise, dass sie auch auf dem darunterliegenden Balkon nicht gehört werden konnte. »Ich habe ihn schon ein paarmal benutzt. Wenn es dunkel ist, geht das. – Ja, hier sind überall Kameras. Ich warte immer, bis vorn jemand rein- oder rauswill. Dann ist der Pförtner auf jeden Fall abgelenkt. Das klappt schon.« Sie hörte etwas länger zu. Dann sagte sie: »Nein, die sind heute beschäftigt. Die denken, ich bleibe allein hier und schließe mich ein. – Wo treffen wir uns? – Ja, gut. Und wann? – Später. Es muss richtig dunkel sein. – Gut. Also dann. Heute Abend um elf.«

Sie ließ das Telefon sinken. Eine Weile saß sie einfach so da, sah hinaus aufs blaue Meer. Dann stand sie auf und ging hinein. Die laute, hämmernde Musik brach plötzlich ab.

»Es gibt da vielleicht eine Möglichkeit, wie wir weiterkommen«, sagte Ana, als sie Fonseca zufällig am Kaffeeautomaten wiedertraf.

»Womit genau jetzt? Entschuldigung, im Moment ist es alles etwas viel ...« Fonseca nahm den winzigen Plastikbecher Espresso aus der Klappe.

»Wie wir etwas über Caitano und seine Männer herausfinden können. Irgendwer weiß da ganz sicher was. Ich könnte versuchen, diese Zeugen ausfindig zu machen.«

Er sah sie ratlos an. »Wo? In São Paulo?«

Sie lächelte. »Keine Sorge, ich will da nicht hinfliegen. Und auch keine teuren Ferngespräche führen. Skypen reicht.«

»Und mit wem wollen Sie da sprechen?«

»Ich bin vorhin erst darauf gestoßen. Es gibt in São Paulo eine Bewegung, eine Art Bürgerinitiative, die sich ›Mães de Maio‹ nennt.« Die ›Mütter des Mai‹. »Nach dem Vorbild der argentinischen ›Mütter der Plaza de Mayo‹.«

Fonseca nahm einen kleinen Schluck Kaffee. »Das sind die mit den Kindern, die während der Militärdiktatur verschwunden sind, oder?«

»Ja, genau. Und so ähnlich ist das eben auch gemeint. Sie fordern Gerechtigkeit, eine Bestrafung der Schuldigen. Ihre Kinder – ihre erwachsenen Söhne, muss man sagen – sind von den Todesschwadronen ermordet worden, die meisten auf offener Straße erschossen, und nichts ist passiert. Es hat kein einziges Strafverfahren gegeben, alle Fälle sind zu den Akten gelegt worden. Und das wollen sie nicht hinnehmen. Was ich sehr gut verstehen kann.«

»Sie meinen ... die wissen aus erster Hand, was da vorgefallen ist?«

»Ja. Diese Frauen sind alle persönlich betroffen, und sie kennen andere, denen es genauso geht. Sie leben ja in den Vierteln, in denen es passiert ist. Ich denke, einen Versuch ist es wert. Wenn Caitano und sein ›harter Kern‹ sich da wirklich so hervorgetan haben – dann gibt es dafür auch Zeugen.«
»Aber werden die bereit sein, mit Ihnen zu reden?«
»Warum nicht? Darum geht es ihnen ja gerade: die Mauer des Schweigens zu durchbrechen. Sie haben eine Website, und da schreibt ihre Vorsitzende: Sie weiß, sie kann jederzeit an ihrer Haustür erschossen werden, aber davor hat sie keine Angst. Sie sagt: ›Wir haben Angst gehabt, unsere Kinder zu verlieren, und wir haben sie verloren. Und seitdem haben wir auch keine Angst mehr.‹«

Fonseca musste leise lächeln, als er sie ansah. Gegen sie war er alt und müde, das war nicht zu leugnen. »Dann wollen Sie über die Website Kontakt aufnehmen?«

»Ja, ich dachte, als Erstes schicke ich eine Mail.«

»Gut, dann machen Sie das mal. Man kann ja nie wissen ...«

Als er zurück in sein Büro ging, fiel ihm Franklin ein. Komisch, dass er noch nichts von ihm gehört hatte. Gut, es war inoffiziell, aber das war nun mal die einzige Art, auf die man so etwas machen konnte. Ein Amtshilfeersuchen dauerte Wochen und Monate, bevor es überhaupt bearbeitet wurde. Er dachte noch kurz daran, ihm auch eine E-Mail zu schicken.

Aber dann klingelte auch schon wieder das Telefon.

An diesem Abend um kurz vor elf verließ Talita Possamai, vorsichtig horchend und nach links und rechts schauend, ihr Apartment, schloss die Tür ab und ging dann lautlos den Korridor entlang. Sie trug schwarze Turnschuhe, schwarze Leggings, ein schwarzes Top, und auch das Handtäschchen, das ihr am langen Riemen von der Schulter hing, war schwarz.

Obwohl sie aus dem sechsten Stock ins Erdgeschoss wollte, ging sie achtlos an der Fahrstuhltür vorbei und nahm die Treppe. Wenn der Fahrstuhl nicht gerade außer Betrieb war, begegnete man dort niemandem. Unten angekommen, horchte sie wieder und hastete dann hinüber zum Nebeneingang. Draußen entfernte sie sich rasch aus dem Lichtkegel der Laterne. Wo es am dunkelsten war, trat sie hinaus auf den Rasen, wagte sich ein Stück vor. Von Weitem konnte sie das Pförtnerhaus sehen. Drinnen zuckte das Licht eines Fernsehers an den Wänden. Sie wartete noch, dann entschied sie, dass es sicher genug war, und ging schnell über den dunklen Rasen, zwischen zwei hohen alten Palmen hindurch, bis ans Gittertor der seitlichen Zufahrt.

Sie hatte den Schlüssel in der Hand, schloss jetzt die Fußgängerpforte auf und bemühte sich, sie ganz leise, ohne Quietschen, zu öffnen. Schon war sie auf der Straße, schloss hinter sich ab und ging weiter, als ob nichts gewesen wäre. Sie bog in eine schmale, mit Kopfstein gepflasterte Gasse und an ihrem Ende in die nächste Querstraße.

Der Wagen wartete auf sie, wie besprochen. Ein schwarzer Land Rover Freelander mit französischem Kennzeichen. Der Motor war aus. Die hintere Tür wurde geöffnet, als sie näher kam, und sie stieg ein, ohne zu zögern.

»*Boa noite.*« Der Mann, der sie lächelnd ansah, war vielleicht um die fünfzig. Er hatte einen grau melierten Dreitagebart, und seine grauen Haare waren zu einem Pferdeschwanz gebunden.
»*Boa noite.*« Talita zog die Wagentür hinter sich zu. Sie bemerkte, wie der Fahrer sie im Rückspiegel musterte. Es schien ein Indio zu sein.
Der Mann neben ihr fragte ganz sanft: »Nun, was hat er Ihnen gesagt?«
»Nicht viel. Nur, dass Sie sein vollstes Vertrauen besitzen. Und dass Sie mir einige Dinge erklären werden, die man nicht am Telefon besprechen kann. Und die vielleicht nicht einfach zu verstehen sind.«
Der Mann nickte anerkennend. »Ja, das hat er gut gesagt. Genauso ist es.«
Talita sah wieder den Indio im Rückspiegel an. »Ich hatte den Eindruck, er war ganz froh, dass er sie mir nicht selber erklären muss.«
»Wir können hier nicht stehen bleiben. Ich schlage vor, wir fahren einfach ein wenig herum.«

Caitano war unzufrieden, und das merkte man ihm an. »Wo soll die Bar hin?«
»Da drüben, in die Ecke.«
»Ja, gut, das geht wohl.« Die Schlafzimmer oben machten ja schon Fortschritte, aber hier unten wirkte alles noch so schäbig und muffig wie am ersten Tag. Es war halt ein altes Landhaus, das seit zwei Jahren leer stand. »Kriegen wir den Geruch noch irgendwie raus? Wo kommt der eigentlich her?«
»Ich glaube, das ist der Teppich«, sagte Valter de Jesus.

»Dann rollt den auf und schmeißt ihn raus. Da vergeht einem ja alles. Die Kunden sollen sich wohlfühlen.« Kléber Lobato – die Nummer vier auf dem Polícia-Militar-Foto – gab den beiden Helfern im Blaumann ein Zeichen, und sie fingen an, die Stühle wegzunehmen und an der Wand aufzureihen. Er wandte sich an Caitano: »Wie ist es denn, kann sie noch mal herkommen? Wir brauchten sie eigentlich dringend.«

»Ja, ja, ich weiß. Hängt davon ab, ob die PJ sie endlich in Ruhe lässt.«

Talita war es, die solche alten, abgelebten Räume wie durch Zauberhand verwandeln konnte. Sie ließ zwei Bahnen Ballonseide unter die Decke hängen, ein paar Topfpalmen und marokkanische Lampen verteilen, und schon kam der Kunde sich vor wie der Sultan in seinem Harem. Wie sie das machte, sah oft verblüffend einfach aus. Aber sie war die Einzige, die es konnte.

»Na, eine Woche haben wir ja noch«, sagte Caitano. »Dann holen wir die Sachen aus der Quinta rüber. Ich hoffe, bis dahin können wir uns schon wieder etwas freier bewegen.«

Der große schwarze Land Rover fuhr durch die Palmenallee und dann weiter die Straße am Douro-Ufer entlang. Der Trubel der Sommernacht, die bummelnden Paare und Gruppen, die bunten Lichter, die Musik mal von hier, mal von dort: Das alles war jetzt zu viel. »Wo ist es denn mal etwas ruhiger?«

»Am besten, wir fahren rüber nach Gaia«, sagte Talita.

Sie fuhren über die Ponte da Arrábida, das lichterglitzernde Ufer des Douro tief unter sich, und dann durch stillere Viertel wieder an den Atlantik.

Hier war es leerer und dunkler, ein paar verstreute, leuchtende Cafés waren weit von der Küstenstraße zurückgesetzt und nur vereinzelt andere Autos unterwegs. Langsam und völlig unbehelligt fuhren sie durch die Lichtkegel der Straßenlaternen am verlassenen Strand entlang.

Der Indio am Steuer nutzte jede Gelegenheit, Talita im Rückspiegel zu betrachten. Manchmal merkte sie das und blickte kurz zu ihm auf.

Sie hörte jetzt zu, ihr schönes Gesicht reglos, verschlossen. Der Mann neben ihr sprach leise und behutsam, er machte Pausen, er ließ ihr Zeit. Es ließ sich nicht ändern, sie musste jetzt alles erfahren. Es war kaum vorstellbar, wie das für sie sein mochte.

Wieder trafen sich ihre Blicke im Spiegel. Ihr wurde klar, dass sie beobachtet wurde.

Und von da an war sie plötzlich eine andere: eine, die so reagierte, wie man es erwartet hätte.

Am Anfang schien sie Angst zu bekommen. Sie rückte von ihrem Nebenmann ab, an die Wagentür, klammerte sich an den Griff, als überlegte sie, ob sie hinausspringen sollte. Dann vergrub sie ihr Gesicht in beiden Händen, schüttelte den Kopf. Auf die Ungläubigkeit folgte Empörung, und sie schlug mit beiden Händen gegen die Rückenlehne. »Aah, nein ...! Nein!«

Der Indio war nahe daran, zu lächeln. Gut machte sie das ...

Der andere beruhigte sie, redete weiter auf sie ein. Er kam darauf zu sprechen, wie der Stand der Dinge war und welche neuen Perspektiven sich daraus ergaben.

»Aber dafür«, sagte er, »brauchen wir jetzt erst mal Ihre Hilfe.«

Talita schien sich zu beruhigen, strich sich ihr Haar aus dem Gesicht und hörte wieder regungslos zu. Der Indio war ganz sicher: Sie hätte sich alles so anhören können, von Anfang an. Ohne mit der Wimper zu zucken. *Sie ist wie ich*, dachte er. Und das sollen wir nicht wissen ... Sie war immer mehr in seiner Achtung gestiegen. Jetzt bewunderte er sie.

Die Straße hatte sich indessen von der Küste entfernt, und er bog nach rechts ab, um zurück an den Strand zu kommen. Vor ihnen leuchtete etwas in der Dunkelheit. Als sie näher kamen, sahen sie, dass es eine Kapelle war, die einsam am Meer stand.

»Halten Sie da vorn bitte an«, sagte Talita wie zu einem Taxifahrer. Wieder war er kurz davor, zu lächeln.

»Ja, mach das«, sagte der Mann neben ihr. »Wir gehen ein paar Schritte zu Fuß.«

Der Indio hielt an, wie ihm gesagt worden war, und blieb im Wagen sitzen.

Der Mond stand jetzt hoch am Himmel, und der breite Strand war weithin sichtbar. Immer wieder leuchtete die Gischt der Brandung auf. Mitten darin, schon halb vom Meer umspült, erhob sich eine Gruppe massiger, rundlicher Felsen. Eine Freitreppe führte hinauf, und oben stand die Kapelle im Licht ihrer Laternen: ein gedrungener weißer Turm mit einem kleinen Seitenschiff, ein leuchtendes grünes Kreuz auf der Spitze.

Talita und ihr Begleiter gingen durch den Sand darauf zu, langsam und eng beieinander.

Der Indio wusste sofort, was er hier vor sich hatte: einen uralten Kultplatz. Die christliche Kapelle war nur da, um ihn zu besetzen und den alten Kult auszulöschen. Er aber sah es mit einem Blick. Zwischen diesen Felsen hatte man einst die Opfergaben niedergelegt, die den Gott des Meeres besänftigen sollten, und die Flut hatte die Gaben dann fortgetragen.

Talita ging jetzt ein Stück voraus, aber die nächste Welle kam offenbar weiter auf den Strand, als sie erwartet hatte. Mit ein paar schnellen Schritten wich sie zurück, eine grazile Gestalt im Gegenlicht.

Die Flut kam herein. Vor der nächsten auslaufenden Welle mussten sie beide noch weiter zurückweichen. Trockenen Fußes konnten sie die Kapelle nicht mehr erreichen. Die Wellen trafen schon vor der Freitreppe zusammen. Sie blieben im Sand stehen und sahen zu, wie das Wasser weiter anstieg. Der Mann redete wieder. Er hatte seinen Arm um Talitas Schultern gelegt.

Gemeinsam kamen sie schließlich zum Wagen zurück. Sie schienen sich einig zu sein.

Der Indio sah Talita im Spiegel an und nickte ihr einmal zu. Sie erwiderte seinen Blick und nickte ebenfalls, ohne zu lächeln.

Es war schon nach zwei Uhr nachts, als sie sie wieder in Foz Velha absetzten, in einer dunklen Gasse hinter dem Condomínio. Als Letztes, bevor sie ausstieg, sagte sie: »Gut. Ich werde tun, was ich kann.«

18

Am Samstagmorgen um acht bekam Tony Maluco überraschend Besuch. Pinto klingelte an der Etagentür, links davon stand Tavares mit erhobener Dienstwaffe, rechts Andrade mit einem langen schwarzen Schlagstock. Sie wussten, dass Tony in der Nacht gearbeitet hatte und noch nicht länger als zwei Stunden im Bett sein konnte, aber bei Typen wie ihm war es immer besser, auf alles gefasst zu sein.

Pinto klingelte noch einmal, deutlich länger als vorher, und diesmal wurde die Tür geöffnet. Eine dickliche Frau, die noch dabei war, ihren Morgenmantel um sich zu raffen, sah sie aus verquollenen Augen an. Sie hatte eine ziemliche Fahne.

Pinto zeigte seine Dienstmarke. »*Bom dia.* Ist Tony zu Hause? Wir möchten gern kurz mit ihm sprechen.«

»Wer ...? Ich kenn keinen Tony. Verpisst euch!« Sie wollte die Tür wieder zumachen.

Pinto schüttelte bedauernd den Kopf, trat einen Schritt zurück und gab das Zeichen. Tavares und Andrade drängten in die Wohnung, die Frau schrie auf. Die beiden stürmten gleich weiter ins Schlafzimmer.

»Keine Bewegung! Liegen bleiben!«

Pinto schloss die Wohnungstür hinter sich, zuckte die Achseln. »Sie haben es nicht anders gewollt«, sagte er und ging an der Frau vorbei.

Der nackte Tony Maluco hatte schon ein Bein unter der Decke hervorgestreckt.

»Nicht doch, Tony! Erspar uns den Anblick.« Pinto lächelte. »*Bom dia*. Entschuldige, dass wir hier einfach so hereinplatzen.«

»*Der* Clown schon wieder! Habt ihr keine richtigen Polizisten?«

Tavares sagte: »Jetzt hör mal gut zu, mein Freund. Du zeigst uns jetzt freiwillig alle deine Telefone. Betonung auf ›alle‹, verstanden? Sonst stellen wir dir die Bude auf den Kopf, aber gründlich. Und wer weiß, was wir da alles finden würden, nicht wahr?«

»Lass dich nicht verarschen!«, rief die Frau von der Tür her. »Die haben doch nicht mal einen Durchsuchungsbefehl!«

»Sie halten sich da besser raus«, sagte Tavares.

»Das würde ich auch sagen.« Pinto wandte sich an Tony. »Also, wie sieht's aus? Ist doch ein faires Angebot.«

»Ihr könnt mir nicht einfach mein Telefon wegnehmen!«

»Wir kennen unsere Rechte!«, rief die Frau.

»Einen Scheiß kennen Sie!«, fuhr Tavares sie an.

»Niemand hat was von wegnehmen gesagt.« Pinto trat näher ans Bett heran. Seinen Schlagstock locker in der Hand, passte Andrade auf Tony auf. Pinto nahm das Mobiltelefon vom Nachtschränkchen. »Wir brauchen nur die Rufnummern, mehr nicht. Dann verschwinden wir wieder. Also? Wie komme ich hier rein?«

Tony grummelte vor sich hin, entsperrte aber das Telefon.

Die Frau verdrehte die Augen. »Du bist doch wirklich *nur* bescheuert!«

»*Du* hältst die Klappe!«

Pinto rief die Nummer auf und notierte sie. »Gut, das hätten wir ...«, sagte er. »Jetzt noch die anderen beiden.«

»Welche anderen beiden? Ich hab nur noch – «

»Ach, nur noch eins?« Pinto lächelte flüchtig. Es war schon fast unsportlich, Tony hereinzulegen. »Dann mal her damit.«

Sie redeten nicht darüber, weder Fonseca noch sein Direktor noch sonst jemand, aber es war ihnen allen klar, dass diese Sache auch für sie persönlich zum Desaster werden konnte. Die schönsten Polizeikarrieren waren schon an sehr viel weniger gescheitert. Man denkt, die Laufbahn hat die sichere Reisehöhe erreicht und eigentlich kann nicht mehr viel passieren, da kommt so etwas aus dem Nichts wie eine Boden-Luft-Rakete.

Im Stillen war Fonseca schon froh, dass sie das Wochenende erreicht hatten, ohne dass *noch etwas* passiert war. Sechs weitere Empfänger des Videos, alle immer noch unbekannt und unauffindbar: Das hing die ganze Zeit über ihm. Die erste Hysterie hatte sich zwar ein wenig gelegt – nach dem Mord an Alessandro war es am schlimmsten gewesen –, aber er wusste: Das war nur der Schlafmangel. Eine gewisse Erschöpfung hatte sich breitgemacht. Daran, dass sie groß weitergekommen wären, lag es jedenfalls nicht.

Am Sonntag, dem 1. August, nahm er sich trotzdem den halben Tag frei. Er holte etwas Schlaf nach und gönnte sich hinterher ein geruhsames Frühstück auf seiner Dachterrasse, in Morgenmantel und Badelatschen. Er telefonierte mit seinem Sohn Fábio in Barcelona – »Wie geht's eigentlich deiner Mutter? Seit die Scheidung durch ist, höre ich überhaupt nichts mehr von ihr.« – und dann mit Conceição, der alten Nachbarin in Ponte de Lima, die immer noch auf sein Elternhaus aufpasste. »Hat der Klempner sich mal gemeldet?«
»Ach was! Handwerker! Nichts als leere Versprechungen!«

Er wünschte, er hätte hinfahren können, mal wieder durchs Haus gehen, sich den Stand der Arbeiten ansehen. Dann mittags im Garten ein paar Sardinen grillen und sich einen Liegestuhl unter den Laubengang stellen. Einfach hinaufblicken in das leuchtende Weinlaub und die hängenden Trauben. Aber das ging leider nicht. In der Stadt bleiben musste er schon.

Er telefonierte dann auch noch mit Pinto und mit Dinis. »Ja, ja, heute Nachmittag schau ich rein. *Até já.*« Seine Tasse Kaffee in der Hand, stand er an der Brüstung und blickte über die Dächer der Stadt, über Baumwipfel, Palmen und andere Apartmentblocks, bis zum blauen Meer. Es sah alles so friedlich aus.

War sie jetzt schon irgendwo da unten, die Delegation aus São Paulo, die ›alles wieder in Ordnung‹ bringen sollte? Er wagte es kaum, daran zu denken.

Die Mães de Maio hatten auf Anas E-Mail geantwortet, und für diesen Sonntag war ein Skype-Gespräch vereinbart: siebzehn Uhr in São Paulo, einundzwanzig Uhr in Porto.

Zur verabredeten Zeit saß Ana allein und ungestört im Vernehmungszimmer, blätterte in ihren Notizen und sah ab und zu auf den Monitor des Laptops. Als ihre Gesprächspartnerin online war, wählte sie sie an.

Auf dem Bildschirm erschien eine ältere Frau mit kurzen grauen Haaren und einem weißen T-Shirt mit der Aufschrift ›Mães de Maio‹, das sie offenbar für diesen Anlass übergezogen hatte: Der Kragen einer dunklen Bluse sah etwas schief darunter hervor. Die Frau saß ebenfalls vor einer kahlen Wand, und ihre Miene war eher reserviert. Von sich aus sagte sie kein Wort. Nun ja, wahrscheinlich redete sie nicht so oft mit jemandem von der Mordkommission.

Ana lächelte ihr zu. »*Boa tarde* muss ich wohl sagen, bei Ihnen ist ja noch Nachmittag.«

Die Frau nickte knapp. »*Boa tarde.*«

Ana lächelte weiter. »Ja, also, vielen Dank erst mal, dass Sie bereit sind, mit mir zu sprechen.«

Die Frau sah sie erstaunt an. »Mit Ihnen ...?« Ihr Gesicht näherte sich dem Monitor. »Sie sind die Inspektorin, die die Mail geschickt hat?«

»Ja. Wieso?« Unwillkürlich warf Ana einen Blick auf das kleine Fenster rechts unten, in dem sie selber zu sehen war. Und schon wusste sie, wieso. Zwei Spaghettiträger waren alles, was von ihrem Kleid zu sehen war.

Die Frau musste lachen. »Mädchen! Ich dachte, du bist die Sekretärin und verbindest mich gleich weiter.«

Ana lachte jetzt auch. »Nein, nein, es ist nur so: Ich hab heute eigentlich frei, und wir gehen nachher noch auf eine Party.« Mário saß draußen im Wagen und wartete auf sie.

»Ach ja, du hast es gut, Mädchen. Lebst da schön in Europa. Davon können wir nur träumen.«

Jetzt, wo das Gespräch im Gange war, stellte die Frau sich als Carla vor und erzählte auch gleich, dass ihr Sohn Marcelo nächste Woche seinen zweiundzwanzigsten Geburtstag gefeiert hätte, wenn er nicht mit achtzehn von den Todesschwadronen erschossen worden wäre.

»Das tut mir leid«, sagte Ana. »Wie ist denn das bei den Mães de Maio? Gehen Sie auch Einzelfällen nach?«

»Wir versuchen es, ja. Aber das ist nicht so einfach. Bis jetzt ist noch keiner der Täter verurteilt worden. Niemand sagt aus, es wird alles vertuscht. So ist das bei uns.«

»Ich hatte Ihnen ja geschrieben, dass wir an diesem Mordfall arbeiten, in den vier ehemalige Angehörige der Polícia Militar verwickelt sind. Wir würden gern mehr über ihren Hintergrund erfahren. Soweit wir wissen, war ihr Einsatzgebiet ein Stadtviertel namens Paraisópolis.«

»Hmm ... das ist nun gar nicht meine Gegend. Ich bin aus der Zona Norte, weißt du, und São Paulo ist ziemlich groß.«

»Ja, ja, das ist klar. Sagt Ihnen der Name Osmar Nogueira Caitano etwas?«

Carla überlegte und schüttelte dann den Kopf. »Nein, gar nichts.«

»Nilton de Souza Wanderley?«

Wieder nur Kopfschütteln. Wie auch bei Valter de Jesus Monlevad und Kléber Faria Lobato. Vier Namen von zwanzig Millionen. Was konnte man da erwarten?

»Wir haben ein Foto, das würde ich Ihnen gern schicken.«
»Ja, mach das. Wir kommen hier aus allen möglichen Teilen der Stadt. Kann gut sein, dass auch eine aus Paraisópolis dabei ist. Ich höre mich gerne mal um.«
»Das wär ganz toll, wenn Sie das tun würden. Es ist sehr wichtig für uns, wissen Sie? Wir müssen unbedingt verstehen, was da vorgegangen ist, in diesem Mai vor vier Jahren.«

Carla sah sie an und schüttelte sachte den Kopf. »Ich weiß selbst nicht, ob wir das je verstehen werden. Oder ob es noch etwas nützen würde, es zu verstehen ...« Sie lächelte ihr zu. »Und jetzt geh tanzen, Mädchen, und genieße dein Leben. Du bist wunderschön.«

19

Auch Vítor Puga und seine Frau Cida waren an diesem Sonntagabend auf einer Feier gewesen. Gegen halb zwei Uhr nachts hielt das Taxi vor ihrem Haus. Cida schwang so gekonnt die Beine hinaus, als sei sie es gewohnt, dass eine Horde Paparazzi auf sie lauerte, Vítor Puga dagegen kämpfte sich ächzend ins Freie und musste sich an der Wagentür abstützen, um sich aufzurichten.

»Dein Jackett«, sagte Cida. Sie stand da und wartete, in ihrem Cocktailkleid und auf hohen Hacken.

»Was? Ah ja ...« Schwankend zog Puga das Jackett vom Rücksitz. Schon während der Fahrt hatte er seine Krawatte gelockert und den Hemdkragen geöffnet. Er reichte dem Taxifahrer einen zerknitterten Zehn-Euro-Schein und sagte: »Stimmt so.«

»Ich bekomme dreizehn Euro fünfzig.«

Cida seufzte und suchte in ihrem Handtäschchen nach Kleingeld. Sie zahlte passend, der Taxifahrer brummte etwas wie »*Boa noite*« und fuhr los. Die roten Rücklichter entfernten sich, bogen ab, und die Rua Marechal Saldanha lag still und verlassen da. Das Laubdach der Platanen schimmerte im Laternenschein.

Am Gittertor, den Schlüssel in der Hand, horchte

Cida plötzlich auf. »Was war das? Hast du das auch gehört?«

»Nein. Was denn?«

Es war ein Kinderlachen gewesen, fast ein Jauchzen. Sie hätte schwören können, es war Dani.

»Ich weiß nicht. Vielleicht hab ich's mir eingebildet.« Energisch schloss sie jetzt das Tor auf, wartete ungeduldig auf ihren Mann und schloss hinter ihm wieder ab.

»Wo ist denn Hulk?« Puga sah sich suchend um.

»*Hulk?*«

Nichts. Links und rechts verschwand der leere Rasen in der Dunkelheit. »Wo steckt der denn? Hast du ihn in den Zwinger gesperrt?«

»Nein, natürlich nicht.« Cida ging an ihm vorbei, schloss die Haustür auf. Im Vorraum brannte Licht. Sie horchte. Es war nichts zu hören. »Marly?«

Puga trat hinter ihr ein. Sie gab ihm ein Zeichen, still zu sein.

»*Marly?*«

Wieder keine Antwort.

»Was ist denn hier los ...?«, fragte Puga ganz leise.

Aus der Küche fiel Licht in den Flur. Cida ging rasch hinüber. In der offenen Tür blieb sie stehen.

Marly saß mitten in der Küche auf einem Stuhl und starrte sie an. Ihre weit aufgerissenen Augen leuchteten in dem dunklen Gesicht. Sie hatte einen breiten Streifen Klebeband über dem Mund, ihre Handgelenke waren mit dem gleichen Klebeband an die Armlehnen des Stuhls gefesselt, und die Füße an die Stuhlbeine. Sie schien dringend etwas sagen zu wollen.

»Gnnn ... hnnn ... gmmm ...!«

Cida brauchte eine Sekunde, dann rief sie: »*Dani!* Wo ist Dani?«

Sie fuhr herum, stieß mit Puga zusammen, der hinter ihr stand. Schon hastete sie den Flur entlang zur Treppe. Sie wollte nach oben ins Kinderzimmer. Puga schwankte hinter ihr her. Aus der Küche kam ein verzweifeltes: »Gnnniii! *Hnnniii ...!*« Aber niemand achtete darauf.

»*Dani!*«

Cida war schon fast an der Treppe, als wieder das Kinderlachen erklang, dieses Jauchzen, wie bei einem lustigen Spiel.

Sie tat ein paar Schritte in die Richtung. Und blieb erneut stehen wie erstarrt. Durch das dunkle Wohnzimmer fiel ihr Blick auf den türkisfarben leuchtenden Swimmingpool. Jemand hatte die Unterwasserbeleuchtung eingeschaltet. Auch auf der Terrasse brannten die Lichter. Die Glastüren waren weit aufgeschoben. Dani lief am Rand des Pools entlang, barfuß, nur mit seiner Pyjamahose bekleidet, einen Federschmuck auf dem Kopf, den sie noch nie gesehen hatte.

Und Dani war nicht allein. *Da waren fremde Männer auf ihrer Terrasse.*

Cida konnte nicht mehr klar denken. Sie schrie nur noch »Dani!« und lief zu ihm hin. Puga wollte sie festhalten – »Warte, warte!« –, aber zu spät. Er folgte ihr wie benommen.

Sie trat hinaus auf die Terrasse. »Dani! Dani, komm her!«

»Mama!« Ihr kleiner Junge sah sie strahlend an. »Wir spielen hier ein super Spiel!« Er kicherte etwas überdreht. »Hast du gesehen? Wir haben Marly gefesselt!«

Cida ging in die Hocke, nahm ihn bei den Armen. Es schien ihm gut zu gehen. Niemand hatte ihm etwas getan. *Graças a Deus!* Sie erkannte die Art von Federschmuck auf seinem Kopf. So trugen ihn die Indios am Amazonas: ein Stirnband, in dem senkrecht eine Reihe blauer Papageienfedern steckte.

Hinter ihr sagte eine Stimme: »*Boa noite*, Vítor.« Cida schloss kurz die Augen. Lieber Gott, mach, dass das alles nur ein Traum ist. Dann stand sie zögernd auf und drehte sich um. Sie hielt Dani fest bei der Hand.

Drei Männer saßen auf ihrer Terrasse, bequem in die Liegestühle zurückgelehnt. Zwei von ihnen hielten Pistolen mit langen Schalldämpfern in den Händen.

Vítor stand da wie ein angeschlagener Boxer, der jeden Augenblick zusammenbrechen konnte. Aus dem Augenwinkel sah sie, dass etwas im Pool trieb. Eine halb volle Flasche Campari.

»Wir müssen uns mal ein wenig unterhalten, Vítor«, sagte der Mann, der offenbar der Anführer war. »Und da dachten wir, es ist das Einfachste, wir kommen vorbei.« Sie hörte sofort den brasilianischen Akzent. Sie hätte sogar wetten können, dass er aus São Paulo war. Er hatte Bartstoppeln im Gesicht, und sein graues Haar war zu einem Pferdeschwanz gebunden. »Hübsch haben Sie es hier.«

Neben ihm saß ein junger, gut aussehender Mann, ebenfalls mit Pistole in der Hand.

Und dann war da noch der dritte: ganz unverkennbar ein Indio. Aus seinem Liegestuhl heraus hatte er einen Arm lässig von sich gestreckt, und mit der Hand – Cida konnte es nicht fassen, und auch Vítor starrte ungläubig

171

dorthin: Mit der Hand kraulte er Hulk hinter den Ohren, der friedlich neben ihm saß, alle vier Pfoten brav zusammen, und die Zunge heraushängen ließ.

Vítor Puga fragte leise: »Wer ... sind Sie? Was wollen Sie?«

Der Mann mit dem grauen Pferdeschwanz lächelte. »Mit Namen halten wir uns besser nicht auf. Sie wären sowieso falsch. Und was wir wollen, dazu kommen wir gleich, keine Sorge.« Er sah plötzlich Cida an, dann Dani. »Aber wir haben diese Runde noch nicht zu Ende gespielt. Ich glaube, ich war dran. Oder, Dani?«

»Ja, Sie! Sie sind dran!«

»Na, dann wollen wir mal sehen ...« Ohne aus seinem Liegestuhl aufzustehen, zielte der Mann mit gestrecktem Arm auf die schwimmende Flasche im Pool. Er drückte ab, und es machte nur ›Tack!‹. In dem Moment zersprang die Flasche, Cida zuckte zusammen. Sie sah, wie die Scherben hinabsanken und der rote Campari sich im Wasser verteilte.

Dani kreischte vor Vergnügen, sprang in die Höhe, klatschte in die Hände. Erst da begriff sie, dass sie ihn vor Schreck losgelassen hatte. Schon rannte er los. »Jetzt bin ich wieder dran!«

»Dani! Bleib hier!«

Der Mann stand auf und beugte sich zu dem Jungen hinab. Er zeigte auf den Pool. »Oh, jetzt ist das Wasser ganz rot geworden. Warte, wir färben es wieder blau, ja?« Er ging die paar Schritte hinüber zur Bar, legte seine Pistole auf den Tresen. »Wo ist sie denn? Ich hab sie doch gesehen ... Ah, hier.« Er nahm die Flasche Blue Curaçao aus dem Regal. »Hmm. Die ist noch zu. Dann schwimmt sie ja gar nicht. Na, das haben wir gleich.« Der Schraubverschluss knackte, er kam hinter der Bar hervor und trat an die Gartenschaukel. Langsam die gluckernde Flasche hin- und herschwenkend, goss er die blaue Flüssigkeit über die hellen Leinenpolster. Dani klatschte und lachte.

»So, jetzt schwimmt sie.« Der Mann schraubte den Deckel wieder drauf, nahm die Pistole vom Tresen und kam zurück. In hohem Bogen warf er die Flasche in den Pool. Cida sah, dass schon alle möglichen Scherben am Grund lagen, manche als Flaschenhälse und -böden erkennbar.

Der Mann ging neben Dani in die Hocke. »So, jetzt üben wir noch mal das Zielen. Was hatte ich gesagt? Wir nehmen beide Hände. Ja, genau so ...« Der fünfjährige Junge in seiner Pyjamahose, den Indianer-Federschmuck auf dem Kopf, hielt jetzt mit ausgestreckten Armen die Pistole in den kleinen Händen. Der Mann ließ ihn los.

»Dann versuch's mal.«

»Was machen Sie da?«, rief Vítor. »Sind Sie verrückt?«

Dani kicherte und schwenkte die Pistole in seine Richtung. »Peng! Peng!«

Der Mann lachte in sich hinein. »Ja, das ist ein schönes Spielzeug. Das macht Spaß.«

Cida presste die Hand auf den Mund. Dani schwenkte zurück. Auch sie selbst geriet kurz in die Schusslinie. Unsicher, wackelig, richtete er die Waffe auf den Swimmingpool. Es machte ›Tack!‹, am hinteren Ende des Beckens zerbarst eine Kachel, und der pfeifende Querschläger schlug durch die Regenrinne, dass es knallte und das Blech schepperte.

»Hoppla!«

»*Meu Deus!*« Vítor hatte den Kopf eingezogen und beide Arme erhoben. »Nehmen Sie ihm das Ding ab!«

Dani lachte begeistert. Auch Hulk gab ein zufriedenes »Wuff!« von sich. Der Indio streichelte ihm den Rücken. Immer noch neben ihm in der Hocke, ergriff der Mann wieder Danis Hände mit der Pistole. »So musst du zielen. Siehst du, hier: Kimme und Korn. Und jetzt noch mal auf die Flasche. Drück einfach ab.«

›Tack!‹ Die Flasche zersplitterte, die Scherben sanken hinab. »Bravo! Getroffen!« Der Blue Curaçao verbreitete sich im Wasser. »Siehst du, jetzt ist es wieder schön blau.«

Der Mann nahm Dani die Pistole ab, stand auf und tätschelte ihm den Kopf. »Ja, mit den Kindern zu spielen, das ist eine Freude, was, Vítor? Aber ich denke, wir sollten jetzt zum geschäftlichen Teil kommen.« Er blickte lächelnd in die Runde. »Spielt ihr doch noch ein bisschen. Vítor und ich gehen mal ins Haus.«

20

»*Puta de merda!* Das gibt's doch nicht!« Fonseca klatschte den Stapel Ausdrucke vor sich auf den Schreibtisch. »›Wir ermitteln in alle Richtungen‹! Das ist eine Redensart für die Pressekonferenz! Und jetzt machen wir das tatsächlich!«
Dinis hob bedauernd die Hände. »Die Verbindungsdaten lassen kaum einen anderen Schluss zu.«
»Ja, ja, das sehe ich ...« Fonseca fuhr sich über die Augen. Es war Montagvormittag, und seine ganze Erholung war schon wieder dahin. »Dann sagen Sie mal allen, die da sind, wir treffen uns in zehn Minuten im Besprechungsraum.«
Bis dahin trank er noch schnell einen Kaffee und regte sich etwas ab.
Ein Dutzend Kollegen hatte sich um das Rechteck der grauen Tische verteilt und sah ihn erwartungsvoll an. Außer Dinis waren von seiner alten Abteilung nur Pinto und Tavares dabei, der Rest war durch die Sonderkommission hinzugekommen.
»Also«, fing er an, »wie Sie wissen, haben Tonys Verbindungsdaten gezeigt, dass er tatsächlich unmittelbar vor dem Mord an Nilton telefoniert hat. Inzwischen haben wir

nun auch die Daten des Telefons, das er angerufen hat, inklusive Bewegungsprofil. Die Positionsdaten ergeben: Es hat sich ganz in der Nähe der Diskothek Flash befunden *und sich dann rasch entfernt.*«

Sofort wurde es unruhig. Fonseca wartete, bis das Gemurmel sich gelegt hatte.

»Ja, so sieht es aus. Der Besitzer könnte in dem Fahrzeug gesessen haben, aus dem heraus Nilton Wanderley erschossen wurde.« Wieder wartete er kurz, bevor er fortfuhr. »Die Rufnummer sagt uns gar nichts, und wir haben es auch hier wieder mit einem anonymen Telefon zu tun, mit Prepaid-Karte. Es hat sich noch eine Weile in der Stadt hin und her bewegt und ist schließlich an einem Punkt zur Ruhe gekommen. Dort war es noch anderthalb Stunden eingeschaltet, dann hört das Signal auf.«

»Da ist der Kerl zu Hause!«, sagte Tavares. »Und irgendwann ist ihm eingefallen, dass er das Telefon noch ausschalten muss.«

»Ja, gut möglich. Eine Fahrlässigkeit, nach all der Aufregung. Dadurch haben wir jetzt diese Ruheposition.«

»Und wo ist die?«

Fonseca seufzte leise, zog ein großes Foto aus seinen Unterlagen und stand auf. »In der Rua do Almada«, sagte er. »Ein ziemlich heruntergekommener Altbau. Und wer wohnt da?« Er heftete das Foto an die Pinnwand, trat dann einen Schritt zurück und drehte sich um.

Stimmengewirr erhob sich. »*Was?* Das ist doch João Come Lixo!«

»Ja, das ist er. Der einzige Name, den der Computer da ausspuckt, ist seiner: João Pedro Enes Simões.«

»Das kann doch nicht wahr sein!«
»Das habe ich auch gesagt. Aber ich fürchte, das ist die neue Situation.«

João war ein alter Kumpel von Tony Maluco und stand ebenfalls auf Pugas Gehaltsliste. Seinen Spitznamen Come Lixo, ›der Müllesser‹, hatte er sich dadurch eingehandelt, dass er immer allen Leuten erzählte: »Wir waren so arm, als Kinder haben wir im Müll nach Essen gewühlt.« Offenbar war er stolz darauf, wie weit er es gebracht hatte. Auch wenn seine Wrestling-Karriere eher unrühmlich verlaufen war: zu viel Suff und Drogen und echte Prügeleien, zu viel Auszeit im Gefängnis. Erst als Teil von Pugas Schlägertruppe hatte er seine neue Berufung gefunden. Aus alten Wrestler-Tagen hatte er sich immerhin zwei Dinge bewahrt: seinen weißblond gefärbten Irokesenkamm und den Hang zum Posieren. Selbst den Polizeifotografen hatte er angestarrt, als wollte er ihn gleich mit einem Kampfschrei anspringen und plattmachen.

»Ich glaub's einfach nicht!« Das Kopfschütteln nahm kein Ende.

Pinto sagte: »Erst Tony, dann Bruno Lopes und jetzt auch noch Come Lixo: Das sind schon *drei* alte Puga-Jungs, die bei dem Nilton-Mord praktisch am Tatort waren. Ich meine, wir wissen ja, dass die Brasilianer ihnen reichlich auf die Nerven gegangen sind ...«

»Die *können* das nicht allein gemacht haben«, sagte Dinis. »Wo soll dann das Video herkommen?«

»Gehen wir noch mal zurück auf Feld eins«, sagte Fonseca, »und stellen uns die Frage: Wieso Nilton? Gut, er hat da irgendwas am Laufen gehabt, das mit der

Diskothek zusammenhing. Vermutlich eine Drogengeschichte. Aber was ist da noch? Was unterscheidet ihn von den anderen?«

Alle blätterten in ihren Notizen, überlegten. Einer von den Neuen sagte schließlich: »Das Maklerbüro. Imocon.« Sowohl Caitano und seine Männer als auch Talita Possamai hatten gleich nach ihrer Ankunft Arbeitsverträge von der Firma Imocon erhalten, wahrscheinlich pro forma, zum Nachweis für die Aufenthaltsgenehmigung. »Nilton ist der Einzige, der tatsächlich dort gearbeitet hat. Alessandro hat das bestätigt.«

»Und Nilton hat dort die brasilianischen Immobilien betreut. Moment ...« Dinis suchte etwas in seinen Unterlagen. »Ah, hier. Ich wusste es doch: Er ist der Einzige der vier Männer auf dem Foto, der hinterher noch wieder in Brasilien gewesen ist. Zweimal war er in den letzten Jahren mit Puga drüben, auf der Baustelle bei Fortaleza.«

»Lagoa Azul Resort & Spa ...«, sagte Fonseca, nachdenklich. »Was hat Puga noch gesagt? Durch so ein Großprojekt steigen im ganzen Umkreis die Quadratmeterpreise. Und dass sie schön dumm wären, wenn sie sich das Geschäft entgehen ließen.«

Pinto setzte sich aufrechter hin. »Das heißt natürlich: Puga und sein feines Konsortium haben als Erste gewusst, wo da die Preise steigen würden. Lange vor allen anderen. Und konnten also noch günstig aufkaufen, was sie wollten.«

Fonseca nickte. »Das dürfte den örtlichen Immobilienhaien ziemlich quer runtergegangen sein.«

»Allerdings«, sagte Pinto. »Da kann es eine Menge böses Blut gegeben haben. In der ›Lagoa Azul‹ wird das

organisierte Verbrechen der Gegend ja sowieso die Finger drin haben. Bei einem Bauprojekt dieser Größenordnung ist das gar nicht zu vermeiden. Aber wie es so ist: Wenn du die einen beteiligst, gibt's noch drei andere, die leer ausgehen. Und wer weiß, was die dann machen.«
Dinis sagte: »An Kriminellen herrscht da jedenfalls kein Mangel. Ich hab mir mal die Statistik angesehen. Die Stadt Fortaleza hat eine der höchsten Mordraten der Welt. Im Schnitt acht Morde pro Tag. Die meisten gehen auf das Konto rivalisierender Verbrecherbanden.«
»Willkommen im Paradies«, sagte Pinto. »›Rivalisierend‹ ist das Stichwort. In die Richtung sollten wir mal weiterdenken. Die können sich da in Fortaleza alle furchtbar in die Quere gekommen sein. Und Nilton war immerhin zweimal vor Ort. Was sollte das sein, auf dem Video? Die ›Bestrafung eines Spitzels‹, nach Favela-Art. Wer weiß, was Nilton damit zu tun gehabt hat. Vielleicht hat er es angeordnet, vielleicht hat er sogar selber zum Messer gegriffen.«
Die ersten rutschten unbehaglich auf ihren Stühlen herum.
»Ich weiß, dass das alles Spekulation ist.«
»Nein, nein, mal weiter«, sagte Fonseca. »Wir haben bis jetzt keine einzige Hypothese, die auch nur halbwegs die Fakten abdeckt. Und es wird langsam Zeit.«
»Gut«, sagte Pinto, »nehmen wir mal an, unser Video ist da bei Fortaleza entstanden und das Opfer gehörte zu einer Mafia, die bei der ganzen Lagoa-Azul-Geschichte zu kurz gekommen ist. Das Opfer ist kein kleiner Handlanger gewesen, sondern jemand, dessen Tod blutig gerächt werden soll. Dafür wird kein Aufwand gescheut.

Jemand folgt Puga und Nilton nach Porto.« Er sah die Fotos an der Wand an: Tony Maluco und João Come Lixo. »Tja ... und hier stellt er dann fest, dass die Sache doch nicht so einfach ist, wie er gedacht hat. Er kennt sich hier nämlich nicht aus. Er braucht Hilfe.«

»Von Tony Maluco? Jetzt hör aber auf!«, sagte Tavares. »Tony würde nicht mal Spanien auf der Landkarte finden. Woher soll der Kontakte nach Brasilien haben?«

»Muss er ja nicht. Die können ja *ihn* kontaktiert haben. Die Sache kann einen erheblichen Vorlauf haben. Stellt euch mal vor: Irgendwelche Brasilianer aus dem Nordosten des Landes tauchen hier in Porto auf, scheinbar auf Arbeitssuche wie andere auch, nisten sich ein und hören sich um. Nach und nach machen sie sich mit Pugas Verhältnissen vertraut. Und irgendwann kriegen sie mit, was sich da an Spannungen aufgebaut hat. Sie kommen auf die Idee, das für sich auszunutzen, und tun sich mit ein paar unzufriedenen Puga-Jungs zusammen.«

»Mit Tony Maluco? Und diesem halben Hirn Come Lixo?« Tavares schüttelte den Kopf. »Da müssten die schon selbst 'ne Schraube locker haben.«

»Wieso, für Puga sind die beiden doch auch gut genug. Kommt wohl drauf an, wie man sie einsetzt.«

Dinis fragte: »Und was ist mit dieser Delegation aus São Paulo? Wie passt die da noch rein?«

Pinto zuckte die Schultern. »Die gehört dann wohl zur Gegenseite und soll den ganzen Spuk hier beenden.«

»Na, wunderbar«, sagte Fonseca. »Dann haben wir hier bald einen brasilianischen Bandenkrieg. So weit kommt's noch!«

Dinis sah auf die Uhr. »Mal zurück auf den Boden der Tatsachen. Wie gehen wir jetzt weiter vor?«

Pinto sagte: »Also, bei Puga würde ich gern noch mal nachhaken, was die Geschäfte in Fortaleza angeht. Wie das da so gelaufen ist. Welche Probleme es gab. Und dann sehen, wie er reagiert.«

»Ja, gut, das kann nicht schaden«, sagte Fonseca.

»Und was machen wir mit Come Lixo?«, fragte Dinis.

»Zur Vernehmung vorladen?«

Fonseca überlegte und entschied dann: »Nein. Den observieren wir. Wenn es hier wirklich noch andere Brasilianer gibt, dann führt er uns hoffentlich zu ihnen.« Er klappte seine Aktenmappe zu. »*Pronto. Vamos!*«

21

»Senhor Puga empfängt heute nicht. Er ist krank«, sagte die Stimme aus der Gegensprechanlage. Pinto und Tavares, beide mit schwarzen Sonnenbrillen, sahen sich kurz an. Pinto beugte sich vor: »Sagen Sie ihm, er kann unsere Fragen gern im Liegen beantworten. Aber beantworten muss er sie.«
»Einen Moment bitte.«
Sie warteten im Schatten der Platanen. Die Villa Puga stand da wie bei ihrem ersten Besuch: ein weißer Kasten im Sonnenschein, die weißen Rollläden alle heruntergelassen.

Von irgendwo hinter der Hausecke war dumpfes Bellen zu hören und ab und zu ein schwirrendes Rasseln wie von einem Maschendrahtzaun, gegen den etwas Schweres prallt. Dem Rottweiler gefiel es wohl nicht in seinem Zwinger.

Der Summer ertönte. Pinto öffnete das Gittertor. »Na denn, Heilige Jungfrau. Lass Hulk nicht gerade jetzt den Ausbruch schaffen, okay?«

Marly, wieder in weißer Kittelschürze und mit weißen Clogs, erwartete sie an der Tür. Sie hatte anscheinend keine Bedenken, was die Sicherheit des Zwingers anging, jedenfalls wirkte sie sehr viel entspannter als beim letzten Mal. »*Boa tarde*«, sagte sie.

»*Boa tarde, como está?*« Pinto lächelte ihr zu und nahm die Sonnenbrille ab. »Was hat Senhor Puga denn? Ich hoffe, nichts Ansteckendes.«

»Das müssen Sie ihn schon selbst fragen.« Marlys Augen blitzten auf, und als sie sich abwandte, sah er gerade noch ein kleines spöttisches Lächeln.

Sie führte sie wieder den Flur entlang Richtung Wohnzimmer. Pinto fragte sich, ob es Einbildung war oder ob sich ihr Gang tatsächlich verändert hatte. Sie bewegte sich irgendwie selbstbewusster, nicht mehr so schüchtern.

Das riesige Wohnzimmer lag im Halbdunkel, auch vor den Terrassentüren waren die Außenrollläden bis zum Boden herabgelassen. Vítor Puga hatte offenbar auf dem Sofa gelegen und sich eben erst aufgesetzt. Eingesunken, mit hängenden Schultern, saß er da wie ein Patient auf seinem Krankenhausbett. Er trug Badelatschen, eine blaue Trainingshose mit weißen Seitenstreifen und ein ausgeleiertes graues T-Shirt. Immerhin hatte er noch seine dicke Goldkette um. Vor ihm auf dem Glastisch standen ein Tumbler und eine halb leere Flasche Malt Whisky. Das war wohl die Medizin.

Marly deutete mit dem Kopf in seine Richtung, als wollte sie sagen: ›Sehen Sie selbst, was Sie mit dem noch anfangen können.‹ Laut und deutlich, wie zu einem Schwerhörigen, sagte sie: »Die Herren von der PJ sind hier! Brauchen Sie mich noch?«

Puga blickte leidend auf. »Nein, nein ... Danke, Marly.« Er sah Pinto und Tavares an. »Was wollen Sie denn von mir? Sie sehen doch, ich bin krank.«

»Dürfen wir uns setzen?«

»Wieso können Sie einen kranken Menschen nicht in Ruhe lassen?«

Sie setzten sich auf das Sofa ihm gegenüber. »Was ist denn mit Ihrem Hund?«, fragte Pinto. »Ist der in Ungnade gefallen?«

»Ja. Hat sich danebenbenommen. Das ist die Strafe. Den Zwinger hasst er.« Puga lächelte schwach. »Na, zur Nacht lass ich ihn wieder raus.«

Tavares sah sich misstrauisch um.

»Reichlich still hier im Haus«, sagte Pinto. »Ist Ihr Sohn gar nicht da?«

»Nein. Cida ... Meine Frau ist mit ihm weggefahren.«

»Und wohin?«

»Ich habe ein Ferienhaus in Esposende. Meine Mutter ist gerade dort. Hören Sie, was soll denn das? Sie sind doch nicht hier, um – «

»Nein, das stimmt. Wir wollten noch mal über Ihre Geschäfte in Fortaleza reden.«

»Was haben die damit zu tun? Ich meine, damit, was hier in Porto passiert ist?«

»Genau das ist unsere Frage. Am besten denken Sie schon mal darüber nach. Aber ... ich weiß nicht ... im Moment würde mich mehr interessieren, was *hier* eigentlich los ist.«

»Was soll los sein? Ich bin krank, das habe ich doch gesagt.«

»So plötzlich? Wie kommt das?«

Tavares stand auf. »Ich glaube, wir brauchen mal etwas mehr Licht. So sieht man ja gar nichts.«

»Was? Was haben Sie vor?«

Pinto lächelte freundlich.»Wir müssen unser Gegenüber schon klar erkennen können, verstehen Sie? Ihm in die Augen sehen. Damit wir auch merken, wenn wir angelogen werden.«

Tavares war schon an den Terrassentüren.»Ist das der Knopf für die Rollläden?«

»Nehmen Sie die Finger da weg! Sie haben kein Recht, hier einfach – «

»Ganz falsche Taktik«, sagte Pinto.»Jetzt haben Sie uns erst richtig neugierig gemacht.«

Ein Summen ertönte, und die schweren Rollläden fingen an, sich auseinanderzuziehen. Das Sonnenlicht fiel in schmalen Bahnen durch die vielen kleinen Schlitze. Dann hoben die Lamellen vom Boden ab.

Pinto stand ebenfalls auf und ging hinüber.

Hinter ihm kam auch Puga von seinem Sofa hoch.»Ich werde mich über Sie beschweren, hören Sie? Was Sie hier machen, ist Hausfriedensbruch!«

»Sie sollten sich lieber schonen, meinen Sie nicht?«

Mit einem leisen Klacken kamen die Rollläden oben an, das Summen hörte auf. Pinto und Tavares blickten hinaus auf die Terrasse. Auf den leeren Swimmingpool.

»Sie haben das Wasser abgelassen? Bei dem Wetter? Wieso das denn?«

»Das ist ja wohl meine Sache.«

Tavares schob die Terrassentür auf, und sie traten hinaus. Unwillkürlich blieben sie gleich wieder stehen und sahen sich um wie an einem Tatort.

»Was ist denn da passiert?« Pinto deutete auf die Gartenschaukel. Jemand schien eine blaue Flüssigkeit über die Polster gegossen zu haben.

»Ein Missgeschick. Wir hatten Gäste und haben ein bisschen was getrunken.«

»Aha? Was waren das für Leute?«

»Geschäftsfreunde.«

»Geht uns nichts an, meinen Sie.«

Schritt für Schritt, auf jede Kleinigkeit achtend, näherten sie sich dem leeren Pool. Die Kacheln auf dem Boden waren noch feucht, hier und da waren kleine Pfützen stehen geblieben. Und überall auf dem Boden des Pools lagen spitze, scharfkantige Glasscherben. Flaschenhälse mit Schraubverschlüssen, Flaschenböden, zersplitterte Flaschenwände, teilweise noch von den Etiketten zusammengehalten: Macieira Brandy, Havana Club, Licor Beirão. Ein Stück weiter: Cachaça, Campari, Pisang Ambon. Es musste ein gutes Dutzend Flaschen sein.

»Das scheint hier ja hoch hergegangen zu sein!«

Puga sagte nichts. Er stand in der Terrassentür und blickte mürrisch zu ihnen herüber.

»Ist das so Ihre Art, Pool-Partys zu feiern?« Pinto ging langsam an das hintere Ende des Beckens und dort in die Hocke. Die türkisfarbenen Kacheln leuchteten in der Sonne.

Ohne irgendetwas zu berühren, sah er sich eine abgeplatzte Stelle an. Es gab noch mehr solche Stellen. Einige davon mussten unterhalb der Wasserlinie gelegen haben.

»Hier ist geschossen worden. Und zwar nicht mit einem Luftgewehr.«

»Was geht Sie das an? Das ist mein Haus. Ich kann hier machen, was ich will.«

»Auf Flaschen schießen, die im Pool treiben? Klar, das ist nicht verboten. Hat es denn Spaß gemacht?«

»Warum verschwinden Sie nicht endlich? Es geht mir wirklich nicht gut.«

»Aber hiermit hat das nichts zu tun, sagen Sie.«

»Kann schon sein, dass ich ein Glas zu viel hatte. He, was machen Sie da?«

Tavares war ebenfalls am Beckenrand in die Hocke gegangen und fing jetzt an, Fotos mit seinem Smartphone zu machen.

»Hören Sie sofort auf damit!« Puga kam auf die Terrasse heraus. »Sie haben kein Recht, hier zu fotografieren!« Er schien auf ihn losgehen zu wollen.

Tavares richtete sich zu voller Größe auf. »Was soll das werden, hm? Tätlicher Angriff auf Polizeibeamte?«

»Er hat doch gesagt, es geht ihm nicht gut.« Auch Pinto hatte sein Telefon gezückt und fotografierte.

»He! Sie auch! Sofort aufhören!«

»Es ist jemand hier gewesen und hat Sie massiv bedroht. Sie und Ihre Familie«, sagte Pinto, während er ungerührt weiter Fotos machte. »Wollen Sie das etwa leugnen?«

»So ein Unsinn! Was bilden Sie sich eigentlich ein? Sie verschaffen sich hier widerrechtlich Zutritt und – «

»Hören Sie mir zu! Sie sollten uns jetzt alles sagen, was Sie wissen, und mit uns zusammenarbeiten. Sonst können wir nichts für Sie tun. Gar nichts.«

»*Sie* und was für mich tun!« Puga drehte sich um und marschierte zurück zum Haus. »Ich rufe jetzt meinen Anwalt an! Dann können Sie mal sehen, wer hier was für mich tut!«

Als er weg war, hörte Pinto sofort auf zu fotografieren und rief Fonseca an. »Chef?«, sagte er und atmete noch einmal tief durch. »Sie sind da.«

22

»Wenn Senhor Puga keine Anzeige erstattet, gibt es auch keinen Grund für polizeiliche Maßnahmen«, sagte die Stimme des Untersuchungsrichters. Fonseca hatte das Telefon auf Lautsprecher gestellt, und alle im Besprechungsraum hörten mit. »Das müsste Ihnen doch auch klar sein. Wenn nicht, kann ich Ihnen gern die Bedeutung des Grundrechts auf Privatsphäre erläutern.«

Ana Cristina verdrehte die Augen. Fonseca lächelte.

»Darüber hinaus hat Senhor Puga den Verdacht geäußert, dass das Ganze nur ein Vorwand war, um bei ihm eine Hausdurchsuchung vorzunehmen. Das wäre wirklich ungeheuerlich. Ein solches Vorgehen ist in keiner Weise mit mir abgesprochen. Möchten Sie dazu Stellung nehmen?«

»Im Augenblick nicht, nein.« Fonseca beendete das Gespräch und sah in die Runde. »Das ging schnell«, sagte er. »Ein paar Dinge funktionieren eben doch in diesem Land. Schön zu sehen, oder?«

Auf dem Weg nach draußen kamen sie an der offenen Küchentür vorbei. Auf dem Tisch stand ein tragbarer Fernseher, und was da lief, klang nach brasilianischer

Telenovela. Marly hatte sich einen zweiten Küchenstuhl herangezogen und die Beine hochgelegt. Sie aß Kartoffelchips aus einer großen Tüte und sah Pinto an, als hätte sie nicht die Absicht, seinetwegen aufzustehen.

Pinto lächelte und fragte: »Wie viel zahlt er Ihnen, damit Sie den Mund halten?«

Marly langte mit drei Fingern in die Tüte. Dabei sah sie ihn leise triumphierend an. »Ich weiß überhaupt nicht, wovon Sie sprechen.«

»Ist das so.«

»Ja, das ist so.« Sie legte den Kopf in den Nacken und stopfte sich ein paar Kartoffelchips in den Mund.

»Na schön, Marly ... Passen Sie auf sich auf, hm?«

Hinter sich im Flur hörte er Puga kommen. »Sie sind ja immer noch hier! Hatte ich nicht gesagt – «

»Doch, das hatten Sie.« Er nickte Marly noch einmal zu. »Bemühen Sie sich nicht. Wir finden allein raus.«

»Also gut.« Dinis schüttelte ratlos den Kopf. »Irgendwer hat Puga unter Druck gesetzt. Aber wozu? Was wollten die von ihm?«

»Das ist eben die Frage«, sagte Fonseca. »*Wer* bringt hier *was* ›wieder in Ordnung‹? Und wie sieht sie aus, diese Ordnung? Alessandro hat ja noch seine Hoffnung auf diese Delegation gesetzt. Darauf, dass sie gegen die Leute vorgeht, die Nilton ermordet haben. Die Delegation müsste also eine Verstärkung für Puga sein. Und stattdessen hat sie ihn jetzt bedroht? Es ist immer dasselbe: Wir bleiben außen vor. Wir *sehen* es einfach nicht.«

»Das könnte daran liegen, dass wir den falschen Blickwinkel haben«, sagte Ana Cristina, leicht herausfordernd. »Wir sehen immer Puga im Mittelpunkt. Ein Brasilianer würde vielleicht sagen: ›Wer ist schon Puga? Natürlich geht es hier um Vinícius Possamai und seine Töchter.‹«

Fonseca konnte sich vorstellen, was ihr nicht passte: die ganze Theorie mit der Fortaleza-Mafia. Talita und das PCC kamen ja noch nicht einmal darin vor. Auf eine Art hatte sie recht, da war er ganz sicher. Er wusste nur nicht, auf welche.

»Das sage ich ja: Uns fehlen die entscheidenden Informationen. Wem hat Alessandro da regelmäßig Bericht erstattet?« Er warf einen Blick auf die Uhr. »Mein Kontakt in Brasília meldet sich auch nicht. Ich schicke dem jetzt mal eine Mail. Wir *müssen* einfach wissen, wem diese Nummer gehört.«

Unter den Platanen gingen sie zurück zu ihrem Dienstwagen. Tavares hatte schon die Fahrertür in der Hand, als Pinto sein Mobiltelefon zückte. »Moment noch mal eben, ja?«

Tavares nickte und stieg ein. Pinto blieb auf dem Gehweg stehen, sein Telefon am Ohr.

»Ja ...?«, sagte Talitas Stimme.

»Ich bin's, Rui Pinto, PJ. Ich wollte nur hören, ob bei Ihnen alles in Ordnung ist.«

»Wieso?« Sie klang misstrauisch. »Ist etwas passiert?«

Pinto blickte in die Platanen hinauf. Jetzt nur nichts Falsches sagen. »Ich weiß es nicht genau. Mit uns redet ja keiner.«

Ein, zwei Sekunden war Stille. Dann sagte sie: »Mit mir auch nicht. Auf mich nehmen immer alle nur Rücksicht,

genau wie Sie jetzt. Als ob es besser wäre, in ständiger Ungewissheit zu leben.«
»Möchten Sie ... dass ich vorbeikomme?«, hörte Pinto sich sagen. Mit einem Seitenblick prüfte er, ob Tavares auch nicht zuhörte. Doch, das tat er.
»Ja, vielleicht.«
Pinto wartete, aber mehr sagte sie nicht. »Geben Sie dem Pförtner Bescheid, dass er mich reinlässt, ja? Ich bin hier in Foz, es dauert nicht lange.«
Tavares sah ihn zweifelnd an, als er einstieg. »Rui? Das war doch Talita, oder? Kannst du mir sagen, was das werden soll?«
Pinto zuckte die Schultern. »Sie will mit mir reden. Also reden wir. Setz mich einfach am Condomínio ab. Du brauchst nicht zu warten.«

Der Pförtner war wieder derselbe, und sein Blick hatte fast etwas Lauerndes.
»Was ist, hm?«
»Lassen Sie lieber die Finger von der Kleinen. Mit diesem Caitano würde ich mich an Ihrer Stelle nicht anlegen.«
Pinto wollte ihm schon sagen, wo er sich seine guten Ratschläge hinstecken konnte, aber irgendetwas hielt ihn davon ab. »Ich bin hier, weil wir sie als Zeugin befragen müssen. Aus keinem anderen Grund.«
Vom Eingang aus blickte er zurück, und wieder sah er den Pförtner telefonieren. Aber diesmal fing ihn niemand im Korridor ab. Talita erwartete ihn an der Tür, in einem hellen Sommerkleid und barfuß. Aus ihrer Wohnung drang brasilianische Musik. Schüchtern lächelnd bat sie ihn herein und schloss dann hinter ihm rasch die Tür.

Sie wussten beide nicht recht, was sie sagen sollten. Talita wirkte angespannt.

»Wie geht es Ihnen?«, fragte Pinto schließlich.

»Das kann ich kaum sagen.« Sie ging an ihm vorbei. »Es ist alles so in der Schwebe.«

Er folgte ihr ins Wohnzimmer. Hier war die Musik ziemlich laut, eine Art Samba-Jazz mit elektronischen Rhythmen. Die Jalousien vor der Fensterfront waren hochgezogen und die Balkontür offen. Man sah hinaus in das enorme Blau des Himmels und des Ozeans.

Talita musterte ihn aus ihren schmalen Augen. »Sie klangen so besorgt. Als ob wieder etwas – «

»Nein, nein. Nichts, was Sie beunruhigen müsste.« Pinto wünschte, er wäre nicht hergekommen. Sie standen beide mitten im Zimmer, und Talita schlug nicht vor, sich zu setzen. »Ich ... wollte mich nur noch mal vergewissern, dass Sie hier wirklich in Sicherheit sind.«

»Ich denke schon, oder? Hier kommt ja keiner rein. Osmar wohnt mit im Haus ...« Er wohnte zwei Stockwerke unter ihr. Noch näher dran war wohl nichts frei gewesen. »Und ich habe die Notfallnummer. Einer von seinen Leuten ist immer in der Nähe, Tag und Nacht. Und der Pförtner passt ja auch auf und meldet jeden, der irgendwie auffällt.«

»Direkt an Caitano?«

Sie nickte.

Pinto lächelte. »Mich jetzt auch, oder wie?«

Sie nickte noch einmal. Die Musik war wirklich zu laut. Sie nahm eine Fernbedienung vom Tisch, richtete sie auf die Anlage und drückte eine Taste.

Die Musik wurde *noch lauter*.

Pinto dachte, es sei ein Versehen. Aber das war es nicht. Talita sah ihn eindringlich an und legte den Finger auf die Lippen. Dann zeigte sie in die oberen Ecken des Zimmers und gab ihm ein Zeichen, mit hinaus auf den Balkon zu kommen.

Draußen schob sie die Glastür hinter sich zu und führte Pinto in die äußerste Ecke, an das Geländer. Sie kam ihm sehr nahe und sagte leise: »Ich weiß es nicht wirklich, aber ich glaube, ich werde hier abgehört. In der Wohnung sind irgendwo Wanzen versteckt.«

»Caitano?«

Sie nickte. »Es ist immer schlimmer geworden mit ihm. Alles dient nur meiner Sicherheit, sagt er. Aber in Wirklichkeit bin ich hier eingesperrt. Ich werde total überwacht. Er nimmt mir die Luft zum Atmen.«

Pinto hatte selbst gerade Mühe damit. Ihre plötzliche Nähe war etwas viel für ihn. Ihre schmalen nackten Schultern, ihre Lippen. Er musste sich zwingen, sie nicht zu berühren.

Sie sprach leise weiter: »Sie brauchen mich nicht zu behandeln, als ob ich krank wäre. Das bin ich nicht. Was mich verrückt macht, ist, gar nichts zu wissen, verstehen Sie? Von allem abgeschnitten zu sein.« Sie blickte hinüber zur Glastür. Drinnen wummerte die Musik vor sich hin. »Wir können jetzt nicht lange reden, sonst wird er misstrauisch.«

»Haben Sie Angst vor ihm? Er ... tut Ihnen doch nichts, oder?«

»Nein, das nicht. Aber er hat eben diesen Kontrollwahn.«

»Können wir woanders reden? Kommen Sie hier irgendwie raus, ohne dass der Pförtner es merkt?«

Sie flüsterte ihm etwas zu.

»Ja«, sagte er, »das ist gut. Morgen also. Ich melde mich.«

»Gehen Sie jetzt besser.«

Auf dem Weg zum Fahrstuhl traf er dann doch noch einen der Bodyguards. Der Brasilianer wirkte etwas abgehetzt und zeigte mit dem Finger auf ihn: »Sie! Was machen Sie hier schon wieder?«

»Meine Arbeit, was sonst.«

»Sie können hier nicht einfach so aufkreuzen! Nicht ohne Genehmigung!«

»Und ob ich das kann.« Pinto ging einfach an ihm vorbei. »Hier bin *ich* nämlich die Polizei. Nicht Sie.«

23

»*Rui* trifft sich mit ihr? Wieso das denn?«
»Er sagt, es hat sich so ergeben. Gestern, nachdem sie bei Puga gewesen sind. Da hat er sich Sorgen gemacht und sie angerufen.« Fonseca probierte, ob man den Kaffee schon trinken konnte. Sie hatten sich wieder am Automaten getroffen. Ana Cristina zog die Augenbrauen hoch. »Meinen Sie, dass das eine gute Idee ist?«
»Was sollen wir machen? Im Moment klammern wir uns an jeden Strohhalm.«
»Ja, schon, aber ...«
»Ich glaube auch immer noch, dass sie etwas weiß. Dass Caitano sie deshalb außer Landes schaffen wollte.«
»Das glaube ich auch. Aber ausgerechnet Rui ... Verstehen Sie mich nicht falsch. Es ist nur ...«
»Ich weiß. Ich hätte ihn auch lieber von dieser Talita ferngehalten.« Er schüttelte seufzend den Kopf. »Aber die Zeit läuft uns davon. Wir müssen einfach tun, was wir können. Weiter Daten zusammentragen und hoffen, dass wir irgendwann das Muster erkennen. Möglichst noch rechtzeitig.«
»Rechtzeitig vor was?«

Fonseca sah sie an. »Wenn das wirklich die Delegation aus São Paulo war, dann wird die sich hier nicht unnötig aufhalten. Die haben ihren Auftrag, und den führen sie aus. Irgendetwas wird passieren, in den nächsten Tagen, in den nächsten Stunden. Und im Augenblick sehe ich nicht, wie wir das verhindern wollen.«

»Na gut«, sagte Pinto. »Insgesamt ja ganz anständig.« Der Pförtner schien auf sein Lob verzichten zu können. »Sonst noch was?«

»Nein, das war's schon.« Pinto hatte die Funktion der Überwachungskameras gecheckt – angeblich ›reine Routine‹ – und sich dabei jeden toten Winkel in der Tiefgarage erläutern lassen. »Dann halten Sie mal weiter die Augen offen.«

Er spürte den Blick des Pförtners in seinem Rücken, als er durch die Einfahrt ging und draußen in seinen schwarzen Audi stieg. Bevor er losfuhr, zückte er noch kurz sein Telefon. Es hatte eben einen Signalton von sich gegeben.

Eine SMS von Ana: ›Rui, ich weiß genau, dass du sie flachlegen willst. Vergiss es!‹

Lächelnd ließ er den Motor an. Vânia hatte ihn am Morgen auch schon so misstrauisch angesehen, als er vor dem Spiegel den Sitz seines hellen italienischen Sommeranzugs überprüft hatte. »Na ...«, hatte sie gefragt, den Kopf auf die Seite gelegt, »wer ist denn heute zum Verhör vorgeladen?«

Er fuhr um die Ecke und an dem alten schmiedeeisernen Zaun entlang bis ans Tor der seitlichen Einfahrt. Von hier aus betrachtet, stand das Apartmenthaus deutlich erhöht, wie auch die beiden großen Palmen auf dem

Rasen. Aus seinem Fenster konnte ihn der Pförtner nicht sehen, so viel war sicher. Hinter dem Zaun, im Schatten einiger kleinerer Bäume, wartete eine schmale Gestalt. Sie trat ins Licht, kam dann rasch durch die Fußgängerpforte und schloss sie wieder ab. Mit wenigen Schritten war sie beim Wagen und stieg ein. »Haben Sie mich gesehen, auf dem Monitor?«

»Nein. Ich nicht und der Pförtner auch nicht.« Pinto lächelte ihr zu. »Haben Sie das schon öfter gemacht?«

»Ein paarmal ...« Talita lächelte zurück. »Ich hab mal zufällig gehört, wie jemand das Tor hier die Feuerwehrzufahrt genannt hat. Und da dachte ich: Wenn die Pforte ein Notausgang sein soll, dann müsste man sie als Bewohner doch auch öffnen können. Ich hab das dann heimlich ausprobiert, und der Haustürschlüssel passte tatsächlich. Und seitdem habe ich diesen Fluchtweg, ganz für mich allein. Ich bin immer sehr vorsichtig gewesen.«

»Das ist gut.« Pinto blickte in den Seitenspiegel und fuhr an. »Und wohin flüchten wir jetzt?«

»Ist mir egal. Irgendwohin, wo man frei durchatmen kann.«

Sie entschieden sich dafür, hinüber nach Gaia zu fahren. Auf der Ponte da Arrábida, hoch über dem Fluss, fragte Pinto: »Wie kommen Sie eigentlich darauf, dass er Sie in Ihrer Wohnung abhört?«

Einen Moment lang sah Talita nur still hinaus auf die Mündung des Douro und den blauen Horizont. »Ich hab sogar mal nach den Wanzen gesucht«, sagte sie, »aber gefunden habe ich keine.« Sie blickte nach vorn auf die Straße. »Es sind so Kleinigkeiten, die mir aufgefallen sind. Er wusste manchmal Dinge, die er eigentlich nicht wissen konnte. Ich war ganz sicher, dass ich sie jemand anderem erzählt hatte, meistens am Telefon. Vor ein paar Tagen war es so ähnlich. Er hatte mich gar nicht danach gefragt, was Ihre Kollegin von mir gewollt hat, welche Fragen sie gestellt hat. Darüber habe ich mich noch gewundert. Und dann sagt er plötzlich: ›Was hat die denn so an Nakano Takeko interessiert?‹«

»Stimmt, da kann man schon stutzig werden.«

»In letzter Zeit macht er öfter solche Fehler. Sein Gedächtnis wird langsam schlechter. Das kommt vom Kokain.«

Pinto sah sie fragend an. Sie blickte weiter geradeaus. Er nahm die Ausfahrt ›Gaia-Afurada‹.

»Und weshalb, meinen Sie, kontrolliert und bespitzelt er Sie? Das dient ja nun kaum Ihrer Sicherheit.«

»Er ist ... Ich weiß nicht, wie ich es sagen soll.« Sie holte tief Luft. »Er denkt, wir beide, er und ich ...«

»Verstehe schon. Aber Sie sehen das anders?«

»Es ist alles nur in seinem Kopf!« Sie tippte sich mit den Fingern gegen die Schläfen. »Und da ist es perfekt. Es passt alles zusammen. Weil er selbst es sich so zurechtgelegt hat!« Sie zögerte, aber dann sagte sie: »Er glaubt, ich ›bin noch nicht so weit‹. Verstehen Sie? Dass ich wieder Sex mit einem Mann haben kann. Nach ... nach alldem.«

Pinto wollte etwas sagen wie: ›Sie müssen nicht darüber reden, wirklich nicht.‹ Da hupte ihn ein anderer Fahrer an. Er war fast dankbar dafür, dass er erst mal auf den Verkehr achten musste.

»Und er denkt, wenn ich dann wieder so weit bin, dann ist er derjenige. Dann werden wir ein richtiges Paar. Wenn es mir erst wieder gut geht, dann geht es ihm auch wieder gut. So stellt er sich das vor. Nur, dass es *seine* Lebenslüge ist und nicht meine ...«

»Was ist denn mit ihm?«

»Er ... kann nicht.« Sie sah wieder aus dem Seitenfenster. »All die Steroide, all das Kokain. Ich glaube, er ist impotent.«

Pinto fragte sie lieber nicht, wie sie darauf gekommen war. Er fuhr in einen Kreisverkehr und achtete auf die Ausfahrt.

»Er ist wahnsinnig eifersüchtig. Wenn er wüsste, dass ich hier mit Ihnen zusammen bin ...« Sie bemerkte seinen Blick. »Nein, nein, ich sage ja, er tut mir nichts. Auf seine Art liebt er mich wirklich. Für ihn gibt es nur uns beide. Der Rest, das ist die Welt da draußen, vor der er mich beschützen muss. So sieht er das.«

Um ein Haar hätte Pinto gefragt: ›Warum erzählen Sie mir das alles?‹ Aber er tat es nicht. Nie einen Zeugen unterbrechen, der im Fluss ist.

»Wie sind Sie überhaupt zusammengekommen? Wer hat die Bodyguards für Sie engagiert?«

Sie setzte sich etwas auf und sah ihn an. »Wieso sollte die jemand anders für mich engagiert haben?«

»Ich dachte nur ... Vielleicht Ihr Vater?«

»Nein. Das war ich selbst.«

»Sie selbst? Und wo haben Sie die her?«

»Ich hatte mich umgehört, weil ich dringend Schutz brauchte. Ich konnte mich ja nicht einfach zu Hause verkriechen. Ich musste damals dauernd ... zu irgendwelchen Ärzten. Unsere Haushälterin hat dann mit ihrem Sohn gesprochen, der war bei der Polícia Militar. Und der hat mir Osmar vorgestellt. So hat es angefangen.«

»Aber in São Paulo wollten Sie dann trotzdem nicht bleiben.«
»Es ging nicht. Ich konnte einfach nicht.«
Rechts war jetzt wieder das Wasser zu sehen, die breite Mündung des Douro. Ein Zweimaster fuhr unter Segeln aufs Meer hinaus, von Möwen begleitet.
»Es war schon so viel besser geworden, hier in Portugal. Und jetzt ist das alles wieder zunichte. Das ist das Schlimmste.«
Pinto fragte vorsichtig: »Was glauben Sie selbst, was hier vor sich geht?«
Sie schüttelte leicht den Kopf und lächelte. »Sie denken bestimmt, ich kriege Schreikrämpfe, wenn ich den Namen PCC höre, oder?« Sie ersparte ihm die Antwort. »So ist das nicht. Aber ... ja, natürlich glaube ich, dass das PCC dahintersteckt. Ich kann mir einfach nichts anderes vorstellen.« Sie sah ihn aufmerksam an. »Und Sie? Was denken Sie?«

»*Ihr* Untergebener, dieser – Pinto ...« Caitano spuckte den Namen aus, als hätte er ›diesen Pinto‹ am liebsten zertreten wie ein Insekt. »... macht sich hinter meinem Rücken an Talita heran!« Er war wieder hochrot und schwitzte. »Ich kann einfach nicht glauben, dass das mit Ihrem Einverständnis geschieht!«
»Hat sie sich über etwas in der Art beschwert?«
»*Ich* beschwere mich bei *Ihnen!*«
»Gut, dann nehme ich das hiermit zur Kenntnis.« Fonseca lehnte sich auf seinem Stuhl zurück. »Sagen Sie mal, das interessiert mich jetzt wirklich: Haben Sie keine anderen Sorgen?«

»Ich verlange, dass dieser Kerl Talita in Ruhe lässt! Und zwar sofort!«
»Wie schätzen Sie zum Beispiel die aktuelle Bedrohungslage ein? Sie sind doch Senhor Pugas ›Sicherheitschef‹.«
Caitano runzelte die Stirn, als hielte er die Frage für ein Ablenkungsmanöver.»Was soll ich dazu sagen?«
»Verbessert, verschlechtert, gleich geblieben? Einfach Ihre Meinung.«
Fonseca und Dinis sahen ihn an und warteten.
Caitano wippte ruhelos mit dem Knie.»Weshalb bin ich hier?«, fragte er schließlich.»Sie müssen doch etwas Konkretes von mir gewollt haben. Gibt es irgendwelche Fragen, die noch offen sind?«
»Das kann man wohl sagen. Jede Menge.« Fonseca beugte sich vor.»Also gut, fangen wir an. Noch einmal: Nilton Wanderley. In welcher Eigenschaft hat er Senhor Puga nach Brasilien begleitet? Als Sicherheitsmann? Oder ging es um Immobiliengeschäfte?«

Talita hatte die Augen geschlossen und schien einfach das leise Meeresrauschen und die Sonne des späten Nachmittags zu genießen. Sie hatte ihre Beine lang ausgestreckt und sich nach hinten auf die Arme gestützt. In einem weißen Bikini saß sie auf Pintos Jackett, das er für sie ausgebreitet hatte. Eine leichte Brise kam vom Wasser, und in der Ferne kreischten ein paar Möwen.

Sie hatten Glück gehabt: Weil gerade jemand weggefahren war, hatten sie direkt am Strand parken können. Als sie ausgestiegen waren, hatte Talita mit der größten Selbstverständlichkeit den Reißverschluss auf ihrem

Rücken geöffnet, sich die Träger von den Schultern gestreift und das Kleid dann zusammen mit ihren Sandalen ins Auto gelegt. Sie hatte gemerkt, dass Pinto sie etwas erstaunt ansah, und lächelnd gefragt: »Gehen wir nicht an den Strand?«
»Doch, doch«, hatte er gesagt. »Ich hab nur keine Badehose drunter an.« Barfuß, in Hemd und Anzughose, saß er jetzt neben ihr im Sand. In einiger Entfernung lagen andere Leute auf Handtüchern und unter Sonnenschirmen, aber Pinto nahm sie kaum wahr.
»Ach, ich mag gar nicht mehr über all das reden«, sagte Talita ohne die Augen zu öffnen. »Es ist so ein schöner Tag.« Sie ließ sich hintenübersinken und streckte sich wohlig aus.
»Tja, ich wollte jetzt eigentlich auch in den Ferien sein«, sagte Pinto. Er betrachtete sie und atmete leise tief durch. Er wollte auch nicht mehr daran denken. Wenn man es irgendwie ausblenden könnte ... Fünf Wochen in der Gewalt ihrer Entführer. Völlig ausgeliefert ... Sie wirkte unglaublich schutzlos, wie sie so dalag.

Aber sie schien ganz entspannt zu sein. Als vertraute sie ihm. Sie musste doch wissen, dass er sie ansah. Dass er nicht anders konnte, als sie anzusehen. *Wollte* sie das vielleicht?

Er beugte sich über sie und versuchte, in ihrem Gesicht zu lesen. Es verriet ihm nicht das Geringste. Es war wie eine Maske, makellos schön, ihr pechschwarzes Haar ringsum ausgebreitet auf dem Sand.

Und doch war da etwas, das ihn plötzlich irritierte. Eine winzige Unregelmäßigkeit.

Es war ihr rechtes Ohr. Es war genauso groß wie das

linke, aber ... nicht ganz so perfekt, nicht ganz so fein modelliert. Es schien merkwürdig – unfertig.

Als hätte sie etwas gespürt, öffnete sie die Augen. Ihr Blick war starr und durchdringend. Pinto lächelte etwas unsicher und wich von ihr zurück. »Habe ich Sie erschreckt? Ich wollte nur fragen ... ob ich uns etwas zu trinken holen soll.«

Sie richtete sich auf, schüttelte sich den Sand aus den Haaren. Von der Seite sah sie ihn noch einmal forschend an. Dann lächelte sie ebenfalls und sagte: »Danke, nein, ich bin ganz zufrieden. Es ist schön hier, nicht?«

»Ja, das ist es.«

Talita schlang ihre Arme um die angezogenen Knie und blickte einfach geradeaus.

Vor ihnen, mitten auf dem Strand, erhob sich eine Gruppe massiger, rundlicher Felsen. Eine Freitreppe führte hinauf, und oben, vor dem blauen Himmel, stand die weiße Kapelle.

An diesem Nachmittag hatten drei Vernehmungen parallel stattgefunden: Caitano, Valter de Jesus und Kléber Lobato. Hinterher kam man im Besprechungsraum zusammen. Alles schüttelte die Köpfe. »Das ist reine Zeitverschwendung.«

»Kein Wort kriegst du mehr aus denen raus!«

Zweifel wurden laut, ob man Fonsecas alte Taktik – ›Wir sagen denen gar nichts. Die sagen uns was.‹ – noch länger beibehalten sollte. »Bei dem Video, gut, das war was anderes. Aber jetzt, bei dieser Swimmingpool-Geschichte, da hätte man doch klipp und klar sagen können: ›Jetzt erklären Sie uns bitte mal, was da los gewesen ist.‹«

Fonseca winkte ab.»Dann hätten die das Gleiche erzählt wie Puga. Das bringt alles nichts.«

Mürrisch ging er in sein Büro. Auch über Nilton und die Lagoa Azul hatte er nichts Neues mehr erfahren. Egal, welche Richtung man einschlug, man lief immer gegen die Wand.

Von Franklin war auch nichts gekommen. So schwierig konnte es doch nicht sein, eine Telefonnummer zu überprüfen! Es war jetzt eine Woche her, dass sie miteinander gesprochen hatten.

Er setzte sich an den Schreibtisch, fuhr seinen Computer hoch und rief Skype auf. Tatsächlich: Franklin war online. Kurz entschlossen wählte er ihn an.

Es dauerte. Dann sagte Franklins Stimme:»*Oi, como vai?*« Er klang etwas fahrig, so als sei er sehr beschäftigt. Auf dem Monitor erschien auch kein Bild.

Fonseca fragte:»Kannst du mich sehen? Ich hab hier kein Bild.«

»Ich auch nicht, nein.«

»Vielleicht hast du aus Versehen auf den Hörer geklickt. Du musst die kleine Kamera anklicken.«

»Hab ich gemacht. Funktioniert irgendwie nicht. Was gibt's denn?«

»Ja, entschuldige, ich will ja nicht drängen. Es geht immer noch um diese Telefonnummer.«

»Ach so, die, ja.«

Fonseca hatte das Gefühl, dass er genau gewusst hatte, worum es ging.

»Nein, also, ich hab alles versucht. Die Nummer gibt es so nicht. Da muss ein Fehler drin sein, vielleicht ein Zahlendreher.«

»Das kann eigentlich nicht sein. Sie war ja eingespeichert und ist so benutzt worden. Es gibt Verbindungsdaten.«

»Tut mir leid. Ich habe da nichts gefunden. Du, entschuldige, hier kommt gerade ein Anruf, den ich annehmen muss. Mach's gut. *Tchau.*«

Hmm, dachte Fonseca und betrachtete den blauen Skype-Bildschirm. Damit willst du nichts zu tun haben, was? Du hast Angst, mein Lieber, schlicht und einfach Angst.

Sie saßen immer noch nebeneinander im Sand. Die Sonne stand jetzt schon tief über dem Meer, und die Flut kam herein.

Talita hatte Pintos Jackett um die Schultern gelegt. Die Wellen liefen immer höher auf den Strand auf, und das Rauschen der Brandung wurde lauter. Weiße Gischt kam links und rechts um die Felsen herum, schoss daran empor. Eine junge Mutter im Bikini packte ihre beiden Kinder bei den Händen und zerrte sie von der Freitreppe weg. Die nächste Welle holte sie noch ein, die Kleinen wateten bis zu den Knien im Wasser.

Jetzt war niemand mehr bei der Kapelle, und jede Minute wurde sie unzugänglicher. Schon stand der Fuß der Treppe ganz im Wasser, das in Strudeln um die Stufen und die Felsen wirbelte.

Talita sah mit einem stillen Lächeln zu.

»Sie sind schon mal hier gewesen, oder?«, fragte Pinto. Er hatte eigentlich gedacht, dass sie durch Zufall hier gelandet wären.

»Ja, das bin ich«, sagte sie ganz ruhig, ohne den Blick

von der Kapelle zu wenden.«Es ist ein besonderer Ort. Ich wollte gern noch einmal herkommen.«

»Noch einmal? Wie meinen Sie das?«

Sie legte etwas den Kopf in den Nacken, schüttelte ihr Haar. »Es gefällt mir einfach, zuzusehen, wie das Wasser steigt.«

Eine Antwort war das nicht, fand Pinto. Aber nachhaken wollte er jetzt auch nicht.

Die auslaufenden Wellen kamen langsam näher. Zu beiden Seiten hatten schon ganze Familien ihre Sachen zusammengerafft und waren ein Stück höher den Strand hinaufgezogen.

Talita sagte mehr zu sich selbst: »Man kann sich der Flut nicht entgegenstellen ...« Es klang ein bisschen wie eine buddhistische Weisheit. »Aber man kann sie nutzen.« Sie sah ihn an und lächelte. »Man muss nur den richtigen Zeitpunkt abpassen.«

Pinto hatte es für heute aufgegeben, Fragen zu stellen. »Ich denke, wir sollten dann mal. Sonst werden wir noch nass.«

»Gehen wir?«

»Wenn Sie möchten.«

Sie stand auf und gab ihm sein Jackett zurück. Ein letztes Mal sah sie hinüber zu der weißen Kapelle auf ihrem Felsen, der jetzt ganz vom Meer umschlossen war.

Dann gingen sie durch den Sand zurück zum Wagen. Pinto sah sie mit leisem Bedauern an. Aber er dachte schon nicht mehr daran, seinen Arm um ihre Schultern zu legen. Ana hatte recht: *Vergiss es.*

24

Talita schloss gerade ihre Apartmenttür auf, als sie hinter sich Schritte hörte. Sie brauchte sich nicht umzudrehen, um zu wissen, wer das war.

Caitano kam ganz selbstverständlich mit hinein und zog die Tür hinter sich zu. In seinem durchgeschwitzten Muskelshirt baute er sich vor ihr auf. »Wo bist du gewesen?«

»Die PJ wollte noch mal mit mir reden.«

»Mit mir auch. Aber dich hab ich da nicht gesehen.«

»Ein Inspektor hat mich abgeholt.«

»Ach ja? Und welcher war das wohl?« Er starrte sie an: ihre nackten Schultern, ihren tiefen Ausschnitt.

Den Kopf erhoben, sagte Talita: »Brauchen wir etwa keine Informationen?«

»Doch, das schon ... Was hat er gewollt?«

»Er hat geglaubt, er kann mich aushorchen, was sonst. Und da dachte ich: Warum nicht? Lass ihn doch seine Fragen stellen. Dann hören wir mal, was sie wissen und was nicht.«

»Das ist wahr.«

»Ich sage dir, die haben keine Ahnung von Imocon und den Häusern.«

»Ja, den Eindruck hatte ich auch.« Er dachte darüber nach, dann nickte er.»Um so besser.« Die Türklinke schon in der Hand, drehte er sich noch einmal um. »Talita...« Er sah ihr ins Gesicht.»Du und ich, wir sind aneinandergekettet, auf Gedeih und Verderb. Ich hoffe, du vergisst das nicht.«

»Wie könnte ich.«

Er kam wieder näher und sagte leise und eindringlich: »Hör gut zu. Wenn du mich je hintergehen solltest, dann bist du auch mit dran. Ich habe vorgesorgt. Ich habe alles auf Video. *Alles*, verstehst du?«

Talita verzog keine Miene.»Geh jetzt«, sagte sie.

Der Mann mit dem grauen Pferdeschwanz saß zurückgelehnt auf seinem Hotelbett und sah die Abendnachrichten, als direkt neben ihm ein ganz bestimmter Rufton erklang. Er hob die Fernbedienung und stellte den Fernseher auf ›stumm‹, dann nahm er eins der drei Mobiltelefone zur Hand, die ordentlich aufgereiht auf dem Nachtschränkchen lagen.

»Talita. Und? Wie war's?« Eine Weile hörte er nur zu. »Das klingt gut.«

»Ja, ich denke auch«, kam es durch den Hörer.»Dieser Inspektor ist nicht dumm. Aber er ist eitel, und er steht auf mich.«

Der Mann lächelte. Er war allein in seinem Hotelzimmer.

»Er hätte auf jeden Fall versucht, mich zu beeindrucken«, sagte Talita.»Er hätte durchblicken lassen, dass er mehr weiß, als er mir sagen darf. Und die kleinste Andeutung hätte gereicht. Ich hab ja nur darauf gewartet. Nein, ich bin mir sicher: *Sie wissen es nicht*.«

»Das ist sehr gut. Dann läuft ja alles nach Plan.«

25

»Lohnt sich das überhaupt, den Kram auszudrucken?«, fragte Andrade. »Wenn, dann vielleicht ohne die Fotos, was meinen Sie?«

Fonseca seufzte nur leise und scrollte etwas schneller weiter. Es war der Observationsbericht der letzten zwei Tage. Zielperson João Come Lixo. Immerhin: Als Zielperson war er nicht schlecht, da waren sich alle einig. Seinen weißblonden Irokesenkamm konnte man auch in einer Menschenmenge gut im Auge behalten.

›Zielperson betritt das Café Santiago, setzt sich allein an den Tresen, bestellt eine Francesinha und ein Bier. Fotografiert die Francesinha mit dem Mobiltelefon.‹

»Und dann isst er die Francesinha und trinkt zwei schöne kühle Biere dazu«, sagte Andrade. »Und wir stehen draußen in der Mittagshitze und können ihm durch die Scheibe zusehen. Weil natürlich wieder kein Tisch frei war.«

Fonseca konnte es nachfühlen. »Das ist bitter.« Er ließ den Bericht langsam nach oben wandern. »Im Prinzip geht das so weiter, ja?«

Andrade nickte knapp. »Ja. Er hat offensichtlich frei

und weiß nicht, was er anfangen soll. Er steht spät auf und bummelt ziellos in der Stadt umher. Stundenlang. Bis man sich wünscht, der Idiot würde sich einfach mal an den Strand legen. Tut er aber nicht. Gehen Sie mal ein Stück weiter runter ... noch weiter ... Ja, hier kommt es jetzt.«

Eine ganze Reihe von Aufnahmen, eindeutig mit starkem Teleobjektiv gemacht, zeigte die Einfahrt einer Autowerkstatt. Auf der Hebebühne stand ein roter Alfa Romeo, um ihn herum saßen und standen einige Männer mit kleinen Bierflaschen in den Händen.

»Das ist die Werkstatt von Quim Gasolina.«

»Ach, den gibt's auch noch?«

»Klar. Dem ist ja nie was nachzuweisen. Bevor in diesem Land mal einer die Fahrgestellnummern vergleicht, sind die Wagen längst in Afrika. Die Werkstatt ist eine Art Treffpunkt. Come Lixo hängt da den ganzen Nachmittag rum. Und auf den Fotos hier haben wir noch mehr alte Bekannte, auch alle aus Pugas Umfeld.«

»Ich seh schon. Das ist doch Pisco ...«

»... die alte Kanalratte. Und ob er das ist. Und das hier ist Coça-Cu.« Der ›Arschkratzer‹. »Den kennen Sie doch auch.«

»Ja, klar.«

»Macht seinem Namen alle Ehre, wenn man ihn länger beobachtet. Die Typen sitzen da rum und quatschen das Blaue vom Himmel. Und trinken Super Bock Minis, als ob sie dafür bezahlt würden. Tja, und das ist alles.«

»Hmm ...«

»Das sind die einzigen Leute, mit denen er sich bisher getroffen hat. Kein Brasilianer weit und breit. Wir

können natürlich noch an ihm dranbleiben, aber, na ja ...«
»Das werden wir wohl müssen«, sagte Fonseca. »Was sollen wir sonst tun?«

An diesem Abend leuchtete das Schild schon von Weitem in dem Grün und Gelb der brasilianischen Flagge: ›Churrascaria Carioca‹. Als Pinto mit Vânia am Arm die Tür aufmachte, drangen der Samba und das Stimmengewirr heraus auf die Straße. Wer es nicht kannte, hätte von außen ein kleines, enges Restaurant mit wenigen Tischen erwartet. Stattdessen staffelte sich eine Folge schummriger Räume einmal quer durch den Häuserblock, weiter hinten gab es sogar eine Tanzfläche. Es war brechend voll und so laut, dass man sein eigenes Wort nicht verstand. Girlanden bunter Glühlämpchen schwangen sich in alle Richtungen, große Wandbilder zeigten die Copacabana, den Zuckerhut und die Jesus-Statue mit den ausgebreiteten Armen. Unablässig gingen die Kellner mit ihren Rodízio-Spießen und langen Messern auf und ab.

Pinto und Vânia sahen sich suchend um und entdeckten schließlich den Tisch, den sie mit ein paar Freunden vorbestellt hatten. »*Olá*, da seid ihr ja!« Hier war die Musik noch um einiges lauter als vorn, die roten und blauen Lichter der Tanzfläche zuckten hin und her, und am Nebentisch wurde ausgelassen ein Junggesellinnenabschied gefeiert. Von ihren Freundinnen ausstaffiert, trug die angehende Braut eine durchsichtige Bluse und eine Halskette aus Babyschnullern, dazu senkrecht auf dem Kopf, als Krönung des Brautschleiers, einen Plastikpenis von stattlicher Größe, hautfarben und komplett mit geschwollenen Adern. Das Gekicher und Gekreische übertönten alles andere.

Vânia tauschte irgendwann die Plätze, um bei einer Schulfreundin zu sitzen, die seit Jahren in Frankreich lebte und jetzt in den Ferien hier war. Die beiden steckten die Köpfe zusammen und hatten sich jede Menge zu erzählen. Pinto nutzte die Gelegenheit, um sich unauffällig nach vorn an die Bar abzusetzen.

Hinter dem Tresen stand der Wirt und widmete sich seelenruhig dem Bierzapfen, auf das er größten Wert legte. Er hieß Hermano Giesbrecht, war Deutschbrasilianer aus Novo Hamburgo und nach eigenem Bekunden noch nie in seinem Leben in Rio de Janeiro gewesen. »Nur hier in Portugal sind wir alle aus Rio«, sagte er manchmal. »Das ist unser Markenkern, ob wir wollen oder nicht.« Sein völlig kahler Schädel, der im Licht der Bar immer glänzte wie poliert, war der Grund dafür, dass das Lokal bei den Stammgästen nur ›Careca‹ hieß: Glatzkopf.

Pinto lehnte sich seitlich über den Tresen. »*Oi*, Hermano, mach mir mal ein Bier, ja?«

Der sah ihn an und nickte. Mit den Fingern einer Hand zeigte er: ›Fünf Minuten, dann können wir reden‹. Pinto machte das Daumen-hoch-Zeichen.

Sein Glas Bier in der Hand, stand er gleich darauf mit Hermano am Lieferanteneingang. Die schmale Seitengasse war menschenleer.

Hermano rauchte eine Zigarette. »Aus dem Nordosten, sagst du? Nein, nicht dass ich wüsste ...« So gut wie er kannte sich kein zweiter in der brasilianischen

Gemeinde von Porto aus. Sein Lokal war eine der Anlaufstellen für Neuankömmlinge, hier wurde oft genug eine erste Bleibe vermittelt, meistens einfach ein Zimmer in einer Privatwohnung, und hier tauschten sich die Brasilianer aus, die auf Jobsuche waren. »*Nordestinos* sind natürlich immer dabei. Aber im letzten Jahr ...? Jedenfalls niemand, der groß aufgefallen wäre.«

»Vielleicht einer, der sich besonders nach Nilton erkundigt hat oder nach Puga? Ich meine, vorher?«

Hermano überlegte, blies etwas Rauch vor sich hin, schüttelte den Kopf. »Wüsste ich wirklich nicht. Jetzt reden natürlich alle darüber, das ist klar. Aber vorher ... Nein.« Er blickte auf. »Apropos Nilton. Diese Jamila war neulich mal wieder hier.«

Pinto nahm einen kleinen Schluck Bier. »Jamila?«

»Die war eine Zeit lang mit ihm zusammen.«

»Mit Nilton Wanderley?«

»Ja, ja. Bildhübsches Mädchen. Tänzerin, weißt du?«

»Was du nicht sagst. Du hast nicht zufällig ihre Telefonnummer?«

»Leider nicht, nein. Aber ich hab gehört, dass sie neuerdings im Malagueta Club auftritt.«

»Im Malagueta Club? Das ist eine Strip-Bar.«

Hermano lächelte und nahm den letzten Zug aus seiner Zigarette. »Man muss eben sehen, wie man durchkommt.«

26

Der schwarze Land Rover Freelander bog um die enge Kurve der Serpentinenstraße und fuhr weiter durch den Wald bergauf, über holprigen, rissigen Asphalt, über Kiefernnadeln und knackende Zweige. Die Straße war so schmal, dass keine zwei Wagen aneinander vorbeigepasst hätten, aber bis jetzt war ihnen noch niemand entgegengekommen. Flirrendes Sonnenlicht fiel durch die hohen Kiefern und Eukalyptusbäume.

Immer weiter ging es den Berg hinauf, bis schließlich ein Schotterweg seitlich abzweigte. Eine Staubwolke hinter sich herziehend, fuhr der Land Rover den Weg entlang und hielt dann vor dem Tor eines rostigen Gatters. Neben der Einfahrt war ein handgemaltes Schild an einen Baum genagelt: ›Vende-se terreno‹, Grundstück zu verkaufen, und darunter eine Mobilnummer. Das Schild war schon ziemlich verwittert.

Die Tür auf der Beifahrerseite ging auf, und Vítor Puga stieg aus. Sein Hemd über der Hose, die Ärmel hochgekrempelt, ging er mit schweren Schritten hinüber zum Tor, schloss das Vorhängeschloss auf und löste die Kette.

Es war drei Uhr nachmittags, am Donnerstag, dem fünften August. Hier in den Bergen, weiter vom Meer entfernt, herrschte eine sengende Hitze. Der stechende Rauchgeruch von Waldbränden lag in der Luft.

Puga schob das Tor ganz auf. Dann trat er vor das Schild, packte es mit beiden Händen, ruckte ein-, zweimal daran und riss es ab. Er schleuderte es seitlich in die vertrockneten Farne und kehrte zum Wagen zurück. Er wirkte ernst und bedrückt.

Der Land Rover fuhr wieder an. Der Wald wurde lichter, dann endete der Weg an einem alten, halb verfallenen Stall. Die Steine lagen ringsumher verstreut.

Hier war der Berghang gerodet und terrassiert. Jede Ebene war mit einer niedrigen Feldsteinmauer eingefasst. Mit Flechten bewachsene Felsbuckel erhoben sich aus dem kargen Boden, zwischen Geröll und gelb verbranntem Gras.

Der Motor ging aus, die Wagentüren wurden geöffnet. Vorn stiegen der Indio und Vítor Puga aus, hinten der Mann mit dem grauen Pferdeschwanz.

»Ah ja ...« Er sah sich um. »Sie hatten recht, Vítor. Hier etwas verbrennen zu wollen ist wirklich nicht ratsam. Am Ende kommt noch der Löschhubschrauber, was?«

Das Knattern des Hubschraubers war erstaunlich deutlich zu hören, obwohl er ganz klein in der Ferne dahinflog.

Die Brände waren überall. Es sah aus, als blickte man von einem Feldherrnhügel über Kriegsgebiet. Allein von hier aus waren drei, vier bewaldete Berge zu sehen, von denen endlose braune Rauchfahnen über das Land zogen.

»Gut. Wo ist es?«

»Gleich da drüben.«

Puga ging voran. Ein Stück abseits, zwischen verdorrten Ginsterbüschen, lagen die Trümmer eines Betondeckels. »Vorsicht, es gibt hier jetzt keine Abdeckung.« Der alte Brunnenschacht hatte etwa einen Meter Durchmesser. Gelbes Gras und Gestrüpp hingen über den Rand. Der Indio nahm einen Stein, hielt ihn über die dunkle Öffnung und ließ ihn fallen. Es dauerte einen Moment, bis der Aufprall zu hören war.

»Nach Wasser klingt das nicht.« Der Mann mit dem grauen Pferdeschwanz trat einen Schritt näher.

»Wir haben August. Da gibt es hier oben keinen Tropfen mehr.«

»Wie tief ist der Schacht?«

»An die zehn Meter.«

»Sehr schön.« Der Mann sah hinüber zum Wagen. »Und der Betonmischer kann hier auch gut heranfahren. Was sagten Sie, Vítor, wie viel Beton ist eine Fuhre?«

»Sieben Kubikmeter.«

»Das reicht auf jeden Fall. Gut, dann machen wir das so. Sagen Sie Ihren Leuten, sie sollen die Teile von dem alten Deckel hier mit reinwerfen und den Rest mit Erde auffüllen. Dann nur noch das Gelände angleichen, ein bisschen Schotter und Steine verteilen und fertig.« Er sah sich noch einmal um. »Hier ruht man doch in Frieden, was? Wenn es sein muss, hundert Jahre lang.«

Puga blickte betreten in den Schacht hinab. »Ihnen macht das alles nichts aus. Aber ich ... ich sehe diese Menschen jeden Tag.«

Der andere lächelte nachsichtig. »Dann passen Sie mal gut auf, dass die nichts merken, Vítor.« Er klopfte ihm leicht auf die Schulter. »Sonst landet hier noch jemand anders in der Grube. Das wäre doch zu dumm, oder?«

Osmar Caitano saß im Kontrollraum und überprüfte noch einmal die einzelnen Kameras. Die kleinen Monitore sahen nicht viel anders aus als die im Pförtnerhaus des Condomínios, nur dass hier lauter Innenräume zu sehen waren. Die meisten wirkten wie enge Hotelzimmer mit etwas plüschigen Doppelbetten und goldgerahmten Spiegeln an den Wänden.

»So, Kamera fünf läuft auch wieder. Dann ist für Samstag ja alles klar.«

Kléber Lobato stand hinter ihm. »Ist die Blonde eigentlich auch wieder dabei, diese Nadia? Die finde ich ja absolut scharf.«

»Da bist du nicht der Einzige.« Caitano justierte noch etwas die Helligkeit. »Ja, ist sie. Und für die Nacht auch schon fest gebucht. Der Typ vom Bauamt in Braga hat endlich angebissen.«

»Na, dann wird es ja doch noch was mit der Genehmigung.« Kléber Lobato schnaufte kurz durch die Nase. »Wenn er die alle bestechen müsste, würden ganz schöne Summen zusammenkommen. Ist Vítor das eigentlich klar?«

»Das denke ich schon, ja. Er redet nur nicht gerne darüber.«

»Vielleicht sollten *wir* das Thema mal anschneiden, was meinst du?«

Caitano schwenkte seinen Drehstuhl herum und sah ihn an. »Wenn wir aus der Sache hier wieder raus sind, auf jeden Fall. Das kostet ihn was.«

27

Freitag, der sechste August. Fonseca starrte hilflos auf das Datum. Was konnte man noch tun? Wie viel Zeit blieb übrig? Was immer sie versuchten, führte zu nichts. João Come Lixo wurde weiter observiert. Er trank auch munter weiter Bier mit seinen Kumpels und dachte anscheinend gar nicht daran, sich mit irgendjemand anderem zu treffen. Caitano und seine Männer zu beschatten war um einiges schwieriger. Ein paar der neuen Inspektoren hatten ihr Bestes gegeben und waren sämtlich gescheitert. »Die passen auf wie sonst was«, hieß es. »Wenn die im Auto unterwegs sind, achtet der Beifahrer die ganze Zeit auf den Rückspiegel. Na ja, die haben in São Paulo überlebt. Denen machen wir so schnell nichts vor.« Die Brasilianer nutzten systematisch die Altstadtviertel, in denen es nur Einbahnstraßen gab, um eventuelle Verfolger abzuschütteln. Wer sie dort nicht sofort aus den Augen verlieren wollte, musste so eng aufschließen, dass er Gefahr lief, enttarnt zu werden. Zwei Mann eines Observationsteams hatten sich von Kléber Lobato in einen Verkehrsstau locken lassen. Er war ausgestiegen, auf sie zugekommen, hatte sie kalt lächelnd mit seinem Mobiltelefon fotografiert und sich dann mit Daumen-hoch-Zeichen verabschiedet. Die Demütigung war perfekt gewesen.

Der Innendienst ging noch einmal alles Material durch, von A bis Z. Gab es nicht doch noch irgendetwas, das übersehen worden war?

Am Nachmittag hatte Fonseca den Eindruck, dass Dinis etwas sagen wollte.

»Na, was gibt's denn?«

Dinis lächelte kurz, schüttelte den Kopf. »Ach, nichts. Es ist nur ... Diese Bilder von den Traumstränden auf der Lagoa-Azul-Website: Das sind Getty Images, aufgenommen in Thailand.«

»Ha!« Fonseca zeigte mit dem Finger. »Dafür kriegen wir sie ran! Wenn wir sonst schon nichts beweisen können.«

Sie lachten beide. Es war selten geworden, dass sie das taten.

Ana hatte jeden Tag darauf gewartet. Jetzt, endlich, kam eine Mail aus São Paulo. Carla von den Mães de Maio schrieb:

›Ich kann Ihnen keine Versprechungen machen, aber eine von uns, die aus Paraisópolis kommt, hat dort mit einigen Leuten geredet. Das hat sich dann wohl herumgesprochen und sie ist ihrerseits kontaktiert worden. Von einer Frau, der diese Namen etwas sagen. Es ist nur alles sehr schwierig. Ich melde mich wieder.‹

Ana schickte sofort eine Mail zurück: ›Vielen Dank für Ihre Nachricht. Wo liegen denn die Schwierigkeiten? Kann ich irgendetwas tun?‹

Carla ließ sich Zeit mit der Antwort. Vielleicht war etwas dazwischengekommen. Ana wartete und wartete. Endlich gab ihr Telefon den Signalton von sich.

›Ich weiß nicht, ob diese Frau bereit ist, mit Ihnen zu reden. Von der Polizei hält sie nicht viel. Es ist so, dass sie selbst auf der anderen Seite steht. Sie gehört zur Organisation.‹

Ana schrieb: ›Ich würde das gern verstehen. Zu welcher Organisation?‹

Es dauerte noch wieder mehr als eine Stunde, aber dann kam die Antwort. Sie war so kurz wie nur möglich. Durch die Kleinschreibung wirkte sie wie geflüstert.

›pcc‹

Ana sprach gleich mit Fonseca darüber.

»Ja, gut, das können Sie machen«, sagte er. »Sie haben ja ausreichend Sicherheitsabstand. Und wann ist es so weit?«

»Es ist noch gar nicht klar, ob die Frau einwilligt. Sie geben mir dann Bescheid.« Sie zögerte, als wollte sie noch etwas sagen, ähnlich wie vorhin Dinis.

»Ja?«

»Mein Freund liegt mir seit Tagen in den Ohren. Morgen heiratet seine Schwester. Meine Eltern sind auch eingeladen. Und da wollte ich fragen ...«

Fonseca lächelte und nickte ihr zu. »Ja, dann enttäuschen Sie Ihre Lieben mal nicht. Das mit dem Urlaub war ja schlimm genug.« Seine Miene wurde ernst. »Wenn hier irgendwas passiert, dann können wir eh nicht mehr viel machen. Dann ist das eine Sache für das Einsatzkommando.«

Manchmal, wenn er allein war, sah Fonseca sich wieder das Video an. Die immer gleichen dreiunddreißig Sekunden. Wer hatte es gedreht, wer hatte es verschickt, wer waren die anderen sechs Empfänger? Wer war das Opfer? Wer waren die Täter? Nicht einen Schritt waren sie mit alldem weitergekommen.

Manchmal hoffte er, doch noch einen winzigen Hinweis darin zu entdecken, dann wieder sagte er sich: Lass es gut sein, mehr ist da nicht. Nur das, was du schon hundertmal gesehen hast. Trotzdem klickte er immer wieder auf ›Start‹.

Noch einmal den Gartenweg entlang, links die große Yucca, rechts der Stamm der Palme. Zu beiden Seiten der brasilianische Rasen. Dann der blau glasierte Blumentopf mit der Agave. Der alte Schuppen mit der Holztür, von der die rote Farbe abgeblättert war. Zuletzt die Großaufnahme: die Ohren, die Zunge, die drei langen Nägel. Keine Bewegung mehr. Ende.

Und wieder der Startpfeil. ›Video erneut abspielen?‹

28

Jamilas Nummer hatte sich in Niltons Kontaktliste gefunden, und Pinto hatte sie angerufen. Ihre erste Reaktion war ganz vielversprechend gewesen: »Ja, ja, ich hab's gehört. Jemand hat das Schwein endlich abgeknallt. Meinen Glückwunsch.« Da wollte er jetzt gern noch einmal nachhaken.

Am späten Freitagabend saß er in ihrer Garderobe im Malagueta Club und wartete auf das Ende ihres Auftritts. Die Garderobe war klein und eng und hatte den Glamour einer Besenkammer. Der Schminktisch und der Klappstuhl waren zweifellos das Billigste vom Billigen. Aber es roch gut. Ein sanfter Kokosduft schien von dem Sammelsurium aus Make-up-Döschen und Flakons auszugehen, und Pinto hatte Zeit genug, darüber nachzudenken, dass Vânias Geruchssinn angeblich um ein Vielfaches feiner war als sein eigener. Allzu lange sollte er sich hier also nicht aufhalten, offiziell war er schließlich noch auf der Dienststelle.

Die Musik steigerte sich zu einer Art Tusch, der noch ein paarmal wiederholt wurde, dann plapperte sofort eine Mikrofonstimme in den Applaus und kündigte die nächsten Sensationen an.

Pinto stand schon mal vorsichtshalber von dem Klappstuhl auf und stellte ihn wieder richtig hin. Keine Sekunde zu früh. Auf dem Korridor näherte sich ein Stakkato klackender Absätze, dann flog die Tür auf, und Jamila kam hereingerauscht: eine milchkaffeebraune Schönheit in vollem Karneval-in-Rio-Kostüm, paillettenglitzernd und um einiges nackter als halb nackt. Ihr Federschmuck war so riesig, dass er links und rechts an den Garderobenwänden entlangfegte.

Als sie Pinto sah, hielt sie abrupt an. Aber der brachte gerade kein Wort heraus.

Sie stemmte beide Fäuste in die Hüften und legte den Kopf auf die Seite. »He, Meister, Titten anstarren kostet Eintritt. Auch für die PJ.«

Pinto lachte, schüttelte den Kopf und fuhr sich mit der Hand über die Augen. »Entschuldigung, ich war nur gerade – «

»Ja, ich weiß schon, was Sie waren. Geht's denn wieder? Helfen Sie mir lieber mal, das Gefieder hier loszuwerden. Ich komme mir vor wie ein bescheuerter Truthahn!« Sie drehte sich um, mitsamt dem üppigen Kranz von schwingenden, wippenden Straußenfedern.

»Ähm ...« Pinto wusste nicht recht, wo er anfassen sollte.

»Einfach festhalten, das reicht schon.«

»Wenn Sie meinen.« Beherzt griff er in die Federn. Jamila löste ein, zwei unsichtbare Haken, und er spürte plötzlich das Gewicht in seinen Händen. »Das ist ganz schön schwer.«

»Das kann ich Ihnen sagen. Hängen Sie es da an die Wand, ja?« Sie nahm auch den hohen Kopfschmuck ab und schüttelte ihre schwarzen Locken.

Auf ihren mörderisch hohen Glitzersandaletten stakste sie an Pinto vorbei, nahm einen Morgenrock vom Bügel und zog ihn an. »So, Ende der Vorstellung«, sagte sie und schlang die Gürtelenden umeinander. »Was war es noch, das Sie von mir wollten?«

Pinto zeigte ihr seine Dienstmarke. »Ich wollte mit Ihnen über Nilton sprechen. Sie waren mal mit ihm zusammen?«

»So kann man's auch nennen.« Sie rollte mit den Augen und setzte sich an den Schminktisch. »Anschaffen durfte ich für den Scheißkerl, das war alles.«

»Anschaffen? Für Nilton Wanderley?«

»Durch den bin ich da reingeraten. Durch den und keinen anderen.« Sie streifte ihre Sandaletten ab und kickte sie beiseite. »Als ich hier ankam, hatte ich nicht die Absicht, Nutte zu werden, das können Sie mir glauben. Auch wenn ich aus Rio bin. ›Kommen Sie nach Europa! Gute Verdienstmöglichkeiten im Hotel- und Tourismussektor‹, so stand es mal in der Anzeige. Nur dass mir vorher keiner gesagt hat, was ich da machen sollte, in den Hotelzimmern. Das hat mir der gute Nilton dann erklärt, auf seine einfühlsame Art.«

»Nilton hatte mit Prostitution zu tun? Mit Zuhälterei?« Das gibt's doch nicht, dachte Pinto. Sind wir denn alle blind gewesen?

Jamila sah ihn prüfend im Spiegel an. »Wollen Sie mich verarschen? Ich denke, Sie arbeiten an dem Fall.«

»Hören Sie, was Sie da sagen, ist sehr wichtig für uns. Ich muss das alles genau wissen, möglichst mit Namen und Daten.«

Ihr Blick wurde noch misstrauischer. »Glauben Sie ja

nicht, dass Sie hier eine Dumme gefunden haben, die vor Gericht aussagt.« Sie zupfte ein Reinigungstuch aus der Packung und fing an, sich die Glitzersternchen von den Wangen zu wischen. »Ich hab zwar den Absprung geschafft, aber gerade mal so. Ich muss vorsichtig sein. Keinen Ärger machen, verstehen Sie?«

»Das verstehe ich sehr gut. Sagen wir einfach, Sie geben mir einen Tipp, der mir weiterhilft. Und das bleibt unter uns.«

»Sie können mir viel versprechen. Wer sagt mir, dass Sie sich auch daran halten?«

»Sie waren doch einverstanden, mit mir zu reden.«

»Ja, ich weiß auch nicht, wieso. Ich glaube, ich war einfach neugierig. In den Zeitungen steht ja nichts drin. Ob es Rache war, wollte ich wissen. Der Freund oder Bruder von einem der Mädchen. Hätte mich einfach gefreut. Ist ja selten genug, dass einer wie Nilton mal kriegt, was er verdient hat.«

»Was ist mit den anderen? Sollen die einfach so davonkommen? Wir könnten das Ganze morgen auffliegen lassen. Ich brauche nur einen Anhaltspunkt.«

Jamila legte das Tuch weg und drehte sich auf dem Stuhl zu ihm um. »Ich war nur eine kleine Hure, die sie da rumgeschubst haben. Warum fragen Sie nicht Ihren Kollegen? Der weiß das alles viel besser als ich.«

»Meinen *Kollegen*?«

»Da war auch ein Bulle dabei, ich hab ihn mehrfach auf den Partys gesehen. Das haben auch alle gewusst, dass er von der Polizei war.«

»Von der PJ?«

»Nehme ich an. ›Kriminalpolizei‹ hat mal einer gesagt.« Sie holte tief Luft und seufzte. »Das ist ja das Schlimme. Wir haben absolut niemanden, an den wir uns wenden können. Es gibt Mädchen, wissen Sie, die werden drüben direkt vor der Disco verschleppt. Dann gefangen gehalten, geschlagen und vergewaltigt, bis sie gefügig genug sind. Dann nach Europa geschafft und hier auf den Strich geschickt. Und die einzigen Polizisten, die sie je zu Gesicht kriegen, das sind die, die sich umsonst einen blasen lassen. Hier genauso wie in Brasilien. Es ist alles korrupt, durch und durch. Einfach hoffnungslos.«

»Kennen Sie den Namen dieses Polizisten?«

Sie sah ihn an und lächelte. »Ich glaube, ich rede schon wieder zu viel. Hat meine Mutter immer gesagt: ›Jamila, dein Mundwerk wird dich noch mal zugrunde richten.‹« Sie drehte sich wieder dem Spiegel zu.

»Jamila ...«, sagte Pinto, ganz vorsichtig. »Bitte. Wir müssen dem allen ein Ende machen, so schnell wie möglich. Geben Sie mir den Namen.«

»Ich weiß ihn nicht. Tut mir leid.«

Das letzte Wort war das noch nicht, das spürte Pinto genau. Er wartete.

Schließlich sagte sie: »Er ist vielleicht Mitte vierzig. So ein Typ mit Stirnglatze und dickem Schnauzbart. Nicht sehr groß, aber kräftig. Und von der unangenehmen Sorte. Fies und brutal. Hat uns immer wie Dreck behandelt. Wir haben ihn alle gehasst.«

»Ein Grund mehr, ihn aus dem Verkehr zu ziehen.«

Sie zögerte immer noch, dann gab sie sich einen Ruck. »Ich glaube, sein Vorname war Avelino.«

»Avelino.«

»Mehr weiß ich wirklich nicht. Nachnamen sind da tabu.«
»Immerhin. Schon mal besser, als wenn er José hieße.« Pinto nickte ihr zu. »Haben Sie vielen Dank, Jamila. Ich verspreche Ihnen, ich werde Ihr Vertrauen nicht enttäuschen.«
Sie lächelte. »Welches Vertrauen? Sie sehen einfach nett aus. Und ich bin immer noch so blöd, dass ich darauf reinfalle.«

Es war schon nach Mitternacht, als er schnellen Schrittes zu seinem Wagen zurückging, das Telefon am Ohr. »Schauen Sie mal eben nach, ob Dinis noch da ist? – Ja, verbinden Sie mich bitte. – Dinis? Hier hat sich gerade was ergeben. Kennen Sie vielleicht jemanden bei uns, der Avelino heißt? – Nein, nein, das muss jemand anders sein. Älter. Und wahrscheinlich Inspektor. Können Sie gleich mal einen Suchlauf in den Personaldaten machen? Es ist wichtig. Ich erklär's Ihnen, wenn ich da bin. Zehn Minuten. *Até já.*«

In seinem schwarzen Audi fuhr er durch die schnurgerade Rua da Alegria. Hier war um diese Zeit alles ruhig. Leblos standen die Apartmentblocks im Licht der Straßenlaternen. Er rief Vânias Nummer auf und hörte über die Freisprechanlage, wie sie angewählt wurde.

Plötzlich kam dröhnende Popmusik aus dem Lautsprecher. Eine Menschenmenge johlte und kreischte. Es klang wie ein Live-Konzert.

»Hallo?«, fragte er. »Hörst du mich?«

Vânias Stimme schrie: »*Was?* Ich kann dich kaum verstehen!«

»Bei mir wird's heute später! Sag mal, wo bist du denn?«

»*Waaas?*«

»Ich wollte mich nur melden! Nicht dass du dir Sorgen machst!«

»Nein, mach ich nicht!«

Na, da bin ich ja beruhigt, dachte Pinto. Er hörte gerade noch ein männliches Lachen, das verdächtig nahe dran war, dann brach die Verbindung ab.

Auf der letzten Strecke gab er immer wieder Gas, dass die Reifen quietschten. Erst als er durch die enge Rua Assis Vaz fuhr, riss er sich zusammen.

In der Garage der PJ und auch oben auf dem Korridor war es still. Dinis saß an seinem Computer, und Pinto erklärte ihm, was es mit diesem Avelino auf sich hatte.

»Alle Abteilungen, ja? Und auch die Dienststellen in Braga und Aveiro.«

Dann ging er weiter zum Chef, der auch noch einsam hinter seinem Schreibtisch saß, und erzählte ihm von dem Gespräch mit Jamila.

»Partys?« unterbrach ihn Fonseca. »Was für Partys?«

»Das hab ich sie auch gefragt. Sie sagt, sie war im letzten Jahr ein paarmal mit dabei. Prostituiertenpartys in abgelegenen Landhäusern. Alles hochklassig und gut organisiert. Die Kunden sind Männer in gehobenen Positionen, die sich den Spaß was kosten lassen. Die Mädchen werden da hingefahren, manchmal im Kleinbus. Und dann wird halt gefeiert, getrunken, getanzt, die Mädchen haben nicht viel an, und die Herren haben alles pauschal bezahlt und brauchen nur mit dem Finger zu schnippen. Natürlich gibt's da auch Schlafzimmer, in die man sich zurückziehen kann.«

Fonseca fuhr sich nachdenklich übers Kinn. »Landhäuser ...?«

»Ja. Sie sagt, deshalb finden die Partys nur im Sommer statt. Weil man die alten Kästen nicht heizen kann. Und sie hat noch etwas gesagt: Sie war in zwei verschiedenen Häusern und hat Teile der Einrichtung wiedererkannt. Die Bar zum Beispiel. Das heißt, so ein Haus wird nur eine gewisse Zeit genutzt, dann zieht die Karawane weiter.«

»Bevor man in der Gegend zu tratschen anfängt, was?«

Pinto nickte. »Ja, das dürfte das ›Sicherheitskonzept‹ sein. Von einem anerkannten Fachmann erstellt.«

»Hat sie den mal gesehen?«

»Ja, sie sagt, da sind noch mehr solche Muskelpakete wie Nilton herumgelaufen. Die haben sich aber alle im Hintergrund gehalten und sich tatsächlich um die Sicherheit gekümmert. Und einer der Brasilianer hatte einen schwarzen Vollbart.«

»Heißt das, es gab auch Nicht-Brasilianer?«

»Ja, die gab es. So ein Landhaus war immer weiträumig abgesperrt, mit Kontrollen an der Zufahrt. Und *da* ist ihr mal jemand aufgefallen. Sie sagt, er hat gesprochen wie die Leute hier in Porto. Und jetzt kommt's: Er hatte einen Irokesenschnitt. Weißblond gefärbt.«

»Ich muss schon sagen, die ist ja Gold wert, Ihre Jamila.«

Pinto lächelte flüchtig. »Ja, das ist sie wirklich.«

Fonseca zog kurz die Augenbrauen hoch. »Und diese Häuser ... die standen also leer, sehe ich das richtig?«

»Ja. Ich nehme an, sie standen zum Verkauf. Große, teure Objekte, irgendwo draußen auf dem Land. Und das jetzt in der Krise. So was kann jahrelang herumstehen. Und da hat sich halt jemand eine lukrative Zwischennutzung einfallen lassen. Und wer wird das wohl gewesen sein?«

»Die Firma Imocon. Der Makler Ihres Vertrauens. Ich denke, es wird langsam klarer, wie Niltons Arbeit ausgesehen hat.«

»Das denke ich auch.«

Avelino der Wachmann und Avelino der Techniker waren beide zu jung, und Kandidat Nummer drei, ein Inspektor der Drogenabteilung, hatte weder Stirnglatze noch Schnauzbart.

»Tja, mehr Avelinos habe ich leider nicht anzubieten«, sagte Dinis.

Fonseca zuckte die Schultern. »Vielleicht ist es nicht sein richtiger Name. Kann doch leicht sein, in der Situation.«

»Sicher.« Pinto streckte sich auf seinem Stuhl, die Hände im Nacken verschränkt. »Aber eigentlich glaube ich das nicht. So wie ich das verstanden habe, wurde da *über ihn* geredet, hinter seinem Rücken. Auch darüber, dass er von der – Moment mal.« Er setzte sich wieder gerade hin. »Hat sie wirklich PJ gesagt?«

»Hat sie nicht?«

»Eher was wie ... Kriminalpolizei.«

Sie sahen sich an, alle drei mit gerunzelter Stirn.

Fonseca legte sich die Hand vor die Augen. »Nein, bitte nicht. Nicht auch noch die Laienspieltruppe!«

Sehr zum Missfallen der PJ ließ die Schutzpolizei sich

nicht davon abbringen, eine eigene Abteilung für Kriminalermittlungen zu unterhalten, die berüchtigte Divisão de Investigação Criminal. Ihre Dienststelle in der Rua dos Bragas war so baufällig, dass schon halbe Zimmerdecken eingestürzt waren und Computer und Schreibtische unter sich begraben hatten, und auch sonst galt ihre Ausstattung als äußerst mangelhaft. Wann immer sie als Erstes an einem Tatort eintraf, konnte man sicher sein, dass ein Großteil der Spuren zertrampelt und kontaminiert wurde. Nicht einmal Latexhandschuhe waren dort gebräuchlich, es sei denn, jemand hatte eine Freundin, die Krankenschwester war und in der Klinik welche mitgehen ließ.

»Gut möglich«, sagte Pinto, »dass er zu *dem* Verein gehört. Können wir das feststellen?«

Dinis schüttelte den Kopf. »So ohne Weiteres nicht. Da fehlt mir das Passwort.«

Einfach dort nachzufragen war keine Option, das war ihnen allen klar. Die Bereitschaft zur Zusammenarbeit war gleich null, ja, man konnte sagen: unter null. Auch nur mit der PJ zu *reden* war dort streng verpönt, und wer es trotzdem tat, bekam die Folgen zu spüren.

»Lasst uns doch mal überlegen«, sagte Pinto. »Bei welchen Fällen sind wir mit denen aneinandergeraten? Sagen wir, in den letzten zwei, drei Jahren? Da muss doch was in den Akten zu finden sein. Vielleicht hat er mal vor Gericht ausgesagt.«

»Der Untersuchungsrichter könnte ihn auch kennen«, sagte Dinis.

Fonseca seufzte und sah auf die Uhr. »Leute, wisst ihr, wie spät es ist?«

Pinto nickte. »Okay. Morgen früh dann. Als Erstes.«

29

»Nein, das geht wirklich nicht. Ich zieh doch das andere an.«

Es war Samstagmorgen, und Ana Cristina drehte und wendete sich vor der Spiegeltür des Wandschranks. Mário saß hinter ihr auf der Bettkante, etwas ungewohnt mit Anzug und Krawatte. »Du siehst einfach toll aus.«

»Nein, das ist viel zu kurz.« Sie hatte sich überreden lassen, das kleine Rote mit den Fransen anzuziehen, und am Saum zu zupfen nützte jetzt auch nichts mehr. »Das ist ein Partykleid.«

»Eine Hochzeit ist doch eine Party.«

»Nein, eine Hochzeit ist eine Hochzeit. Meine Eltern kommen, deine Eltern kommen.«

»Bitte. Mir zuliebe, ja?«

»Du spinnst doch.« Ana betrachtete sich noch einmal von der Seite, dann drehte sie sich ein Stück weiter und blickte über die Schulter zurück. Das enge Kleid spannte über ihrem Po, und die munteren Fransen wippten. Schlecht sah es wirklich nicht aus. Und ihre Nägel waren jetzt auch schon in dem gleichen Rot lackiert.

»Also schön.« Sie lächelte. »Aber du bist schuld, wenn der Padre mich aus der Kirche wirft.«

Um kurz nach elf stand Avelino Durães auf der Terrasse seines gemieteten Ferienhauses in Vila do Conde und bereitete den Grill fürs Mittagessen vor. Er trug Unterhemd, Shorts und Badelatschen, das Radio lief, und sein elfjähriger Sohn dribbelte gelangweilt einen Fußball um den kleinen Pool herum, der auf den Fotos im Internet deutlich größer gewirkt hatte. Eigentlich war es eher ein Kinderplanschbecken. Na gut, dafür war das Haus günstig gewesen. Und es hatte diesen großen gemauerten Grillkamin, in dem er jetzt sorgsam ein Lagerfeuer aus trockenen Ästen und Treibholz vom Strand errichtete. Seine Frau hätte es fertiggebracht, einen Sack Grillkohle im Supermarkt zu kaufen, aber das lehnte er strikt ab. Wozu unnötig Geld ausgeben? Wenn das Holz heruntergebrannt war, hatte man eine Glut, die genauso gut war. Das hatten schon seine Eltern und Großeltern so gemacht, lange bevor es überhaupt Supermärkte gab.

Er hatte gerade das Zeitungspapier angezündet und wartete jetzt, ob auch das Kleinholz Feuer fing, als sein Mobiltelefon klingelte. Er sah auf die Anzeige: ›Unbekannt‹.

»Ja?«, sagte er wenig einladend.

»Spreche ich mit Comissário Avelino Durães?«

»Ich bin im Urlaub. Rufen Sie auf der Dienststelle an.«

»Danke, das wollte ich nur wissen.«

»*Was* wollten Sie wissen? Wer sind Sie?«

In dem Moment erklang drinnen die Türglocke, ein aufdringlicher Gong, den er schon vergeblich versucht hatte, leiser zu stellen. Er blickte irritiert in die Richtung, da hörte er denselben Gong noch einmal, *in seinem Tele-*

fon. Und dann, ebenfalls im Telefon, die Stimme seiner Frau, die verwundert »*Bom dia?*« sagte.

»Was?« Er nahm sein Telefon vom Ohr, starrte es an. »Was ist denn jetzt los?«

Schon traten zwei Männer mit schwarzen Sonnenbrillen auf seine Terrasse heraus. Beide grinsten, als sie ihn sahen, und nickten sich kurz zu.

Der vordere, mit dem Gel im Haar, zog eine Dienstmarke der PJ. »*Bom dia.* Mordkommission. Entschuldigen Sie die Störung, aber wir haben etwas mit Ihnen zu besprechen. Es ist dringend.«

»Wie kommen Sie hierher?«

»Ihre Telefonnummer war bei Gericht hinterlegt.«

»Und dann haben Sie *mein Telefon orten lassen?* Was gibt Ihnen das Recht?«

Es war still in dem kleinen Garten. Nur das Feuer im Grill knackte und knisterte. Der Fußball lag reglos auf dem Rasen, sein Sohn stand daneben und sah herüber.

Der PJ-Mann trat einen Schritt näher und sagte ganz leise: »Es geht um die Prostituiertenpartys, auf denen Sie gesehen worden sind. Sagen Sie jetzt nichts, sonst wiederhole ich das noch mal laut und deutlich. Hören Sie gut zu. Wir haben nicht viel Zeit. Sie ziehen sich jetzt an und kommen mit uns nach Porto. Und da werden Sie uns alles, aber wirklich alles erzählen, was Sie über die Firma Imocon und über Nilton Wanderley wissen. Und wenn Sie auch nur daran denken sollten, die Aussage zu verweigern, dann packen Sie besser gleich Ihre Zahnbürste ein.«

Avelino Durães blickte von seinem Sohn zu seiner Frau, die mit besorgter Miene in der Terrassentür stand.

Er schluckte trocken, dann sagte er: »Irene, tut mir leid, aber ich muss noch mal los. Es ist dienstlich. Ein Notfall.«

»*Exactamente.*« Der PJ-Mann drehte sich zu Irene um. »Sie brauchen nicht mit dem Essen zu warten. Es kann etwas dauern.«

»Sie haben Ihr Ziel erreicht«, sagte die sanfte Frauenstimme aus dem Lautsprecher.

»Vielen Dank, Senhora«, sagte Ana, die am Steuer saß. »Ohne Ihre Hilfe hätten wir's auch nie gefunden.«

Der erste Empfang fand bei den Eltern des Bräutigams statt, etwa vierzig Kilometer östlich von Porto, in einem Dorf bei Penafiel, dessen Häuser weit in den Hügeln verstreut waren. Auch Mário hatte keine Ahnung gehabt, wie man dorthin kam.

»Bitte wenden Sie. Sie sind am Ziel vorbeigefahren.«

»Etwas Geduld, Senhora.« Ana fuhr langsam weiter. »Sie sehen doch, dass ich hier nicht parken kann.« Zu Mário sagte sie: »Schalt das mal aus, ja? Bevor sie sich groß aufregt.«

Erst hinter der nächsten Kurve fand sie einen Platz für ihren kleinen roten Seat. Sie stellte den Motor ab, öffnete die Fahrertür und tauschte ihre flacheren Sandalen gegen High Heels.

Mário sah ihr zu. Er machte keine Anstalten auszusteigen.

»Was ist? Willst du hier sitzen bleiben?«

»Gleich fragen sie uns wieder alle, wann *wir* endlich heiraten.«

»Stimmt. Das nervt.«

»Warum tun wir's nicht einfach?«
Sie schnappte sich ihr Handtäschchen. »Weil mich dann jeder fragt, wann ich endlich ein Kind kriege. Und das nervt noch viel mehr.«
Die Hochzeitsgäste hatten die ganze schmale Wohnstraße zugeparkt. Sie gingen an den Wagen entlang. Ein großer neuer Mercedes stand hinter dem anderen, hier und da auch ein BMW, viele davon mit französischen Kennzeichen. Irgendwer war mit einem riesigen Geländewagen aus Frankreich gekommen, einen Quad auf dem Anhänger.
Schon hörten sie Stimmen, Lachen, Kindergeschrei. Weiße Sonnenschirme und ein spitzes weißes Zeltdach überragten die Gartenhecke. Die Pforte stand weit offen, sie traten ein.
Ana hatte sofort das Gefühl, dass alle sie ansahen. Ein paar Schritte weiter, auf ihren roten Plateau-Sandaletten mit Fesselriemchen, und ihr war klar, dass es nicht nur ein Gefühl war. Die Männer in ihren guten Anzügen starrten sie an – einige schienen die erhobenen Gläser in ihrer Hand vergessen zu haben –, und hier und da tuschelten Frauen: ›Wer ist die denn?‹
Mário schien den Auftritt zu genießen, er strahlte an ihrer Seite. Sie zwang sich zu lächeln. Ein Blick in die Runde beruhigte sie etwas: Es gab auch noch andere Kleider, die sommerlich leicht waren und viel braune Haut sehen ließen. Dann entdeckte sie ihre Eltern und winkte und lächelte wirklich.
Ihre Mutter schüttelte seufzend den Kopf und flüsterte ihr ins Ohr: »Du bist so ein böses Mädchen. Aber das weiß ich ja.«

»Ich? Wieso das denn?«
»Sieh dich doch mal an. Der Braut so die Schau zu stehlen. Das macht man nicht.«
Ana flüsterte ebenfalls: »Mário wollte das so. Weißt du ... er hat nun mal keinen dicken Wagen, mit dem er angeben kann.«
»Ach, und dann musst du herhalten, was?« Ihre Mutter strich ihr lächelnd übers Haar. »Na, du kannst es ja tragen. Und ich sehe, es geht dir gut. Das ist schön, meine Kleine.«

Pinto und Tavares saßen im Vernehmungszimmer 1 und mühten sich mit Avelino Durães ab. Während der Fahrt nach Porto war er auffällig still gewesen, und inzwischen wussten sie auch, weshalb. Er hatte über seine Lage nachgedacht. Und er war offenbar zu dem Schluss gekommen, dass die PJ ihm nicht wirklich etwas anhaben konnte. Andere Leute dagegen schon.

Also hatte er von Anfang an gemauert. »Sie können mir gar nichts beweisen. Wer sind denn Ihre Zeugen? Sagen die vor Gericht aus?«

Pinto verlor jetzt langsam die Geduld. »Hören Sie, mit dem, was wir haben, könnten wir hier und heute die ganze Firma Imocon hochgehen lassen. Vielleicht sollten wir das tun, was meinen Sie? Eine schöne Razzia mit dem Einsatzkommando. Könnte ich mir gut vorstellen. Auch die Presseerklärung. Warten Sie ... etwas wie: ›Prostitutionsring ausgehoben. Ein Erfolg, der nur möglich geworden ist durch die reibungslose Zusammenarbeit der Polizeikräfte.‹ Ja, genau. Und dann vielleicht noch: ›Die PJ bedankt sich besonders bei Comissário Avelino

Durães, der die entscheidenden Hinweise geliefert hat.‹ Na, wie wär das?«

Blasser geworden war Durães davon nicht. Ganz im Gegenteil, er war entschieden rot im Gesicht und schnaubte verächtlich durch die Nase.»Bitte! Viel Vergnügen! Aber Sie selbst gehen dabei auch mit hoch, das garantiere ich Ihnen. Da bekommen Sie es mit den Reichen zu tun. Und die mögen es gar nicht, wenn man sie bloßstellt. Die machen Sie fertig! Das Ganze ist eine Nummer zu groß für Sie!«

»So, meinen Sie?« Pinto lehnte sich auf seinem Stuhl zurück.»Das müssen Sie mir mal näher erläutern.«

Eine Stunde später traf er auf dem Korridor mit Fonseca zusammen.

»Na, wie läuft's?«

»Es geht so.« Pinto drückte die Taste, und der Kaffeeautomat fing an zu brummen.»Wenigstens hat er endlich aufgehört, einen Anwalt zu verlangen. Aber zäh genug ist es immer noch.«

»Versucht mal rauszukriegen, wie es angefangen hat: Bei welcher Ermittlung er auf Imocon gestoßen ist.«

»Wir sind gerade dabei. Ursprünglich ging's da um ein Apartment in Cedofeita. Die Nachbarn hatten sich dauernd auf der Revierwache beschwert, weil da Prostituierte drin waren. Die ganze Nacht laute Musik und Gerenne im Treppenhaus und so weiter. Das Übliche. Irgendwem ist dann aufgefallen, dass gleich mehrere solcher Wohnungen über die Firma Imocon vermietet wurden. In einer davon hat es auch noch einen Zwischenfall mit einer Überdosis Heroin gegeben. War wohl ein ziemlicher Alarm, mit Polizei und Krankenwagen. Das war der eigentliche Grund, dass sein Verein sich die Sache mal angesehen hat.«

»Verstehe. Und da ist man sich nähergekommen.«

»Ja, er sagt, er war der Ermittlungsleiter, und eines Abends wurde er dann zum Essen eingeladen, um mal ›vernünftig über alles zu reden‹. Von wem genau, kann ich nicht sagen. Da hat er zurzeit noch Gedächtnislücken.«

»Na, dann helft ihm mal auf die Sprünge. Und denkt dran: Wir brauchen seine Ermittlungsakten. Alles, was da ist. Heute noch.«

»Ich versuch's, aber das kann dauern. Der Kerl ist so stur, wie er aussieht.« Pinto nahm seinen Plastikbecher Espresso aus der Klappe.

Fonseca sah auf die Uhr. »So ... unser guter Come Lixo dürfte jetzt auch schon im Netz zappeln. Wenn er hier ist, kommt er gleich frisch auf den Grill.«

»Das ist gut«, sagte Pinto. »Der schwimmt schon viel zu lange frei herum.«

30

»Achtung, Zielperson verlässt das Café.«
»Okay, Jungs, ihr wisst Bescheid. Nichts überstürzen.« João Come Lixo kam um die Ecke und ging die Straße entlang. Sein weißblonder Irokesenkamm leuchtete in der Sonne. Er war allein, und inzwischen kannten sie seine Routine. Es war sehr wahrscheinlich, dass er gleich nach rechts in eine schöne schmale Gasse einbog, in der es kein Entkommen gab. Der Wagen wartete bereits am anderen Ende. Zu viert gingen sie hinter ihm her, zwei auf der einen, zwei auf der anderen Straßenseite. Zum Glück war es völlig unverdächtig, wenn man im Gehen telefonierte.

»Ja ... er nimmt seinen alten Weg«, sagte Andrade.

»Ich hoffe, die Frau mit dem Kinderwagen biegt jetzt nicht auch ab.«

»Nein, die geht brav geradeaus. Gut, dann langsam aufschließen.«

Come Lixo stapfte ahnungslos vor sich hin, auf seinen krummen Beinen, die im Verhältnis zum Oberkörper zu kurz wirkten. Bevor er wusste, was los war, hatten die vier Männer ihn schon in die Mitte genommen.

»Ganz ruhig, mein Freund. Geh einfach weiter.« Andrade zeigte ihm kurz seine Dienstmarke.»Du wirst uns jetzt begleiten, und zwar ohne großes Aufsehen. Wir müssen mit dir reden. Aber von uns aus braucht das niemand mitzukriegen. Einverstanden?«

»*Puta que o pariu* ...«, sagte Come Lixo. Er klang ehrlich verblüfft.

»Ich glaube, das heißt ›ja‹, oder?« Andrade klopfte ihm auf die Schulter. »Sehr vernünftig. Wir haben auch keine Lust auf das Theater mit den Handschellen.«

In der Kirche fühlte Ana sich dann doch etwas unwohl. Da sie zum Bruder der Braut gehörte, musste sie mit auf der vordersten Bank Platz nehmen. Und da saß sie nun, ohne schützende Vorderbank, zwischen Mário und einem anderen Mann im Anzug, ihre nackten Beine übereinandergeschlagen, und die dämlichen Fransen waren ihr auch noch von den Oberschenkeln gerutscht. Zum Ausgleich hätte sie vielleicht wenigstens eine Mantilha um ihre Schultern legen sollen, aber sie hatte natürlich keine dabei.

Als es dann losging, die Orgel ertönte und das Brautpaar vor den Altar trat, entspannte sie sich wieder. Der Padre war ein gut gelaunter älterer Herr, der sich offenbar damit abgefunden hatte, dass die Frauen von heute keine hochgeschlossenen schwarzen Kleider mehr trugen. Er nahm sie zwar wahr – sie war ja auch schlecht zu übersehen –, aber eher mit einem milden Lächeln.

Dann wandte er sich an den Bräutigam. »Luís«, sagte er. »Du weißt doch, was die Ehe bedeutet, oder?« Er hob mahnend den Finger. »Das mit dem Treueversprechen, das ist ernst gemeint.«

Der Bräutigam schien trocken zu schlucken, seine Haltung wurde noch steifer.

»Und das bedeutet: Von diesem Tage an gibt es für dich keine anderen Frauen mehr. Nur noch deine Flávia.«

In den Kirchenbänken wurde leise gekichert.

»Und für dich, Flávia, gilt das Gleiche. Du siehst keinen anderen Mann mehr an, hast du verstanden? Nur noch deinen Luís hier.«

Alles lachte in sich hinein. Ana biss sich auch auf die Unterlippe. Die Braut brachte nur ein verlegenes Hüsteln heraus.

»Gut, das wollte ich doch noch gesagt haben. Viele wissen das heute ja gar nicht mehr.«

Der Padre kam zur Sache. Mários Schwester und ihr Luís gaben sich das Jawort, tauschten die Ringe. Und dann küssten sie sich auf den Mund.

Und überall in den Bankreihen sahen sich die Paare an, die nebeneinandersaßen, und alle, die sich noch mochten, küssten sich ebenfalls. Mário küsste Ana, und aus dem Augenwinkel sah sie, dass auch ihre Eltern sich zulächelten und sich einen kleinen Kuss auf den Mund gaben.

Sie war sehr glücklich in diesem Moment. Sie wusste gar nicht, wieso, aber ihr kamen die Tränen.

»Natürlich haben Sie das Recht auf einen Anwalt«, sagte Fonseca und lehnte sich auf seinem Stuhl zurück. »Kennen Sie denn einen, den Sie anrufen möchten?«

João Come Lixo sah ihn misstrauisch an. »Also, ich hab da jetzt keine Nummer im Speicher. Ich müsste erst nachfragen.«

»Und wir wissen auch schon bei wem, nicht wahr?« Andrade schüttelte den Kopf. »Überleg doch mal eine Sekunde. Wir haben dir angeboten, dass alles, was wir besprechen, innerhalb dieser vier Wände bleibt.« Sie saßen im Vernehmungszimmer 2. »Und was macht so ein Anwalt? Der berichtet natürlich an Puga. Und dann fragt Puga sich, warum wir gerade dich rausgepickt haben. Da kommen eine Menge blöde Fragen auf dich zu. Ist es das wirklich wert?«

Der Punkt war: Puga durfte jetzt nicht vorgewarnt werden, sonst setzte er garantiert alle Hebel in Bewegung, um ihre weitere Ermittlung zu behindern. Fonseca hatte deshalb auch entschieden, Come Lixo nicht sofort mit seinen Verbindungsdaten zu konfrontieren. Wenn ihm klar wurde, dass er unter Mordverdacht stand, machte er womöglich dicht und sagte kein Wort mehr. Das konnten sie sich jetzt nicht leisten. Was sie brauchten, waren belastbare Beweise, und die ließen sich nur beschaffen, wenn sie mehr Informationen hatten. Come Lixo und Avelino Durães mussten reden. Unbedingt.

»Schauen wir einfach mal, wie weit wir ohne Anwalt kommen.« Fonseca nahm seine Notizen zur Hand. »Also ... Sie sind bei Prostituiertenpartys gesehen worden, die in leer stehenden Landhäusern veranstaltet wurden.«

»*Was?* Wer sagt das?«

»In Häusern, die zum Verkauf standen und von der Firma Imocon betreut wurden. Sie waren dort als Sicherheitsmann eingesetzt und an der Absperrung des Grundstücks beteiligt. Wenn Sie das leugnen wollen, sollten Sie sich einen unauffälligeren Haarschnitt zulegen.«

»Oder bei der Arbeit eine Mütze tragen«, sagte Andrade.

Come Lixo warf ihm einen Seitenblick zu. Fast, als fühlte er sich ertappt. Andrade und Fonseca sahen sich kurz an.

»Wie Sie wissen«, sagte Fonseca, »sind Sie hier bei der Mordkommission. Wir ermitteln nicht wegen Zuhälterei und erst recht nicht wegen Beihilfe zur Zuhälterei.« Er lächelte. »Ich weiß gar nicht, ob es diesen Straftatbestand überhaupt gibt.«

Come Lixo starrte ihn an wie einen Wrestling-Gegner, den Schädel mit dem Irokesenkamm leicht gesenkt, die Muskeln der massigen Schultern und Arme angespannt.

»Uns interessiert, wie das Ganze organisiert ist. Wer alles daran beteiligt ist. Und welche Rolle Nilton Wanderley dabei gespielt hat. Wenn Sie uns da weiterhelfen, kann sich das positiv für Sie auswirken.«

Sie warteten. Ihr Gegenüber starrte sie immer noch wortlos an.

»Na, komm«, sagte Andrade, »das ist kein schlechter Deal.«

»Ich hab mit der Sache nichts mehr zu tun! Ich bin raus da, verstanden?«

»Nein, noch nicht so ganz«, sagte Fonseca. »Aber wir fangen ja auch gerade erst an.«

Der Autokorso fuhr gemächlich dahin, die meisten Wagen mit weißen Tüllbändern an den Antennen. Einige der Fahrer hupten alle naselang, Ana Cristina aber folgte einfach still dem Geländewagen mit dem Quad auf dem Anhänger.

Links und rechts der Landstraße wuchs überall Wein, in gestaffelten Reihen die Hänge hinauf und in Laubengängen um die Felder und Wiesen herum. Bis zwischen die Häuser, noch auf der kleinsten Parzelle, standen die Rebstöcke. Das grüne Weinlaub leuchtete in der Sonne. Es war wieder sehr heiß. Über einem der fernen Hügel sah man die ganze Zeit eine riesige, in die Höhe quellende Rauchwolke wie von einem Vulkanausbruch.

Die Kolonne kam schließlich ins Stocken, rote Bremslichter leuchteten auf. Vorn bogen die ersten in die Einfahrt zwischen hohen Gartenhecken. Die Hochzeitsfeier fand in einem Solar statt, einem Herrenhaus aus dem achtzehnten Jahrhundert, und auch der Gästeparkplatz war wieder von alten Laubengängen aus Wein umgeben.

Das Brautpaar wurde von dem Fotografen aufgehalten, die meisten Gäste spazierten schon voran. Einige drängten gleich an die Bar – auch Mário musste mit, ob er wollte oder nicht –, andere warfen einen ersten Blick auf die Vorspeisenplatten, die unter einem Zeltdach aufgebaut waren.

Ana trat in den Schatten eines Säulengangs und zückte heimlich ihr Smartphone, das stumm geschaltet war. Sie hatte Mário versprechen müssen, sich diesen einen Tag wirklich frei zu halten und noch nicht einmal an ihren Fall zu *denken*. Als ob das so einfach wäre.

Nein, es war nichts Wichtiges gekommen. Um so besser. Sie klappte ihr Handtäschchen wieder zu und ging zurück zu den anderen.

»Also, damit das klar ist«, sagte João Come Lixo: »Ich hab nichts Ungesetzliches getan. Das war ein ganz normaler Job. Wir haben für Sicherheit gesorgt, weiter nichts. Das waren Partys für die Reichen, und was genau die da gemacht haben, das ging mich nichts an. Ich weiß nichts von Prostituierten, okay?«

»Schon verstanden«, sagte Andrade. »Du hast gedacht, die Mädels waren nur zum Spaß da. Weil sie eine nette Einladung bekommen haben.«

»Was weiß ich. Vielleicht wollten die sich einen reichen Mann angeln. Ich sag ja, das ging mich nichts an. Wenn's so weit war, am Abend, haben wir das Gelände gesichert, das war alles. Und ansonsten durfte ich da nur mal den Möbelpacker spielen. Das ist auch nicht verboten, oder?«

»Sie haben beim Herrichten der Häuser geholfen?«, fragte Fonseca.

Come Lixo zuckte die Achseln. »Man macht halt, was so anliegt. Die Doppelbetten reinschleppen und aufbauen, die Spiegel aufhängen, Lampen anbringen, alles Mögliche. Diesen beschissenen Bartresen haben wir manchmal von einer Ecke in die andere geschleppt, so lange, bis die Kleine endlich zufrieden war.«

»Bis *wer* zufrieden war?«

»Na, Cidas Schwester. Die ist doch Innenarchitektin oder so was. Die hat da immer das Sagen gehabt, wo was hinsoll. Und wenn's ihr dann nicht gefallen hat, alles wieder zurück. Die konnte richtig pingelig sein. Jede Kleinigkeit musste stimmen.«

»Talita Possamai?«

»Ja, genau. Talita.«

Fonseca ließ sich nichts anmerken, und auch Andrade blieb scheinbar gleichmütig.

»Haben Sie mal mit ihr gesprochen?«

»Ich doch nicht. Ich sag doch, ich hab da zum Fußvolk gehört. Die hat uns ihre Anweisungen gegeben, sonst nichts. Und wenn nicht sofort alles gesprungen ist, hat dieser Scheiß-Caitano sich aufgeblasen.«

»Den mögen Sie wohl nicht, was?«

»Dieser *filho da puta!* Das ist der Schlimmste von allen. Völlig durchgeknallt! Den sollten Sie mal einbuchten und ein paar Tage in der Zelle schmoren lassen, aber so, dass er wirklich nicht an Koks rankommt. Dann können Sie zusehen, wie er die Wände hochgeht.«

»Ja, gut. Danke für den Tipp«, sagte Fonseca. »Aber bleiben wir noch einen Moment bei dieser Talita ...«

Zum großen Meeresfrüchte-Buffet gönnte Ana sich dann auch ein Glas Vinho Verde. Langusten, Gambas, Taschenkrebse, marinierte Muscheln stapelten sich auf den Silbertabletts: Man wusste gar nicht, wo man anfangen sollte. Der ganze Saal hallte von angeregtem Stimmengewirr und Besteckgeklapper.

Einige der Männer hatten schon leicht gerötete Gesichter – an der Bar wurde freigiebig Whisky ausgeschenkt –, und einer sprach sie von der Seite an. »Sagen Sie mal, kennen wir uns nicht aus Toulouse?«

Sie lächelte, den Teller in der Hand, und nahm sich noch ein paar Garnelen. »Ganz sicher nicht. Da bin ich noch nie gewesen.«

»Das denke ich aber schon. Was Gesichter angeht, täusche ich mich nie.«

Fast hätte sie gesagt: ›Dann haben Sie wohl woanders hingesehen‹, aber das verkniff sie sich gerade noch.

Einmal ließ sie vor Schreck fast ihr Glas fallen, als

jemand sie von hinten um die Taille fasste und fest zupackte. Sie dachte natürlich, es wäre noch so ein angesäuselter Onkel aus Frankreich, aber dann hörte sie auch schon das meckernde Lachen. Es war die Großmutter des Bräutigams, oder, wie Mário ihr vorhin zugeflüstert hatte: die ›Mutterhexe‹. »Du bist viel zu dünn, Mädchen! Na, nach dem ersten Kind wird das besser!«
»Ach, ich glaube, ich esse einfach noch einen Happen. Das soll ja auch helfen.«

Draußen auf dem Rasen hatte der Fotograf sein Stativ aufgebaut. Das Brautpaar stand pausenlos lächelnd vor dem alten Springbrunnen, ein paar prächtige Palmen im Hintergrund, und nach und nach stellten sich alle hinzu, Familie und Gäste, in immer neuen Kombinationen. Einige standen etwas unbeholfen da und wussten sichtlich nicht, wohin mit ihren Händen. Die jungen Frauen dagegen waren es gewohnt, fotografiert zu werden. Auch Ana warf sich mühelos in Pose und setzte ein strahlendes Lächeln auf. Als sie ihr Pensum bewältigt hatte – Mário, als Bruder, war noch ein paarmal öfter dran –, schlenderte sie ein wenig durch den Garten und checkte wieder ihr Telefon.

Eine E-Mail aus São Paulo, von den Mães de Maio. Sofort blieb sie stehen.

Carla schrieb: ›Diese Frau aus Paraisópolis will Sie sprechen. Heute Abend um neun. Ich weiß jetzt nicht, wie spät es dann bei Ihnen ist. Was halten Sie davon?‹

Neun plus vier: das war ein Uhr nachts.

Sie blickte über die Schulter zurück. Mário wanderte auf dem Rasen umher. Er schien sie zu suchen. Kurz entschlossen trat sie hinter eine hohe Hecke und schrieb ihre Antwort: ›Geht in Ordnung. Vielen Dank! Ich brauche noch den Skype-Namen der Frau.‹ Sie tippte auf ›Senden‹ und ließ ihr Telefon verschwinden.

»Hier steckst du! Was machst du hier?«

»Ich sehe mir den Garten an. Ist doch wirklich schön, oder?«

Eine halbe Stunde später kam die Mail mit dem Namen: ›Tia Vilma‹.

Hmm, dachte Ana. Na gut. Hören wir mal, was die zu sagen hat: Tante Vilma vom PCC.

»Bei dem Ganzen ist eine Menge Geld drin«, sagte João Come Lixo. »Das hat sich sogar für uns Sicherheitsleute gelohnt. Gab immer Sonderzulage. ›Schweigegeld‹ haben wir das unter uns genannt. Wir haben ja jeden Wagen kontrolliert, und da waren dann schon mal bekannte Gesichter dabei. So ein Typ vom Fernsehen, und auch Politiker. Manche haben uns auch selbst noch was zugesteckt. Also, der Job war nicht schlecht. Aber dann ging der Ärger los mit den Scheiß-Brasilianern. Die haben immer mehr und mehr an sich gerissen, und wer Portugiese war, fiel durch die Maschen. Mit dem Nilton konnte man anfangs noch reden. Der hat zwar getan, was Caitano befohlen hat, aber immerhin noch ein bisschen für Ausgleich gesorgt. Aber dann plötzlich, zack, über Nacht, war es alles vorbei. Wir waren einfach raus aus dem Spiel!«

»Wann genau war das? Können Sie das sagen?«

Come Lixo war richtig in Fahrt gekommen. Sie spürten seine angestaute Wut. »Die Sommersaison hatte gerade erst angefangen. Ja, das war so um São João herum.«

»Um São João? Da hatte sich etwas verändert?«
Fonseca und Andrade vermieden es, sich anzusehen.
»Ja. Von da an musste man Brasilianer sein, sonst lief da gar nichts mehr.«
Fonseca hörte noch förmlich, wie Alessandros Frau Sara sagte: ›Was ist denn plötzlich los? An São João war doch noch alles in Ordnung.‹ Auf ihre Aussage hin hatten sie sämtliche Polizeimeldungen aus den Tagen um den dreiundzwanzigsten, vierundzwanzigsten Juni überprüft, und das waren nicht gerade wenige gewesen. Beim größten Stadtfest des Jahres, bei dem überall in den Straßen bis zum frühen Morgen durchgefeiert wurde, kam es natürlich zu einigen Zwischenfällen. Aber etwas Besonderes hatten sie nicht gefunden. Nur Autounfälle, Verletzungen durch Feuerwerkskörper, Taschendiebstähle. Nichts, was dazu geführt haben konnte, dass Alessandro immer bedrückter und unruhiger geworden war.

»Woran lag das?«, fragte Fonseca. »Was war da passiert?«

Come Lixo zuckte die Schultern. »Das müssen Sie Caitano fragen. Ich weiß es nicht. Ich hab mit anderen darüber gesprochen, und die wussten es auch nicht.«

31

Der Rio Douro glitzerte in der Abendsonne, als Rui Pinto in seinem schwarzen Audi über die Ponte do Freixo raste. Es war Tavares gewesen, der auf die Uhr gesehen und gesagt hatte: »Na los, hau ab. Wenn du ein bisschen Gas gibst, schaffst du es noch.«
»Ehrlich?«
»Klar. Den Rest machen wir schon.«
Es war jetzt zwanzig nach acht. Anpfiff war um Viertel vor neun, und das Spiel fand im Stadion von Aveiro statt, achtzig Kilometer entfernt. Der Supercup. Der Klassiker Porto gegen Benfica. Seine zwei Karten lagen seit Wochen im Handschuhfach, aber an einem Tag wie diesem hatte er nicht mehr zu hoffen gewagt, dass es noch klappen könnte. Er war dort mit Freunden verabredet, aber die zweite Karte war für Vânia gewesen. Nicht, dass sie sich viel aus Fußball machte, aber er hatte sie einmal mit ins Estádio do Dragão genommen, und das Spektakel an sich hatte ihr schon gefallen.

Jetzt wusste er nicht einmal, wo sie abgeblieben war. Sie war nicht da gewesen, als er letzte Nacht nach Haus gekommen war. Und gemeldet hatte sie sich erst heute Vormittag. Er und Tavares waren schon in Vila do Conde gewesen und hatten Avelino Durães' Ferienhaus gesucht, als sie eine SMS geschickt hatte: ›Kein Grund, mich zur Vermisstenfahndung auszuschreiben. Hab bloß verschlafen. Ich melde mich.‹

Er hatte sofort zurückgeschrieben: ›Wer ist es? Kenne ich ihn?‹ Dann hatte er keine Zeit mehr gehabt.

Ihre nächste Nachricht hatte er erst gelesen, als er schon wieder in Porto war, und von da an hatten sie, über den Tag verteilt, SMS hin- und hergeschickt.

›Es ist eine sie. Meine Schulfreundin aus Frankreich. Ich sehe jetzt vieles in einem anderen Licht.‹

›Was soll das heißen? Sag nicht, du bist über Nacht lesbisch geworden.‹

›Wir haben bis frühmorgens durchgequatscht. Ich muss mein Leben neu sortieren. Hier habe ich doch überhaupt keine Perspektive.‹

›Wovon redest du eigentlich?‹

›Meine Freundin und ihr Mann eröffnen in Lyon gerade ihr zweites Restaurant. Das wird eine große Sache. Sie wollen versuchen, einen Michelin-Stern zu kriegen.‹

›Du willst in der Gastronomie arbeiten? Das ist doch schlimmer als bei der Polizei.‹

›Ich kann mir gut vorstellen, dass Frankreich was für mich wäre. Eine ganz andere Welt. Ganz andere Möglichkeiten.‹

›Gastronomie ist ein Hundeleben. Da musst du immer arbeiten, wenn andere freihaben.‹

›Gib mir etwas Zeit.‹

Das hatte ihn besonders niedergeschmettert: ›Gib mir etwas Zeit.‹ Er hatte alles Mögliche überlegt, was er noch hätte schreiben können: ›Vânia, ich liebe dich doch.‹

Sogar das Wort ›bitte‹ war darin vorgekommen. Aber abgeschickt hatte er nichts davon.

Das Leben mit ihm hier, das bot ›keine Perspektive‹? Aber irgendein Restaurant in Lyon? Er schüttelte still den Kopf, allein in seinem Wagen auf der Autobahn. Stur auf der linken Spur, zog er mit hundertachtzig an allen vorbei.

Versteh einer die Frauen. Talita genauso. Er konnte es einfach nicht glauben, dass sie von alldem gewusst hatte. Dass sie sogar aktiv beteiligt gewesen war und die Landhäuser für die Partys dekoriert hatte. Vielleicht hatte sie ja wirklich keine Ahnung gehabt, was genau das für Partys waren. Nur – wie wahrscheinlich war das?

Er musste daran denken, was Jamila ihm erzählt hatte, von den Mädchen, die man in Brasilien entführt und gefangen gehalten hatte, ›geschlagen und vergewaltigt, bis sie gefügig genug‹ waren. Talita *konnte* einfach nichts davon wissen. Nach dem, was sie selber erlebt hatte? Er wusste nicht mehr, was er glauben sollte. Vielleicht war es ganz gut, das alles mal ein paar Stunden lang zu vergessen.

Das gelang ihm erst, als er vor sich das Stadion von Aveiro sah, angestrahlt in der Dämmerung. Er hatte Mühe, noch einen Parkplatz zu finden, das Spiel war schon im Gange. Kaum hatte er die Wagentür hinter sich zugeklappt, brauste ein ungeheurer Lärm auf, ein »Tooor!« gebrüllt von Zehntausenden. Die Lautsprecherstimme war nicht zu verstehen.

Er hastete auf den Eingang zu. »Tor für wen?«, rief er.
»Porto!« – »Eins zu null für Porto!«
»Ja …!« Pinto reckte die Faust in die Luft. »Weiter so!«

Er drehte sich um. »He, Leute, wer will noch mit rein? Ich habe eine Karte übrig!«

»Ich halte also fest«, sagte Fonseca, »Nilton war der Hauptorganisator. Er hat sich um die Häuser gekümmert, er hat mit den Eigentümern verhandelt, und er war es auch, der die Sicherheitsleute eingeteilt hat. So weit, so gut ... Kommen wir noch mal auf die Prostituierten zurück.«

Come Lixo hob beide Hände. »Davon weiß ich nichts, das hab ich doch gesagt.«

»Ich frage Sie ja gar nicht, ob das auch zu Niltons Job gehört hat. Das wissen wir längst von anderen Zeugen. Er hat direkt, persönlich, mit den Prostituierten zu tun gehabt. Die Frage ist: Wo kamen die her? Manchmal im Kleinbus, eine ganze Gruppe. Brasilianerinnen, Osteuropäerinnen. Mit wem hat Nilton da zusammengearbeitet? Wer hat für den Nachschub gesorgt?«

»Ich sag doch, ich hab keine – «

»Schluss jetzt!«, schnitt Andrade ihm das Wort ab. »Du weißt genau, wie das Ganze aufgezogen ist und wer da mitmischt. Das sind alles Pugas Leute. Alte Bekannte von dir.«

Come Lixo verschränkte die Arme vor der Brust und lehnte sich zurück. »Wie lange soll das hier eigentlich noch weitergehen? Ich muss irgendwann auch mal was essen.«

»Ich kann Ihnen gern ein Sandwich aus der Kantine holen lassen.«

»Ich will kein Scheiß-Sandwich, ich will hier raus, verdammt!«

Fonseca und Andrade tauschten einen Blick und nickten sich zu. Zeit für Stufe zwei.

»Bruno Lopes«, sagte Fonseca. »Den kennen Sie doch auch. Zurzeit Geschäftsführer des Flash – der Diskothek, vor der Nilton erschossen wurde.«
Come Lixo beugte sich vor und legte die Hände auf die Stuhllehnen. Es sah aus, als machte er sich sprungbereit.
»Ja und?«
»Sie beide haben lange Jahre zusammen für Puga gearbeitet. Genau wie Tony Maluco.«
»Und?«
»Auch Nilton hat für Puga gearbeitet. Und er ist öfter im Flash gewesen.« Fonseca warf einen Blick auf seine Unterlagen. »Es heißt hier: ›Er ist immer gleich ins Büro durchgegangen.‹ Was hatte er da zu suchen? Was waren das für Geschäfte, die er mit Bruno Lopes gemacht hat?«
»Was weiß ich.«
»Wir sind ganz sicher, dass Sie das wissen. Kann sein, dass es nicht Ihre Idee gewesen ist, aber genau dieser Geschäftskontakt ist dazu benutzt worden, Nilton in die Falle zu locken.«
»Was für eine ›Falle‹? Wovon reden Sie denn?«
»Am fünfundzwanzigsten Juli hat Nilton Wanderley gegen vier Uhr morgens die Diskothek Flash betreten. Laut einer Zeugenaussage ...« Fonseca las wieder vom Blatt ab. »... war er ›richtig sauer und ist gleich nach hinten durchgestürmt‹. Also: Worüber hat Nilton sich so aufgeregt?«
»Wieso fragen Sie *mich* das?«
»Weil Sie es waren – Sie und Bruno Lopes und noch jemand –, die dafür gesorgt haben, dass ihm der Kragen

platzt. Sie *wollten*, dass er mitten in der Nacht bei Lopes aufläuft. Weil er dann in der Zona Industrial parken musste, auf einer gottverlassenen Straße, auf der man ihn ungestört abknallen konnte.«

»*Was?* Was wollt ihr mir hier anhängen?«

»Bleib sitzen!«

»Das hör ich mir nicht länger an! Ihr tickt wohl nicht richtig!«

»Bleib sitzen, hab ich gesagt!«

Fonseca nahm ein anderes Papier aus seiner Aktenmappe, drehte es um und schob es Come Lixo über den Tisch zu. »Sehen Sie sich das an.«

Es war so weit: Stufe drei.

»Was soll das sein?«

»Das sind die Verbindungsdaten Ihres Mobiltelefons vom fünfundzwanzigsten Juli. Und das hier ist das Bewegungsprofil.«

»Tja, das war dein Fehler«, sagte Andrade. »Du hast vergessen, es auszuschalten. Weißt du, das ist so, als ob du eine Ölspur hinter dir hergezogen hättest, vom Flash bis zu dir nach Hause. Wir brauchten ihr einfach nur nachzugehen.«

»Ich will hier raus. Sofort!«

»Davon wird nichts. Vor der Tür stehen zwei Wachleute.«

Come Lixo sah von einem zum anderen. »Ihr wollt mich reinlegen! Deshalb sollte das ohne Anwalt laufen.«

»Wir machen nur unsere Arbeit«, sagte Andrade. »In die Scheiße geritten hast du dich selbst, und zwar ganz gewaltig.«

»Ohne Anwalt sage ich kein Wort mehr.«

»Das würde ich mir an Ihrer Stelle gut überlegen«, sagte Fonseca. »Was glauben Sie, was passiert, wenn der Anwalt das an Puga durchsticht?«

Come Lixo blinzelte irritiert.

»Dann legen dich die Brasilianer um«, sagte Andrade. »Aber vorher werden sie wissen wollen, wer ihren Freund Nilton erschossen hat. Und wenn sie dich erst irgendwo im Keller an den Stuhl gefesselt haben, dann wirst du dir wünschen, du würdest noch schön hier bei uns sitzen, mein Wort drauf. Also, was ist nun mit dem Sandwich? Das Angebot gilt noch.«

Das Festessen hatte sich hingezogen, aber inzwischen spielte die Band. Die ersten jungen Frauen tanzten schon, jede für sich, vor der Bühne. Die meisten hatten die Schuhe gewechselt und trugen jetzt nicht mehr ganz so hohe Hacken. Ana sagte zu Mário: »Ich gehe auch mal eben zum Wagen. Auf den Dingern hier tun mir langsam die Füße weh.«

Im Lichterschein der Laternen und Lampions ging sie allein durch den nächtlichen Garten. Die Musik und das Stimmengewirr folgten ihr bis zum Gästeparkplatz. Auch hier in der Gegend schien es Waldbrände zu geben, der Rauch war deutlich zu riechen. Beim Auto zog sie ihre High Heels aus und blieb dann noch barfuß in der offenen Fahrertür sitzen, ihr Smartphone in der Hand. Der Empfang war schlecht, so weit draußen auf dem Lande. Zum Skypen reichte die Datenübertragung nie und nimmer. Sie brauchte das WLAN, drinnen im Haus.

Sie zog die anderen Sandalen an, ebenfalls rote natürlich, aber mit Absätzen, die etwas praktischer waren. Auf dem Rückweg fühlte sie sich ganz beschwingt und leichtfüßig. Die Palmen und das Herrenhaus waren angestrahlt und der Springbrunnen von innen erleuchtet.

Ein Stück abseits an der Hauswand sah sie einen Kellner stehen, der eine Zigarette rauchte. Er hatte sie auch schon bemerkt. Als sie näher kam, schnippte er seine glühende Kippe weg.

»*Boa noite*«, sagte sie. »Ich gehöre zu den Hochzeitsgästen.«

Er lächelte. »Ich weiß.«

»Ich müsste nachher mal in Ruhe telefonieren. Gibt's hier vielleicht irgendwo einen Raum, wo die Musik nicht so laut ist?«

»Kommen Sie mal mit.«

Sie folgte ihm durch den Seiteneingang. Aus der Küche drang lautes Geklapper. Den Berg von schmutzigem Geschirr stellte sie sich lieber nicht vor.

»Hier entlang, bitte.«

Um Mitternacht war der Mord an Nilton Wanderley aufgeklärt. Fonseca saß mit Andrade und Dinis im Besprechungsraum, alle drei tranken ein Super Bock aus der Flasche. Das war die ganze Feier.

Fonseca hatte kurz überlegt, Pinto anzurufen, und sich dagegen entschieden. Der FC Porto hatte den Supercup mit zwei zu null gewonnen. Auch auf den Korridoren der PJ war begeistertes Gejohle zu hören gewesen, irgendjemand hatte sogar ohrenbetäubend auf einer Vuvuzela geblasen. Unten auf der Straße fuhren immer noch hupende Autos vorbei. Pinto war jetzt bestimmt mit seinen Fußballfreunden unterwegs, und Fonseca wollte ihm nicht die gute Laune verderben. Er schüttelte müde den Kopf. »Dieser Fall ist wirklich die Pest.«

»Kann man so sagen.« Andrade stellte seine leere Flasche ab. »Da klärt man einen Mord auf, und was ist? Nichts ist. Du bist so schlau wie vorher.«

»Ich glaube, ich fahr nach Hause«, sagte Dinis. »Mir reicht's für heute.« Er trank ebenfalls aus.

»Sieht sich noch jemand die CD an?«, fragte Fonseca.

»Ja, ja, klar.«

Tavares war gerade unterwegs nach Vila do Conde. Er brachte Avelino Durães in sein Ferienhaus zurück. Gegen halb elf waren sie mit ihm zu seiner Wohnung in der Stadt gefahren. Es war ihm nichts anderes übriggeblieben. Wenn er die Nacht nicht in der Zelle verbringen wollte, hatte er liefern müssen, und zwar seine ›Lebensversicherung‹: das belastende Material, das er gegen Puga in der Hand hatte. Es war alles auf einer CD gespeichert, die er in seinem Wohnzimmer im Regal stehen hatte, getarnt als Música Pimba.

João Come Lixo hatte nicht so viel Glück gehabt. Er war vorläufig festgenommen und von den Wachleuten abgeführt worden, einfach zu Fuß die Korridore entlang: Das Gefängnis schloss gleich hinten an das PJ-Gebäude an.

Die weitere Vernehmung war noch schleppend genug verlaufen, aber für Come Lixo hatte es kein Zurück mehr gegeben. Er hatte auspacken müssen: alles, was er über die Prostituierten wusste, über Bruno Lopes und über den Mord.

Die Prostituierten, die an den Partys teilnahmen, waren nicht immer dieselben, und man nahm auch gern welche von außerhalb, die hinterher garantiert keine Ahnung hatten, wo sie in dieser Nacht gewesen waren.

Bruno Lopes war für den Nachschub zuständig gewesen und sein Bruder in Lissabon für die Sammeltransporte. Lange Zeit war das für beide ein lohnendes Geschäft gewesen. Allerdings war der Bruder schon öfter durch Unzuverlässigkeit aufgefallen. Immer wieder war es zu erheblichen Verspätungen gekommen, und niemand hatte gewusst, was los war. Dass der Bruder in solchen Fällen einfach nicht mehr ans Telefon ging, hatte die Brasilianer besonders zur Weißglut getrieben. Mehr als einmal war Nilton deswegen mit Bruno Lopes aneinandergeraten.

Auch hier hatte es in der Woche nach São João eine entscheidende Veränderung gegeben. Lopes hatte plötzlich Wind davon bekommen, dass Nilton hinter seinem Rücken mit der Konkurrenz verhandelte. Nilton versuchte offenbar, Ersatz zu organisieren, und Lopes war klar: Er und sein Bruder sollten genauso ausgebootet werden wie die Sicherheitsleute.

Manchen Abend hatten sie dann Bier trinkend zusammengesessen, Come Lixo, Bruno Lopes, der ›Arschkratzer‹ Coça-Cu und Tony Maluco, und auf die ›Scheiß-Brasilianer‹ geschimpft. »Was bilden die sich ein? Hier ist Portugal! Das ist *unser* Land!«

»Wir sind das *Mutterland!* Brasilien, das war mal unsere Kolonie und mehr nicht!«

»Und heute glauben die, mit uns können sie's machen!«

»Wieso lassen wir uns das eigentlich bieten?«

Von Mal zu Mal hatten sie sich weiter hineingesteigert.

»Wenn *wir* nach Brasilien gehen würden, um da einfach so die Geschäfte zu übernehmen! Was glaubst, was da los wäre?«

»Die würden dich glatt über den Haufen schießen, auf offener Straße! Das ist bei denen ganz normal!«

»Und wir sehen hier tatenlos zu, oder wie? Das kann ja wohl nicht sein!«

Die Idee hatte langsam Gestalt angenommen. »Die glauben, ihnen kann keiner was! Und Puga glaubt das auch. Dann zeigen wir's denen doch mal!«

»Wenn man einen von den Typen kaltmachen würde ... Ich sag euch, dann würden die Karten mal neu gemischt werden!«

Der Plan war eigentlich simpel gewesen. Bruno Lopes hatte zugesagt, für die Party am Samstag, dem vierundzwanzigsten Juli, noch etwas ›Frischfleisch‹ aus Lissabon kommen zu lassen. Als Nilton dann abends anrief und – schon reichlich genervt – fragte, wo die Mädels denn blieben, hatte Lopes ihn hingehalten. »Verstehe ich nicht, die müssten längst da sein. Ich kümmere mich drum.« Dann, beim nächsten Anruf: »Ich habe gerade gehört, die fahren jetzt direkt zum Haus. Zehn Minuten!« Und schließlich: »Es tut mir leid, der Fahrer hat eben angerufen. Er muss irgendwo falsch abgebogen sein. Wenn er wieder weiß, wo er ist, sagt er Bescheid.«

Nilton hatte ihn durchs Telefon angeschrien: »Gib mir sofort die Nummer von diesem Idioten! Ich will selbst mit ihm sprechen!«

Worauf Lopes gesagt hatte: »Nein, nein, ich regele das. Kein Problem!« Dann hatte er nur noch die nächsten drei Anrufe wegdrücken müssen, und bei Nilton war auch die letzte Sicherung durchgebrannt. Wie geplant war er mit quietschenden Reifen um die Ecke gekommen, hatte geparkt, wo er parken sollte, und war dann rot vor Wut ins Flash gestürmt: »Es reicht, verdammte Scheiße! Ihr seid raus, alle beide! Du und dein beknackter Bruder!« Da hatte er noch zehn Minuten zu leben gehabt.

Coça-Cu hätte geschossen und er selbst, Come Lixo, den Mercedes gefahren. Er selbst hätte auch Tonys Anruf entgegengenommen: »Achtung, er geht jetzt zum Wagen!« Es sei dann keine Zeit mehr gewesen, sich Gedanken um das Telefon zu machen, er hätte es nur schnell eingesteckt und hinterher völlig vergessen. Erst zu Hause hatte er gemerkt, dass es noch eingeschaltet war, und da war es zu spät gewesen. Der Mercedes, aus der Werkstatt von Quim Gasolina, sei noch in derselben Nacht auf die Autobahn Richtung Süden geschickt worden, über Lissabon nach Gibraltar und mit der Fähre nach Marokko.

Das war alles gewesen. Fonseca und Andrade hatten sich angesehen und sich dann resigniert zugenickt. Sie glaubten Come Lixo. Sie glaubten ihm auch, dass er den Namen Alessandro Vicente zum ersten Mal in den Fernsehnachrichten gehört hatte.

Ganz zum Schluss hatten sie ihm das Video gezeigt. Als die Kamera sich den Ohren und der Zunge näherte, hatte er leise »*Puta de merda*« gesagt. Und hinterher: »Nein, so einen kranken Scheiß hab ich noch nicht gesehen. Nie im Leben. Mit so was will ich auch nichts zu tun haben.«

Als er abgeführt wurde, schien er beinahe froh zu sein, dass er heute nicht mehr hinaus in die Nacht musste.

32

Um Viertel vor eins warf Ana Cristina einen letzten prüfenden Blick in den Spiegel, dann verließ sie die Damentoilette. Statt in den Saal zurückzugehen, wandte sie sich in die entgegengesetzte Richtung. Ohne zu zögern stieß sie eine Schwingtür auf, an der ›Zutritt nur für Personal‹ stand, und ging zielstrebig weiter, den spärlich erleuchteten Korridor entlang.

Der Kellner von vorhin trat aus einer Nische, als hätte er auf sie gewartet. »Wenn Sie sonst noch einen Wunsch haben«, sagte er lächelnd, mit einer leichten Verbeugung.

»Danke, nein.«

Er öffnete ihr die Tür. »Bitte sehr. Soll ich mehr Licht machen?«

»Nein, nein, nicht nötig.« Sie ging hinein. »Vielen Dank.«

Er deutete eine weitere Verbeugung an und schloss hinter ihr die Tür.

Ana sah sich um. Das war also die Bibliothek. In einer Ecke brannte eine Stehlampe, und ein Deckenstrahler war auf den Kaminsims gerichtet, auf dem eine goldverschnörkelte Uhr stand. Der Rest des Raums lag im Halbdunkel. Düstere Bücherschränke ragten bis zur Decke empor, und die Reihen alter Lederbände schimmerten golden durch die Glastüren. Es roch etwas abgestanden, nach Staub und Möbelpolitur.

Mitten auf dem Perserteppich stand ein schwerer, dunkler Tisch mit geschwungenen Beinen, die in Löwentatzen endeten. Ana rückte sich einen Stuhl heran, setzte sich und nahm ihr Telefon aus der Handtasche. Fünf vor eins. So kurz davor war ihr doch etwas mulmig zumute. Sie sah nach, ob noch andere E-Mails gekommen waren. Nein, nichts von Belang.

Es war ein Uhr. Sie schloss das Kopfhörerkabel an ihr Telefon an und setzte sich die kleinen weißen Stöpsel in die Ohren. Dann rief sie Skype auf und wählte ›Tia Vilma‹ an.

Die Verbindung war schneller da als erwartet. Unvermittelt sah sie sich Auge in Auge einer fremden Frau gegenüber, die offenbar nicht die Absicht hatte, ihr zuzulächeln. Ihre Mundwinkel zeigten nach unten.

Sie schien eher klein zu sein. Ihre dunkelbraune Haut war faltig und zerknittert, und sie hatte weiße Strähnen in ihrem fettigen, achtlos nach hinten gestrichenen Haar. Sie trug eine gesteppte Winterjacke, genau wie der junge Mann, der hinter ihr stand. Der junge Mann trug außerdem eine schwarze Sturmhaube und eine umgehängte Maschinenpistole.

Ana holte tief Luft. Ganz ruhig, dachte sie. Ich bin auf der Nordhalbkugel, die sind auf der Südhalbkugel.

»So ... du bist also die Polizistin aus Portugal.«

»Ja, die bin ich. *Boa noite.*«

»Ha!« Tante Vilma lachte heiser auf und reichte ihr

Telefon nach hinten. »Hier, sieh sie dir an! So sieht da drüben die Polizei aus!« Bei dem jähen Kameraschwenk sah Ana einen weiteren Mann in der Zimmerecke sitzen, ebenfalls maskiert und bewaffnet.

Schon starrten sie die Augen aus der schwarzen Sturmhaube an. »Hey, das ist ja 'ne *ganz* Süße. Komm schon, lass mal 'n bisschen mehr von deinen Titten sehen!« Der Mann lachte und warf das Telefon dem anderen zu, alles wirbelte herum.

Der andere fing es auf, starrte sie ebenfalls an. »Geil«, sagte er.

Die Stimme der Frau war zu hören: »Das reicht. Gib her!«

Er gehorchte sofort. Tia Vilma kam wieder ins Bild. Sie grinste, und Ana sah, dass ihr oben ein Schneidezahn fehlte. »So, Püppi, dann lass mal hören. Du sagst, du weißt, wo Osmar Caitano steckt?«

Ana hatte langsam genug. Sie hielt ihre Dienstmarke in die Kamera. »Hören Sie, ich bin Inspektorin der Polícia Judiciária, auch wenn ich vielleicht nicht danach aussehe. Es ist Samstagnacht, hier ist Sommer, und ich bin nicht im Dienst, okay? Ich mache das hier, weil es um einen wichtigen Fall geht, und ich möchte Sie bitten, ernsthaft mit mir zu reden.«

Der Mann im Hintergrund hob gleich drohend die Maschinenpistole. »Werd bloß nicht frech, ja? Du sprichst hier mit meiner Mutter!«

Ana sah nur die Frau an. »Können wir unter vier Augen reden?«

»Hier bestimme *ich*«, sagte die Frau, »und sonst niemand.«

»Dann schicken Sie die beiden doch vor die Tür. Wozu brauchen Sie die? Wir haben den ganzen Atlantik zwischen uns.«

Der Sohn rief von hinten: »Da kannst du auch froh sein, du kleine – « Er benutzte ein Wort, das Ana nicht kannte.

»Halt die Klappe!«, fuhr ihn seine Mutter an. Sie schien zu überlegen. »Du weißt wirklich, wo Caitano ist, oder?«

»Sie haben doch das Foto gesehen, das ich geschickt habe.«

»Ja, das habe ich gesehen ... Also gut. Das muss ich jetzt wissen.«

Das Bild geriet wieder ins Schleudern: Sie fuchtelte mit dem Telefon herum. »Raus mit euch! Alle beide!« Eine Tischplatte huschte vorbei, ein geblümter Vorhang. Auch im Kopfhörer ging es drunter und drüber. Die Männer schimpften, das meiste war unverständlich. »Raus, hab ich gesagt!« Eine Tür knallte.

Dann schwenkte die Kamera zurück, und das dunkle, faltige Gesicht war wieder da. Der Blick war nicht viel freundlicher geworden. Ana wartete ab.

Tia Vilma sagte: »Ist vielleicht wirklich besser, wenn wir allein reden. Die Jungs rasten schon aus, wenn sie bloß den Namen hören. Du kannst dir nicht vorstellen, wie diese Schweine in unserem Viertel gewütet haben, Caitano und seine Truppe.«

»Darüber würde ich gern mehr erfahren. Was genau ist damals passiert?«

»Wir haben denen da oben gezeigt, dass wir uns nicht mehr alles gefallen lassen – *das* ist passiert. Die Reichen haben gemerkt, wir scheißen auf ihre Almosen. Wir *nehmen* uns, was uns zusteht. Wir sind organisiert, unser Kampf ist politisch!«

»›Organisiert‹, damit meinen Sie ...«

»Das PCC! Und ob ich das meine! *Wir* kümmern uns hier um die Leute, sonst niemand. Wir unterstützen Familien, deren Väter im Knast sind, wir helfen mit Lebensmitteln und Medikamenten, wir leihen auch denen Geld, denen sonst keiner was gibt. Ich hab hier den ganzen Straßenzug unter mir. Jeder, der was laufen hat, muss *bei mir* seine Abgaben zahlen. Ich hab auch meine Bosse, verstehst du? Aber hier in der Straße, da bin *ich* der Boss!«

Ana wartete, ob sie auch wirklich fertig war, dann fragte sie: »Caitano und seine Truppe ... was haben die da getan, in Ihrem Viertel?«

»Gemordet haben sie. Gemordet im Auftrag des faschistischen Staates.« So kalt und hart die Frau das auch sagte – ihre Augen sagten etwas anderes.

Ana hakte nach: »*Wen* haben sie ermordet?«

»Irgendwen, wahllos. Wer ihnen gerade über den Weg gelaufen ist.«

Das war gelogen, unverkennbar. Es war auf jeden Fall nicht die ganze Wahrheit.

Tia Vilma lenkte auch gleich ab: »Und jetzt kommst du und sagst, die leben glücklich und zufrieden in Europa?«

»So würde ich das nicht nennen. Der eine ist vor zwei Wochen erschossen worden.«

»Aber Caitano – der lebt noch, oder?«

»Ja, der lebt noch ... Was ist eigentlich so Besonderes an ihm? So, wie ich es gehört habe, waren ganze Todesschwadronen an dieser Racheaktion beteiligt, und alle diese Männer sollen maskiert gewesen sein.«

Tia Vilma gab keine Antwort. Stattdessen fragte sie: »Und was machen die da, in Portugal? Wie sind die da hingekommen?«

»Ursprünglich sind sie als Bodyguards engagiert worden. Für eine Talita Possamai. Sagt Ihnen das was?«

»*Talita* ...?« Erst schien sie nur ungläubig und überrascht. Dann verzerrte das dunkle Gesicht sich zu einer Grimasse, die Augen leuchteten auf. »*Die* kleine Hure ist jetzt auch in Europa? *Und hat da ein gutes Leben?* Aaah, nein! Das ist doch nicht wahr!«

Das Telefon flog auf den Tisch und schlitterte ein Stück, bevor es irgendwo gegenprallte. Ana sah nur noch die Zimmerdecke, schäbig und rissig, mit einer Menge fliegender und krabbelnder Insekten. Tia Vilma fluchte vor sich hin, es klang, als ob sie gegen einen Stuhl trat. Dann zerschellte etwas an der Wand, ein Glas vielleicht, eine Tasse. »Mutter! Was ist denn?« – »Lass mich in Ruhe! Verpiss dich!«

Ana war völlig ratlos. Sie sagte: »Hallo? Können Sie mich hören?«

Einen Moment lang war alles ruhig. Sie fing schon an, die Geräusche der Stadt wahrzunehmen. Autohupen, das Knattern eines Helikopters, der über die Dächer dahinflog, irgendwo in São Paulo, auf der Südhalbkugel.

»Baah ...!« Etwas Hartes wurde auf den Tisch geknallt, dass das Bild zitterte. Eine dunkle Hand nahm das Telefon, und beim nächsten Kameraschwenk konnte Ana sehen, dass es eine Flasche Cachaça war: Zuckerrohr-

schnaps. Tia Vilma wischte sich noch den Mund ab.»Dieses Miststück von kleiner Hure ... Ich bring sie um ...«
Ana fragte ganz vorsichtig:»Wissen Sie etwas darüber? Über Talita und die Entführung?«
Tia Vilma starrte glasig vor sich hin.»Ich weiß, dass die Jungs alle tot sind. Sie haben nicht einen von ihnen am Leben gelassen. Nicht einen.«
»Mit den ›Jungs‹ ... meinen Sie die Entführer?«
»Ach Gott, Entführer, was heißt das schon! Es war ja nicht *ihr* Plan. Sie haben einfach den Auftrag ausgeführt. Und das wusste Caitano auch ganz genau!«
»Moment. Wollen Sie sagen, Caitano und seine Leute –«
»Die haben sie umgebracht, jawohl, genau das will ich sagen! Fünf junge Männer, hier aus der Straße. Es waren gute Jungs, dabei bleibe ich. Nenn sie von mir aus Entführer! Du hast eben keine Ahnung. In der Favela gibt es nur eins: den Kampf ums Überleben, jeden Tag neu. Hier wird einem nichts geschenkt, gar nichts. Nicht wie da drüben im Reichenviertel ...« Sie trank einen Schluck Cachaça aus der Flasche.»Und *sie*, diese Talita, hat sie ihnen auf den Hals gehetzt!«
»Wie kommen Sie darauf?«
»Was weißt du denn? Überhaupt nichts!«
»Entschuldigung, aber ... ich *muss* es wissen. Bitte.«
»Die Jungs haben diesen einen Fehler gemacht. Nur den einen und der hat sie alle das Leben gekostet.« Tia Vilma lächelte versonnen.»Sie konnten einfach nicht widerstehen. Der Moment war *zu* gut, verstehst du, er war *einmalig*. Die ganze Stadt hat uns gehört in dieser Nacht. Niemand hat es gewagt, gegen uns aufzumucken.

Sie hatten sich alle verkrochen, *alle*. Und da haben sie sie raufgeholt, aufs Dach. Die Jungs waren so stolz, weißt du. Es war unglaublich still. Eine Stille wie niemals zuvor. Man konnte hinuntersehen in die leeren Straßen. Keine Autos, keine Menschen, nichts. Weil *wir* es so befohlen hatten! *Das* war es, was sie sehen sollte. Und da stand sie dann, auf dem Dach. So, wie sie war: nackt, mit zerzausten Haaren, die Hände in Handschellen auf dem Rücken.«

Ana musste sich zwingen, still zu sein. Die Frage ›Was? Sie sind *dabei gewesen?*‹ konnte jetzt alles kaputtmachen. Sie atmete flach und angespannt. Ihr Telefon hielt sie mit beiden Händen, die Arme fest auf den Tisch gestützt.

»Zwei Tage und zwei Nächte waren sie da schon mit ihr zugange, eine andere hätte längst aufgegeben. Die nicht. Ihr Wille war immer noch nicht gebrochen. Klar hat sie vor Angst gezittert, da auf dem Dach. Aber sie hat auch noch etwas anderes gemacht. Sie konnte ja rüberschauen nach Morumbi, wo sie zu Hause war. Sie hat die Hochhäuser gesehen und die Leuchtreklamen, und da hat sie gewusst, wo sie war: in Paraisópolis. Sie hat sich die Anhaltspunkte gemerkt und keinen einzigen wieder vergessen, in all den Wochen nicht.«

Tia Vilma nahm erneut einen Schluck aus der Flasche. Sie presste die Lippen zusammen, schloss kurz die Augen.

»Sie hätten sie nie wieder laufen lassen dürfen. Sie hätten sie einfach beseitigen sollen. Aber der Deal war eben ein anderer. Die Bosse haben sich sogar noch beschwert, als sie gehört haben, was die Jungs mit ihr gemacht hatten.« Sie drehte den Kopf zur Seite und spuckte verächtlich aus.»Dafür seid ihr doch da, ihr kleinen Huren!« Ihr Blick kehrte plötzlich zu Ana zurück.»Sieh dich an! Du bist doch selber so ein geiles Stück! Klar, dass die Jungs sich da ausgetobt haben. So was wie die, immer verfügbar, unten im Keller. Da hat sie mal gesehen, wie es ist, hilflos ausgeliefert zu sein. Nicht mehr die Herrin zu sein, sondern die Sklavin!«

Das Leuchten in ihren Augen ließ nach, sie starrte ins Leere.

»Sie hat sich blutig gerächt. Im August hat es angefangen. Es war alles längst wieder ruhig, beide Seiten hatten sich an den neuen Waffenstillstand gehalten. Da war der erste der Jungs plötzlich verschwunden, und keiner wusste, wo er geblieben war. Wir haben viel zu spät begriffen, was los war. Talita hatte ihre Bluthunde von der Leine gelassen: diesen Caitano und die drei anderen. Sie haben sie gejagt, unsere Jungs. Einen nach dem anderen. Nach ein paar Wochen hat man den ersten gefunden, in einem Keller, auch hier in Paraisópolis. Er war schon ziemlich verwest, aber man konnte noch sehen, wie schwer er gefoltert worden war. Die, die noch übrig waren, sind in Panik geraten und haben ihr Versteck verlassen. Es ist nicht einer davongekommen.« Ihre Lippen fingen an zu zucken.»Nach und nach haben wir sie dann gefunden. Alle gefesselt, geprügelt, mit Messern gefoltert. Jeden Einzelnen von ihnen hatten sie kastriert ... und ihm dann alles in den Mund gestopft und den Mund zugeklebt, dass er fast dran erstickt ist, an seinen eigenen –« Sie brach ab, Tränen traten ihr in die Augen.»Und die Ohren abgeschnitten natürlich.«

»Die *Ohren*?«

»Das war *sie*, die das befohlen hat! Wer denn sonst?«
»Talita? Aber wieso? Ich verstehe nicht ...«
»Aus Rache natürlich, für ihr eigenes Ohr!«
»Für ihr ... *was*?«

Tia Vilma zuckte die Achseln. »Das war ganz zum Schluss. Da haben sie ihrem Vater noch ihr rechtes Ohr geschickt. Es ging nicht anders. Der Alte wollte ja nicht zahlen.«

»*Ihr rechtes Ohr?* Sie sagen, diese Männer haben ihr –«

»Ja, und? Das kommt schon mal vor! Sie lebt doch noch, und ich höre, es geht ihr gut!« Tia Vilma fing an zu weinen. »Und mein Anjinho? Mein Anjinho ist tot! Sie haben ihn zu Tode gefoltert! Aaah ...!« Sie schlug ihr Telefon auf die Tischplatte, noch mal und noch mal. »Aah! Aah!«

Ana riss sich die Kopfhörerstöpsel heraus. Das Bild wurde schwarz.

Wie benommen saß sie da, in der halbdunklen Bibliothek, ein Sausen in den Ohren. Sie wunderte sich fast, dass ihr eigenes Telefon noch heil war. Der blaue Skype-Bildschirm leuchtete, als ob nichts gewesen wäre.

Talita, das Video, abgeschnittene Ohren ... Sie war noch ganz durcheinander. Sie wusste nicht, was sie jetzt tun sollte. Auf der Dienststelle anrufen. Fragen, ob der Chef noch da war. Ja, sie musste dringend mit dem Chef sprechen.

Sie versuchte, gleichmäßig zu atmen. Erst allmählich hörte sie wieder die dumpfe Musik aus dem Saal. Die ganze Hochzeit schien unendlich weit weg zu sein.

Sie stellte sich vor, wie Fonseca sie fragte: ›Und was war

das für eine Frau?‹ Was sollte sie sagen? ›Eine grässliche Alte, die Zuckerrohrschnaps aus der Flasche getrunken hat‹?

Nein. Plötzlich wusste sie, was sie als Erstes tun sollte: die entscheidende Information überprüfen. Ganz egal, wie spät es jetzt war.

Sie rief eine Nummer aus den Kontakten auf und wählte sie an.

33

Sein Glas Whisky in der Hand, stand Vítor Puga an einem Wohnzimmerfenster in Gaia und sah hinaus in die Nacht. Das Apartment lag im achten Stock, und der Blick ging weit hin über den Douro bis zur Ponte Arrábida. Tausend Lichter spiegelten sich auf dem Wasser, und er konnte sehen, dass die Cais da Ribeira noch immer voller Menschen waren, die am Ufer auf und ab bummelten oder draußen vor den leuchtenden Cafés in der Sommernacht saßen.

Das Apartment gehörte ihm, und Puga hatte schon oft hier gestanden – auch mit dem einen und anderen Mädel, von dem Cida nichts wissen sollte –, und meistens war er sich dann vorgekommen, als ob ihm die ganze Stadt dort drüben gehörte. Das war heute Nacht anders. Ganz anders. In der Scheibe spiegelte sich der Mann, der hinter ihm auf dem Sofa saß.

Es war einer der beiden Brüder, und auf dem Glastisch lag seine Pistole mit Schalldämpfer. Er trank Ice Tea aus der Dose, und Puga hatte vorhin gesehen, wie er damit zwei winzige weiße Tabletten heruntergespült hatte. Er schien sich auf eine lange Nacht einzurichten.

»Wie lange wollen Sie mich hier eigentlich so festhalten?«, hatte Puga ihn gefragt, und er hatte geantwortet: »Bis alles erledigt ist. Grünes Licht bekomme ich erst, wenn Ihre Leute mit dem Betonmischer fertig sind.«

Immerhin: Dieser zeigte wenigstens *etwas* Respekt und redete ihn mit ›Senhor Puga‹ an, nicht wie der andere, der mit dem grauen Pferdeschwanz, der ihn dauernd ›Vítor‹ nannte und auch sonst keine Gelegenheit ausließ, ihn zu demütigen.

»Tja, eigene Blödheit, Vítor«, hatte er gleich bei ihrer ersten Begegnung gesagt. »Sie haben sich das wirklich selber zuzuschreiben.«

Puga hatte noch aufbegehrt: »Ich wüsste nicht, wieso!« Aber der Mann mit dem grauen Pferdeschwanz hatte nur trocken gelacht. »Das glaube ich Ihnen sogar. Sie haben tatsächlich keine Ahnung, was eine Investmentgesellschaft ist, oder? Sie denken, das ist alles Spielgeld, das von irgendwo angeflogen kommt. Rein virtuell. Und dass es niemandem auffällt, wenn Sie sich aus der Kasse bedienen. Aber so einfach, wie Sie sich das denken, ist es nicht, Vítor.«

Puga hasste es, wenn dieser Kerl ihm auch noch gönnerhaft auf die Schulter klopfte. Er hasste sein dünnes Lächeln und seine sanfte, ruhige Stimme mit dem brasilianischen Akzent.

»Sie haben natürlich gedacht, Sie wären etwas höher in der Nahrungskette, das kann ich mir vorstellen. Aber ich muss Sie enttäuschen. Sie sind ein kleiner Fisch, Vítor.« Wieder das Lächeln. »Und kleine Fische sollten lieber mit dem Schwarm schwimmen. Wenn sie auf Abwege geraten, macht es ›Happs!‹, und weg sind sie.«

Puga trank den letzten Schluck aus seinem Glas und

dachte: Nur noch diese Nacht. Die eine Nacht kriegst du irgendwie rum. Dann verschwinden die wieder und du vergisst das alles ganz schnell.

Der Whisky tat ihm gut. Er drehte sich um und wollte nachschenken.

Da beugte der junge Mann auf dem Sofa sich vor und nahm die Flasche weg. »In ein, zwei Stunden können Sie vielleicht noch ein Glas trinken«, sagte er, freundlich und unnachgiebig wie ein Krankenpfleger. »Aber das werde ich dann für Sie eingießen.«

Ein Anruf der PJ, mitten in der Nacht, schien für Cida noch lange kein Grund zur Besorgnis zu sein. Vielleicht lag es daran, dass sie ihren Sohn bei sich hatte. Ihre Stimme war jedenfalls kühl wie immer. »Ja? Was gibt's denn?«

Brasilianische Lounge-Musik plätscherte im Hintergrund und das angeregte Geplauder klang nach einer entspannten Runde, die im Garten beisammensaß. Soweit Ana wusste, war sie noch immer in ihrem Ferienhaus in Esposende.

Ana kam gleich zur Sache. Sie dachte gar nicht daran, sich für die Störung zu entschuldigen. »Ich habe gerade von Talitas Ohr gehört. Ist das wahr?«

»Moment mal eben.« Die Stimmen und die Musik wurden leiser. Cida war offenbar aufgestanden und hatte sich ein Stück entfernt. »Von wem haben Sie das?«

»Wieso habe ich es nicht von Ihnen? Von Ihrem Mann? Von Caitano? Sie alle enthalten uns laufend wichtige Informationen vor!«

»Ja, nun, das ist eine sehr persönliche Angelegenheit,

finden Sie nicht? Ich habe es Talita selbst überlassen, ob sie darüber sprechen wollte.«

»Es ist also wahr.«

»Ja, sicher. So was kommt leider vor.«

»Ich weiß. Das hat man mir heute schon mal gesagt.«

»Eine Zeit lang waren diese Entführungen eine richtige Epidemie. Praktisch jeder in São Paulo kannte jemanden, dessen Familie ebenfalls betroffen war. Und die Entführer haben halt gern gezeigt, dass sie es ernst meinten. Manche Opfer, sagt man, konnten es sich sogar aussuchen, ob sie lieber ein Ohr oder einen Finger verlieren wollten. Ein Finger ist natürlich kaum zu ersetzen, und man *sieht* es ja auch so.«

»Ein Ohr finden Sie weniger schlimm?« Ana blickte hinauf zur dunklen Holzdecke der Bibliothek. Es reichte ihr langsam mit diesen Brasilianern.

»Was wollen Sie, sie hat ja ein Neues gekriegt. Sie war beim besten Spezialisten von São Paulo. Der ist richtig groß rausgekommen durch die ganzen Entführungen. Ist natürlich nicht billig. Aber eben *die* Koryphäe für Ohrrekonstruktion.«

»›Ohrrekonstruktion‹?«

»Ja, mein Vater hat mir das damals haarklein am Telefon erklärt, ob ich es hören wollte oder nicht. Verstehen Sie mich nicht falsch: Das klingt jetzt so, als ob ich gar keine Anteilnahme gezeigt hätte. So ist es nicht. Ich weiß das noch alles genau. Es ist ein ziemlicher Aufwand. Der Chirurg muss dafür körpereigenes Knorpelgewebe entnehmen, aus dem Rippenbereich. Daraus baut er die neue Ohrmuschel auf. Die wird dann am Kopf unter die Haut geschoben und muss erst mal anwachsen. Mein

Vater meinte, es sieht etwas unheimlich aus, wie das neue Ohr sich da abzeichnet, in diesem Vorstadium, flach am Kopf. Wie in dem Film, wissen Sie, wo die Außerirdischen so komische Schoten neben die schlafenden Menschen legen, und die kopieren dann ihre Körper.«

Ana holte tief Luft, aber Cida redete einfach weiter: »Diese Phase dauert ein halbes Jahr. Dann wird das Ohr hinten freigeschnitten und bekommt noch einen Knorpelkeil eingesetzt, der auch irgendwo unter der Haut zwischengeparkt war. Dann steht es im richtigen Winkel vom Kopf ab und braucht nur noch abzuheilen. Talita hat es mir nie gezeigt, aber man sagt, so ein rekonstruiertes Ohr soll etwas weniger fein geformt sein als ein natürliches. Aber, ach Gott, mit den Haaren darüber, das geht schon. Ich glaube, das merkt kein Mensch.«

»Ein halbes Jahr?«, fragte Ana. »War das nicht die Zeit, die sie noch in São Paulo geblieben ist?«

»Ja, genau«, sagte Cida. »Sie wäre wohl gern schon früher weggegangen. Aber sie musste erst warten, bis ihr Ohr fertig war.«

34

Fonseca saß noch mit Andrade im Besprechungsraum, als sein Telefon klingelte. Er sah auf die Anzeige. Ana Cristina.
»Nanu, ich dachte, Sie sind bei der Hochzeit?«
»Bin ich auch. Aber ich hab gerade etwas erfahren, das Sie wissen sollten.«
Sie hatte kaum angefangen, als er sie kurz unterbrach: »Moment, ich stell Sie mal eben auf Lautsprecher. Andrade ist auch noch hier.«
Schweigend hörten sie zu, sahen sich an, schüttelten die Köpfe.
Als Ana fertig war, sagte Fonseca: »Diese *Idioten!* Wieso reden die nicht mit uns? Ja, ja ... ich weiß schon, was Sie denken: Wir hätten ihnen das Video zeigen sollen. Vielleicht haben Sie recht.«
Ana ging nicht darauf ein. »Was machen wir denn jetzt? Ich meine, es ist doch ganz klar, dass *Talita* im Mittelpunkt steht. Das mit dem Ohr, darum dreht sich das Ganze. Die abgeschnittenen Ohren der Entführer, das Video, das passt alles zusammen! Diese Delegation ist vom PCC. Und sie ist gerade dabei, den Tod der Entführer zu rächen. Talita ist womöglich in Lebensgefahr. Sie

darf da jetzt nicht allein in ihrem Apartment sitzen. Wir müssen sie schützen! Sie in Gewahrsam nehmen!«
Andrade stand auf. »*Tá bem.* Ich fahr sofort hin.«
»Nehmen Sie mit, wen Sie kriegen können«, sagte Fonseca.
»Mach ich, klar.«
Fonseca brachte Ana noch schnell auf den neusten Stand – was den Nilton-Mord und die Landhäuser anging und den merkwürdigen Punkt, dass Talita dort gesehen worden war, an der Vorbereitung der Partys beteiligt –, dann saß er allein im Besprechungsraum. Die Ohren, das Video ... Es kreiste ihm alles im Kopf herum. Die Ohren, die Ohren.
Ein seltsamer kleiner Gedanke tauchte auf. Er versuchte ihn abzuschütteln, aber er kam immer wieder: Was war mit der Zunge?

Mit zwei Wagen fuhren sie nach Foz und hielten in der schmalen Straße vor dem Condomínio. Andrade und sein Beifahrer – einer der Neuen – luden jeder ihre Glock 19 durch und stiegen aus. Die beiden im anderen Wagen blieben sitzen und sicherten die Straße. Es war alles ruhig und menschenleer. Das Stahltor war geschlossen.
Andrade klingelte und sagte: »Polícia Judiciária. Machen Sie bitte auf.«
Der Pförtner öffnete die Seitentür. »*Boa noite.*« Er wirkte nervös und hatte Schweiß auf der Stirn. Sein fahriger Blick fiel auf ihre Dienstwaffen, aber er sagte nichts.
»Hier alles in Ordnung?«, fragte Andrade.
»Ja ... ja, sicher ... Was wollen Sie?«
»Wir müssen zu Talita Possamai. Sofort.«

Der Pförtner schnaufte und schüttelte den Kopf, als hätte er genau das befürchtet.

»Ist was mit ihr?«

»Sie ist weg.«

»Was soll das heißen?«

»Kommen Sie, ich zeig's Ihnen.«

Sie folgten ihm ins Pförtnerhaus. »Hier, Monitor sechs. Ich hab's mir gerade auch noch mal angesehen.« Er ließ das Überwachungsvideo von Neuem ablaufen. »Das war vor etwas mehr als einer Stunde.«

Das kleine Schwarz-Weiß-Bild zeigte den Nebeneingang, über dem eine fahle Laterne brannte, und nach links hin die dunkler werdende Rasenfläche. Eine schmale Gestalt erschien, die eine Reisetasche am Schulterriemen trug. Sie warf einen prüfenden Blick in Richtung Kamera, dann löste sie sich von der Hauswand. Erst jetzt war zu sehen, dass sie auch noch einen Rollkoffer hinter sich herzog. Sie trat hinaus auf den Rasen, und der Koffer begann hin und her zu schwanken. Sie hatte sichtlich Mühe, ihn weiterzuzerren. Mitten auf dem Rasen kippte er um. Bei dem Versuch, ihn wieder aufzurichten, rutschte ihr auch noch die Reisetasche von der Schulter.

»In dem Moment hab ich sie zufällig auf dem Bildschirm gesehen. Ich dachte: Was macht die denn da? Ich bin sofort raus und zu ihr hingegangen. Warten Sie, hier komme ich jetzt gleich.«

Der Pförtner erschien im Bild, von hinten zu sehen. Man merkte ihm deutlich die Aufregung an, die Angst vor Caitano. Aber der Schnellste war er trotzdem nicht. Talita sah ihn kommen und riss noch einmal entschieden an ihrem Koffer. Sie schaffte es, ihn wieder aufzurichten und auch die Reisetasche auf die Schulter zu nehmen. Der Pförtner winkte ihr zu, aber sie kümmerte sich nicht darum und verschwand nach links aus dem Bild. ›Ich hab ihr zugerufen: ›Warten Sie! Kann ich Ihnen helfen?‹ Aber sie tat so, als hätte sie nicht gehört. Dann sehe ich plötzlich, wie sie die Seitenpforte aufschließt. Ich sage noch: ›Was machen Sie denn? Wieso gehen Sie denn hier raus?‹ Da ist sie schon draußen, schlägt mir die Pforte vor der Nase zu und schließt ab. Verstehen Sie? Als ob ich versucht hätte, sie aufzuhalten! Ich hatte natürlich keinen Schlüssel dabei, ich war ja einfach so losgerannt. Und dann steht sie da, auf der anderen Seite, und sagt: ›Es ist besser für Sie, wenn Sie mich nicht gesehen haben. Das ist Ihnen doch klar, oder?‹ Ich wusste gar nicht, was ich sagen sollte. Ja, und dann sehe ich, wie sie, ein Stück die Straße runter, ihr Gepäck in einen Kofferraum lädt, in den Wagen steigt und wegfährt.«

»Sind Sie sicher, dass sie selbst gefahren ist?«

»Ja, absolut. Sie ist auf die Fahrerseite rumgegangen und eingestiegen. Da war sonst niemand im Wagen. Ich weiß überhaupt nicht, wo sie den herhatte. Hier in der Tiefgarage hat sie nie ein eigenes Auto gehabt.«

Nein, die Nummer habe er nicht erkennen können, und er wisse auch nicht, was für ein Wagen es gewesen sei. »So ein kleiner, dunkler. Einer von denen, die alle gleich aussehen.«

»Und? Haben Sie Caitano informiert?«

»Nein, ich ... ich hab mich nicht getraut.« Der Pförtner wischte sich über die schweißnasse Stirn. »Ich hab überlegt, was ich mit diesem Video mache. Wenn ich da bloß nicht selber mit drauf wär! Ich wusste nicht, was jetzt besser ist: die Kassette verschwinden lassen oder sie neu überspielen.«

»Ich weiß es.« Andrade lächelte knapp. »Wir nehmen sie mit. Dann sind Sie die Sorge los.«

Ana Cristina hatte sich inzwischen wieder im Saal blicken lassen, wo die Feier noch in vollem Gange war. Mário war etwas misstrauisch gewesen, aber sie hatte ganz unbekümmert getan: »›Stundenlang verschwunden‹! Jetzt hör aber auf. Ich war nur mal kurz frische Luft schnappen.«

Sie blieb jetzt möglichst am Rande des Saals und hielt sich auch von der Tanzfläche fern. Ihr Telefon hatte sie unauffällig in der Hand, es war auf Vibration gestellt. Fonseca hatte versprochen, sich zu melden, wenn es etwas Neues gab.

Als sein Anruf kam, schlüpfte sie seitlich durch die Schwingtür und hob sofort ihr Telefon ans Ohr. Während sie zuhörte, ging sie nach draußen. »Was heißt das, sie ist weg?«

Fonseca wusste es auch nicht.

Ana blieb stehen und hörte weiter zu. Ihr Blick ging unruhig hin und her, zwischen dem leuchtenden Springbrunnen und den angestrahlten Palmen. »Was sagt Rui dazu?«

»Er weiß es noch nicht. Er war in Aveiro, beim Supercup. Könnten Sie versuchen, ihn zu erreichen? Dann kann ich in der Zeit ... Das heißt, Entschuldigung, ich will Sie da nicht –«

»Nein, nein, kein Problem. Aber was bedeutet das jetzt? Sie muss das vorbereitet haben, oder? Für heute Nacht. Sie muss genau gewusst haben –«

»Darüber reden wir gleich. Sagen Sie erst Rui Bescheid, ja?«

»Okay. *Até já*.« Sie rief Pintos Nummer auf und wartete ungeduldig, während sie angewählt wurde. Es dauerte, bis er ranging. »Ana? Sekunde, ja? Ich versteh hier kein Wort!« Er schien sich durch ein voll besetztes Lokal zu drängen. Die laute Musik wurde von Gejohle und Fußballgesängen übertönt. Dann war er irgendwo draußen, und sie konnten reden.

Als Ana fertig war, blieb er noch ein, zwei Sekunden still, dann sagte er: »*Meu Deus*. Ihr Ohr … Ich hab es gesehen.«

»Was? Und das sagst du jetzt?«

»Es war reiner Zufall. Ich hab gesehen, dass ihr eines Ohr … irgendwie anders aussah. Nur ein klein bisschen.«

»Rui! Davon steht nichts in deinem Bericht!«

»Ich wusste nicht, wie ich es sagen sollte. Hinterher denkt man dann, man hat es sich eingebildet.«

»Schon gut. Bleib dran, ja? Ich ruf jetzt den Chef an. Wir machen eine Konferenzschaltung.«

Gleich darauf stand die Verbindung. Fonseca stellte sein Telefon wieder auf Lautsprecher. Tavares war aus Vila do Conde zurück und saß jetzt bei ihm im Besprechungsraum. Ana und Pinto waren beide klar und deutlich zu verstehen.

»Ich fürchte, uns bleibt nicht viel Zeit«, sagte Fonseca. »Wie es aussieht, weiß Talita sehr genau, was diese Nacht passieren wird. Und sie weiß auch, dass sie dann in ihrem Apartment nicht mehr sicher ist.«

Ana fragte: »Haben Sie sie zur Fahndung ausgeschrieben?«

»Das schon. Aber ohne Kennzeichen und Wagentyp ist das praktisch aussichtslos. Sie hat ja auch einen Vorsprung von mehr als einer Stunde. Falls sie nach Spanien wollte, war sie zu dem Zeitpunkt längst über die Grenze.«

»Warum heute?«, fragte Pinto. »Hat das einen besonderen Grund?«

»Samstagnacht«, sagte Ana. »*Party time*.«

»Ja, das denken wir auch«, sagte Fonseca. Tavares nickte zustimmend. »Das Wahrscheinlichste ist, dass Caitano und seine Leute bei einem der Landhäuser sind – schön einsam und abgelegen – und dass die Delegation genau dort zuschlagen will.«

»Aber nicht, während die Party läuft«, sagte Pinto.

»Nein, sicher nicht. Und da liegt die eine Chance, die wir noch haben. Soweit wir wissen, enden diese Partys vor Tagesanbruch. Die Gäste legen ja Wert darauf, unerkannt im Dunkeln wieder wegzukommen. Das wäre also vor sechs Uhr morgens. Caitano und seine Männer – die Sicherheitsleute – werden die Letzten sein, die das Haus verlassen. Vermutlich machen sie noch einen Rundgang und prüfen, ob alles klar ist, dann schließen sie hinter sich ab.«

»*Foda-se*«, sagte Pinto. »Das war die Sache mit dem Swimmingpool, oder? Wir haben das schon ganz richtig gesehen: Die Brasilianer kennen sich hier nicht aus, also brauchen sie Hilfe. *Deshalb* haben sie Puga unter Druck gesetzt. Von *dem* haben sie das alles. Sie haben ihn gezwungen, seine eigenen Leute ans Messer zu liefern.«

Ana fragte: »Und Talita? Woher weiß die davon?«

»Das klären wir später«, sagte Fonseca. »Jetzt müssen wir tun, was wir tun können. Das Einsatzkommando steht bereit, mit denen habe ich gerade gesprochen. Wir wissen bloß nicht, wo die verdammte Party stattfindet.«

»Puga weiß es«, sagte Pinto.

»Das ist richtig. Aber der wird es uns nicht sagen. Wenn er das tut, kommt nämlich die nächste Delegation aus São Paulo und stattet ihm einen Besuch ab. Ihm und seiner Familie. Und wer weiß, was dann auf dem Grund des Pools landet.«

»Stimmt. Der würde höchstens noch versuchen, die Typen zu warnen. Welche Möglichkeiten haben wir sonst, das Haus zu finden?«

»Telefonortung läuft noch, bis jetzt ohne Ergebnis. Ich denke, darauf brauchen wir auch nicht zu hoffen. Nicht bei Caitano.«

»Tja«, sagte Tavares, »dann haben wir hier noch die CD von Avelino Durães. Seine ›Lebensversicherung‹. Unter anderem hat er darauf frühere Versionen der Imocon-Webseite gespeichert. Um einiges interessanter als die aktuelle, bereinigte Seite. Er sagt, in zweien der Landhäuser, die da zu sehen sind, wäre er selbst mal auf Partys gewesen. Insgesamt sind es fünf, die infrage kommen. In die Maklerseite sind sogar Karten eingebettet, mit GPS-Koordinaten. Daran soll's also nicht scheitern. Aber welches Haus zurzeit genutzt wird, das konnte oder wollte er uns nicht sagen.«

»Come Lixo auch nicht«, sagte Fonseca. »Nicht einmal, in welchem er zuletzt gewesen ist, vor São João. Er sagt, sie wären da immer im Transporter hingefahren, alle zusammen, und er hätte nicht darauf geachtet. Das Problem ist: Diese Häuser liegen alle weit auseinander im Hinterland, teilweise in den Bergen. Ihr wisst, was das für eine Fahrerei ist. Wenn wir die jetzt einzeln überprüfen wollen, wird es reichlich eng. Das Einsatzkommando muss schließlich auch noch hinterherkommen und die Lage sondieren und in Stellung gehen. Es ist jetzt nach drei Uhr. Wir haben noch zwei Stunden, maximal.«

»Dann müssen wir halt alle gleichzeitig überprüfen«, sagte Pinto.

»Ja, ja. Wenn ich die Leute hätte!«

»Wo sind denn diese Häuser genau?«

Tavares sah auf dem Laptop nach. »Zwei im Norden, zwei im Osten, eins im Süden.«

»Das im Süden. Lass mal hören. Ich bin hier in Aveiro.«

»Könnten Sie denn überhaupt noch fahren?«, fragte Fonseca.

»Können schon. Ob ich dürfte, ist eine andere Frage. Aber wofür ist man Polizist?«

»Das im Süden ist in der Nähe von Vale de Cambra«, sagte Tavares. »Das ist tatsächlich nicht weit von Aveiro.«

»Na also, das kann ich doch übernehmen. Ich meine, ob ein Haus leer steht oder ob da eine Party stattfindet, das hört und sieht man doch von Weitem.«

Fonseca sagte: »Rui, das ist jetzt nicht die Zeit für Alleingänge, klar? Setzen Sie sich mit der Außenstelle Aveiro in Verbindung. Sie fahren mit mindestens zwei Wagen. Das meine ich ernst.«

»*Tá bem, tá bem.*«

»Melden Sie sich, wenn Sie so weit sind. Dann geben wir die Koordinaten durch.«

»Gut, ich sehe mal, ob ich da jemanden wach rütteln kann. Ich geh hier jetzt raus. *Até já.*«

»Und die Häuser im Osten? Wo sind die?«, fragte Ana.

Sie klang so entschlossen, dass Fonseca gleich besorgt die Stirn runzelte.

Tavares sah wieder auf den Monitor. »Beide in der Gegend von Amarante.«

»Amarante? Das ist eine Viertelstunde von hier! Ich bin ja schon hinter Penafiel.«

»Immer langsam«, sagte Fonseca. »Für Sie gilt das Gleiche wie für Rui, das ist ja wohl klar.«

»Dann brauche ich Verstärkung von der GNR. Hier draußen ist ja sonst niemand.«

»Ja, gut, die müssten eigentlich noch auf den Beinen sein bei all den Waldbränden heute Nacht. Warten Sie, ich rufe auf dem Revier in Amarante an. Ich melde mich gleich wieder.«

Sie wartete nicht. Schon beim Telefonieren war sie zum Auto gelaufen, hatte zuletzt in der offenen Fahrertür gesessen. Jetzt schwang sie nur noch ihre Beine in den Wagen, klappte die Tür zu und drehte den Zündschlüssel um. Ein letzter Blick hinüber zu dem angestrahlten Herrenhaus: Nein, für Diskussionen war keine Zeit. Sie hielt sich auch nicht damit auf, das neue Ziel in das Navigationsgerät einzugeben. Nach Amarante, entschied sie, fand sie auch noch so.

Sie fuhr vom Gelände und bog in die nächste Hauptstraße, dort folgte sie den Autobahnschildern ›Vila Real‹. Es waren nicht sehr viele Schilder, sie musste aufpassen, und das lenkte sie für eine Weile ab.

Erst als sie allein auf der A4 durch die Nacht fuhr, brach es wieder alles über sie herein. Das ganze Ausmaß dessen, was sie vorhin erfahren hatte. Sie sah Talita vor sich, in ihrem weißen Trägerkleid und barfuß, wie sie den grünen Tee einschenkte. Ihr schüchternes Lächeln. Die Tränen traten ihr in die Augen, als sie daran dachte, was diese Männer mit ihr gemacht hatten.

Wo war sie jetzt? Auch irgendwo allein im Wagen unterwegs, auf einer nächtlichen Autobahn? Wo wollte sie hin? Was hatte sie vor? Sie konnte panische Angst haben, völlig verstört sein, selbstmordgefährdet. Wer wusste denn, wie es wirklich in ihr aussah nach alledem? Jemand *musste* sie finden. Sie brauchte dringend Hilfe.

Der Chef hatte recht: Jetzt war es Zeit zu handeln. Das alles musste ein Ende haben. Noch heute Nacht.

Die Berge wurden langsam höher, die Autobahn zog an dunklen, bewaldeten Hängen dahin. Feuerschein kam mal von hier, mal von dort, mitunter sah sie die Flammen, wie sie hoch über die Baumwipfel schlugen.

Die Erkennungsmelodie ihres Telefons erklang, sie nahm es vom Beifahrersitz. Fonseca.

»So, die GNR Amarante erwartet Sie. Ein Leutnant Lourenço. Er denkt, er weiß, wer Sie sind.«

»Wenn nicht, hab ich auch meinen Dienstausweis dabei.«

»Um so besser. Dann hätte ich hier jetzt die Koordinaten der beiden Häuser.«

»Moment, ich fahr mal eben rechts ran.«

»Rechts ran? Wo sind Sie denn?«

»Na, kurz vor Amarante.«

»Ah ... Gut.«

Auf der Standspur notierte Ana die Koordinaten und gab sie dann gleich in ihr Navigationsgerät ein. Bevor sie weiterfuhr, schrieb sie noch schnell eine SMS an Mário:

›Tut mir leid, ging nicht anders. Ein Anruf, du weißt schon. Sag Mutter, es ist alles in Ordnung, ja? Küsschen, Ana.‹

Seine Antwort ließ nicht lange auf sich warten. Sie las sie beim Fahren.

›Die rufen dich nachts um drei in deiner Freizeit an und du rast sofort los und findest das auch noch in Ordnung du bist doch verrückt ich mach das bald nicht mehr mit hörst du!‹

Sie legte ihr Telefon beiseite und blickte nach vorn auf die Straße. Sie hatte sich gemeldet, das musste reichen. Jetzt hatte sie anderes zu tun.

Andrade hatte der Anruf auf dem Stadtring erreicht, und er war gleich mit seinen zwei Wagen Richtung Braga abgefahren. Über die Freisprechanlage gab Fonseca die Koordinaten der nördlichen Häuser durch.

»*Muito bem*«, sagte Andrade. »Dann hoffen wir mal, dass wir sie auch alle erwischen.«

Hinterher schlug er einmal mit der flachen Hand aufs Lenkrad: »Endlich! Zugriff! Das wird auch Zeit! Ich hätte die ja längst alle eingebuchtet. Und dann so lange durch die Mangel gedreht, bis sie verdammt noch mal den Mund aufmachen!«

35

Der schwarze Land Rover Freelander stand auf einem einsamen Waldweg, Motor und Scheinwerfer waren aus, und die Heckklappe war weit geöffnet. Im schwachen Licht der Innenraumlampe sah man die Waffen im Kofferraum liegen, eine neben der anderen, ordentlich aufgereiht.

Der Indio stand allein am Wagenheck, eine Uzi in der Hand, auf die er sorgsam einen Schalldämpfer aufschraubte, der fast genauso lang war wie die kleine Maschinenpistole selbst. Als er damit fertig war, schob er ein Magazin in den Handgriff und ließ es einrasten.

Hinter dem Land Rover stand ein dunkler Lieferwagen, dessen seitliche Schiebetür geöffnet war. Auch dort brannte ein fahles Innenraumlicht. Der andere der beiden Brüder war dabei, die Ladefläche mit einer dicken schwarzen Plastikplane auszulegen. Gebückt ging er unter dem Wagendach hin und her und dichtete die Ecken und Kanten ab.

In der offenen Beifahrertür des Lieferwagens saß der Mann mit dem grauen Pferdeschwanz. Er trug Kopfhörer, die an ein Funkgerät angeschlossen waren, und ab und zu wechselte er die Frequenz. Er versuchte, etwas über die aktuelle Lage der Waldbrände zu erfahren, aber der Funkverkehr von Feuerwehr und GNR schien nicht viel herzugeben. Immer wieder schüttelte er still den Kopf.

Der Indio legte die eine Uzi zurück, nahm die nächste aus dem Kofferraum und schraubte auch bei dieser einen Schalldämpfer auf. Er tat das sehr ruhig und konzentriert, beinahe andächtig. Das Töten war etwas, auf das man sich vorbereiten musste, und jetzt war sie gekommen: die Stunde davor. Die Zeit der inneren Sammlung.

Ana Cristinas kleiner roter Seat hielt vor dem Hauptquartier der GNR Amarante, und sie stieg aus, in ihrem kleinen roten Kleid mit den roten Fransen. Sie seufzte innerlich bei dem Gedanken an eine Revierwache voll uniformierter Männer und wünschte, sie hätte Jeans und Turnschuhe an. Es nützte nichts. Vorsichtshalber hielt sie schon mal ihre Dienstmarke in der Hand, als sie auf das Portal zuging.

Es war dann halb so schlimm. Der GNR-Mann am Eingangstresen machte zwar große Augen, als sie hereinkam, und ein anderer, rundlich und schnauzbärtig, lachte und sagte: »Aber hallo! Wenn wir das geahnt hätten, hätten wir ja unseren roten Teppich ausgerollt!«

Dann kam auch schon der angekündigte Leutnant von hinten, ein gut aussehender junger Mann, dem seine Uniform mit den blank polierten Stiefeln wie maßgeschneidert saß. »Ah, ich wusste es doch«, sagte er. »Ich hab Sie mal mit Ihrem Chef gesehen, bei einem Gerichtstermin in Porto.« Er betrachtete sie lächelnd von Kopf bis Fuß. »Allerdings ...«

Ana lächelte ebenfalls und zuckte die Schultern. »Sie wissen ja, wie das ist. So ein Anruf kommt immer, wenn's am wenigsten passt! Heute Nacht hat man mich auf einer Feier erwischt.«

Leutnant Lourenço führte sie noch kurz vor die militärische Flurkarte, die an der Wand hing. Er hatte die Standorte der beiden Häuser mit Nadeln markiert. »Tja, Sie sehen, das eine liegt Richtung Baião, das andere hier oben bei Celorico de Basto.« Südosten und Nordosten. »Mit welchem fangen wir an? Das müssen Sie entscheiden.«

»Welches ist schneller erreichbar?«

»Das hier unten, würde ich sagen. Baião.«

»Dann nehmen wir das.«

Er sah sie skeptisch an. »Sind Sie sicher, dass Sie mitfahren wollen?«

»Ganz sicher.«

»Wir können die Objekte auch allein überprüfen.«

»Danke, das ist nett von Ihnen. Kommen Sie, wir müssen los.«

Fonseca hatte ein ungutes Gefühl. Das hatte er zwar von Anfang an gehabt, aber in dieser Nacht war er besonders hin- und hergerissen. Er hatte die Entscheidung getroffen zu handeln. Aber auf welcher Grundlage? Es war seine Verantwortung und, wenn es schiefging, seine Schuld. Und er wusste die ganze Zeit: Die Voraussetzungen stimmten nicht. Nicht wirklich.

Diese Delegation ist vom PCC. Und sie ist gerade dabei, den Tod der Entführer zu rächen. Für den Moment und unter Zeitdruck mochte das reichen. Eine Arbeitshypothese, besser als nichts. Aber er wusste: Auch das war wieder nur die halbe Wahrheit.

Er hatte Anweisung gegeben, Coça-Cu festzunehmen, der bis jetzt unauffindbar war. Man versuchte gerade, sein Telefon anhand der Nummer zu orten, die Come Lixo von ihm gespeichert hatte. *Das* war der Mann, der Nilton erschossen hatte. Daran zweifelte er noch am wenigsten.

Es war der Rest, der ihm keine Ruhe ließ. Die Ohren und die Zunge. Der Spitzel, der gelauscht und geredet hatte. Alessandro Vicente und sein Boss in São Paulo. Die Favela und die Business School ... Er fuhr sich über die Augen. Er hatte es vorhin selbst gesagt: ›Wir müssen einfach tun, was wir tun können.‹

Mittlerweile waren sie auch nicht mehr allein im Besprechungsraum. Ein paar Kollegen von der Sonderkommission waren hinzugekommen, saßen jetzt ebenfalls an den grauen Tischen, telefonierten und tranken Kaffee aus dem Automaten. Das Lagezentrum der ›Operação Brasil‹ war wieder zum Leben erwacht.

Also gut, dachte Fonseca, wir ziehen das jetzt durch. Das große Schleppnetz auswerfen und den Fang einholen. Und sortiert wird hinterher.

Leutnant Lourenço hatte offenbar gedacht, Ana wollte bei ihm im Jeep mitfahren. Inzwischen wusste er es besser. Sie saß am Steuer und er daneben. In ihrem Seat fuhren sie die N 101 entlang, durch das weite, dunkle Bergland, dicht hinter sich den Jeep mit zwei weiteren GNR-Männern. Die Scheinwerfer blendeten sie dauernd in den Spiegeln.

Sie schienen die Einzigen zu sein, die hier um diese Zeit unterwegs waren. Auch die sanfte Frauenstimme aus dem Lautsprecher war verstummt, nachdem sie gesagt hatte: »Dem Straßenverlauf zehn Kilometer folgen.« Die Bergrücken wurden noch kahler und felsiger, einzelne knorrige Kiefern tauchten im Licht der Scheinwerfer auf und blieben zurück. Schroffe Felskanten zogen vorbei, wo man die Straße in den Hang gesprengt hatte.

»Ich denke, wenn wir nah genug dran sind, schicken wir den Jeep vor«, sagte Lourenço. »Das sieht dann aus wie eine normale Patrouillenfahrt. Wer ihn beobachtet, wird einfach warten, dass er wieder verschwindet, und nicht gleich misstrauisch werden.«

»Ja, gut. Klingt plausibel.« Ana lächelte leise. Täuschte sie sich, oder versuchte er immer noch, sie aus der Sache herauszuhalten?

Pinto meldete sich als Erster. »Also, hier findet absolut gar nichts statt. Alles stockfinster und Totenstille. Das heißt, ab und zu schreit mal 'ne Eule oder was das für komische Viecher sind.«

»Dann können wir den Standort abhaken?«, fragte Fonseca.

»Ja. Ich glaube, meine Hilfstruppe ist ganz froh. Denen war reichlich mulmig zumute. Na, jetzt können sie schön zurück nach Aveiro. Gibt es sonst schon was Neues?«

»Nein, bis jetzt nicht.«

Warten, warten: Viel mehr konnten sie in Porto nicht tun. Auf und ab gehen, sich hinsetzen, wieder aufstehen, noch einen Kaffee holen. Weder von Coça-Cu noch von

Talita Possamai gab es irgendein Telefonsignal. Es gab überhaupt nichts, womit man etwas anfangen konnte.

Als Nächstes rief Andrade an. »Negativ. Keine Anzeichen von Aktivität. Wir fahren jetzt zu der zweiten Position. Kann etwas dauern. Ich melde mich.«

Dann, endlich, kam auch ein Anruf von Ana: »Hier ist nichts. Die ganze Gegend ist wie ausgestorben.« Sie klang ernüchtert. »Ich hoffe, wir haben uns nicht völlig verrannt. Nicht dass die heute Nacht was ganz anderes vorhaben.«

»Wir können jetzt nur weitermachen, sonst nichts.«

»Ja, das ist klar. Wir sind auch schon wieder unterwegs. Es wird sowieso knapp.«

Inzwischen war es Viertel vor fünf.

Fonseca hätte ihr gern noch etwas gesagt wie: ›Seien Sie vorsichtig, ja?‹ Aber dann schüttelte er den Kopf und sagte nur: »*Bem, até já.*«

Valter de Jesus betrat den Kontrollraum. »Gleich haben wir's geschafft.«

Caitano nickte ihm zu. »Wird auch Zeit, dass wir hier rauskommen.« Er ließ einen prüfenden Blick über die Monitore wandern. Nur in dem einen Zimmer saß noch eine blonde Ukrainerin auf der Bettkante und puderte sich gerade das Gesicht. Der Mann war schon gegangen. Zum Glück. Caitano hasste das alles. Die Mädchen ließ er sich ja noch gefallen, aber die Kerle – die musste er wirklich nicht sehen.

»Vorn ist jetzt allgemeiner Aufbruch«, sagte Valter de Jesus. »Die Ersten sind weg, und der Bus für die Mädels ist auch schon da.«

»Gut.« Caitano sah wieder die Blonde an. Jemand schien jetzt bei ihr an der Tür zu sein. Es sah aus, als sagte sie: ›Ja, ja, ich komm ja schon!‹ Dann stand sie hastig auf und verschwand aus dem Bild.

Caitano rollte seinen Drehstuhl zurück, klopfte sich mit beiden Händen auf die Knie. »*Vamos!* Abbauen, einpacken und dann nichts wie weg.«

Wieder die endlose Landstraße im Lichtkegel der Scheinwerfer, der Jeep immer dicht hinter ihnen. Ana war unruhig und angespannt. Auf der Autouhr tickten die Minuten durch. 5:36 Uhr, 5:37 Uhr. Es dauerte alles viel zu lange.

Auf schmalen, dunklen Straßen fuhren sie immer noch an Berghängen und Weinterrassen entlang und durch schüttere Kiefernwälder. Leutnant Lourenço behielt den kleinen Bildschirm im Auge. »Achtung«, sagte er schließlich, noch bevor die Stimme aus dem Lautsprecher sich meldete. »Hinter der Kurve da müsste es sein. Halten Sie besser dort vorn.«

Sie machten es wie beim ersten Mal. Der Jeep fuhr allein weiter. Ana und Lourenço saßen da und warteten, die Seitenfenster heruntergelassen. Die erste schwache Dämmerung setzte ein. Von Weitem hörten sie Hähne krähen.

Dann kam der Jeep zurück. »Nichts. Das Haus steht leer. Da ist niemand.«

Lourenço sah Ana an.

Sie sagte kein Wort.

Er lächelte. »Also gut. Überzeugen Sie sich selbst.«

»Nein, nein, nicht nötig. Ich glaube Ihnen natürlich.«

»Ah, Sie sollten Ihr Gesicht sehen. Ich kann das gut

verstehen. Man schlägt sich die ganze Nacht um die Ohren, und dann war alles umsonst. Kommen Sie, wir nehmen den Jeep.«

Der Rauchgeruch, der hereindrang, schien immer stechender zu werden. Andrade hatte schon die Lüftung abgestellt, aber das nützte auch nichts. Es war sehr stickig im Wagen, ihm stand der Schweiß auf der Stirn. Links und rechts huschten die Stämme von Kiefern und Eukalyptusbäumen vorbei. Es war beklemmend, durch den dunklen Wald zu fahren und die Brände zu riechen. Nicht zu wissen, wo genau es brannte. Er und sein Beifahrer passten die ganze Zeit auf, ob sie irgendwo Feuerschein sahen.

Und plötzlich, hinter der nächsten Kurve, fuhren sie direkt darauf zu. »*Puta de merda!*« Neben einer Straßensperre stand ein Feuerwehrwagen mit blinkendem Blaulicht, und nicht weit dahinter verschwand die Straße in dichten Rauchschwaden. Man sah die Flammen aus dem Unterholz emporschießen und bis hinauf in die Baumkronen lodern.

Andrade hielt an, ließ die Seitenscheibe herunter. Man hörte das Knistern und Knacken und ein gewaltiges Rauschen, wie von starkem Wind.

Ein Feuerwehrmann kam auf sie zu: »Sie müssen zurück! Und das Gebiet dann möglichst weiträumig umfahren. Das Feuer ist noch nicht unter Kontrolle!«

Beide Wagen wendeten auf der schmalen Straße.

Andrade rief Fonseca an. »Eine Scheiße ist das alles! Die Nacht ist gleich um. Na, egal, wir fahren da jetzt hin.«

Es war schon deutlich heller geworden, als der Jeep wieder hinter Anas rotem Seat hielt. Lourenço drehte sich zu ihr um. »Zufrieden?« Ana seufzte und nickte schwach. »Wie man's nimmt.« Immerhin: Jetzt hatte sie es mit eigenen Augen gesehen. Leutnant Lourenço hatte den Fahrer sogar anhalten lassen. Durch das Gittertor hatte sie einen Blick auf den Vorplatz und das Haupthaus werfen können. Alle Fenster waren dunkel gewesen, und auch sonst hatte sich nichts gerührt. Gar nichts. Aus der Ferne hatte man Hahnenschreie und bellende Hunde gehört, nur auf dem Gelände der alten Quinta war alles still geblieben.

Sie stiegen aus. »Das war's dann wohl«, sagte Lourenço. »Fahren wir zurück?«

»Ich muss erst noch telefonieren. Das kann etwas dauern. Sie brauchen nicht zu warten.«

»Auf die paar Minuten kommt's jetzt auch nicht mehr an.« Lourenços Blick sagte deutlich genug: ›Sie sollten hier nicht allein am Straßenrand stehen. Wer weiß, wer vorbeikommt.‹

Ana lächelte. »Nein, nein, Sie haben schon mehr als genug getan. Sie alle. Haben Sie vielen Dank.«

»Jederzeit gern«, sagte der GNR-Mann, der eben den Jeep gefahren hatte. Er fand offenbar auch, dass die Nachtschicht jetzt langsam vorbei war. Der andere gähnte und sah auf die Uhr. Nur Lourenço zögerte noch.

»Ich fahr dann sowieso gleich auf die Autobahn«, sagte Ana. »Also nochmals vielen Dank.«

Leutnant Lourenço stieg vorn neben dem Fahrer ein. Es war ihm anzusehen, dass er sie ungern allein ließ. Er hob noch die Hand zum Gruß, und der Jeep fuhr los.

Ana winkte und sah ihm nach. Dann setzte sie sich rasch in ihren Wagen und rief den Chef an.

Fünf Minuten später klingelte Andrades Telefon. Fonsecas Stimme kam über die Freisprechanlage: »Hör mal, ich habe gerade mit Ana gesprochen. Wieder negativ. Das heißt, das Haus, wo ihr jetzt hinfahrt, ist das letzte auf der Liste. Ich überlege, ob ich nicht lieber gleich das Einsatzkommando hinschicke. Bis die vor Ort sind ...«

»Ja, gut, wenn das so ist ... dann zählt vielleicht jede Minute.«

»Eben. Ihr wisst Bescheid: höchste Gefahrenstufe.«

»Wir passen schon auf. Ich melde mich.«

36

Ihr Telefon in der Hand, lehnte Ana sich auf dem Fahrersitz zurück und schloss für einen Moment die Augen. Sie hatte eigentlich noch ihre Mutter anrufen wollen. Und Mário. Aber plötzlich merkte sie, wie erschöpft sie war. Sie mochte jetzt mit niemandem mehr reden. Mit Mário schon gar nicht. Noch mehr Stress. Nein, alles später. Der schlief sowieso tief und fest, es war gerade mal halb sieben.

Sie fühlte sich leer und ausgelaugt. Die lange Nacht war zu Ende, und es war alles ein Fehlschlag gewesen.

Die Vögel zwitscherten. Sie machte die Augen auf, dann die Wagentür.

Der Himmel wurde schon blau. Erste Sonnenstrahlen fielen durch die hohen Eukalyptusbäume. Von der Quinta war auch bei Tageslicht nichts zu sehen, sie lag hinter dem Waldstück.

Immer noch krähten einzelne Hähne, und von noch weiter weg hörte sie schwach das Läuten von Kirchenglocken. Ein Sonntagmorgen auf dem Lande. So, wie sie es von klein auf gewohnt war. Die Ruhe und der Frieden taten gut nach alledem.

Wo mochte Talita jetzt sein? Wo war sie hingefahren?

War sie froh, dass sie die Nacht überstanden hatte? Dass wieder die Sonne schien? War sie in Sicherheit?

Ana stieg aus, streckte sich und ging dann langsam ein paar Schritte auf und ab. Auch das tat ihr gut. Sie hatte stundenlang im Auto gesessen. Es war alles zu viel gewesen, sie hatte kaum noch klar denken können.

Talita ...

War sie wirklich nach Spanien gefahren? Allein, nachts auf der Autobahn? Nach dem, was ihr da neulich passiert war? Ana sah sie noch vor sich: auf dem Rücksitz zusammengekauert, zitternd vor Angst. Jemand mit einer posttraumatischen Störung tat eigentlich alles, damit sich so etwas nicht wiederholte. Und was sollte sie auch in Spanien? Mit zwei Bodyguards war das noch etwas anderes. Aber Talita allein? Die konnte doch nicht einmal ein Café betreten, ohne sofort alle Blicke auf sich zu ziehen. Nein, das war sicher nicht das, was sie gesucht hatte.

Was hätte sie sonst tun können? Ins Hotel gehen? Mitten im Sommertrubel? Zwischen all den fremden Menschen? Das lief auf das Gleiche hinaus. Dafür hätte sie auch kein Auto gebraucht. Sie hätte einfach ein Taxi nehmen können.

Aber sie *hatte* sich ein Auto besorgt. Und einen Koffer und eine Reisetasche gepackt. Und dann war sie ganz allein weggefahren. Was konnte sie vorgehabt haben?

Untertauchen und abwarten, bis es vorbei war. Wie hatte Fonseca gesagt? ›Diese Delegation aus São Paulo – die wird sich hier nicht unnötig aufhalten.‹ Nein, das bestimmt nicht. Wenn ihr Auftrag erledigt war, dann verschwand sie wieder.

Ein sicherer Zufluchtsort. Darum ging es.

Aber wo war der? Und woher sollte Talita ihn kennen, so isoliert, wie sie gelebt hatte, ständig von Caitano überwacht?

Ana blieb stehen. Ein Gedanke war aufgetaucht ... Aber sie schüttelte gleich den Kopf. Nein. Nein, das konnte nicht sein.

Sie drehte sich um, blickte in Richtung der Quinta. Diese Partys in den Landhäusern ... Ausgerechnet Talita sollte geholfen haben, sie vorzubereiten. Es hieß, sie hätte die Innenräume ausgestattet und dekoriert. Auch wenn Ana selbst das kaum glauben mochte – der Chef ging davon aus, dass es stimmte. Möglich war es schon. Sie hatte das studiert, sie konnte das. Es machte ihr sicher auch Spaß. Und auf die Art war sie mal rausgekommen, hatte etwas zu tun gehabt. Und Caitano war einverstanden gewesen. Es fand ja unter seiner Aufsicht statt.

Talita, die ständig überwacht wurde. Und die dennoch Mittel und Wege gefunden hatte, sich unbemerkt davonzustehlen. Viele Möglichkeiten hatte sie nie gehabt, aber die wenigen, die hatte sie immer genutzt.

Ein Haus auf dem Lande, einsam und abgeschieden. Ein Haus, von dem sie genau wusste, dass sie dort sicher war. Vielleicht hatte sie noch einen Schlüssel dafür. Oder sie hatte sich heimlich Nachschlüssel machen lassen. Für eins oder mehrere dieser Häuser, in denen sie ein und aus gegangen war. Sie musste ihr Verschwinden genau geplant haben. Vielleicht von langer Hand.

Und sie hatte gewusst, wo letzte Nacht diese Party stattfand. Wo die Männer sich aufhielten, die ihr gefährlich werden konnten. Und wo sie garantiert *nicht* waren.

Ana wandte sich ab, sah auf das Telefon in ihrer Hand.

Fonseca wollte sich melden, sobald er etwas Neues wusste. Sie biss sich leicht auf die Unterlippe. Und jetzt? Was sollte sie tun? Am besten nach Hause fahren. Lass es gut sein, dachte sie. Du bist einfach fertig und überdreht. Aber dann blickte sie doch wieder auf, horchte und sah sich um. Es war immer noch still und menschenleer. Als hätte das alles hier mal zu der Quinta gehört und wäre mit ihr verlassen und aufgegeben worden. Eine Feldsteinmauer am anderen Straßenrand schien kurz davor, völlig zusammenzufallen, manche der großen Steine lagen schon halb auf der Fahrbahn. Verwilderter Wein hatte alles überwuchert, was da war, und hing in meterlangen Ruten aus der Krone eines Olivenbaums.

Nein, sie wurde den Gedanken nicht los. Was wäre ... wenn sie *hier* wäre? Dort hinten. In irgendeinem leeren Zimmer am Boden kauernd, in die Ecke verkrochen.

Vielleicht könnte ich ihr helfen. Sie in den Arm nehmen. Irgendetwas für sie tun.

Sie blieb bei ihrem Wagen stehen, die Hand an der offenen Tür. Doch noch mal dort vorbeifahren?

Nein, sie wusste ja: durch das Haupttor war nichts zu sehen. Wenn dort irgendwo ein Auto stand, dann hinter dem Haus.

Sie kannte genug alte Quintas. Die hohe Mauer wie vorn an der Straße ging praktisch nie um das ganze Gelände herum. Hinten, wo der Gemüsegarten lag, war sie meist niedriger, mit einem Maschendrahtzaun obendrauf.

Es war gleich da vorn. Sie brauchte nur ein Stück zu Fuß an der Seite entlanggehen.

Es half nichts, es musste sein. Sie klappte einfach die

Wagentür zu und ging in die Richtung. Nur einmal kurz einen Blick hinters Haus werfen. Damit sie beruhigt war.

Bei Sonnenschein und Vogelgezwitscher ging sie die Straße entlang, ihr Telefon in der Hand. Der Himmel wurde immer blauer, nur weit in der Ferne waren braune Rauchschleier zu sehen.

Sie kam an die übermannshohe Mauer, die einmal weiß getüncht gewesen war. Jetzt war sie grau und rissig, mit abgeplatzten Stellen, von Flechten und Moos bewachsen. Das Haupttor lag rechts, sie ging nach links und bog dann um die Ecke.

Es war anders, als sie erwartet hatte. Soweit sie erkennen konnte, hatte die Mauer auch an dieser Seite die gleiche Höhe. Aber davon ließ sie sich jetzt nicht abhalten.

Der Weg war voller Schotter und vertrockneter Farne. Stacheliges Brombeergestrüpp war herübergewuchert. Sie musste aufpassen, wo sie hintrat. Riemchensandalen waren hier nicht gerade das richtige Schuhwerk.

Die Mauer ging immer so weiter, aber ein Stück voraus sah sie etwas wie einen Seiteneingang. So ungeduldig sie war – viel schneller gehen konnte sie nicht, sonst pikte sie gleich irgendwas in den Fuß.

Es war eine Gitterpforte. Vielleicht reichte das ja für den Blick hinters Haus.

Aber als sie davorstand, war überhaupt nichts zu sehen. Nur Rhododendren und eine riesige Kamelie. Sie trat ganz nahe heran und umfasste die Gitterstäbe, um noch nach links und rechts zu schauen.

Die Pforte gab nach. Sie war nur angelehnt gewesen.

Ana drückte sie auf. Es war eine alte, rostige Eisenpforte. Aber sie quietschte überhaupt nicht. Als ob sie kürzlich jemand geölt hätte.

Ana zögerte, ohne selber zu wissen, warum. Es war doch klar, dass sie da jetzt hineinging! Wo sie schon so weit gekommen war ... Sie horchte noch einmal. Nur die Vögel und die summenden Bienen.

Sie trat ein, machte die Pforte hinter sich zu und ging dann vorsichtig in die Richtung des Haupthauses. Schon konnte sie es hier und da durch das dichte Laub schimmern sehen, mit seinen Sprossenfenstern und den massiven Wänden aus schweren Granitblöcken.

Zu nahe wollte sie lieber nicht herangehen in ihrem auffälligen roten Kleid. Aber das war auch nicht nötig. Sie kam an einen zweiten Gartenweg, der parallel zum Haus lief, sodass sie hinter den Bäumen in Deckung bleiben konnte.

Langsam, Schritt für Schritt, ging sie den Weg entlang, den Blick die ganze Zeit auf die Fenster gerichtet. Hinter den Scheiben war alles dunkel. Nirgends die allergeringste Bewegung. Und trotzdem fing sie an, sich unbehaglich zu fühlen. So als ob da jemand wäre, der sie aus dem Haus beobachtete.

Nur noch schnell nachsehen, ob da ein Auto steht, und dann raus hier ... Bis da vorn, das muss reichen.

Der Garten wurde hier schon lichter, ein Stück weiter leuchtete grüner Rasen in der Sonne. Sehr grün für August, dachte sie noch. Dann blieb sie stehen.

Das Haus und seine Fenster waren vergessen. Sie spürte ihr Herz klopfen. Vor ihr, am Wegrand, stand eine hohe Palme, und sie wusste genau, *dass sie sie schon einmal gesehen hatte.*

Sie wagte es kaum, sich umzuwenden. Ganz langsam drehte sie den Kopf zur Seite. Da war die Yucca. Der Palme genau gegenüber. Die große, ausladende Yucca mit den dicken Stämmen. Wie im Traum zog es sie vorwärts, noch einen Schritt und noch einen Schritt. Und da stand er auf dem grünen brasilianischen Rasen: der blau glasierte Topf mit der Agave, deren fleischige, geschwungene Blätter weit über den Rand hingen. Direkt vor sich sah sie den alten Schuppen mit der Holztür, von der die rote Farbe abgeblättert war.

Oh mein Gott, dachte sie. Lass mich aufwachen. Bitte.

37

Andrade wollte gerade sein Fernglas absetzen, als sich doch noch etwas bewegte. Er drehte an der Scharfeinstellung. Tatsächlich: Jemand kam zwischen den Weinstöcken hervor, die zum Objekt gehörten, und trat hinaus auf die offene Wiese. Es war eine alte Frau mit Strohhut. Sie hatte vier, fünf Hunde dabei, jeden an einer langen Leine. Die Hunde sahen irgendwie komisch aus, und sie liefen auch alle quer durcheinander, sodass die Leinen sich verhedderten.

Andrade seufzte, ließ das Fernglas sinken und ging durch den lichten Kiefernwald zurück zur Straße. Seine Leute sahen ihn fragend an.

»Da ist jemand, direkt vorm Haus. Ein altes Muttchen mit ein paar Hunden. Also, das ist Mist hier! Fahren wir noch kurz hin und checken das.«

Gleich darauf wusste er auch, was an den Hunden so komisch war. Es waren fünf Ziegen, die die alte Bäuerin hier für den Tag auf die Weide gebracht hatte. Etwas Hilfe beim Anpflocken kam ihr gerade recht, PJ hin oder her.

»Hier, halten Sie mal«, drückte sie Andrade einen Strick in die Hand.

Die Ziege meckerte gleich los und versuchte zu entkommen. Andrade wickelte sich den Strick um die Hand und hielt sie fest. Mit der freien Hand zeigte er auf das leer stehende Haus. »Ist Ihnen hier in letzter Zeit etwas Ungewöhnliches aufgefallen?«

»In letzter Zeit nicht, nein!« Die Alte war gerade dabei, einen Pflock zu versetzen. Energisch rammte sie ihn in die Erde und schlug ihn mit einem Feldstein tiefer ein. Die Männer von der PJ sahen sich ratlos an.

Die Alte ruckelte noch einmal an dem Pflock und schien zufrieden. Dann zerrte sie eine Ziege näher heran und band den Strick an. »Letztes Jahr im Sommer, da haben die Reichen hier ihre Feste gefeiert. Aber nicht mit ihren Frauen. Mit ihren Huren! Fast jedes Wochenende ging das so! So was hat's hier noch nie gegeben!«

»Letztes Jahr war das? Sind Sie sicher?«

»Ja, ja, letzten Sommer, bis in den Herbst. Dann war Schluss. Da wurde es wohl zu kalt für ihre halb nackten Flittchen! Eine Schande war das für das ganze Dorf! Wir sollten das auch gar nicht mitkriegen. Meine Enkelin, wissen Sie, die ist dreizehn! Die hat das immer den ›Ball der Vampire‹ genannt. Weil sie alle noch schnell vor Sonnenaufgang verschwunden sind!« Sie lachte laut und meckernd, und die Ziegen stimmten ein. »›Die müssen zurück in ihre Särge‹, hat sie gesagt, ›sonst zerfallen sie zu Staub‹! Die Kleine, die hat was auf dem Kasten, sage ich Ihnen. Liest dauernd so dicke Bücher. Die wird bestimmt mal Lehrerin oder so.«

»Okay.« Andrade lächelte tapfer und nickte ihr zu. Den straff gespannten Strick in der Hand, telefonierte er mit Fonseca. »Fehlanzeige! Das Haus hier war letztes Jahr dran. Was machen wir jetzt?«

Seine Ziege behielt ihn immer noch misstrauisch im Auge.

Als sie hinter sich ein Geräusch hörte, schrak sie zusammen und drehte sich um. Nur ein paar Schritte von ihr entfernt stand ein junger Mann auf dem Gartenweg, in Jeans und Turnschuhen und mit schwarzem T-Shirt. Er hatte eine Pistole mit Schalldämpfer auf sie gerichtet.

»Na, Süße, haben sie dich hier vergessen?« Er grinste und kam näher. »Wie kann das sein? So was Hübsches wie dich?«

Ana war wie erstarrt. Der Mann sprach mit starkem brasilianischen Akzent. Er war vom PCC. *Und er war hier bei ihr auf der Nordhalbkugel.*

»Dein Telefon«, sagte er und streckte die Hand danach aus. Sie hielt es ihm wortlos hin. »Danke.« Er sah es kurz an, dann hielt er die kleine Taste am Rand gedrückt, bis es ausgeschaltet war. »Ist hier noch jemand im Garten?«

Sie presste die Lippen aufeinander, deutete ein Kopfschütteln an.

»Ganz bestimmt nicht? Keiner mehr hinterm Busch, der sich gerade die Hose zuknöpft?«

»Nein.«

»Na gut.« Er steckte ihr Telefon in die hintere Jeanstasche, dann machte er eine auffordernde Bewegung mit der Pistole. »Da geht's lang. Und keinen Mucks, verstanden?«

Ana ging vor ihm her. Sie musste daran denken, was der Chef immer sagte: ›Das ist jetzt die neue Situation.‹ Sie hätte weinen mögen, schreien mögen. Aber sie nahm sich zusammen. Fonseca ... Er wollte sich ja noch bei ihr melden. Wenn er plötzlich die Voicemail dranhatte, war das so gut wie ein Notruf. Er wusste ja, dass sie niemals ihr Telefon ausschalten würde. Und ihre letzte Position hatte er auch. Sogar die genauen GPS-Koordinaten.

Einatmen, ausatmen. Aufrecht gehen, den Kopf hoch halten. Du bist kein Opfer, du bist Polizistin. Irgendwie kommst du hier wieder raus. Als Erstes musst du jetzt Zeit gewinnen.

Hinter dem Haupthaus standen tatsächlich drei Wagen: ein BMW, der Caitano gehörte – sie kannte die Autonummer aus den Observationsberichten –, und ein Stück weiter ein schwarzer Land Rover und ein dunkelgrauer Lieferwagen.

Auf der Rückseite des Hauses war ein Holztor, dessen einer Flügel halb offen stand. Drinnen war ein großes altes Weinfass zu sehen. Ein zweiter Mann schien sie gehört zu haben, jedenfalls kam er, vorsichtig rückwärtsgehend, ein Stück heraus und sah sie über die Schulter hinweg an. Er hielt eine Maschinenpistole im Anschlag, mit der er weiterhin den Innenraum sicherte. Er wirkte ernst und konzentriert. Auch als er Ana sah, regte sich nichts in seinem Gesicht.

Der Mann hinter ihr stupste sie mit dem Lauf seiner Waffe an. »He, nicht einfach stehen bleiben«, sagte er leise, und zu dem anderen, ebenso leise: »Sieh mal, was ich im Garten gefunden habe. Ist die nicht süß? Ich finde, die behalten wir. Wir nehmen sie mit, was meinst du?«

Der andere schien ein Indio zu sein. Es war ihm nicht anzusehen, was er meinte. »Ich habe auch was gefunden«, sagte er und deutete mit seiner Uzi auf eine Rolle schwarzes Plastikrohr, die an der Wand lehnte.

»Ah, gut, das wird gehen. Ich bring nur mal eben die Kleine weg.« Wieder ein Stupser ins Kreuz. »Da lang. Die Treppe.«

Vor ihm her stieg Ana die Stufen der seitlichen Außentreppe hinauf. Der Anblick gefiel ihm wohl, sie hörte etwas wie: »Mmmh ...!« Oben angelangt, machte sie sich darauf gefasst, dass er jetzt seine Hand auf ihren Po legte. Aber er tat es nicht. Er ließ sie weitergehen, einen Laubengang entlang: eine Abfolge von Türen auf der einen Seite, Granitsäulen und Brüstung auf der anderen. Unten lag der Garten, und von hier oben konnte man weit in die Hügel sehen, in die unerreichbare Welt, in der dies ein friedlicher Sonntagmorgen war. Mário ... *Mutter ...!* Nein. Jetzt nicht daran denken.

Sie kamen an die Tür zum vorderen Teil des Hauses. »Bitte, nach dir.« Ana öffnete die Tür und trat ein. »Du musst entschuldigen, wie es hier aussieht. Wir sind noch nicht zum Saubermachen gekommen.«

Wieder blieb sie unwillkürlich stehen. Die Wand ihr gegenüber war voller Blutspritzer. Bis auf halbe Höhe war sie blau-weiß gekachelt und das Blut war überall, oben auf dem weißen Putz und in langen Bahnen an den Kacheln herabgelaufen.

»Na los, weiter.«

Immer noch zögernd, bog sie um die Ecke. Dort lag der Tote in einer Blutlache. Er lag auf dem Rücken, Arme und Beine von sich gestreckt. Wie es aussah, hatte ihn ein Feuerstoß aus der Maschinenpistole getroffen. Seine Augen waren weit aufgerissen. Ana erkannte ihn sofort. Valter de Jesus Monlevad.

»Vorsicht, nicht reintreten.«

Sie hatte tatsächlich Mühe, um die Blutlache herumzustaksen, mit einer Hand ihr Haar aus dem Gesicht haltend. Der junge Mann sah ihr lächelnd zu. »So, da geht's weiter.«

Durch eine offene Flügeltür betraten sie den großen Salon, in dem bis vorhin noch gefeiert worden war. Es roch nach kaltem Zigarrenrauch, nach Parfüm und schalen Getränkeresten. Sie gingen an der Bar vorbei, auf der ein Tablett voll schmutziger Gläser stand, manche mit Lippenstiftspuren am Rand.

»Stopp. Warte.«

Ana blieb stehen, inmitten von Talitas Arrangement aus Topfpalmen, Poufs und üppigen Brokatkissen. Gestreifte Seidenbahnen mit goldenen Troddeln und große maurische Laternen hingen unter der Decke.

Das Licht der Morgensonne fiel durch die hohen Sprossenfenster. Vor dem einen stand ein schwarz gekleideter Mann und telefonierte, während er auf den Vorplatz hinaussah. Er war schon älter, mit grau meliertem Dreitagebart, sein graues Haar zu einem Pferdeschwanz gebunden. Sein Smartphone am Ohr, wandte er sich in ihre Richtung, seufzte und sagte: »Jetzt haben wir hier auch noch 'ne kleine Nutte aufgegriffen, die sich im Garten verlaufen hatte. Ehrlich, das hat gerade noch gefehlt. Na ja, wir sehen mal, wie wir das machen. *Até breve.*«

Er sah Ana von Kopf bis Fuß an, schüttelte überdrüssig den Kopf und sagte: »Um die kümmern wir uns später. Setz sie da auf den Stuhl und binde sie an.«

Der andere rückte einen Stuhl von der Wand ab und stellte ihn vor sie hin. »Na los, du hast doch gehört.«

Ana setzte sich auf den Stuhl, ihre Beine so eng zusammen, dass sich die Knie berührten.

»Hat die nichts bei sich gehabt? Keine Handtasche?«

»Nein, nur das Telefon hier. Ich hab's ausgeschaltet.« Der junge Mann sah sich um, nahm dann ein Seidentuch und drehte es zusammen. »Arme nach hinten. Na, komm schon. So ist es gut.« Schnell und geschickt fesselte er ihre Handgelenke an die Rückenlehne. Dann trat er vor sie hin und sah auf sie herab. »Ich muss sie nur noch eben durchsuchen. Dauert nicht lange.« Er lächelte. »Viel zu durchsuchen gibt's da ja nicht.« Er streifte ihr die Träger von den Schultern, riss ihr den BH auf, zog ihn weg und ließ ihn fallen. Wieder ein anerkennendes: »Mmmh ...!« Er fasste ihr an die linke Brust, strich einmal mit dem Daumen über die Brustwarze.

Ana drehte den Kopf zur Seite.

»So, und jetzt machst du mal schön die Beine breit ...«

»Schluss jetzt. Erst die Arbeit.« Der Mann mit dem grauen Pferdeschwanz hatte sich wieder dem Fenster zugewandt, blickte aufmerksam hinaus. »Habt ihr was gefunden, das ihr nehmen könnt?«

»Ja, haben wir. Eine Rolle Kabelschutzrohr.«

»Gut. Dann mal los.«

Der junge Mann fasste Ana beim Kinn, drehte ihren Kopf zurück. »Hast du gehört? Ich muss mal kurz weg.« Er beugte sich zu ihr hinab, als wollte er sie auf den Mund küssen. »Bis gleich, Süße. Dich gebe ich nicht wieder her. Dich nehme ich mit. Weißt du, das ist immer so ein Traum von mir gewesen und heute geht er in Erfüllung. Ist das nicht verrückt?«

»Nun mach schon. Wir haben genug Zeit verloren.«

»Sekunde. Ich muss ihr doch noch sagen, wie der Traum war.« Der junge Mann sah sie eindringlich an. Seine Pupillen waren stark geweitet. Er musste irgendwelche Drogen genommen haben. »Der war so: Ich habe einen Auftrag, und da läuft mir ein Mädchen wie du in die Arme. Natürlich ist sie eine Zeugin, ich müsste sie eigentlich beseitigen, aber sie ist so schön und so süß, ich bringe es einfach nicht fertig. Und weißt du, wie es weitergeht? Nein? Sie kriegt dann das ›Stockholm-Syndrom‹. Weißt du, was das ist?«

Ana wagte kaum zu atmen. »Ja«, sagte sie leise.

»*Ja?* Ehrlich? Du weißt es?«

Sie schloss kurz die Augen, nickte schwach.

»Lass doch mal hören. Was ist es denn?«

Sie wusste nicht, ob es klug war, das zu sagen, aber ihr fiel einfach nichts anderes ein. Nur dieser Satz aus dem Lehrbuch. »Ein ... psychisches Phänomen, bei dem die Geisel eine emotionale Beziehung zum Geiselnehmer entwickelt.«

»He, sie weiß es tatsächlich! Ich sag doch, die Kleine hat Klasse.«

Der Ältere am Fenster wandte sich um und sah sie nachdenklich an. Sie war nicht sicher, ob das ein gutes Zeichen war.

»Das stimmt. Sie verliebt sich in mich! Ich habe ihr das Leben geschenkt, und sie ist überglücklich und dankbar und macht alles, was ich will. Ist das nicht toll?«

»Los jetzt!«

»Ich geh ja schon.« Der junge Mann gab ihr einen Kuss auf die Lippen, dann nahm er seine Pistole vom Tisch, und sie hörte, wie er den Raum verließ.

Einen Moment lang war alles still. Ana atmete nur ganz flach. Sie fühlte sich unglaublich hilflos. Ausgeliefert. Nackt. Jetzt nur nicht daran denken, was sie mit Talita gemacht hatten.

Der Mann mit dem grauen Pferdeschwanz trat langsam näher und blieb vor ihr stehen. »Ein ›psychisches Phänomen‹, hm? Was bist du? Eins von den ganz schlauen Escort-Girls? Es soll ja welche geben, die sich auf die Art ihr Studium finanzieren. Oder wie habe ich mir das vorzustellen?«

38

Fonseca hatte als Erstes mit Leutnant Lourenço gesprochen. »Ja, ja, sie hat mich dann auch angerufen. Aber jetzt ist ihr Telefon ausgeschaltet. Das würde sie nie tun. Da stimmt was nicht!«
Jetzt telefonierte er mit Andrade. »Die GNR Amarante fährt noch mal hin. Die sind auf dem Weg. Und wo seid ihr jetzt? Wie lange würdet ihr brauchen?«
Pinto stand neben ihm, schon auf dem Sprung. »Kommen Sie, wir fahren. Telefonieren Sie unterwegs.«
Gleich darauf kamen drei Wagen hintereinander aus der Einfahrt der PJ, bogen mit quietschenden Reifen um die Ecke und jagten durch die sonntäglichen Straßen Richtung Norden und A4, Pintos schwarzer Audi voreweg. Fonseca saß auf dem Beifahrersitz. Er sprach mit dem Leiter des Einsatzkommandos, das schon wieder auf dem Rückweg war. »Vermutliche Geiselnahme im Raum Celorico de Basto. Wir können die Situation noch nicht einschätzen. Ich melde mich wieder!«
Pinto blickte wortlos geradeaus, beide Hände fest am Lenkrad. Sie sahen sich nicht an. Fonseca nahm sein Asthmaspray und inhalierte. Er presste die Lippen zusammen, kämpfte mit den Tränen. Er konnte nichts

anderes mehr denken als: *Nein. Nein. Nein! Nicht Ana. Nicht Ana!*

Ein aufdringliches Surren und Schnarren brachte Puga wieder zu sich. Er hing zusammengesackt in seinem weichen Ledersessel, blinzelte, schüttelte schwer den Kopf. »Was? Hab ich ... geschlafen?«

Der junge Mann saß noch so hellwach auf dem Sofa wie zuvor. Er grinste und sagte: »Hat sich sehr danach angehört.«

Es war Pugas Mobiltelefon, das so hartnäckig auf dem Glastisch herumvibrierte. Er erinnerte sich dunkel: Er hatte es stumm geschaltet. Das machte es etwas einfacher, dass er nicht rangehen durfte.

Immer noch blinzelnd, sah er sich um. Es war heller Tag, draußen schien die Sonne. Sofort erwachte die Hoffnung. Es war geschafft. Die schreckliche Nacht war vorüber.

Der junge Mann schob ihm das Telefon zu. »Sehen Sie doch mal nach, wer Sie da anrufen möchte ...«

Puga beugte sich misstrauisch vor. Das pulsierende Schnarren hörte und hörte nicht auf, das Telefon bewegte sich auf dem Glastisch hin und her. Er streckte lieber gar nicht erst die Hand danach aus. Dann sah er, was auf der Anzeige stand.

Caitano.

Übelkeit stieg in ihm auf. *Was, der lebt noch?* Er starrte das Telefon an wie ein großes, ekliges Insekt, das ihm jeden Moment ins Gesicht springen konnte.

»Wahrscheinlich will er, dass Sie ein paar kräftige Jungs hinschicken, die ihn raushauen. Ihn und den anderen, Kléber Lobato. Aber ich kann Sie beruhigen, dafür wäre eh keine Zeit mehr.« Der junge Mann nahm das Telefon wieder an sich, drückte den Anruf weg.

Plötzlich war Stille. Er lehnte sich auf dem Sofa zurück. »Valter de Jesus ist übrigens schon tot. Der Stand der Dinge ist: Caitano und Kléber Lobato haben sich in ihrem ›Kontrollraum‹ verschanzt. Sie sind beide bewaffnet. Was die Sache für uns etwas knifflig gemacht hat. Aber wir haben eine Lösung gefunden. Soll ich Ihnen sagen, wie die aussieht?«

»Nein.«

»Dieser Kontrollraum liegt im Untergeschoss, gleich hinter der Adega. Es war wohl mal ein einfacher Lagerraum. Er ist fensterlos. Und wir haben den Strom abgeschaltet. Die beiden sitzen jetzt also im Dunkeln.«

»Hören Sie auf!«

»Wir haben auch den zugehörigen Ventilationsschacht gefunden. Er läuft waagerecht und kommt an der Seitenfassade raus.«

Puga hatte Angst, sich gleich übergeben zu müssen.

»Ich denke, Ihr Lieferwagen wird jetzt schon vorgefahren sein. Wir werden die Abgase in den Raum leiten. Und dann mal sehen, was passiert.«

»Aufhören, hab ich gesagt!«

»Vielleicht entscheiden sich die beiden ja dafür, friedlich einzuschlafen. Das wäre für alle das Beste. Wenn nicht, müssen sie durch die einzige Tür, die sie haben, und die führt in die Adega. Auf die freie Durchfahrt zwischen den Weinfässern. Da werden sie dann mit Maschinenpistolen erwartet und laufen mitten in den Kugelhagel. Also, es sieht schlecht aus für die beiden, so oder so.«

Puga presste sich eine Hand auf den Mund, kam schwankend hoch und taumelte ins Bad. Würgend und hustend stand er übers Waschbecken gebeugt, Schleimfäden am Mund.

»Warum erzählen Sie mir das alles? Ich will das nicht hören!«

Der junge Mann stand in den Türrahmen gelehnt, seine Pistole am langen Arm. »Ich habe Anweisung, das zu tun. Mein Boss hat gesagt: ›Erzähle es ihm. Ich will, dass er es weiß und nie wieder aus seinem Kopf rauskriegt.‹«

Der Mann mit dem grauen Pferdeschwanz hatte ein Seitenfenster geöffnet und sah vorsichtig hinaus. Von unten war ein Brummen zu hören: ein Motor im Leerlauf.

Ana, auf ihrem Stuhl, schloss die Augen. Nein, dachte sie, tu es nicht. Zähl jetzt nicht zwei und zwei zusammen ... Caitano und Kléber Lobato, die noch am Leben sein mussten, irgendwo unter ihr, in der alten Adega. Der dicke schwarze Plastikschlauch. Der laufende Motor.

Sie hörte den Mann wieder näher kommen. Sie versuchte, ihn im Auge zu behalten, aber er ging langsam um sie herum und blieb hinter ihr stehen. Alles in ihr spannte sich an.

»Wenn du so ein schlaues Mädchen bist, dann erklär mir doch mal eins ...« Er legte seine Hände auf ihre nackten Schultern und strich sanft darüber hin. »Du hattest doch ein Telefon dabei. Wenn sie dich wirklich hier vergessen haben, warum hast du sie nicht angerufen? ›He, ihr seid ohne mich abgefahren! Kommt sofort zurück!‹ Wär das nicht das Naheliegendste gewesen?« Er kam nach vorn herum und sah prüfend auf sie herab. »Stattdessen irrst du hier im Garten herum, ganz allein. Wie kommt das? Du machst doch keinen betrunkenen Eindruck, und unter Drogen stehst du auch nicht. Also, was ist es dann? Hm ...? Was machst du hier?« Er beugte sich zu ihr herab und sah ihr in die Augen. »Du könntest ruhig etwas gesprächiger sein, weißt du das?« Er nahm ihre linke Brustwarze zwischen Daumen und Zeigefinger.

Ana zog scharf die Luft ein.

Er lächelte dünn. Er tat ihr nicht weh, er zeigte ihr nur, wie ihre Lage war. »Raus mit der Sprache: *Wer bist du?*«

In dem Moment krachte unten ein Schuss, jemand schrie.

Der Mann horchte, ließ sie los und richtete sich auf.

Noch ein Schuss. Ein Poltern und Scheppern. Dann eine rasende Folge von pfeifenden Querschlägern, Glasscheiben splitterten. Ana zog unwillkürlich den Kopf ein.

Schon war es vorbei. Nur der Motor brummte noch gleichmäßig vor sich hin.

Der Mann ging hinüber ans Seitenfenster, aber von dort aus war offenbar nichts zu sehen. Seine Schritte entfernten sich. Ohne ein Wort zu sagen, ging er hinaus.

39

Sie waren eine Viertelstunde gefahren, als Leutnant Lourenço anrief: »Ihr Wagen steht an derselben Stelle! Nicht abgeschlossen. Ihre Handtasche liegt auch noch darin, mit ihrem Dienstausweis. Aber von ihr keine Spur!«
Fonseca brauchte ein paar Sekunden, bevor er überhaupt etwas sagen konnte. »Gibt es Hinweise auf ... Gewaltanwendung?«
»Nein, nichts. Hier sieht alles völlig friedlich aus. Ihr Auto steht hier einfach so am Straßenrand. Was soll ich denn jetzt machen?«
»Hören Sie, wir sind so schnell wie möglich da. Und das Einsatzkommando ist auch unterwegs. Rufen Sie an Verstärkung zusammen, was Sie können. Aber tun Sie jetzt um Himmels willen nichts Unüberlegtes.«
»Sie *muss* da in der Quinta sein!«
»Ich verlasse mich auf Sie. Wir bleiben in Verbindung.«

Ana keuchte und zitterte, Tränen liefen ihr über die Wangen. Es war ihr klar, was sie da gerade mit angehört hatte. *Natürlich ist sie eine Zeugin, ich müsste sie eigentlich beseitigen ...* Sie wand sich auf ihrem Stuhl, zerrte an ihren Fesseln, versuchte die Handgelenke herauszuwinden, tastete mit den Fingerspitzen nach den Knotenenden. Alles vergeblich. Sie versuchte es noch einmal, noch heftiger, verzweifelter. Es ging nicht. Sie schluchzte und weinte. Es mussten irgendwelche Spezialknoten sein, die sich nur immer weiter zuzogen, wenn man sie lockern wollte. Sie sah sich um, ob da etwas war, womit sie sie aufschneiden konnte. Irgendetwas, das sie vielleicht erreichen könnte, wenn sie den Stuhl umkippte. Aber da war nichts.

Unten klappte eine Wagentür. Das Motorgeräusch veränderte sich. Sie hörte das Wimmern des Rückwärtsgangs und wie es sich entfernte.

Dann war alles wieder ruhig. Vögel zwitscherten in den Bäumen. Durch die Sprossenfenster sah sie hinauf in den blauen Himmel. Sie blinzelte, um die Tränen loszuwerden. Nicht aufgeben! Wieder versuchte sie, einen Zipfel des Seidentuchs in die Finger zu kriegen.

Da, plötzlich, hörte sie von Neuem ein Motorengeräusch. Sie horchte auf. Es schien von weiter weg zu kommen. Sie war nicht ganz sicher, aus welcher Richtung. Doch, ja: Es kam von vorn, von der Straße! Und es kam näher.

Das hieß natürlich noch gar nichts. Es konnte irgendwer sein, der da draußen vorbeifuhr. Und trotzdem ... Sie hatte beinahe Angst vor der falschen Hoffnung. Aber es war so: Der Klang des Motors kam ihr bekannt vor.

Sie saß mitten in dem großen Salon, und die Fensterbrüstung war zu hoch. Sosehr sie auch den Hals reckte, den Vorplatz und das Gittertor konnte sie nicht sehen. Sie wusste einfach: Es war ein Jeep. *Der Jeep, in dem sie selber mitgefahren war.*

Er schien anzuhalten. Oder? Es war zum Verrücktwerden, an diesen Stuhl angebunden zu sein. Wieder ruckte und riss sie an den Fesseln, mit demselben Ergebnis wie vorher. Keuchend, ihr Haar im Gesicht, konnte sie nichts tun als warten. Hoffen. Beten.

Ein Hupen schreckte sie auf, ein lautes, lang anhaltendes Hupen. Noch mal und noch mal.

Sie hielt den Atem an, horchte. Unter dem Seitenfenster trappelten Schritte, jemand rief: »*Foda-se!* Was ist denn da los?« Das war der Jüngere.

Schon hörte sie hinter sich ebenfalls Schritte, ruhiger und beherrschter. Der Mann mit dem grauen Pferdeschwanz ging an ihr vorbei, ohne sie zu beachten, und näherte sich vorsichtig den vorderen Fenstern. Er hatte sein Smartphone am Ohr.

»Ja, ich sehe ihn«, sagte er. »Ist tatsächlich GNR. Ruhig bleiben und abwarten. – Moment. Was macht der denn jetzt? – Das sieht sehr danach aus. Wie kann das sein? – Ja, das muss ich auch sagen. *Ein* Zufall, okay. Aber mehr als einer ...« Er drehte sich um und sah Ana an. »Ich denke, ich frage sie einfach mal.«

Er ließ das Telefon sinken, blieb aber nahe am Fenster. »Wir haben hier ein Problem. Und irgendetwas sagt mir, dass du mehr darüber weißt als wir.« Seine Augen wurden schmaler. »Rede lieber gleich«, sagte er leise. »Bevor ich Spaß daran finde, dir wehzutun.«

Ana sah ihn an. So schutzlos sie auch war: Sie behielt jetzt den Kopf oben. »Ich weiß nicht, wer da draußen ist. So kann ich das nicht sehen.«

»Ah, und jetzt soll ich dich losmachen, ja?« Er lachte kurz, dann wandte er sich dem Fenster zu. »Ich werde dir sagen, was ich da draußen sehe. Und du sagst mir dann, was das zu bedeuten hat. Also: Was da eben gehupt hat, war ein Jeep der GNR. Und jetzt steht ein GNR-Mann frei und offen vor dem Tor. Ein junger Mann, schwarze Haare. Er trägt Stiefel, Uniformhose, ein kurzärmeliges Uniformhemd. Er hat kein Pistolenholster am Gürtel. Er steht breitbeinig da und hat beide Arme erhoben, weit auseinander. Wir sollen offenbar sehen, dass er unbewaffnet ist. In der einen Hand hat er ein Mobiltelefon, damit winkt er ab und zu herüber. Anscheinend will er mit uns reden.« Er drehte sich wieder um. »So, jetzt bist du dran. Ich rate dir: Gib dir Mühe.«

Ana hatte kurz die Augen geschlossen. *Oh Gott, Lourenço* ... Jetzt blickte sie auf, holte tief Luft und sagte: »Ich kann Ihnen seine Nummer geben. Ich hab sie aber nicht im Kopf. In meinem Telefon.«

»Was du nicht sagst.« Er ging hinüber zum Tisch, legte sein eigenes Telefon hin und nahm ihres in die Hand. »Wie komme ich hier rein?«

Sie sagte es ihm. Er schaltete es ein. »Hmm ... Ein gewisser Fonseca hat in der letzten halben Stunde *vierzehn* Mal versucht, dich anzurufen. Der Name sagt mir irgendwie was. Wer ist das?«

»Mein Chef.«

Er sah sie an. »Und wer bist du?«

»Ana Cristina Gonçalves Santos, Inspektorin der PJ Porto.«

»Aha ...?« Ihr Telefon in der Hand, trat er näher und blickte lächelnd auf sie herab. »Und *so* schickt dein Chef dich in den Einsatz? Ganz allein? Du solltest dich bei der Gewerkschaft beschweren.« Er sah auf die Anzeige des Telefons. »Leutnant Lourenço? Ist er das?«

»Ja.«

»Na, dann wollen wir mal hören, was er will. Obwohl, wenn ich das richtig sehe ...« Er hob ihr Telefon ans Ohr und ging zurück ans Fenster. »Ja? – Wen wollen Sie sprechen? – Nein, tut mir leid, die kann gerade nicht. Soll ich etwas ausrichten?«

Ana schloss wieder die Augen, schüttelte den Kopf. Es war kaum auszuhalten. Lourenço ...

Hinter sich hörte sie Schritte. Die beiden anderen kamen herein. Als sie bemerkten, dass ihr Anführer telefonierte, gingen sie leiser weiter und blieben dann nahe an den Fenstern stehen. Der Indio drehte sich um und sah sie an. Sein Gesicht blieb absolut ausdruckslos.

»Doch, es geht ihr gut«, sagte der Mann mit dem grauen Pferdeschwanz. »Ich verstehe nicht: *Was* wollen Sie anbieten? – Ach so. Nein, danke, das ist wirklich nicht nötig. – Ihr Edelmut in Ehren, junger Mann, aber wir sind sehr zufrieden mit unserer Geisel. Sie ist nicht nur hübsch anzusehen, sie ist auch gerade sehr im Marktwert gestiegen. – Ja, bedaure. Kein Interesse. *Com licença. Tchau.*« Er drückte die Taste und sah die beiden fragend an.

»Wir wären dann so weit«, sagte der Jüngere. »Was ist, sollen wir den Idioten nicht einfach abknallen?«

Ana sagte laut und deutlich: »Er ist nicht allein.«

Alle drei sahen sie an. Das Gesicht des Indios blieb so reglos wie vorher, die beiden anderen schienen halb verblüfft, halb amüsiert.

»He, Süße, Stockholm-Syndrom heißt aber nicht, dass du dir jetzt gleich *alles* erlauben kannst. Erst musst du mir mal deine Liebe beweisen.«

»Die Kleine ist von der PJ. Das meinte ich mit dem Marktwert.«

»Was? Das gibt's nicht!« Der junge Mann lachte und kam auf sie zu. »Du bist mir ja eine ...« Er beugte sich wieder zu ihr herab. »Was bist du denn dann? Eine verdeckte Ermittlerin? Na ja, ›verdeckt‹ ist vielleicht nicht das richtige Wort.« Er fasste sie unter dem Kinn, hob leicht ihren Kopf. »Ich muss zugeben, ich bin auf dich reingefallen. Du machst dich gut als kleine Hure. Sehr überzeugend.«

Ana nahm allen Mut zusammen, den sie noch hatte, und sagte: »Wenn Sie hier lebend herauskommen wollen, dann sind Sie auf mich angewiesen.«

40

Pintos Audi war den zwei anderen Wagen schon lange davongefahren. Immer auf der linken Spur, raste er die A4 entlang, unter dem strahlend blauen Himmel. Wieder kam ein Anruf über die Freisprechanlage.

Ana Cristina.

Eine Sekunde lang war der Wunsch einfach übermächtig: Es war alles ein Irrtum! Sie ist längst zu Hause! Sie weiß gar nicht, was los ist!

Aber schon kam die Männerstimme aus dem Lautsprecher: »*Bom dia.* Spreche ich mit Chefinspektor Fonseca?«

Pinto sah ihn von der Seite an. Fonseca fuhr sich über die Augen, atmete seufzend aus und fragte: »Wer sind Sie?«

»Oh, ich habe viele Namen, und keiner ist der richtige.« Es war eine sanfte, ruhige Stimme. Der brasilianische Akzent war unverkennbar. »Sie wissen, wer ich bin.«

»Lassen Sie mich mit Ana sprechen.«

»Alles zu seiner Zeit. Keine Sorge, es geht ihr gut. Weshalb ich Sie anrufe: Die Situation ist etwas verfahren, und wir müssen jetzt sehen, wie wir zu einer Lösung kom-

men. Sie sind doch ein vernünftiger Mann, oder? Einer, mit dem man reden kann.«
»Kommt drauf an, worüber. Hören Sie, lassen Sie Ana kurz etwas sagen, ja? Und dann reden wir weiter.«
»Also schön, wenn Sie darauf bestehen. Oh, Moment, ich sehe, es dauert noch etwas. Sie ist gerade am Schwanzlutschen. Gleich, wenn sie runtergeschluckt hat, ja? Sie macht das wie eine Eins, die Kleine. Na, das wissen Sie ja sicher. Schließlich sind Sie ihr Chef.«
Pinto fletschte die Zähne und schrie etwas wie: »Gaaarrrh ...!« Seine Finger krallten sich um das Lenkrad.
»Rui! Rui! *Runter vom Gas!* Der da vorn ist zu langsam!« Fonseca hob beschwörend beide Hände. »Ruhig! Ganz ruhig ...«
»Alles in Ordnung bei Ihnen? Das war jetzt ein Scherz. Sie sitzt hier brav auf dem Stuhl und ist doch tatsächlich rot geworden.« Der Anrufer lachte in sich hinein. »Ach ja, ich kann schon verstehen, dass Sie so an ihr hängen. Deshalb rate ich Ihnen: Versuchen Sie nicht noch einmal, hier die Regeln zu diktieren. Drücke ich mich klar genug aus?«
»Ja.«
»Gut. Kommen wir zum Geschäft. Als Erstes muss die GNR hier weg. Pfeifen Sie diesen Leutnant Lourenço zurück. Der Idiot hat sich gerade als Geisel angeboten, im Austausch gegen Ihre Ana. Wissen Sie das überhaupt?«
Fonseca schüttelte nur schwer den Kopf. Er überlegte noch, was er sagen sollte, als der andere schon fortfuhr:
»Das dachte ich mir. Um so besser. Ich verhandle nicht gern mit Leuten, die unzurechnungsfähig sind.

Also, was ich brauche, ist freies Geleit für zwei Fahrzeuge. Ana wird uns natürlich ein Stück begleiten.«
»Und dann? Was soll davon werden?«
»Die Sache ist die: Wir haben hier noch etwas zu erledigen. Sie können sich denken, was das ist, nicht wahr?«
»Ich bin mir nicht ganz sicher.«
»Ihr schlaues Mädchen hier sagt, Sie hätten eine recht genaue Vorstellung davon gehabt, was heute Nacht passieren sollte. Nun, ich kann Ihnen sagen: Es ist passiert. Wir müssen es jetzt nur noch ordentlich zu Ende bringen.«
»Soll das heißen, dass Sie ...«
»Haben Sie Scheu, es auszusprechen? Warum denn? Ich glaube, Sie müssen das alles mal anders betrachten. Sie sehen uns bestimmt viel zu negativ. Dabei *machen* wir Ihnen keine Schwierigkeiten – wir schaffen sie Ihnen vom Hals! Dieser Caitano und seine Leute sind ja nun wirklich kein großer Verlust für die Menschheit, oder? Diese Männer haben hier in Ihrem friedlichen Land mehrere Morde begangen. Aber hätten Sie Ihnen das nachweisen können? Das bezweifle ich sehr. Hier kommen wir nun ins Spiel. Wir sind beinahe so etwas wie die Engel der Vorsehung. Wir greifen ein, wo es nottut, und stellen die gottgewollte Ordnung wieder her.«
»So, meinen Sie.«
»Das war jetzt mehr bildlich gesprochen. Ganz konkret kann ich Ihnen zwei Varianten anbieten: die brasilianische Methode und die mexikanische. Wählen Sie selbst. Die brasilianische sieht so aus: keine Leiche, kein Verbrechen. Eine saubere, diskrete Sache. Osmar Caitano, Kléber Lobato und Valter de Jesus verschwinden

mit dem heutigen Tage vom Antlitz der Erde. Spurlos. Es wird sein, als hätte es sie nie gegeben. Und wir lösen uns dann auch wieder in Luft auf, als wären wir nie hier gewesen. Sie ahnen es, dies ist die empfohlene Variante. Die andere, die mexikanische, wäre das exakte Gegenteil: grell, laut und blutig. Sie kennen die Bilder: enthauptete Körper am Straßenrand, abgetrennte Köpfe auf dem Marktplatz. Die Leichen werden benutzt, um Angst und Schrecken zu verbreiten. Wir können Ihnen hier den Albtraum-Tatort Ihres Lebens inszenieren, wenn Sie das möchten, und die schönsten Aufnahmen gleich ins Internet stellen. Drei weitere brasilianische Staatsbürger, deren Ermordung die portugiesische Polizei nicht verhindern konnte. Was glauben Sie, wie die Medien darauf reagieren würden? Und Ihre Vorgesetzten?«

»Sie verlangen von mir, dass ich drei Morde decke und Sie auch noch bei der Beseitigung der Leichen unterstütze?«

»Das haben Sie sehr gut zusammengefasst. Sicher, formaljuristisch gäbe es da eine Menge Einwände. Deshalb sollten wir auch lieber an das wahre Leben denken. Wenn Sie sie sehen könnten, Ihre Ana – die Hoffnung und die Angst in ihren schönen großen Augen. Hatte ich das eigentlich erwähnt, dass sie im Fall der mexikanischen – «

»Ja, ja, ja! Das habe ich schon begriffen!« Fonseca gab Pinto ein Handzeichen: ›Ruhig bleiben, ruhig bleiben!‹

»Gut. Dann kommen wir ja voran. Also die brasilianische Methode, darf ich das so festhalten?«

»Was ist mit Ana? Wie soll das vor sich gehen?«

»Erst einmal müssen Sie sich einverstanden erklären. Sozusagen fürs Protokoll. Wir schneiden das Gespräch natürlich mit. Also: Ich spreche hier mit José Manuel Fonseca, Chefinspektor der Polícia Judiciária, Porto, und er bestätigt hiermit unsere Vereinbarung, wie Sie eben besprochen wurde.«
»Geben Sie mir Ana. Ich muss ihre Stimme hören.«
Fonseca senkte den Kopf und wartete ab. Er war auf einiges gefasst. Doch dann hörte er sie wirklich:
»Chef? Es tut mir so leid ... Das ist alles meine Schuld!«
»Ana ... bitte! Niemand macht Ihnen Vorwürfe.« Er wollte sie fragen, wie es ihr ging, aber das brachte er einfach nicht heraus. »Ana, sind Sie – unverletzt?«
»Ja ... Ja, das schon.«
Pinto rief: »Ana! Wir holen dich da raus!« Fonseca sah, dass ihm die Tränen in den Augen standen.
»So, das muss reichen. Also?«
»Ja, doch! Ich bin einverstanden.«
»Gut, weiter. Sie kümmern sich jetzt um die GNR und um die sonstigen Einsatzkräfte, die uns in die Quere kommen könnten. Alle, die schon da sind, und alle, die im Anmarsch sind: sofort zurückbeordern. Das gesamte Gebiet nördlich unseres jetzigen Standortes bis zur spanischen Grenze muss für uns frei passierbar sein. Achten Sie darauf, dass uns niemand folgt, auch nicht dieser liebeskranke Lourenço. Sie melden sich, wenn wir hier abfahren können. Ihre Ana wird dann neben mir im Wagen sitzen. Wir erledigen, was hier noch anliegt, und dann lassen wir sie irgendwo frei.«
»Ich brauche absolute Sicherheit, was das Leben der

Geisel angeht. Mein Vorschlag: Solange sie bei Ihnen im Wagen ist, werden wir telefonieren, genau wie jetzt. Sie benutzen weiter Anas Telefon. Ana muss jederzeit etwas sagen dürfen. Wenn Sie sie freilassen, geben Sie ihr das Telefon und fahren weiter. Was sagen Sie dazu?«

»Keine schlechte Idee. Ich unterhalte mich gern mit Ihnen. Man findet so wenige interessante Gesprächspartner, geht Ihnen das auch so? Gut, wir lassen Ihre Ana also frei. Sie werden ihr Telefon natürlich geortet haben und sind in gebührendem Abstand hinter uns hergefahren. Dagegen ist nichts zu sagen. Sie sollten nur hinterher nicht auf dumme Gedanken kommen. Die Aufzeichnung dieses Gesprächs schicke ich noch von hier aus an eine Vertrauensperson. Sollte uns etwas zustoßen, geht die Datei an die Medien. Außerdem darf ich daran erinnern, dass wir Maschinenpistolen an Bord haben und noch sehr, sehr viele Schuss Munition. Wenn man versuchen sollte, uns aufzuhalten, werden wir ein Blutbad anrichten, egal, wo wir dann gerade sind. Und wenn Sie, mein lieber Chefinspektor, dann auch noch dafür der Hauptverantwortliche sind, dann können Sie sich lieber gleich eine Kugel durch den Kopf jagen.«

»Gut, akzeptiert. Dann sage ich Ihnen jetzt auch mal was. Wenn *Sie* sich nicht an die Vereinbarung halten – wenn Sie Ana etwas antun –, dann lasse ich alle Grenzen dieses Landes dichtmachen und jage Sie mit allem, was ich habe, zu Lande und in der Luft. Und dann, das schwöre ich Ihnen, lasse ich Sie derart vom Einsatzkommando zusammenschießen, dass von Ihren verdammten

Fahrzeugen nur noch die Motorblöcke auf dem Asphalt liegen und der Rest geschreddert ist. So wahr mir Gott helfe.«

»Na, wunderbar, dann wäre das ja auch geklärt. Sehen Sie, mal vernünftig miteinander zu reden ist doch immer das Beste.«

41

Ana saß wieder allein im Salon. Diesmal zerrte sie nicht an den Fesseln, sondern horchte nur angespannt, was draußen vor sich ging. Das Einzige, was sie hören konnte, waren zwei Vögel, die sich zankten und laut keckernd in einer Baumkrone herumflatterten. Und dann war auch noch eine dicke Fliege durchs Seitenfenster hereingekommen und brummte jetzt unablässig hin und her.

Von hinten näherten sich Schritte. Sie hatten etwas Entschlossenes, Zielstrebiges. Ana machte die Augen zu und holte tief Luft. Nein, bitte nicht. Jetzt nicht noch vergewaltigt werden. *Herrgott, mach, dass sie einfach keine Zeit mehr dafür haben!*

Es war dieser Indio, und er war allein.

Sie sah ihn vorsichtig aus den Augenwinkeln an. Der Indio war ihr bisher ja noch nicht zu nahe gekommen. Sie konnte ihn nur überhaupt nicht einschätzen. Mit der gleichen unbewegten Miene hätte er ihr wahrscheinlich die Kehle durchschneiden können.

Er sagte kein Wort.

Sie spürte nur eine leichte Berührung an ihrem Arm. Die Fesseln schienen einfach so von ihr abzufallen. Sie rieb sich die Handgelenke. Und streifte dann, ganz nebenbei, einen Träger wieder über die Schulter. Die eine Brust immer noch nackt, sah sie ihn fragend an, und er nickte knapp. Rasch zog sie den anderen Träger ebenfalls hoch. Er legte ihr seine Hand auf den Hinterkopf und strich ihr sanft übers Haar, als ob er sie trösten wollte. Sie wusste nicht, wie das gemeint war, und es machte ihr eher Angst.

Mit einer Kopfbewegung gab er ihr ein Zeichen aufzustehen. Er fasste sie ganz selbstverständlich bei den Unterarmen, kreuzte ihr die Handgelenke auf dem Rücken und band sie von Neuem mit dem Seidentuch zusammen. Dann nahm er sie beim Arm und führte sie mit sich. Er hielt die Flügeltür für sie auf und öffnete auch die anderen Türen. Hintereinander gingen sie vorsichtig um die Blutlache herum. Auch den Laubengang entlang ließ er sie vor sich hergehen.

»Ah, da ist sie ja, unsere Schöne!« Der junge Mann erwartete sie am Fuß der Treppe. Die hintere Tür des Land Rovers stand offen. »Moment.« Er trat von hinten an sie heran und legte ihr eine Augenbinde um. Er verknotete sie, dann sagte er ihr leise ins Ohr: »Weißt du, ich glaube, du überlegst dir das noch mal. Ein Mädchen wie du mit einem kleinen Polizistengehalt!« Er küsste sie auf die Schulter. »Komm mit mir in die Stadt. So, wie du aussiehst, könntest du richtig Geld machen. *Richtig* Geld! Na, was sagst du?«

Ana sagte gar nichts, sie stand nur regungslos da.

Sie hörte den Älteren sagen: »Quatsch nicht so viel dummes Zeug. Los, steig ein.« Dann stand er plötzlich neben ihr. »So, Vorsicht, nicht den Kopf anstoßen.« Er klappte die Wagentür hinter ihr zu, ging auf die andere

Seite herum. Als er neben ihr saß, sagte er: »Wir sind dann abfahrbereit. Wie sieht's aus auf den Straßen?«

Fonsecas Stimme kam klar und deutlich aus dem Lautsprecher: »Freie Fahrt, wie vereinbart. – Ana? Sind Sie da?«

»Ja, ich bin hier.«

Der junge Mann ließ den Motor an, und sie fuhren los.

Seine Uzi auf dem Beifahrersitz, saß der Indio am Steuer des Lieferwagens und fuhr hinter dem schwarzen Land Rover her. Er achtete sehr genau auf den Rückspiegel. Bis jetzt war tatsächlich niemand zu sehen, der ihnen folgte.

Nach wenigen Kilometern auf der einsamen Landstraße näherten sie sich der Abzweigung. Der Land Rover fuhr weiter geradeaus, als hätten sie nichts miteinander zu tun. Der Indio bog rechts ab in die schmale Straße, die den Berg hinaufführte. Die Kurven der Serpentinen waren reichlich eng, er kurbelte und kurbelte am Lenkrad. Es gab deutliche Spuren, dass hier vor ihm schon ein größerer Wagen entlanggekommen war: Überhängende Äste von Eukalyptusbäumen hingen abgeknickt herunter, manche waren ganz abgerissen und lagen auf der Straße.

Oben angelangt, bog er in den Schotterweg. Das alte Gatter stand offen. Sein Lieferwagen schwankte auf dem holprigen Weg hin und her. Schon konnte er zwischen den Bäumen hindurch das offene, terrassierte Gelände sehen, die Stallruine. Und da stand er, der andere, größere Wagen: ein Betonmischer. Seine Trommel drehte sich ruhig und gleichmäßig.

Er fuhr daran vorbei, bog auf dem freien Platz nach

rechts und hielt kurz an. Dann setzte er zurück an den alten Brunnenschacht. Er stellte den Motor ab und stieg aus.

Die Brände waren weniger geworden, aber hier und da zogen immer noch braune Rauchfahnen übers Land. Von einem Löschhubschrauber war heute nichts zu hören. Die Stille war fast vollkommen, nur der Betonmischer brummte stetig vor sich hin.

Der Fahrer saß hinters Lenkrad geduckt und schien ihn misstrauisch zu beobachten. Der Indio winkte ihn heran, und er stieg sichtlich widerwillig aus und kam herüber, ein kleiner, gedrungener Mann mit Halbglatze und dunklem Bartschatten. »*Bom dia, como está*«, sagte er, mit gesenktem Blick.

»*Bom dia.*« Der Indio öffnete die Hecktüren des Lieferwagens. »Fassen Sie mit an, dann geht es schneller.«

Auf der Ladefläche lag ein Haufen schwarzer Plastikplanen, aus dem die Füße von drei Leichen hervorsahen. An den Schuhsohlen klebten Blut und Dreck.

Der Fahrer trat nur zögernd näher. »*Puta que o pariu*«, sagte er, mehr zu sich selbst.

42

Ana konnte nichts sehen als einen vagen Lichtschimmer an den Rändern der Augenbinde. Ihre Hände auf dem Rücken gefesselt, saß sie seitlich gegen die Wagentür gelehnt, die Beine fest zusammen, um jede noch so kleine Berührung mit dem Mann neben ihr zu vermeiden. Sie fuhren eine glatte Asphaltstraße entlang. Sie konnte den Eukalyptus riechen und den Rauch der Waldbrände. Fonsecas vertraute Stimme zu hören war das Einzige, was ihr etwas Halt gab.

»Sie sagten, Caitano und seine Leute hätten hier mehrere Morde begangen.«

»Zwei, von denen *wir* wissen. Sie haben Alessandro Vicente ermordet und davor einen anderen jungen Mann. Sie müssen wissen: Für unseren Auftraggeber waren die beiden wie eigene Söhne. Er hatte frühzeitig ihr Potenzial erkannt, sie über Jahre gefördert und aufgebaut, eine Menge in ihre Ausbildung investiert. Und dann so was.«

»Wer war der andere, den sie ermordet haben?«

»Ja, den kennen Sie noch nicht mal! Das sagt doch schon alles, oder? Die Polizei ist machtlos in solchen Fällen, sie bleibt einfach außen vor. Wenn ich Ihnen sage, was Caitano und seine Männer getan haben, werden Sie unseren kleinen Begräbniszug hier mit anderen Augen sehen. Sie sollten froh sein, dass Sie die Typen so einfach losgeworden sind.«

»Sprechen wir von dem Opfer, dessen Ohren und Zunge man auf dem Video sieht?«

»Ja, allerdings.«

Ana fragte: »Darf ich etwas sagen?«

»Sicher. Das ist Teil der Abmachung.«

Sie wandte den Kopf in Richtung des Lautsprechers. »Ich habe gesehen, wo es gedreht worden ist! Hinten im Garten der Quinta!«

»Ja, das ist wahr«, sagte der Mann neben ihr, »das haben wir auch gesehen. Wir wussten es allerdings schon, oder wir ahnten es. Alessandro war zu dem Schluss gekommen, dass dies der Ort sein müsste. Hier draußen, im Nirgendwo, verlief sich die Spur seines Kollegen. So etwas kannte er noch aus Brasilien. Es war ihm klar, was das bedeutete.«

»Caitano hat hier in der Quinta jemanden umgebracht?«, fragte Fonseca.

»Gefoltert und umgebracht. Nachdem er ihn vorher hierhergelockt hatte. Unter welchem Vorwand, wissen wir nicht. Aber hier ist er gestorben: ein junger Mann wie Alessandro, achtundzwanzig Jahre alt. Sein Name war Renato Rezende Filho. Ich habe unseren Auftraggeber noch nie weinen sehen, aber als diese Nachricht bestätigt wurde, sollen ihm die Tränen über die Wangen gelaufen sein.«

»Wann war das, dass er ermordet wurde? Am dreiundzwanzigsten Juni?«

»Ja, genau. Nach der Nacht von São João war er verschwunden. Seine Kollegen dachten erst, er wäre irgendwo versackt. Aber er ist nicht wieder aufgetaucht. Dann hieß es plötzlich, er wäre überraschend nach Brasilien zurückbeordert worden. Caitano hatte das verbreitet. Alessandro wusste natürlich, dass das nicht stimmte. Er war schwer beunruhigt und hat den Vorfall auch sofort gemeldet.«

»Was haben die beiden hier gemacht, Alessandro und der andere?«

»Alessandro Vicente war unser Mann in Porto, er hat die hiesige Niederlassung beaufsichtigt. Die Firma Pedra Furada Investments.«

»Über die im großen Stil Geld gewaschen wird, nehme ich an.«

»Ach Gott, ›im großen Stil‹! Es ist nur eine Zweigstelle von vielen, eigentlich Kleinkram. Aber man kann sich eben nicht alles bieten lassen. Und dieser Vítor Puga ist nun mal ein Vollidiot. Ein aufgeblasener Emporkömmling!«

»Wo Sie recht haben, haben Sie recht.«

»Er war es wohl gewohnt, dauernd hohe Beträge für sich selbst abzuzweigen. Aber so läuft das nicht mit uns. Es ist natürlich aufgefallen, dass in Porto laufend Geld verschwand. São Paulo hat Alessandro beauftragt, da mal genauer nachzusehen, aber der Job, den er in dieser Firma hatte, war dafür nicht wirklich der richtige, und man wollte nicht, dass er als unser Stellvertreter enttarnt wurde. Also hat man jemand anderen geschickt, eine Art Buchprüfer aus der Zentrale: Renato Rezende Filho. Keiner in São Paulo hat auch nur daran gedacht, dass dieser Auftrag gefährlich werden könnte. Portugal, Europa! Renato soll sich darauf gefreut haben, er hatte sich freiwillig gemeldet. Aber da war eben Caitano. Ein Mann, der in der Vergangenheit lebte. Der die neue Zeit nicht begriffen hatte. Und der seit vielen Jahren kokainabhängig war. Ein Paranoiker, der zwanghaft alles und jeden kontrollieren musste. Irgendwie hat er Lunte gerochen – wir wissen nicht, wie – und dann vermutlich seine alten Kontakte zur Polícia Militar genutzt, um Rezende Filho zu überprüfen. Er muss irgendwie die Verbindung entdeckt haben, und dann hat er gehandelt. Aus seiner eigenen Zeit bei der Truppe hatte er sich einen krankhaften Hass auf das PCC bewahrt. In der Nacht von São João hat er Renato gefoltert und umgebracht und dann morgens im Garten dieses Video aufgenommen.«

»Die Bestrafung eines Spitzels.«

»*Exactamente*. Äußerst wirkungsvoll, wenn man andere einschüchtern will. Er hat natürlich geargwöhnt, dass es weitere Spitzel gibt, auch wenn Renato offenbar keine Namen genannt hatte. Alessandro war bestimmt sehr vorsichtig bei seinen Nachforschungen, aber es lag leider nahe, ihn zu verdächtigen, und wir gehen davon aus, dass Caitano auch über ihn Erkundigungen eingezogen hat. Dann wurde die Krise plötzlich akut. Einer seiner Männer fiel einem Mordanschlag zum Opfer, und Caitano konnte sich einfach nichts anderes vorstellen, als dass wir das gewesen wären. Er hat Alessandro das Video aufs Telefon geschickt. Und als der dann tatsächlich versuchte zu fliehen, war das sein Todesurteil: Caitano hat sich bestätigt gesehen und ihn ausgeschaltet. Es ist bitter, aber für Alessandro sind wir leider zu spät gekommen.«

Am anderen Ende blieb es still, und Ana konnte sich denken, warum. Fonseca fragte sich sicher dasselbe wie sie: Wusste der Mann nichts davon, dass das Video an acht Empfänger gegangen war?

Fonseca blieb seiner Devise treu: ›Wir sagen denen gar nichts. Die sagen uns was.‹ Er fragte:

»Was ist das für eine ›neue Zeit‹, die Caitano nicht begriffen hatte?«

»Die Zeit des Ausgleichs und der Einheit. Die fünf Tage im Mai haben unsere Macht demonstriert und ein für alle Mal klargestellt, dass man das Land nur *mit* uns regieren kann, nicht gegen uns. Wir sind sozusagen die komplementäre Ergänzung des Staates. Yin-Yang, verstehen Sie? Zusammen bilden wir das große, harmonische Ganze. Nur Unbelehrbare wie Caitano setzen weiter auf Konfrontation, aber Sie sehen ja: Die Zeit geht über sie hinweg.«

»So kann man es auch nennen. Und alle anderen sind also erleuchtet und zur großen Harmonie bekehrt, ja?«

»Im Prinzip schon. Man hat sich ganz gut arrangiert. Das PCC ist in diesen vier Jahren in jeden Bereich der Gesellschaft vorgedrungen. Wir haben Stadtverordnete, die unsere Interessen vertreten, inzwischen sogar Parlamentsabgeordnete, wir vergeben Lizenzen für Bauland, uns gehören ganze Einkaufszentren. Möglich geworden ist das durch unsere langfristige Strategie: durch viele gut ausgebildete Leute wie Renato und Alessandro, die nach und nach in die legale Wirtschaft eingewandert sind, in die Verwaltung und den Justizapparat. Dafür haben wir natürlich strategische Partnerschaften gebraucht. So mancher hat damals im Mai seine Lektion lernen müssen und ist heute auf unserer Seite. Auch Vinícius Possamai.«

»Talitas Vater? Nach allem, was Sie seiner Tochter angetan haben? Und nachdem er Ihnen das Lösegeld gezahlt hat, angeblich in horrender Höhe?«

»Angeblich, wohlgemerkt. In Wirklichkeit ist er recht günstig davongekommen, es war kaum mehr als eine Art Aufwandsentschädigung. Bei Talitas Entführung ist es niemals um Lösegeld gegangen, sondern immer nur darum, Vinícius Possamai ›umzudrehen‹. Er war und ist eine wichtige Schlüsselfigur, er kann Türen öffnen und Wege ebnen. Aber er hatte sich lange geweigert, überhaupt mit uns zu reden. Er stand dem neuen Gouverneur nahe, wir kamen einfach nicht weiter mit ihm. Jeder Mensch hat einen schwachen Punkt, und seiner war seine geliebte Tochter. Es wurde also beschlossen, ihn mit etwas mehr Nachdruck zum Seitenwechsel zu überreden. Mitte Mai war es dann so weit. Da haben wir ganz São Paulo gezeigt, dass wir auch anders können. Und es hat funktioniert. Nur dass die Regierung bereits nach fünf Tagen eingeknickt ist, der alte Possamai erst nach fünf Wochen. Ein harter Hund. Und seine arme Talita hat darunter leiden müssen.«

Ana fragte: »Weiß sie davon?«

»Ja, ich habe es ihr gesagt. Schon vor einigen Tagen.«

»Sie haben mit Talita gesprochen?«, fragte Fonseca.

»Ja, und ich muss sagen, sie hat es alles recht gefasst aufgenommen. Es war ja keine Kleinigkeit. Man hatte sie in dem Glauben gelassen, das Lösegeld wäre so hoch gewesen, dass selbst ihr Vater mehrere Wochen gebraucht hatte, um eine solche Summe lockerzuma-

chen. Und jetzt hieß es auf einmal: Er hätte ihre Gefangenschaft erheblich verkürzen können, wenn er bloß nicht so stur gewesen wäre. Das mit dem Ohr wäre dann auch nie passiert. Es muss nicht leicht für sie gewesen sein, das zu erfahren. Wir bedauern übrigens sehr, wie sie behandelt worden ist. Es waren niedere Chargen, die das gemacht haben. Man hatte sie mit der Entführung beauftragt, ohne sie in den Gesamtplan einzuweihen. Und so was kommt dann dabei heraus.«
»Was hat Talita dazu gesagt?«, fragte Ana.
»Im Grunde nicht viel. Ich hatte den Eindruck, sie hat es verstanden und akzeptiert. So wie ihr Vater es akzeptiert hat. Man kann sich der Flut nicht entgegenstellen. Das muss man halt irgendwann lernen.«
Fonseca sagte:»Das mag bei Ihnen in Brasilien so sein. Wir sehen das hier noch etwas anders.«
»Ach ja, tatsächlich?« Der Mann lachte leise.»Was haben Sie denn gerade getan? Sie haben sich mit uns geeinigt, oder nicht? Sie haben ein Abkommen mit dem PCC geschlossen. Und wie werden Sie das rechtfertigen, vor sich selbst und vor Ihren Kollegen? Sie werden sagen: ›Es ging nicht anders‹, und: Sie hätten es getan, ›um Schlimmeres zu verhindern‹. Sehen Sie, so reden sie alle, auf welcher Seite des Atlantiks auch immer. Aber machen Sie sich nichts draus. Das ist der Lauf der Welt.«

43

Vítor Puga saß eingesunken auf dem Sofa und horchte darauf, was sein Bewacher am Telefon sagte. Er wagte es nicht, sich zu früh zu freuen, aber was er hörte, ließ ihn hoffen.

»*Ótimo, ótimo!* – Ja, ich fahr dann gleich los. – Nein, das vergesse ich nicht, keine Sorge. *Até logo!*« Der junge Mann beendete das Gespräch, dann reichte er ihm den Zettel, auf dem er etwas notiert hatte. »Hier, da können Sie Ihren Lieferwagen abholen lassen. Das ist ein Supermarkt in einem Ort namens Fafe. Der Wagen steht auf dem Kundenparkplatz, Schlüssel liegt auf dem linken Vorderrad.«

»Ja. Ja, danke.« Auf dem Zettel stand nur: ›Pingo Doce Cavadas‹. »Ich schicke jemanden hin.«

»Gut, dann wären wir so weit. Senhor Puga, ich verabschiede mich!« Der junge Mann stand aus dem Sessel auf, nahm die Pistole vom Glastisch.

Puga kam etwas mühsamer von seinem Sofa hoch. Er wusste nicht, wie er es sagen sollte. Er musste nur irgendwie wissen, ob ...

Der andere schien seine Frage zu erraten. Er lächelte und sagte: »Ja, ja. Es ist alles erledigt. Das war's.« Seine

Pistole mit dem langen Schalldämpfer in der Hand, wandte er sich zum Gehen.

Puga schlurfte hinter ihm her in den Flur. An der Garderobe nahm der junge Mann seinen City-Rucksack vom Haken und hängte ihn über die Schulter. Puga wunderte sich, dass er die Waffe nicht darin verschwinden ließ. Wollte er so ins Treppenhaus gehen, mit der Pistole am langen Arm?

»Ach ja, mein Boss hat mir noch etwas aufgetragen.« Der junge Mann drehte sich um. Sie standen sich jetzt nahe gegenüber. »Er sagt, Sie sind der Typ, der seine guten Vorsätze sofort vergisst, sobald wir aus der Tür sind.«

Puga lächelte schwach und schüttelte den Kopf. »Nein, nein, ganz sicher nicht. Sagen Sie ihm, ich habe meine Lektion gelernt. In Zukunft wird alles hundertprozentig korrekt abgerechnet.«

»Er hat gewusst, dass Sie das sagen würden. Ich soll Ihnen trotzdem ein kleines Andenken dalassen. Sagen Sie der Polizei einfach, es wäre beim Waffenreinigen passiert.«

»Was ...?« Puga sah ihn verwirrt an. »Was ist beim Waffenreinigen passiert?«

»Das.«

Es machte einmal kurz »Tack!«

Puga sah an sich hinab. Er verstand nicht, was er da sah. In seinem linken Schuh war ein Loch, Blut quoll heraus, und rund um den Fuß breitete sich eine Blutlache auf den Bodenfliesen aus.

»*Adeus*, Senhor Puga.« Der junge Mann wandte sich ab und ging zur Wohnungstür.

Puga blickte auf, sah ihm fassungslos nach. Er wollte noch etwas sagen. Aber in dem Moment setzte der Schmerz ein.

»So, sie steigt jetzt aus. – Vorsicht. Ja ... Komm, wir gehen hier rüber. Noch ein Stückchen. – Ich gebe ihr jetzt das Telefon. Und damit verabschieden wir uns! *Adeus!* – So, hier hast du es, schön festhalten.«

»Ana?«

Sie meldete sich nicht. Pinto hupte vor der Kurve, und Fonseca gab ihm ein Handzeichen, leise zu sein. Sie rasten die schmale Landstraße entlang.

Fonseca hatte sich zum Lautsprecher vorgebeugt: »*Ana?*«

»Sie sind weg.« Ihre Stimme war nur ganz schwach zu hören. »Mein Gott, sie sind ... tatsächlich weg. Ich glaube ... mir wird schwindlig. Mir wird ...« Etwas klackte laut, als sei ihr das Telefon heruntergefallen. Eine Männerstimme rief: »*Menina! Menina!* Was ist denn? Was hast du denn?« Und dann plötzlich, viel näher dran: »Ach, du großer Gott! Maria, schnell! Komm her, komm her!«

Fonseca rief: »Hallo? Hallo? Hören Sie mich?« Niemand antwortete.

Pinto hupte wieder, schnitt die Kurve auf der Gegenfahrbahn. Das Lenkrad umklammert, blickte er starr geradeaus. »Müssten wir nicht längst da sein?«

»Doch, eigentlich schon.« Trotzdem dauerte es noch endlose Minuten.

»Da! Da vorn! Ist sie das nicht?«

Am Straßenrand stand ein alter Renault R4. Pinto hielt dahinter an, sie sprangen aus dem Wagen.

Eine rundliche ältere Frau saß unter den Bäumen im Gras, die Beine gerade von sich gestreckt, und hielt Ana Cristina im Arm, die sich seitlich an sie geschmiegt hatte, das Gesicht ganz unter den Haaren verborgen. Sie schien leise zu weinen, und die ältere Frau strich ihr übers Haar und redete sanft auf sie ein. Der Ehemann stand gebückt daneben. Die beiden schienen Leute aus der Gegend zu sein, Dorfbewohner in ihren guten Sonntagssachen, wahrscheinlich auf dem Weg zur Kirche. Der Mann richtete sich auf, als er sie kommen hörte, und sah sie beunruhigt an.

Fonseca zog seine Dienstmarke: »*Tudo bem!* Polizei!«

Ana blickte auf und lächelte, Tränen in den Augen.

Fonseca war ganz bestürzt, als er sah, wie wenig sie anhatte. Oh Gott, haben sie sie etwa doch ...!

»Sie ist einfach so umgefallen«, sagte der Mann, »zum Glück hier auf dem weichen Gras.«

»Polizei? Da kommen Sie gerade richtig!« Seine Frau war empört. »Ich frage Sie: Wer macht denn so was? Dem armen Mädchen hier waren die Hände auf dem Rücken gefesselt! Und die Augen verbunden! So hat sie hier jemand ausgesetzt! Was sind das nur für Zeiten! Ist die Welt denn verrückt geworden? Was hätte da alles passieren können!«

»Ich danke Ihnen sehr für Ihre Hilfe!« Fonseca schüttelte dem Ehemann die Hand. »Haben Sie vielen, vielen Dank. Jetzt sind wir ja da. Wir kümmern uns um sie.«

Hinter sich hörte er weitere Wagen am Straßenrand halten. Türen klappten, eilige Schritte näherten sich.

Der Ehemann half seiner Frau auf die Beine, sie klopfte sich den guten Rock ab. Andrade begleitete die beiden zu ihrem R4. »Nochmals vielen Dank.«

Pinto ging bei Ana in die Hocke.

Fonseca fragte: »Sollen wir einen Krankenwagen rufen?«

»Nein, nein, mir fehlt nichts ... wirklich nicht.« Ana stand unsicher auf. Pinto stützte sie und schloss sie dann in die Arme.

An seiner Schulter sagte sie leise: »Es war nur ... Ich hab solche Angst gehabt. Ich glaube, es war diese Augenbinde. Ich stand plötzlich da, und ich dachte: *Jetzt erschießen sie mich.* Und dann hab ich gehört, wie sie weggefahren sind. Mehr weiß ich nicht. Ich bin einfach zusammengesackt.« Pinto drückte sie an sich und hielt sie fest. Plötzlich sah sie wieder Fonseca an und sagte, flehentlich: »Meine Mutter darf nie etwas davon erfahren. Bitte!«

Fonseca nickte ihr beruhigend zu. »Keine Sorge. Ihre Mutter ist da nicht die Einzige.«

Auch Dinis war jetzt schon wieder seit Stunden auf der Dienststelle. Im Lagezentrum saß man überall vor den Monitoren und telefonierte. Bis jetzt gab es noch keine Spur von Talita Possamai.

Er kam gerade mit einem Becher Kaffee vom Automaten zurück, als ihm einer der Neuen ein Zeichen gab. »Hier! Wir haben ein Signal von Coça-Cu! Er hat eben sein Telefon wieder eingeschaltet!«

»Lass mal sehen! Wo steckt der Kerl?«

»Anscheinend sitzt er im Auto. Fährt gerade auf der N 105 stadteinwärts.«

»Na, wer sagt's denn. Den schnappen wir uns!«

Die wenigen Autofahrer, die an der Stelle vorbeikamen, fragten sich sicher alle, was hier los war. Auf freier Strecke, am Waldrand, standen fünf Zivilwagen hintereinander und ein Jeep der GNR. Ein Dutzend Männer stand am Straßenrand beisammen und zwischen ihnen eine einzelne junge Frau in einem kurzen roten Kleid.

»Sollen wir Sie nicht doch lieber ins Krankenhaus bringen? Dass Sie wenigstens untersucht werden?«

»Chef, bitte! Es gibt nichts zu untersuchen. Ich sehe vielleicht etwas mitgenommen aus, aber *ich bin nicht vergewaltigt worden*, okay? Was ich brauche, ist eine Dusche und eine Tasse Kaffee, das ist alles.«

»Ja, also gut, wenn Sie meinen. Aber Sie setzen sich auf keinen Fall ans Steuer. Ihren Wagen bringt jemand anders zurück. Keine Widerrede!«

Fonseca wandte sich noch einmal an alle: »Also, Leute, ihr wisst Bescheid. Die Aktion ist heute morgen um sechs, halb sieben erfolglos abgebrochen worden, und das war's. Alles Weitere hat nie stattgefunden, und wir sind alle nie hier gewesen.«

Leutnant Lourenço fragte: »Was ist mit der Quinta? Die ist doch jetzt ein Tatort, voller Spuren.«

»Da vertrauen wir mal auf die Selbstreinigungskräfte der Natur. Ich wette, sobald wir weg sind, tauchen da ein paar dienstbare Geister auf und scheuern alles blitzblank. Sonst noch Fragen?«

Pinto nahm Ana Cristina beiseite und sagte leise: »Geht mich ja nichts an, aber ... Ich würde sagen, du brauchst jetzt Ruhe, oder? Wie sieht's damit aus, wenn du nach Hause kommst? Du weißt ja, du darfst deinem Freund nicht erzählen, was passiert ist ...« Er sah sie zweifelnd an.»Ich meine, wenn du dich erst mal erholen möchtest, kannst du gern mit zu mir kommen. Vânia ist nicht da. Du kannst das Bett haben, ich nehme die Couch. Ist nur ein Angebot.«

Sie lächelte und strich sich ihr zerzaustes Haar aus dem Gesicht. »Na ja, das stimmt schon. Wenn ich so zur Tür reinkomme ...« Sie rollte die Augen gen Himmel. »Ja, ich glaube auch, das ist das Beste. Ich bin wirklich fix und fertig. Etwas Ruhe wär nicht schlecht.«

Pinto sprach kurz mit Fonseca.

»Ja, ist gut, ich fahr dann bei Andrade mit.«

Als Pinto sich umdrehte, stand Ana mit Leutnant Lourenço zusammen, beide Arme um seinen Hals geschlungen. »Danke für alles, ja?«

Die Umarmung dauerte länger als nötig, fand Pinto. Er zog schon etwas die Augenbrauen zusammen. Aber dann kam sie endlich, und sie beide gingen hinüber zu seinem Wagen.

»Dann müsst ihr mal die Augen aufmachen!« Dinis klang schon etwas ungehalten. »Es muss da irgendwo sein. Da am Ortseingang. Vielleicht eine Tankstelle oder ein Café.«

Coça-Cu hatte vor zehn Minuten angehalten, seitdem war sein Funksignal auf derselben Position geblieben.

»Ja, stimmt, da drüben ist ein Café. Das sehen wir uns mal an.«

Gleich darauf hielten zwei Dienstwagen vor dem Lokal, vier Männer der Sonderkommission stiegen aus und gingen hinein. Einer von ihnen kannte den Gesuchten und entdeckte ihn sofort. Er saß allein am Tisch, an der gekachelten Wand: ein kleiner, untersetzter Mann mit Halbglatze und dunklem Bartschatten. Sein Frühstück bestand aus einer Flasche Super Bock.

Der Inspektor zeigte ihm seine Dienstmarke und sagte so leise, dass es sonst niemand mitbekam: »Du hast das Recht, noch dein Bier auszutrinken, aber dann gehen wir, *tá bem?*«

Coça-Cu sah ihn an und sagte nur: »*Tá, tá.*«

Erst draußen vor der Tür nannten sie ihm den Grund seiner Verhaftung.

»*Nilton?* Ihr spinnt wohl! Was hab ich damit zu tun?«

»Das schauen wir dann mal. Wo steht dein Wagen?«

»Hier nebenan auf dem Parkplatz.«

Sie gingen um die Ecke. Der Parkplatz war fast leer. Ein alter Mercedes, ein kleiner Peugeot. Ein Stück weiter stand ein Betonmischer. »Der da hinten.«

»Der Betonmischer? Mit so was fährst du hier in der Gegend rum? Am Sonntagmorgen? Wieso das denn?«

»Ging nicht anders.« Coça-Cu zuckte die Achseln. »Der muss heute noch überführt werden. Morgen früh wird er auf der Baustelle gebraucht.«

»Tja, da muss sich nun jemand anders drum kümmern.« Der Inspektor nahm ihn beim Arm. »Da lang, bitte.«

Während der Fahrt konnte Pinto es einfach nicht lassen, Ana von der Seite anzusehen. Mehrmals war er kurz davor, ihr eine Frage zu stellen, und hielt dann doch lieber den Mund. Sie hatte zwar klar gesagt, dass sie nicht vergewaltigt worden sei, aber so ganz überzeugt war er nicht.

Kurz hinter Penafiel fasste er sich ein Herz. Den Blick nach vorn auf die Straße gerichtet, fragte er: »Dann haben diese Typen sich also ... dir gegenüber ... wie soll ich sagen ... halbwegs anständig verhalten?«

Ana sah ihn misstrauisch an. »Du willst jetzt wissen, ob ich ihnen wirklich einen blasen musste, oder?«

»Was? Unsinn! Er hat ja gesagt, das war nur ein Scherz. Was die so Scherz nennen.«

»*Musste. Ich. Nicht.* Okay?«

»Ja, sicher. Ich meine ... so was hätte ich dich auch nie gefragt.«

»Glaubst du mir denn wenigstens?«

»Ja, klar. Wenn du das sagst. Und jetzt vergessen wir das einfach.«

Anderthalb Stunden später saß er allein an einem Cafétischchen, eine leere Tasse neben sich, und las die neusten Nachrichten auf seinem Smartphone. Sie hatten in einem Shoppingcenter am Stadtrand Station gemacht, und jetzt wartete er darauf, dass Ana mit ihren Einkäufen fertig war.

»So, von mir aus können wir!«

Er blickte auf und sah sie an. Die roten Sandalen waren dieselben, aber ansonsten trug sie jetzt Jeans und T-Shirt. Ihr rotes Kleid steckte in der Papiertüte des Jeansladens.

»*Então, vamos!*«

Auf dem Weg zum Auto sagte sie plötzlich: »Moment mal eben.« Am Rande des großen Parkplatzes stand ein Altkleidercontainer. Sie ging hinüber, warf die Tüte in die Klappe und kippte sie hinein.

Pinto wartete auf sie. »Schade eigentlich. War doch ein hübsches Kleid.«

»Ach was«, sagte Ana. »Das zieh ich sowieso nicht noch mal an.«

Die beiden schwarzen Land Rover Freelander fuhren auf der spanischen Autobahn Richtung Osten. Die bewaldeten Berge Galiciens lagen schon hinter ihnen, und die Straße führte hinaus in die karge, sonnenverbrannte Ebene.

Die zwei Brüder saßen zusammen im hinteren Wagen. Über die Freisprechanlage redeten sie manchmal mit den anderen vor ihnen. Genauer gesagt, nur mit einem. Der Indio blieb die ganze Zeit stumm.

Wieder knackte es kurz im Lautsprecher. Der Mann mit dem grauen Pferdeschwanz sagte: »Tröste mal deinen Bruder. Er hat sich verliebt, und jetzt ist er kreuzunglücklich.«

»Mach dich noch über mich lustig!«, sagte der junge Mann, der am Steuer saß. »Ich bin eben ein Mensch mit Empfindungen!« Er nahm sein Smartphone, tippte mit dem Daumen darauf herum. »Das Gemeine ist ja: Es ging gerade los bei ihr mit dem Stockholm-Syndrom. Nur so ein bisschen. Aber man hat's schon gemerkt!« Er fand, was er gesucht hatte, und reichte das Telefon seinem Bruder. »Hier, sieh sie dir an. Ist die nicht scharf, die Kleine?«

Der Bruder sah sich das Foto an. »*Uau!* Und ich sitz da die ganze Nacht bei diesem alten Sack Puga! Hast du sie wenigstens gut gefickt?«

»Wann denn? Das war alles eine Hektik! Keine fünf Minuten hat man mal für sich gehabt!«

Aus dem Lautsprecher kam ein mitleidiges: »Oooh ...!«

»Ja, schlimm ist das! Man arbeitet und arbeitet und verpasst dabei sein Leben.«

»Du Ärmster!«, sagte der Mann mit dem grauen Pferdeschwanz. »Dann sollst du wenigstens gut essen. Was haltet ihr davon, wir übernachten wieder in San Sebastián! Ich fand, die Tapas waren einfach köstlich.«

44

Noch am Sonntag hatten sie die Mietwagenfirma gefunden, bei der Talita sich das Auto besorgt hatte – einen schwarzen Nissan Micra, den sie bereits am Donnerstagabend abgeholt hatte. Das Kennzeichen war sofort zur Fahndung rausgegangen. Entdeckt wurde der Wagen am Montagmorgen. Die Nummer hatte sich im System der Parkplatzreservierung des Flughafens Madrid-Barajas gefunden. Wie sich herausstellte, hatte Talita dort am frühen Sonntagmorgen eingecheckt, die verbuchte Uhrzeit war 7:34 Uhr.

Die spanischen Kollegen hatten die Passagierlisten sämtlicher Flüge nach Brasilien überprüft, aber keine Talita Possamai gefunden. Erst die erweiterte Suche brachte den Treffer. Die Polícia Judiciária in Porto wurde sofort informiert.

Die Neuigkeit verbreitete sich auf den Korridoren, und viele schüttelten erst ungläubig den Kopf. Fonseca war auch ganz beeindruckt. »Das ist ja ein Ding«, sagte er und griff zum Telefon. »Mal hören, ob Ana schon wach ist.«

Wach war sie schon, aber man sah es ihr nicht unbedingt an. Sie und Rui Pinto lagen beide wunderbar entspannt in ihren Liegestühlen, ein Beistelltischchen zwischen sich, auf dem zwei leere Becher standen. Es war schon etwas her, dass sie den Milchkaffee getrunken hatten. Sie waren beide barfuß, Pinto in Shorts und T-Shirt, Ana in einem von Vânias seidenen Morgenröcken, und wenn sie überhaupt mal die Augen aufmachten, blickten sie weit über den blauen Atlantik.

Pinto fragte irgendwann, leise, wie in Gedanken: »Weißt du das eigentlich, warum die drei Musketiere immer zu viert waren?«

»Was? Ach so ...« Ana fand nicht, dass das ein Grund war, die Augen zu öffnen. »Ich glaube, d'Artagnan wird irgendwie nicht mitgezählt. Aber wieso nicht ...?«

Pinto ließ das in Ruhe auf sich wirken.

»Vielleicht hatte er keine Muskete, was?«

»Schon möglich«, sagte Ana. »Keine Musketenlizenz.«

»Ah ja ... das wird es sein. Siehst du, wieder einen Fall gelöst.«

Ana streckte sich wohlig. »Mehr lösen wir heute aber nicht.«

»Nein, nein. Wir haben jetzt frei.«

Wie auf ein Stichwort erklang hinter ihnen in der Wohnung die Erkennungsmelodie von Pintos Telefon.

»Ich sagte: Wir haben jetzt frei.«

Die Musik wurde lauter und lauter. Und sie hörte nicht auf.

Sie sahen sich an und sagten beide gleichzeitig: »Vielleicht ist es was Wichtiges.«

Pinto lachte, stand auf und ging hinein. Ana blieb auf dem Balkon liegen. Eigentlich war sie entschlossen, sich heute um gar nichts zu kümmern. Aber dann horchte sie doch, was Pinto am Telefon sagte.

»Was? Im Ernst? Das gibt's doch nicht! – Ja, klar, sie ist hier. Soll ich Sie weiterreichen? – Nein, ach was, überhaupt nicht. Einen Moment.« Schon kam er heraus und hielt ihr sein Telefon hin: »Der Chef möchte dir Guten Morgen sagen.«

Sie nahm das Telefon und sagte: »*Bom dia!*«

»Ana! Wie geht es Ihnen?«

»Danke, prima. Ich hab geschlafen wie ein Stein. Das war wohl mal nötig.«

Fonseca erzählte ihr von Talitas Mietwagen und dass sie damit nach Madrid gefahren war. »Und jetzt raten Sie mal, wo sie hingeflogen ist.«

»Nicht nach São Paulo?«

»Nein. In die ganz andere Richtung. Ob Sie's glauben oder nicht: nach Tokio.«

»*Was?*« Ana schwang ihre Beine herum, setzte sich auf. »Nach Tokio ...?«

»Ja. Sie hat den Flug letzte Woche im Internet gebucht. Einfache Strecke, ohne Rückflug. Anscheinend hat sie vor, in Japan zu bleiben.«

»Ich weiß gar nicht, was ich sagen soll.«

»Das ging mir auch so. Schwer vorstellbar, im ersten Moment. Aber irgendwas wird sie sich schon dabei gedacht haben.«

Auch Pinto streckte sich hinterher wieder im Liegestuhl aus. Er verschränkte die Hände im Nacken und blickte hinaus aufs Meer. »Nicht zu fassen«, sagte er. »Sie muss das alles schon gewusst haben, als ich neulich mit ihr gesprochen habe. ›Man kann sich der Flut nicht entgegenstellen.‹ Das hat sie genau so gesagt. Und dann noch etwas: ›Aber man kann sie nutzen. Man muss nur den richtigen Zeitpunkt abpassen.‹« Er schüttelte leicht den Kopf. »Talita ... Ich glaube, die haben wir gewaltig unterschätzt.«

»Ja«, sagte Ana, »das glaube ich auch.«

45

Ebenfalls noch am Sonntag hatte Fonseca die Apartments und zugehörigen Kellerräume von Talita Possamai und Osmar Caitano versiegeln lassen. Den Durchsuchungsbeschluss erhielt er erst am Dienstag. Der Richter hatte wieder Schwierigkeiten gemacht.

In Caitanos Apartment fand sich ein eingebauter Wandsafe mit elektronischem Zahlencode. Um ihn zu öffnen, brauchten die Techniker bis spätabends. Er enthielt neben einer geladenen SIG Sauer P226 und einer Schachtel 9-mm-Munition mehrere USB-Sticks, CDs und Speicherkarten. Mit der Auswertung wurde am Mittwochmorgen begonnen.

Die Idee war gewesen, belastendes Material zu finden, das Caitano und seine Leute mit dem Mord an Alessandro Vicente in Verbindung brachte. Die dringend Tatverdächtigen wollte man dann zur Fahndung ausschreiben. Da sie leider nie gefunden wurden, konnte man nichts weiter tun. Die ›Operação Brasil‹ verlief still im Sande, aber man hatte sein Gesicht gewahrt. So war der Plan.

Und er ging sogar auf. Nur dass keiner von ihnen geahnt hatte, was sich noch alles auf Caitanos Datenträgern befand.

Am späteren Vormittag kam Dinis blass und elend aus der Toilette. Er sah aus, als hätte er sich gerade kaltes Wasser ins Gesicht geklatscht.

»Ist irgendwas?«, fragte Fonseca.

Dinis atmete schnaufend aus, schüttelte den Kopf. »Ich hab ja schon einiges gesehen, aber das ...«

»Caitanos Videos?«

Dinis nickte. »Folter«, sagte er. »Und alles mitgefilmt. Wir wechseln uns schon dauernd ab. Das hält man nicht aus.«

Fonseca ging mit, blickte Andrade über die Schulter. Wer die Bilder auf dem Monitor sah, war nur froh, dass der Ton nicht eingeschaltet war.

»Wir verschaffen uns jetzt erst mal eine Übersicht«, sagte Andrade. »Das hier ist auch einer von Talitas Entführern. Wir horchen nur gezielt in die Verhörabschnitte rein. Den Rest erspart man sich besser, das sehen Sie ja.« Er biss kurz die Zähne zusammen. »Ich muss sagen, ich finde es gut zu wissen, dass diese Typen jetzt tot und begraben sind.«

Pinto und Tavares ließen es sich nicht nehmen, Vítor Puga im Krankenhaus zu besuchen.

»Senhor Puga!«, sagte Pinto beim Eintreten. »Ich hab schon gehört, Sie sind die Treppe runtergefallen? Wie konnte das passieren?«

Der leidende Puga knurrte sie an: »Verschwinden Sie, sonst lasse ich Sie rauswerfen. Ich bin hier Privatpatient.«

Pinto grinste. »Wir wollten auch gar nicht groß Händchen halten. Nur eine Frage: Wir können Ihren Sicherheitschef nirgends finden, und auch nicht Senhor Lobato und den guten Valter de Jesus. Sie wissen doch bestimmt, wo die geblieben sind, oder?«

Puga drückte wortlos einen roten Knopf.

»Haben Sie schon neue Sicherheitsleute?«, fragte Tavares. »Oder kommt jetzt die Krankenschwester?«

Puga schrie, heiser und kraftlos: »Raus! Alle beide! Sofort!«

Pinto nickte ihm lächelnd zu. »Dann gute Besserung. Wir sehen uns.«

Es dauerte seine Zeit, sich durch all die Videos, Fotos, E-Mails und Audiodateien zu arbeiten, die Caitano in seinem Safe verwahrt hatte. Erst nach und nach begann sich das Gesamtbild abzuzeichnen.

Das Mordopfer, von dem sie bisher nur die Ohren und die Zunge gekannt hatten, bekam ein Gesicht. Renato Rezende Filho: ein strahlend lächelnder, gut aussehender Brasilianer, der wie Alessandro Vicente ein Absolvent der Business School in São Paulo gewesen war. Ein junger Mann, der womöglich nur diese eine Chance auf ein besseres Leben gehabt hatte, auch wenn das hieß, für immer zum PCC zu gehören. Er war kaum mehr als vier Wochen in Portugal gewesen, bevor er plötzlich verschwunden war. Wenn man wusste, welches Ende er gefunden hatte, war es beklemmend zu sehen, wie die Menge an Material stetig zunahm, die Caitano über ihn zusammengetragen hatte, noch bis kurz vor dieser Nacht von São João.

Was ebenso auffällig war: Caitano hatte fast sofort damit angefangen, nur wenige Tage nach seiner Ankunft in Porto. Aber weshalb?

Eines Abends kam Dinis in Fonsecas Büro und sagte: »Wir haben da was. Rezende Filho und Talita haben sich gekannt. Von vorher.«

»Mit ›vorher‹ meinen Sie, vor der Entführung?«

»Ja. Es ist sogar möglich, dass sie da was miteinander gehabt hatten. Hört sich beinahe so an.«

»Es gibt Aufnahmen von den beiden?«

»Ja, einen Mitschnitt. Muss wohl wirklich von einer Wanze sein. Dieser Renato hat Talita in ihrem Apartment besucht. Er hat eine Flasche Wein mitgebracht, und sie sagt ihm, sie trinkt nicht wegen ihrer Tabletten. Und so geht's dann auch weiter: Sie sind beide verlegen und unbeholfen. Irgendwie klingt es, als ob da mal sehr viel mehr gewesen ist, aber, na ja, es ist lange her, und in der Zwischenzeit ist viel passiert.«

Ja, genau so klang es, fand auch Fonseca, als er sich die Aufnahme selbst anhörte. Es gab einige Stellen, an denen er zustimmend nickte. Man erkannte es einfach wieder.

Eins war sicher: Caitano hatte es auch gemerkt. Caitano, der Talita für sich haben wollte. Der als wahnsinnig eifersüchtig galt.

Fonseca nahm die Kopfhörer ab und sah in die Runde. »Das kann gut der Auslöser gewesen sein. Bleibt da mal dran.«

Ana war schon nach zwei Tagen wieder zum Dienst erschienen. Von Sonderurlaub wollte sie nichts wissen. »Ich kann das jetzt nicht einfach abschalten. Es ist doch noch nicht zu Ende.« Auch einen Termin beim Polizeipsychologen hatte sie abgelehnt. »Was der mir sagen kann, das weiß ich auch so. Außerdem geht es mir gut, wirklich.«

Fonseca war aber entschlossen, sie von den Caitano-Videos fernzuhalten. Und er wusste: Alle, die am Sonntagmorgen mit dabei gewesen waren, unterstützten ihn darin. Ein paar Tage lang ging das auch gut, aber dann ... Er und Pinto sahen sich an, als sie das unverkennbare Klacken ihrer Absätze auf dem Korridor hörten. »Also gut. Es nützt ja nichts.«

Schon kam sie zur Tür herein. »Entschuldigung, aber *was* ist das mit Talita? Ich höre hier so komische Andeutungen, und keiner sagt mir, was los ist.«

Fonseca seufzte, schicksalsergeben. »Setzen Sie sich. Dann zeige ich es Ihnen.«

Ana schloss die Tür hinter sich und setzte sich zu ihnen.

Auf dem Monitor des Laptops sah man reihenweise kleine Vorschaubilder von Fotos und Videos. Dinis hatte den Dateiordner zusammengestellt. Fonseca nahm die Maus und klickte das erste Foto an. Das lächelnde Gesicht von Renato Rezende Filho erschien auf dem Bildschirm.

»Er und Talita haben in São Paulo eine Beziehung gehabt. Das heißt, so richtig noch nicht, es fing gerade erst an. Aber sie haben sich getroffen, sind abends ausgegangen und haben wohl auch schon miteinander geschlafen. Dann kam die Entführung, und hinterher war alles anders. Es gibt keinen Hinweis darauf, dass die beiden sich danach überhaupt noch mal gesehen haben. Talita war schwer traumatisiert, lebte ganz von der Außenwelt abgeschottet. Und dann ist sie nach Portugal gegangen.«

Ana hörte aufmerksam zu. Sie schien etwas misstrauisch zu sein.

»Aber Renato hat offenbar weiter an sie gedacht«, sagte Fonseca, »und er wusste auch, wo sie war. Es gab dann diesen Ärger in Porto, weil dort beträchtliche Geldsummen versickerten. Alessandro hatte um Hilfe gebeten, und Renato hat sich freiwillig gemeldet.«

»Um Talita wiederzusehen?«, fragte Ana.

»Davon gehen wir aus. Er hat sie gleich in den ersten Tagen in ihrem Apartment besucht. Einfach an früher anzuknüpfen ist ihm zwar nicht gelungen, aber er hat wohl nicht lockergelassen, und in den folgenden Wochen sind sie sich dann tatsächlich wieder nähergekommen. Wir nehmen an, dass Talita ihren Seitenausgang genommen hat, um sich mit ihm zu treffen.«

»Schon möglich. So einsam, wie sie hier gewesen ist ...«

»Ja, vielleicht hat er das ausgenutzt. Er hat es einfach nicht lassen können, sich ihr wieder zu nähern. Aber es war keine gute Idee. Es hat ihn das Leben gekostet.«

»Was kann denn Talita dafür?«

Fonseca und Pinto sahen sich kurz an. Fonseca fuhr fort: »Caitanos Eifersucht war der Grund dafür, Renato zu überprüfen. Mit ansehen zu müssen, wie sich einer an seine Talita heranmacht, hat ihn förmlich zur Raserei getrieben. Er hat nicht geruht und nicht gerastet und seine ganze manische Energie in diese eine Aufgabe gesteckt: etwas über den Kerl herauszufinden, womit er ihn diskreditieren konnte, ihn fertigmachen, ihn vernichten. Er hat über hundert E-Mails und SMS mit seinen Ex-Kameraden von der Polícia Militar getauscht, er hat ganze Dossiers angelegt, er hat jeden Stein umgedreht. Und dann hat er es gefunden. Viel mehr, als er je gesucht hatte. Es war der absolute Volltreffer. Er muss seinen Augen nicht getraut haben.«

Fonseca klickte das nächste Bild an. Renato Rezende Filho mit ein paar anderen jungen Männern in T-Shirts, Unterhemden, Shorts und Badelatschen. Sie saßen in einem schäbigen Hinterhof um einen Plastiktisch, Bierdosen in der Hand.

»Der hier und der«, zeigte Fonseca, »haben zu Talitas Entführern gehört. Die Aufnahme ist nur zwei Wochen vorher entstanden. Und es geht endlos so weiter.« Er klickte rasch mehrere Fotos durch. »Renato hier, Renato da, im Geschäftsanzug, im gehobenen Restaurant, und die Männer, mit denen er zusammen ist, sind alle vom PCC.«

Ana war anzusehen, dass sie nichts Gutes ahnte. Pinto räusperte sich und setzte sich aufrechter hin.

»Caitano muss ihr das alles gezeigt haben«, sagte Fonseca. »Und ihr war klar, was das bedeutete.« Er zog die Augenbrauen hoch und holte tief Luft. »Wir wissen jetzt, wie Renato in diese Quinta gekommen ist. Talita hat ihn dort hingelockt. Es gibt einen Mitschnitt davon, wie sie sich für den Abend mit ihm verabredet hat. Sie sagt, sie könne den ganzen Trubel an São João einfach nicht ausstehen, vor allem das Feuerwerk nicht, aber sie hätte da einen Schlüssel für ein schönes ruhiges Landhaus, wo sie ganz ungestört wären.«

»Nett ist das nicht«, sagte Pinto. »Andererseits ... Na, das wirst du gleich hören.«

»In der Quinta wurde er von Caitano erwartet. Und das

hier ist das letzte Video, das ihn lebend zeigt.« Fonseca sah Ana fragend an, und sie nickte kurz. Er klickte das Video an, und stellte es auf Vollbild. Auch der Ton war eingeschaltet.

Es war eine Aufnahme mit dem Mobiltelefon, etwas wacklig und unruhig. Renato Rezende Filho saß mit nacktem Oberkörper auf einem Stuhl, Arme und Beine mit Klebeband gefesselt. Er war bereits geschlagen worden, ein Auge war verschwollen, Blut lief ihm aus dem Mundwinkel. Der Stuhl stand auf kahlem Betonboden, und eine Reihe großer Weinfässer verschwand dahinter im Dunkeln.

»Talita, bitte ...! Ich ... hab das doch nicht gewollt ...«

»Ach ja?« Talitas Stimme kam aus dem Off. Sie schien links von Caitano zu stehen, der das Video aufnahm. »Aber du hast es getan. Du und niemand sonst. *Du* warst es, der vorgeschlagen hat, an dem Abend ins Kino zu gehen, und ich bin dann da hingefahren, in dieses Shoppingcenter, obwohl es mir eigentlich zu weit draußen war. Aber dein toller Film, der lief ja angeblich nur dort. Ich habe dich dann angerufen, und du hast gesagt: ›Hey, ich bin auch gerade gekommen! Auf welchem Parkdeck stehst du?‹ Und ich habe es dir gesagt. *Dir* habe ich es gesagt, niemandem sonst. Und dann ist dieser Lieferwagen gekommen, und die Schiebetür ist aufgegangen, und die Männer mit den schwarzen Masken haben mich gepackt und hineingezerrt. Und jetzt sitzt du hier und hast selber Angst und hast es alles nicht gewollt ... Ich verachte dich.«

»Talita ...!«

»Wage es nicht, meinen Namen auszusprechen! Ich kenne dich nicht. Du bist *einer von ihnen*, mehr nicht.«

Die Kamera schwenkte herum, und Talita war plötzlich im Bild. Sie trug eine hellgraue Kimono-Jacke, geschlossen, den Gürtel verknotet, und ein weißes Stirnband. Ihr rechter Arm war gerade ausgestreckt, dass der weite Ärmel herabhing, und in der Hand hielt sie ein sehr langes, glänzendes Messer.

»Oh Gott«, sagte Ana ganz leise. »Nakano Takeko.«

»Bitte ... du musst mir glauben«, flehte Renato. »Ich hab es doch nie für möglich gehalten, dass sie dir etwas antun! *Dir* doch nicht! Du bist die Tochter von Vinícius Possamai! Es ging nur darum, dass dein Vater die Seiten wechselt. Dass er endlich für *uns* arbeitet!«

»Du lügst!«

»Nein, tu ich nicht! Warum sollte ich? Frag doch deine Schwester, seit wann es mit ihrer Firma bergauf gegangen ist! Seit wann da die Riesensummen bewegt werden und wie es vorher ausgesehen hat. Frag deinen Vater, was das für Geld ist und ob er etwas damit zu tun hat! Ich war doch nur ein kleiner Handlanger! Mich haben sie genauso benutzt wie dich!«

»Was weißt du denn davon, wie sie mich ›benutzt‹ haben? Was sie mit mir gemacht haben? Nichts weißt du, gar nichts, und es hat dich auch nie interessiert! Wenn du die alle so gut gekannt hast, warum hast du keinen Finger krumm gemacht, um mich da rauszuholen?«

Renato ließ weinend den Kopf hängen. »Ich konnte nicht ... Ich wusste doch nicht, wo du bist. Sie hätten mich umgebracht, wenn ich versucht hätte –«

»Sei still! Kein Wort mehr!«

Er blickte auf, ängstlich, mit zitternden Lippen. Die Kamera schwenkte von Neuem zu Talita herum. Sie stand sehr aufrecht da, mit erhobenem Kopf. Ihr schönes Gesicht unter dem weißen Stirnband war völlig reglos. Ganz ruhig sagte sie:

»Ihr könnt mich gefangen nehmen. Ihr könnt mich foltern. Aber ihr könnt mich nicht brechen. Niemals. Ich bin keine Sklavin, ich bin eine Kriegerin.« Ein, zwei Sekunden lang sah sie ihn schweigend an, aus ihren schmalen japanischen Augen. Dann sagte sie: »Mach dich bereit. Du bekommst jetzt, was du verdient hast.«

»Talita ... Nein! Bitte ...!«

Das Messer am ausgestreckten Arm, ging sie langsam auf Renato zu.

Fonseca hielt das Video an.

Ana blickte weiter auf den Monitor, auf das Standbild. »Was macht sie jetzt?«

»Sie geht hin und schneidet ihm sein rechtes Ohr ab. Dann dreht sie sich um und geht aus dem Bild. Und das Video ist vorbei.« Fonseca zögerte, dann fragte er: »Wollen Sie das wirklich sehen?«

Ana nickte sehr ernst. »Ja. Ein Mal. Damit ich es glauben kann.«

Fonseca klickte auf ›Weiter‹.

46

Es wurde noch viel darüber geredet, am Kaffeeautomaten, im Besprechungsraum, in den Büros. »Nein, ganz bestimmt nicht! Sie hat ihn nicht umgebracht.« In dem Punkt waren sich alle einig. »Sie hat sich umgedreht und ist weggegangen. Caitano hat den Rest erledigt.«

Einige meinten: »Kann sein, dass er dadurch auf die Idee gekommen ist. Er hat der Leiche auch das andere Ohr abgetrennt, die Zunge herausgeschnitten und sie dann im Garten an die Schuppentür genagelt.« Das Video – auch darin stimmten alle überein – hatte er in der Hinterhand behalten, um jedem damit drohen zu können, auf den sein Verdacht fiel: ›Sieh es dir an, so wird hier mit Spitzeln verfahren.‹

Nach dem Mord an Nilton hatte er die Reihen schließen wollen und es als dringliche Warnung an die acht brasilianischen Mitarbeiter verschickt, über die er eine besondere Kontrolle ausgeübt hatte. Einer der Überlebenden, Emerson Dressler Pimentel, hatte das in der Vernehmung bestätigt. Dass auch Niltons Nummer auf dieser Liste stand, hatte Caitano in der Eile nicht bedacht.

Und Talita? Jetzt war klar, weshalb sie es ›recht gefasst‹ aufgenommen hatte, den wahren Grund ihrer Entführung zu erfahren. Sie hatte ihn schon gekannt. Sie hatte längst gewusst, dass eine Rückkehr nach Brasilien nichts anderes hieße, als ein Leben von Gnaden des PCC zu führen.

»Wir haben gehört, was sie dazu gesagt hat: ›Niemals!‹«
Fonseca lächelte, als er Anas leuchtende Augen sah. »Sie bewundern sie, oder? Auf eine Art?«
Ana zögerte mit der Antwort. »Sie wollte *nie wieder Opfer sein*«, sagte sie. »Ja, das bewundere ich.«

Blieb noch die Frage des Restaurants. Was war dem Fall denn nun angemessener: brasilianisch oder japanisch?
»Sushi. Klar, warum nicht«, sagte Fonseca und fing an, etwas in den Papieren auf seinem Schreibtisch zu suchen. »Ach, Kinder, wisst ihr was, geht einfach ohne mich, ja? Ich hab hier noch so viel zu tun.«
Pinto lachte. »Sie haben das noch nie probiert, oder?«
Auch die anderen sagten: »Kommen Sie schon! Einmal ist immer das erste Mal.«
»Also, alles, was recht ist! Ich geh doch nicht ins Restaurant, um rohen Fisch mit kaltem Reis zu essen! Bin ich noch zu retten?«
Und dabei blieb er. Auf einen Brasilianer konnte man sich aber auch nicht einigen, und so gingen sie in dasselbe Restaurant, in dem sie neulich gewesen waren. Wieder saßen sie auf der Terrasse mit Blick über den Douro, unter den weißen Sonnenschirmen, und Fonseca studierte mit sichtlichem Wohlgefallen die Karte. Hier gab es gute portugiesische Küche. Was wollte man eigentlich mehr?

Als der Wein serviert war und alle ein schönes, beschlagenes Glas Alvarinho vor sich stehen hatten, ergriff er das Wort.

»Was soll ich sagen? Wir haben es überstanden. Mehr kann man manchmal nicht verlangen.« Er sah Ana Cristina an. »Ich bin nur froh, dass wir hier alle heil und unversehrt zusammensitzen. Es war knapp genug.« Er blickte in die Runde. »Aber wir haben uns nicht unterkriegen lassen, oder?«

»Nein, ach was!« – »Natürlich nicht!«

»Niemals!«, sagte Ana und hob lächelnd ihr Glas.

»Niemals!«, sagte Pinto.

Fonseca stand auf, sein Glas in der Hand. Über die Dächer der Portweinkellereien und den blauen Fluss hinweg blickte er hinüber zu der leuchtenden Stadt auf ihren Hügeln.

»Also, Freunde, erheben wir unser Glas und trinken wir ...« Er sagte es mit den Worten des Stadtwappens.

»... auf die alte, hochedle, immer loyale und *unbesiegte* Stadt Porto!«

Glossar der portugiesischen Ausdrücke

Adega	Die Kellereiräume für die Weinherstellung
Até amanhã	Bis morgen (bedeutet aber einfach: Bis dann.)
Até já	Bis gleich
Até logo	Bis später
Bacalhau	Klippfisch. Eingesalzener und getrockneter Kabeljau
Bom dia	Guten Morgen (bis zum Mittagessen)
Boa tarde	Guten Tag (nach dem Mittagessen bis zum Dunkelwerden)
Boa noite	Guten Abend, gute Nacht (nach Einbruch der Dunkelheit)
Churrascaria	Brasilianisches Grillrestaurant
Careca	Glatzkopf
Carioca	Einwohner von Rio de Janeiro
Como está?	Wie geht's?

Com licença	Sie gestatten
Então, vamos	Dann wollen wir mal
Exactamente	Genau
Foda-se	Fuck!
Foz	Flussmündung
Francesinha	Portuenser Spezialität. Reichhaltiges Steak- und Wurst-Sandwich, mit Käse überbacken und mit Spezialsoße übergossen
Filho da puta	Wörtlich: Hurensohn. Arschloch
GNR	*Guarda Nacional Republicana:* Republikanische Nationalgarde. Eine militärisch organisierte Polizeitruppe für die ländlichen Gebiete, nach dem Vorbild der französischen Gendarmerie
Lagoa Azul	Blaue Lagune
Malagueta	Scharfe Chilischote
Mediação Imobiliária	Wörtlich: Immobilienvermittlung. Maklerbüro
Menina	Mädchen
Meu Deus	Mein Gott
Música Pimba	Simpelste Popmusik. Schlager zum Mitklatschen
Nordestino	Brasilianer aus dem Nordosten des Landes

Oi	Informelle brasilianische Begrüßung. Entspricht dem englischen ›Hi!‹ Ein Wort aus der indigenen Sprache Tupí-Guaraní.
Ótimo	Optimal, super
Polícia Judiciária	Kriminalpolizei
Pronto	Fertig, im Sinne von: ›Gut, das war's dann.‹
Puta de merda	Verdammte Scheiße!
Puta que o pariu	In Nordportugal häufiger Kraftausdruck, abgeleitet von *Vai pa puta que te pariu!*: Lauf doch zu der Hure, die dich geworfen hat!
Que chatice	So ein Mist!
Quinta	Landgut, Gehöft
Se Deus quiser	So Gott will (Eine traditionelle Antwort auf *Até amanhã*. Es ist schließlich nicht sicher, dass beide den nächsten Tag noch erleben.)
SEF	*Serviço de Estrangeiros e Fronteiras*: die Ausländerbehörde
Tá bem	Gut (abschließend gemeint. Oder als Frage: *Tá bem?* Gut? Sind wir uns einig? Gern mit der Antwort: *Tá, tá.* Ja, ja.)

Tosta mista	›Gemischter‹ Toast: mit Käse und Kochschinken
Tudo bem	Alles klar
Uau!	Wow!
Uma bela merda	Eine schöne Scheiße!
Vamos lá	Auf geht's!
Vai pa puta!	Verpiss dich! Kurzform von *Vai pa puta que te pariu!* (s. o.)
Via Verde	Das elektronische Mautbezahlungssystem auf den portugiesischen Autobahnen
Vinho Verde	Wörtlich ›grüner Wein‹, gemeint ist ›junger Wein‹. Leichte, frische Weine aus dem Anbaugebiet im Nordwesten des Landes

Nachbemerkung

Nicht alles in diesem Roman ist frei erfunden. Das PCC gibt es wirklich, und die Hintergrundereignisse in São Paulo haben sich genau so zugetragen wie hier geschildert. Auch die Mães de Maio gibt es wirklich und den plastischen Chirurgen, der sich mit Ohrrekonstruktionen einen Namen gemacht hat. Und jedes Jahr im Herbst versammeln sich in Japan junge Frauen mit weißen Stirnbändern zu einer Gedenkprozession für Nakano Takeko. An der Stelle, an der ihr Kopf begraben ist, steht heute eine Statue. Sie zeigt die Kriegerin wachsam und kampfbereit, die Naginata in beiden Händen.

Mario Lima, Porto, 11. Februar 2019

Natasha Korsakova

Wenn die Sonate des Todes erklingt, ist das Ende nah.

978-3-453-42267-4

Leseprobe unter **www.heyne.de**

Abir Mukherjee

»Eine Reise in die
düstersten Ecken von Britisch-Indien.«
Daily Express

978-3-453-42173-8   978-3-453-43920-7   978-3-453-42338-1

Leseproben unter **www.heyne.de**   **HEYNE ❮**

William Wells
Sun Detektive

Cooler Crime im Sunshine State

»Diesen harten Hund muss man einfach lieben – Jack Starkey rules!«
Publishers Weekly

978-3-453-43964-1

Nach kalten Jahren in Chicago hat Ex-Cop Jack Starkey alles hingeschmissen und sich im paradiesischen Florida eingerichtet. Seine Kneipe »Drunken Parrot« läuft bestens und auf einem Hausboot genießt er die Sonne – am liebsten mit seiner schlagfertigen kubanischen Freundin Marisa. So ganz hat er die Dienstmarke allerdings nicht weggeschlossen. Und das ist gut so, denn als eine Mordserie Florida überschattet, wird es Zeit, wieder Detective zu spielen – Sun Detective!

Leseprobe unter www.heyne.de   **HEYNE〈**